La Granja

La Granja

Joanne Ramos

Traducción de Santiago del Rey

Rocaeditorial

Título original: *The Farm*

Primera edición: marzo de 2020

Av. Marquès de l'Argentera 17, pral.
08003 Barcelona
actualidad@rocaeditorial.com
www.rocalibros.com

Impreso por EGEDSA

ISBN: 978-84-17541-04-0
Depósito legal: B. 3037-2020
Código IBIC: FA; FL

RE41040

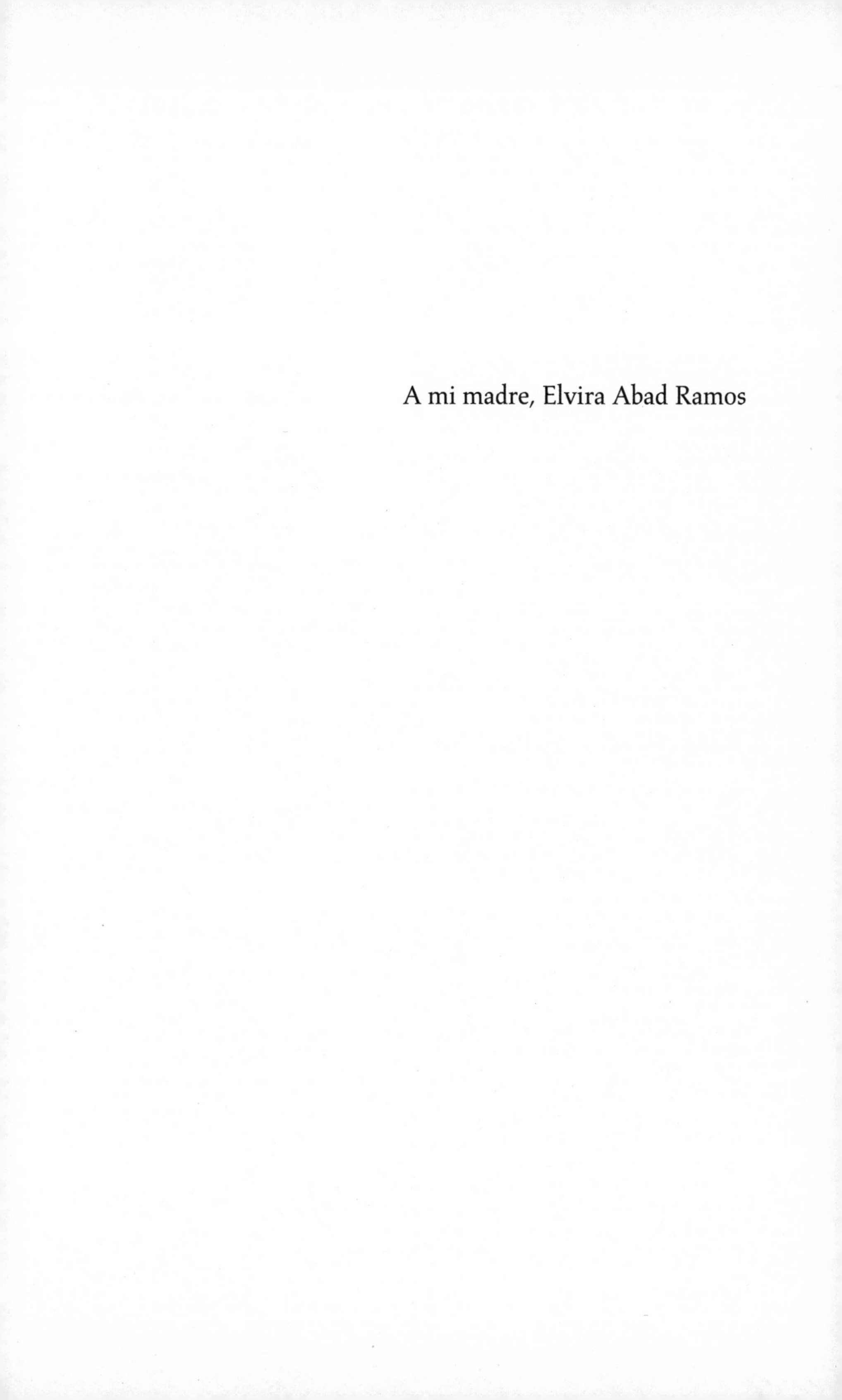

A mi madre, Elvira Abad Ramos

Jane

El servicio de urgencias es un caos. Hay demasiada gente, y el bullicio de sus voces resulta ruidoso en exceso. Jane está sudando: hace calor afuera, y el camino desde el metro ha sido muy largo. Se detiene en la entrada, paralizada por el vocerío, las luces y la multitud. Instintivamente, cubre con la mano a Amalia, que aún duerme sobre su pecho.

Ate debe de estar por aquí. Se aventura en la sala de espera. Ve una figura parecida a la de su prima: una mujer vestida de blanco (Ate llevará su uniforme de niñera), pero resulta que es norteamericana y demasiado joven. Observa a la gente sentada y busca hilera por hilera. Siente un temor creciente, pero procura sofocarlo. Ate siempre dice que se preocupa demasiado y, además, por anticipado, antes de comprobar siquiera que algo va mal. Su prima, en cambio, es fuerte. Ni siquiera enfermó a causa de ese virus estomacal que atacó al hostal entero durante el verano. Fue Ate quien tomó la iniciativa para cuidar a sus compañeras de dormitorio, llevándoles té de jengibre y lavándoles la ropa, a pesar de que la mayoría de ellas eran mucho más jóvenes y no tenían ni la mitad de sus años.

Jane atisba por detrás de otra mujer, de cabello oscuro con hebras plateadas. Se dirige hacia ella, esperanzada aunque no del todo convencida, porque tiene la cabeza ladeada como si estuviera durmiendo, y Ate jamás se pondría a dormir ahí en medio, bajo esas luces tan intensas y con tantos desconocidos alrededor.

Ha acertado: no es Ate, sino una mujer de aspecto mexicano. Es bajita, como su prima, y duerme con las piernas extendidas y la boca abierta. «Como si estuviera a sus anchas en su propia casa», imagina que diría Ate con desagrado.

—Estoy buscando a Evelyn Arroyo —le dice Jane a la mujer de aire agobiado que está detrás del mostrador—. Soy su prima.

La mujer levanta la vista del ordenador con una expresión impaciente que se convierte en una sonrisa al ver a Amalia en el portababés que lleva Jane sobre el pecho.

—¿Qué tiempo tiene?

—Cuatro semanas —responde ella con el corazón henchido de orgullo.

—Es una monada —dice la mujer, y justo entonces un hombre, de calva reluciente, se cuela delante de Jane y dice a gritos que su esposa lleva horas esperando, que qué demonios pasa ahí.

La mujer del mostrador le indica a Jane que vaya a Selección. Ella no sabe dónde está eso, pero no se lo pregunta, porque está ocupada atendiendo a ese hombre furioso. Recorre un pasillo flanqueado de camas. Busca en cada una para ver si está Ate, aunque resulta embarazoso cuando el enfermo o enferma no está dormido y la mira directamente a los ojos. Un viejo le habla en español, como suplicándole ayuda; Jane se excusa diciendo que no es enfermera y se aleja a toda prisa.

Encuentra a su prima hacia el fondo del pasillo. Está tapada con una sábana, y su rostro, sobre la almohada mullida, tiene un aspecto duro y crispado. Al mirarla, cae en la cuenta de que nunca la ha visto dormida, a pesar de que ella alquila la litera situada encima de la de su prima. Lo que pasa es que Ate, cuando no está trabajando fuera, no para nunca quieta en casa. Verla así, tan inmóvil, la asusta.

Ate se ha desmayado mientras ejercía de niñera en el apartamento de una familia llamada Carter, en la Quinta Avenida. Eso es lo que Dina, la asistenta de la casa, le ha contado cuando por fin han podido hablar. A Jane no le ha sorprendido del todo la noticia. Su prima lleva muchos meses sufriendo vahídos. Ella los atribuía a las pastillas que toma para la tensión, pero no encontraba el momento de ir al médico porque tenía empleos consecutivos que no le dejaban ningún hueco libre.

Al parecer, estaba tratando de conseguir que Henry, el niño de los Carter, eructara, según ha dicho Dina con un tonillo acusador, como si la culpa fuese del bebé. Lo cual tampoco ha sorprendido del todo a Jane. Su prima le había explicado que Henry no eructaba en las posturas usuales, o sea, sentado en su regazo e inclinando el cuerpo hacia delante hasta casi rozar las flacuchas piernas, mientras ella le sujetaba el fláccido cuello con una mano; o bien echado sobre su hombro como un saco de arroz. Él solo eructaba cuando Ate lo paseaba y zarandeaba dándole palmaditas en la espalda. E incluso así, podían pasar diez o veinte minutos antes de que lograra que el crío soltara el eructo.

—Deberías dejarlo en la cuna y descansar un poco —le había dicho Jane dos noches atrás, mientras su prima cenaba a toda prisa en su habitación.

—Ya. Pero entonces se despierta a causa de los gases y su siesta es demasiado corta. Y yo estoy intentando que adquiera una rutina regular de sueño.

Dina le ha contado a Jane que, antes de desmayarse, Ate se las ha arreglado para depositar a Henry sobre el sofá. La madre había salido a hacer ejercicio, a pesar de que todavía sangra y de que el crío apenas tiene tres semanas. Así pues, ha sido la asistenta la que ha llamado al 911 y cogido en brazos al bebé mientras los sanitarios se llevaban a Ate en camilla por el ascensor de servicio. Y también ha sido ella la que ha mirado en el teléfono de la mujer para ver a quién podía avisar y ha encontrado el número de Jane. En el buzón de voz, ha dejado un mensaje diciendo que se habían llevado a Ate al hospital y que estaba allí sola.

—Ahora ya no estás sola —le dice Jane a su prima, sintiéndose culpable porque han pasado horas hasta que ha revisado sus mensajes y le ha devuelto la llamada a Dina. Pero es que la noche anterior Amalia estuvo mucho tiempo despierta y, cuando se ha quedado dormida por la mañana después de mamar, Jane se ha permitido también un descanso. Las demás se habían ido a trabajar, de modo que tenían todo el dormitorio para ellas; y mientras el sol se colaba por las mugrientas ventanas, se ha dormido con su hija sobre su pecho sin que nadie la molestara.

Jane le alisa el pelo a Ate observando sus ojitos hundidos y las profundas arrugas que tiene en las comisuras de la boca. Está muy envejecida. Le gustaría saber si ya la ha visitado algún médico, pero no sabe a quién preguntar. Mira a los hombres y mujeres que deambulan de aquí para allá vestidos con batas verdes y azules, esperando ver a alguien a quien abordar, alguien de cara amable, pero todos pasan apresurados y abstraídos.

Amalia cambia de postura en el portabebés. Jane le ha dado de mamar antes de salir del hostal, pero ya han pasado más de dos horas desde entonces. Muchas veces ha visto a las mujeres norteamericanas dando el pecho a sus hijos abiertamente en los bancos del parque, pero ella no sería capaz de hacer eso. Le da a Ate un beso rápido en la frente (aunque le daría vergüenza besarla si estuviera despierta, y el gesto le resulta extraño), y va a buscar un cuarto de baño. Entra en un cubículo de aspecto aseado, cubre la taza del váter con papel higiénico antes de sentarse y saca a Amalia del portabebés. La niña esta lista para agarrarse y abre su boquita. Jane la mira un momento, contempla esos enormes ojos negros como la noche, y le domina una ternura tan enorme que casi la ahoga. La guía hacia el pezón, sujetándola bien, y la criatura se agarra con facilidad. Al principio fue difícil, pero ahora las dos han aprendido cómo hacerlo.

«El electrocardiograma ha detectado algunas anomalías», le dice el médico a Jane. Ha pasado al menos una hora, quizá más. Están frente a la cama de Ate, en una improvisada habitación creada con unas cortinas verdes que cuelgan del techo. Detrás de las cortinas, se oyen voces que hablan en español y los pitidos de las máquinas.

—Entiendo —dice ella.

—Dados la edad y los síntomas recientes de la señora Arroyo, nos gustaría practicarle un ecocardiograma —continúa el médico—, porque tiene también un leve soplo cardíaco.

Unos momentos antes, Ate miraba en derredor con ojos vidriosos, pero ya está completamente despierta.

—Ya sabía lo del soplo cardíaco —dice. Aunque más débil de lo normal, su voz suena cortante—. No necesito otra prueba.

El médico le habla con amabilidad:

—Tiene usted casi setenta, señora Arroyo, y la presión alta. Esos vahídos podrían significar…

—Estoy bien.

Como el médico no conoce a Ate, sigue tratando de razonar con ella. Pero Jane sabe que está malgastando saliva.

Cuando la dejan salir, tras horas en «observación», ya es más de medianoche. Las enfermeras han intentado convencerla para que se quede más tiempo, pero ella les ha espetado que si no han visto nada problemático después de todo el día que ya ha desperdiciado, se encuentra lo bastante bien como para volver a casa y descansar allí. Jane ha desviado la mirada al oírla hablar de ese modo, pero Ate le ha dicho después: «Les estoy haciendo un favor; yo no puedo pagar, y ahora ellos tienen una cama libre».

Una de las enfermeras insiste en llevarla a la calle en una silla de ruedas. Jane, avergonzada por la grosería de su prima, le dice que ella misma se encargará de empujar la silla. Ate explica en voz alta que si la enfermera quiere ayudarla, no es por amabilidad sino porque es una norma del hospital.

—Es el «protocolo» —dice, y pronuncia la palabra con todo cuidado—. Si me empujas tú, igual me caigo, y entonces podría demandar al hospital por millones de dólares.

Pero sonríe a la enfermera al decirlo, y Jane ve sorprendida que esta le devuelve la sonrisa con cordialidad.

Ya en la acera, Jane para a un taxi sin hacer caso de las protestas de su prima, que rezonga que es un derroche y que deberían tomar el metro. La enfermera la ayuda a subir al coche. Apenas se ha alejado con la silla vacía, Ate se dedica a atosigar a Jane, cosa que ella ya preveía.

—La señora Carter necesitará ayuda con Henry. Has de sustituirme. Temporalmente, claro. ¿Lo harás?

Jane, por supuesto, no puede dejar sola a Amalia, que no tiene ni un mes, pero está demasiado agotada para discutir con su prima. Es más de medianoche, y lo único que quiere es llegar a casa. Se entretiene buscando la hebilla del cinturón y, cuando por fin se lo abrocha, Ate se ha quedado dormida.

La calle está en obras y llena de baches. El taxi tropieza con uno de estos y la cabeza de Ate da una brusca sacudida y acaba adoptando una posición tan forzada que parece como si se hubiera partido el cuello. Jane le endereza la cabeza, procurando no despertarla, y la apoya sobre su hombro con delicadeza mientras el coche avanza entre bamboleos hacia la autovía. Amalia se retuerce en el portabebés, pero no arma alboroto. Se ha portado muy bien todo el día, incluso después de tantas horas en el hospital, y tan solo ha llorado cuando tenía hambre.

Es muy tarde. La zona está en plena oscuridad, ya que las luces de la ciudad no alcanzan a iluminarla, y en las aceras no hay ni un peatón. Jane tiene ganas de dormir. Lo intenta, se obliga a cerrar los ojos. Pero no hace más que parpadear una y otra vez.

Jane ha llamado desde el taxi a Angel, que en la actualidad no tiene trabajo y es una de las mejores amigas de Ate. Angel aguarda sentada en los escalones de entrada del hostal, un edificio achaparrado y parduzco. La calle está a oscuras, dejando aparte la bodega, abierta las veinticuatro horas, donde Ate compra a veces sus billetes de lotería. Cuando el taxi se acerca, Angel se levanta y corre hacia el bordillo.

—¡Ay, Ate, Evelyn! —exclama mientras les abre la portezuela del coche. Su voz, normalmente estridente, suena apagada. Esboza una tímida sonrisa y se le saltan las lágrimas.

—¡*Nakapo*, Angel! ¡Eres demasiado vieja para llorar! —Ate se zafa de la mano tendida de su amiga—. Estoy bien.

Pero la verdad es que no puede bajarse sola del taxi.

Jane espera a que se haya apeado para pagar al taxista. Su prima tenía razón, el trayecto a Elmhurst es caro. Mientras la mira entrar en el hostal con la ayuda de Angel, recuerda que esta trabajaba en Filipinas como ayudante de enfermera y tiene una extraña sensación: como si viera a la tontuela de Angel, que siempre anda tramando citas y cambiándose el color del pelo, por primera vez.

Atajan por la cocina, donde un inquilino nuevo está jugando a un videojuego con el móvil, pasan junto a un dormitorio de tres literas (tan apretujadas entre sí que para llegar a la del medio hay que deslizarse a gatas por las laterales), y entran en la sala de estar. Está a oscuras, sumida en el suave murmullo de muchas personas dormidas. Las literas que Ate y Jane alquilan están en el tercer piso, pero Ate se encuentra demasiado débil para subir tantos escalones. Angel lo ha arreglado todo para que le presten el sofá del primer piso que tiene alquilado una amiga suya, que está trabajando de niñera las veinticuatro horas y no volverá hasta el fin de semana.

—Para entonces ya habrás recobrado fuerzas —le susurra a Ate.

Ella hace una mueca y desvía la mirada.

—Tengo sed —dice.

Angel corre a la cocina a buscarle un vaso de agua mientras Jane le desata los cordones de los zapatos.

—Jane, no me has contestado. ¿Irás a casa de los Carter?

La joven levanta la vista hacia su prima. Resulta difícil contradecir a una persona tan mayor sin ser irrespetuoso.

—El problema es Mali. No confío en Billy para cuidar de ella.

El mero hecho de pronunciar el nombre de su marido, le provoca un regusto amargo en la boca.

—Yo la cuidaré. Me encantaría. No he podido pasar mucho tiempo con ella desde que me salió el trabajo con los Carter —dice Ate sonriendo en la penumbra.

—No es fácil cuidar a un bebé aquí.

Dos literas más allá de donde ellas se hallan, alguien se pone a toser con una tos cargada de flemas que debe de enviar millones de gérmenes por el aire. Jane contempla a Amalia, que sigue durmiendo en el portabebés, y le da la espalda a esa litera, aunque sabe muy bien que los gérmenes llegarán igualmente a su hija.

Hace tres semanas, Jane todavía vivía con Billy y sus suegros en un sótano que quedaba en el límite entre Woodside y Elmhurst. Cuando descubrió que él tenía una novia, y que sus cuñados y su suegra lo sabían, que lo habían sabido desde hacía meses, se trasladó al hostal. Y se llevó a la niña, que entonces contaba una semana. Ate le dijo que la litera situada sobre la suya estaba disponible y le adelantó el dinero para los tres primeros meses de alquiler.

Dejar a Billy no resultó fácil. Él era lo único que tenía desde que había llegado a Norteamérica. Pero, pese a todo, se alegra de haberse liberado de él, tal como Ate le dijo desde el principio. No echa de menos los pellizcos de sus manos rasposas ni la vaharada empalagosa de su aliento; tampoco su costumbre de apagar el móvil cuando salía de noche para que no pudiera localizarlo.

En el hostal las cosas tampoco han sido fáciles. Cada vez que Amalia se ensucia, hay cola para entrar en el baño. Y Jane teme constantemente que se caiga rodando de la litera donde duermen las dos, aunque en realidad es demasiado pequeña para girarse por sí misma. Cuando se pone a llorar por la noche, ella se ve obligada, mientras la calma, a refugiarse en la escalera o en la cocina para no despertar a los demás. Aparte de cuidar a la niña, no tiene ningún plan para el futuro.

—Todo el mundo me echará una mano —le dice Ate. Lo cual es verdad. Siempre hay alguien en el hostal, ya sea cuando descansa antes del turno de noche o durante el fin de semana, ya sea mientras espera el momento de obtener un nuevo empleo. Casi todas son filipinas, y una buena porción de ellas son madres que han dejado a sus hijos en su país. Todas adoran a Amalia, el único bebé en su entorno. El único bebé cuya madre está lo bastante desesperada como para llevar a su hija a vivir ahí, junto a ellas.

—Y puedo intentar que Cherry me deje compartir su habitación.

En cada uno de los tres pisos del hostal hay dos dormitorios comunes y una sala de estar; cada dormitorio alberga a media docena de inquilinos, y con frecuencia a muchos más. Pero en la parte trasera de los dos pisos superiores hay una habitación individual. En el tercero, esa habitación la tiene alquilada Cherry, que procede de Cebú y es desde hace mucho tiempo la niñera de una familia de Tribeca. En esa habitación no cabe más que una litera y una cómoda. Pero hay una puerta que puede cerrarse con llave, e incluso una ventana en cuyo alféizar Cherry tiene una maceta de violetas y varios tiestos con hierbas que comparte con las demás para cocinar. Hay varias fotos enmarcadas en las paredes: de la visita del Papa a Filipinas, en la que aparecen tres de sus hijos sonriendo frente a una marea de devotos; de su nieto más pequeño, que tiene la barbilla partida como una estrella de cine; y también una fotografía suya con los dos chicos norteamericanos a los que ha criado desde que nacieron y que ahora ya son mayores. Esa última foto está tomada frente a la valla de bambú de su lujosa terraza, con la Estatua de la Libertad al fondo; el mayor lleva puesta la toga de graduación, rodea a Cherry con un brazo pecoso y sostiene con la otra mano un estandarte escarlata donde dice «STANFORD».

Ate se estremece. Se le cierran los ojos. Jane la cubre con una sábana y observa, sorprendida, lo diminuta que es. Cuando está activa parece más alta, mucho más que ese escaso metro cincuenta que mide. «Ate» significa en tagalo «hermana mayor», y ese es el papel que desempeña en el hostal: mediadora en las peleas, prestataria cuando alguien está en un aprieto y única inquilina que se atreve a acercarse al casero cuando hay quejas, como la existencia de ratones en la despensa u otra gotera más. En el trabajo, habla con autoridad a millonarios que, enfrentados a sus bebés, se convierten ellos mismos en criaturas, en seres torpes que buscan la ayuda de esa filipina para conseguir que sus recién nacidos coman, duerman, eructen o dejen de llorar.

En cambio, tumbada en el sofá, tapada con una sábana, da la impresión de que podría caberle a Jane en el regazo.

Cuando Ate aceptó su primer trabajo de niñera, hace más de veinte años, nunca había trabajado con recién nacidos; o al menos no lo había hecho con los recién nacidos de otras personas. Todavía recuerda que llegó a casa de los Preston, un edificio de piedra rojiza, bajo la lluvia. Llevaba un paraguas en una mano y un bolso en la otra, y vestía un uniforme blanco de enfermera. «Como una Mary Poppins morena», solía decir bromeando, aunque Jane siempre ha pensado que debió de ser intimidante incluso para ella: estar en un nuevo país, con su familia tan lejos, y empezar una nueva vida cuando ya había cumplido los cuarenta.

El empleo lo había encontrado a través de su amiga Lita, que regresó a Filipinas hace mucho. Lita era entonces la chica de la limpieza de los Preston. Después del trabajo, mientras preparaba la cena con Ate y alguna otra compañera del hostal, solía contar historias sobre sus jefes. El marido era normal, estaba siempre trabajando, pero la señora Preston era una mujer extraña. Le gustaba tener dinero, pero al mismo tiempo lo despreciaba. Hablaba desdeñosamente de las «damasquesalenaalmorzaralclub», como si no fuera una de ellas. Daba fiestas de etiqueta en su casa y ella iba descalza. Iba en metro a visitar a sus amigos artistas de Brooklyn y Queens, pero en la ciudad siempre se trasladaba con su chófer y, antes de que naciera su hijo, Lita la oyó comentar a sus amigas que era antinatural externalizar las funciones de una madre.

El bebé solo tardó dos semanas en convencerla de lo contrario. Tenía cólicos y lloraba noche y día, completamente inconsolable a menos que lo cogieras en brazos y te pusieras a subir y bajar la escalera del edificio. Cuando te detenías, aunque fuese un momento, empezaba otra vez a llorar. Al fin, desesperada, la señora Preston le suplicó a Lita que buscara a alguien para ayudarlos.

Lita pensó de inmediato en Ate, porque sabía que necesitaba dinero. Le dijo a la señora que su amiga era enfermera y experta en bebés. Lo cual era verdad hasta cierto punto. En Bulacán, Ate había trabajado durante los veranos en la clínica gratuita parroquial y había criado a cuatro hijos casi totalmente por su cuenta.

Como no tenía muchas expectativas, Ate podía ser paciente. No le importaba subir y bajar la escalera con la criatura a cuestas, a veces durante horas, besando su cara enrojecida cuando se ponía a berrear y susurrándole como susurra la brisa del océano para recordarle la placidez del útero. Llevaba al niño a dar largos paseos por Central Park incluso aunque hiciera frío y lloviznara. Con el bamboleo del cochecito, él se calmaba. Se chupaba los dedos y contemplaba el cielo movedizo. En casa, por las tardes, el bebé arqueaba la espalda y gimoteaba de nuevo, y la señora Preston se desquiciaba. Entonces Ate la mandaba arriba a descansar y volvía a subir y bajar por la escalera con el crío pegado a su pecho.

En principio la habían contratado por tres meses, pero la madre amplió ese período una vez, y luego otra, y otra más, hasta que el niño tuvo casi un año. Ella les dijo a sus amistades que la niñera era su salvadora y que nunca la dejaría marchar. Pero cuando su amiga Sarah dio a luz a una niña y desarrolló una depresión postparto, le pidió a Ate que fuera a echarle una mano. La filipina trabajó con Sarah hasta que su bebé tuvo diez semanas. Luego se trasladó al ático de la hermana de Sarah, Caroline, que la tuvo allí doce semanas. Caroline se la pasó, a su vez, a un amigo de universidad de su marido. Este la recomendó a un colega suyo del banco, cuya esposa estaba embarazada de gemelos, y así sucesivamente. De ese modo se convirtió en una experta niñera.

Como había conseguido que el niño de los Preston durmiera toda la noche a las once semanas, pese a sus cólicos y su irritabilidad, y el bebé de Sarah, a las diez semanas, y después el de Caroline, a las nueve semanas, acabó siendo conocida por su destreza para implantar una rutina de sueño. Ese era el motivo de que las familias se la disputaran, le contó a Jane. Había parejas que la llamaban en cuanto descubrían que estaban esperando un hijo, e incluso antes, cuando simplemente albergaban esperanzas de concebir. Ate les decía a esos padres que ella no reservaba ningún trabajo hasta que el feto tuviera doce semanas. «Es la única forma de ser justa con los demás», les explicaba, aunque ante Jane reconocía que esa no era la verdadera razón. El riesgo de aborto en el primer trimestre resultaba demasiado elevado. ¿Cómo iba a programar su trabajo basándose en meras ilusiones cuando tenía alquileres que pagar y bocas que alimentar?

La filipina también era consciente de que para unos padres como aquellos, que lo tenían todo y más, el hecho de ser inasequible la volvía aún más codiciada.

Ella comenzaba a implantar su régimen de sueño cuando el recién nacido no tenía más de dos o tres semanas. Sin adiestramiento, un bebé de esa edad mama con mucha frecuencia, cada hora más o menos, y busca constantemente consuelo en el pecho de la madre. Ate, en cambio, si la contratabas, dilataba las tomas de inmediato, de tal manera que mamara cada dos horas, más adelante, cada tres y por fin, cada cuatro horas. Así conseguía que durmiera toda la noche a las ocho o diez semanas, dependiendo del sexo y del peso de la criatura, y de si había sido prematura o no. Por ese motivo, aquellas mujeres de brazos flacuchos y tez blanca como la nata la apodaban «la

Domadora de Bebés». No sabían que ella permanecía toda la noche junto a la cuna, en la habitación a oscuras, sujetando un chupete en la boca del bebé. Cuando el crío empezaba a quejarse, lo alzaba y acunaba sobre sus pechos caídos hasta que estuviera adormilado, aunque no del todo dormido. Entonces volvía a acostarlo. Y así, noche tras noche, hasta que se acostumbraba a comer de día y a dormirse por sí solo de noche. Después el adiestramiento resultaba sencillo.

Con los años, la filipina se granjeó una brillante reputación. «Mis trabajos son los mejores y con las mejores familias», le gustaba decir. No era presunción, o por lo menos no lo era sin fundamento. Sus clientes no eran ricos simplemente (cualquiera que pudiera permitirse una niñera lo era), sino, extremadamente ricos. Mientras que las demás filipinas aceptaban empleos en los que dormían sobre un futón en un rincón del cuarto del bebé, o en un sofá cama del estudio, ella casi siempre disponía de una habitación aparte, a menudo con su propio baño. En esas casas solían contar con una terraza o un patio donde poner al sol a los niños con ictericia para librarlos de la bilirrubina. También había cinco o seis baños, a veces más, y tantas habitaciones que muchas tenían un uso específico: una biblioteca, un gimnasio... e ¡incluso una bodega! Ate había viajado en aviones privados, donde disponía de toda la parte trasera para ella y el bebé dormido, y donde le servían las comidas en una mesa con servilletas de tela y cubertería de plata, como en un restaurante. «Para mí, nada de vuelos comerciales», bromeaba, y era cierto. Sin papeles, solo podía viajar en vuelos privados. Con su uniforme blanco de niñera, acompañaba a las familias a Nantucket, Aspen, Palo Alto y Maine en aviones tan grandes como una casa.

Atraía a los mejores clientes porque en cierto sentido los comprendía. Jane piensa que es esa comprensión lo que propiciaba que las madres confiaran en ella y dejaran sus anillos y pulseras a la vista por toda la casa, y que animaran encarecidamente a sus amigas a contratarla.

«Para mí no son solamente clientas, sino relaciones sociales», solía decir Ate. Y para demostrarlo, sacaba de debajo de la cama, esa cama que alquilaba en el hostal por trescientos cincuenta dólares al mes, un recipiente de plástico transparente lleno de felicitaciones navideñas, algunas de hacía más de dos décadas. Cada tarjeta mostraba a los hijos sonrientes de alguna antigua clienta posando en la playa, subidos a unos esquíes frente a una montaña nevada o encaramados en un todoterreno en medio de la sabana africana.

Chase... Ah, él fue un bebé dócil, ¡y sus padres eran tan buenos! Le dieron una generosa gratificación e incluso años después le enviaban dinero por su cumpleaños. Y ahora, ¡míralo cómo ha crecido! ¡Y qué inteligente! Está estudiando Medicina.

Los gemelos Levy... Cuando nacieron eran diminutos como ratones, cada uno cabía en la palma de una mano. Y cómo lloraban. Lloraban todo el tiempo por los gases. Pero cuando ella los dejó estaban rollizos, ¡hasta tenían papada! ¿Ves lo guapos que están ahora? ¡Fíjate si han crecido!

Si estaba con sus amigas más fieles, le gustaba sacar también los «regalos de despedida» guardados en un recipiente distinto que sellaba y volvía a sellar con cinta adhesiva para mayor seguridad: un marco de fotos de plata con sus iniciales y las del bebé al que había cuidado grabadas, o un bolso de cuero que usaba una vez al año cuando iba a la misa de Navidad. Disfrutaba explicando que las madres con frecuencia lloraban desconsoladas cuando se despedían de ella por última vez, como si fuese un amante que se iba a la guerra. «¡Y entonces siempre venía el regalo! Era de Tiffany, Saks o Barneys. Siempre demasiado caro», decía sonriendo.

No solía mencionar los desprecios ni las vejaciones que había sufrido en algunos hogares, ni el inmenso cansancio que se le metía hasta los huesos cuando trabajaba. Una vez le habló a Jane de la señora Ames, que no le dirigió la palabra durante las doce semanas que pasó con la familia, salvo cuando estaba enfadada (por el conjunto que había elegido para su hijo, o por el suéter de cachemira que había encogido en la secadora), y que la atravesaba con la mirada como si fuese invisible. También le habló de los señores Li, que no le permitían compartir su comida, ni siquiera un poco de leche para el café matinal, y que no le reembolsaban la leche artificial que ella pagaba con su propio dinero —montones de latas carísimas—, porque la asistenta nunca compraba la suficiente.

«¿Para qué recordar esas cosas?», le decía a Jane, aunque era ella misma la que contaba las historias.

«¡Ahora come!»

Angel está de pie frente al sofá con una bandeja en las manos. Alguien ha subido las persianas y, en la habitación recién iluminada, Jane observa que las dos literas que tiene más cerca están vacías, con las sábanas arregladas a toda prisa. Debe de haberse quedado dormida.

Angel ayuda a Ate a incorporarse y le pone un plato en el regazo. Son las sobras de la cena de anoche —zanahoria triturada, guisantes, un poco de carne picada— rehogadas con huevo. Angel es famosa por su habilidad para hacer tortillas con cualquier cosa que haya en la nevera. No soporta el despilfarro de ninguna clase. Suele coger del cubo de reciclaje de sus patronos los envases de comida para llevar y los almacena en el hostal. Y cada dos o tres meses, el gran contenedor de envío marítimo que comparten entre muchas mujeres para mandar cosas a Filipinas está repleto de esos montones de cuencos, platos y bandejas de plástico vacíos que en su momento contenían la cena de los clientes de Angel —salmón cocido, sopa de huevo, espagueti *all'amatriciana*— y que muy pronto, en la otra punta del mundo, se apilarán llenos de *pancit* en las reuniones parroquiales y los pícnics escolares.

Ate le agradece a Angel la tortilla, aunque no se la come. Se vuelve hacia Jane, que le está dando el pecho a Amalia tapándose con la colcha, y le dice: «¡Los Carter son VIP! También a ti te conviene relacionarte con la gente».

Los Carter contrataron a Ate por primera vez hace dos años. Ella abortó cuando llevaba cuatro meses de embarazo y aún estaba delgada como un palillo. Ni siquiera llegó a sentir los movimientos del feto. La segunda vez que la contrataron, la señora Carter estaba embarazada de un niño al que decidieron que llamarían Charles, como el abuelo paterno. Cuando Charles llevaba treinta y siete semanas en la matriz, ya con pulmones capaces de respirar y uñas dispuestas a arañar, dejó de moverse. La madre se inquietó al ver que transcurría una mañana entera sin notar ninguna patada. En el hospital, la llevaron rápidamente a un quirófano, con el marido corriendo a su lado. Pero el cordón ya se había enrollado alrededor del cuello del bebé, y su corazón y su cerebro se quedaron sin oxígeno.

Cuando el señor Carter llamó a Ate desde el hospital para anular el compromiso esa segunda vez, Jane había ido de visita al hostal porque era el cumpleaños de Angel. «¡Larga vida para mí!», canturreaba esta mientras iba sirviendo fideos *pancit* en cuencos. Estaba de buen humor. Todavía tenía ojeras, porque la noche anterior había aprovechado para salir a bailar con otro hombre que había conocido en línea. Trataba de encontrar a un norteamericano que se casara con ella. Quería conseguir la nacionalidad para volver a Palawan y conocer a su última nieta, que, a juzgar por las fotografías, era la más blanca de todos sus nietos y, según ella, tenía muchas posibilidades de convertirse en *Miss* Filipinas. Tal vez incluso en *Miss* Universo.

—Te pillarán. Los de Inmigración se conocen esos trucos —la riñó Cherry, que era casi tan mayor como Ate, y muy anticuada. No tenía buena opinión de Angel ni de sus múltiples citas con viejos norteamericanos. Tampoco aprobaba que, celebrando ya su cincuenta y un cumpleaños, se vistiera para esas citas con minifalda y botas de cuero hasta la rodilla.

—No es un truco. Yo solo me casaré con un hombre que me quiera —respondió Angel. Y añadió con astucia—: ¡Seré yo la que quizá no lo quiera!

Se rio a carcajadas echando la cabeza hacia atrás y dejando a la vista los empastes dorados que tenía en las muelas posteriores. Después apretó los labios y no dijo nada. Jane reprimió el impulso de sonreír.

—*Dios ko* —murmuró Ate guardándose el móvil en el bolsillo—. Los Carter.

—Déjame adivinarlo —dijo Angel, que siempre opinaba de todo—. Han vuelto a cancelar el trabajo.

Ate asintió suspirando.

—¡Lo sabía! ¡Puaj! —exclamó Angel, como si hubiera comido un pescado podrido—. ¡Esa gente no piensa en los demás!

—No, los Carter, no. La culpa no es suya. —Y les contó lo del bebé, el hospital y el cordón enrollado como una soga. Les dijo que el señor Carter había insistido en darle la paga de un mes para sacarla del apuro hasta que encontrase otro empleo.

Que se había ofrecido a presentarle a las amigas de su esposa que tal vez podrían necesitar sus servicios. Y que le había pedido que fuese al apartamento unos días para ayudar a su mujer a reorganizarse.

—¿Unos días? ¡Ja! Te pasarás allí todo el mes —predijo Angel—. Esa gente no da su dinero por nada. ¡Por eso son ricos!

Jane se encargó de lavar los platos mientras su prima planchaba sus uniformes y los metía en la bolsa de viaje, junto con las píldoras para la presión, los lápices y los cuadernos. Una hora después de la llamada del señor Carter, estaba en el tren F. Y antes de que hubieran pasado dos horas, llamaba a su puerta.

Cuando Ate se encontró con Dina, esta estaba sollozando con un pañuelito de papel estrujado en la mano. Los Carter aún seguían en el hospital. La asistenta le explicó más tarde a Jane que la reacción de Ate fue típicamente suya: «¡Basta de lloros! ¡Hay mucho que hacer!». Y apartando a Dina, entró en el apartamento.

Empezó por el cuarto del niño. Guardó en el armario las almohadas, las mantas y las toallas con monograma, así como los pañales para recién nacido y los peleles amontonados sobre el cambiador. Entró a toda prisa en el dormitorio de la madre, sacó de los cajones los sujetadores de maternidad y retiró de la mesita de noche los libros sobre bebés y las ecografías. Se llevó de la biblioteca el moisés y los ositos de peluche, sacó de las estanterías de la cocina la infusión de lactancia y las vitaminas para el embarazo, metió en bolsas del súper la almohada para la lactancia, los biberones y el monitor para vigiliar a la criatura y lo guardó todo en el trastero.

Cuando la señora Carter llegó del hospital, estaba cargada de leche. Ate la ayudó a colocarse las ventosas de goma en los hinchados pechos y le enseñó cómo bombear. Mientras lo hacía, no permitió que su mirada se demorase en la cara y los ojos enrojecidos de la frustrada madre. Cuando la leche empezó a salir más despacio, Ate desmontó los tubos, las botellas y las ventosas y le dijo que descansara.

—En la calle, una persona me ha felicitado —dijo la señora Carter protegiéndose con el brazo la barriga aún prominente.

Ate, con una inclinación, se retiró para tirar la leche todavía tibia por el sumidero de acero inoxidable de la cocina.

«Está derrochando el dinero conmigo», le dijo Ate a la señora Carter al cuarto día. No le gustaba permanecer ociosa, y había muy poco que hacer. Se había pasado la mañana mirando cómo podaba el jardinero los árboles de la terraza para que no taparan la vista del parque.

Pero ella insistió en que necesitaba su ayuda para manejar el sacaleches. Se vaciaba los pechos cada cuatro horas, seis veces al día. Lo hacía incluso en plena noche y, en ese caso, acudía al cuartito de Ate porque decía que no quería molestar a su marido.

—Pero hay otras muchas habitaciones en el apartamento —le confió Ate a Jane por teléfono susurrando.

Pasaron muchos días hasta que volvió a intentar dejarlo. Angel estaba enferma y le había pedido que la reemplazase en su empleo de niñera. La familia era agradable y pagaba bien.

La señora Carter acababa de usar el sacaleches en el despacho y alzó la botella para que Ate la contemplara.

—Doscientos treinta y cinco mililitros. No está mal, ¿verdad, Evelyn?

—Creo, señora, que deberíamos reducir el ritmo —se aventuró a decir Ate cogiendo la botella y tapándola—. Deberíamos dejar que el pecho se le empiece a... secar.

La señora Carter llevaba la blusa entreabierta. La filipina advirtió que usaba un sujetador de maternidad.

—Es que parece un derroche no guardar la leche. —La señora se sonrojó—. Por si tenemos otro hijo.

—Claro que lo tendrá, señora. Y entonces producirá leche. Usted produce muy bien.

—He leído en alguna parte que la leche materna se conserva incluso un año si se mantiene en un congelador de baja temperatura.

Ate fue guardando las piezas del sacaleches mientras esperaba a que terminara de hablar.

—Confío en que nos ayudes, Evelyn. Espero... si tenemos un bebé... que nos ayudes.

Ate le contó a Jane después que la voz de su patrona se fue apagando de tal modo que ella tuvo que aguzar el oído.

—Lo tendrá, señora. Estoy segura.

La mujer giró la cara hacia la ventana. Se mantuvo así mucho rato, tanto que Ate perdió el valor para hablarle de otro empleo y de la idea de dejarlo. Al salir de la habitación para guardar la leche, todavía echó un vistazo para averiguar qué era lo que había dejado tan absorta a su señora. Pero no había nada que ver, excepto las copas de los árboles y el cielo despejado.

Cuando acababa de quedarse embarazada, Jane fue a ver un día a Ate para ayudarla a llenar cajas para enviar a Filipinas. La litera estaba cubierta con grandes montones de ropa donada por las clientas a las mujeres del hostal: ropa que se había quedado pequeña o había pasado de moda. Entretanto sonó el teléfono y Jane oyó que Ate exclamaba:

—¡Felicidades, señora!

Era la señora Carter. Pocos meses después de perder a su bebé, se había quedado encinta otra vez.

—¿Nos ayudarás, Evelyn? ¿Verdad que sí? Seis meses. Por favor.

Ate había puesto el altavoz para poder seguir clasificando la ropa por tallas. Cuando preguntó cuánto faltaba para el parto, la señora Carter confesó con una risita que apenas acababa de quedarse embarazada.

—Llámeme dentro de tres meses —le dijo con amabilidad.

No habían pasado ni diez minutos cuando el señor Carter la llamó desde Londres, donde estaba de viaje de trabajo. Igual que su esposa, le pidió que le prometiera que trabajaría para ellos cuando naciese el hijo y le ofreció el doble de su tarifa diaria «como incentivo».

—Lo primordial es que Cate se sienta segura —le dijo—. Y tú, Evelyn, la haces sentir segura.

Ate le explicó a Jane que fue ese comentario lo que la llevó a romper su norma de las doce semanas. Fue la confianza, le repitió, no el dinero.

Pero es en el dinero en lo que Jane piensa casi un año después, mientras su prima descansa en el sofá y Amalia, ya saciada, dormita entre sus brazos. Con la doble tarifa, aunque sustituyera a Ate solo una semana, sacaría miles de dólares. Y en dos o tres semanas, tendría suficiente para pagar el depósito de un estudio. Uno cerca de Rego Park, quizá.

Ya se imagina el apartamento. Estará al menos en un tercer piso, en lugar de vivir en un sótano como el de los padres de Billy. No habrá ratones ni moho, ni polillas agujereando sus suéteres. Y estando en su propia casa, no tendrá que quitar del sumidero los pelos de diez personas cada vez que se bañe con Amalia. Tampoco deberá permanecer despierta en la cama a altas horas de la noche mientras Angel tose y tose en la otra litera a causa de su reflujo gástrico.

—¿Me sustituirás? ¿Hasta que recupere fuerzas? —Ate se ha despertado otra vez y le habla con insistencia.

Jane nota que Amalia se agita entre sus brazos. La atrae hacia así y pega el rostro a su mullida mejilla. Su hijita es fuerte. En el último chequeo, el médico dijo que estaba ganando peso a buen ritmo.

Siente la exigente mirada de Ate, pero todavía no está preparada para afrontarla. Solo mira a Amalia.

Ate

Ate se tumba de lado en el sofá, mirando a Jane, y suspira.

El problema es que la joven no comprende aún. Es madre, sí, pero muy reciente. Todavía nerviosa, todavía asustada. Sujeta a su hija como si fuera de cristal. Cada vez que Amalia llora, aunque sean unos gemidos insignificantes, se apresura a cogerla en brazos. Pero los bebés son más fuertes de lo que la gente cree, y más inteligentes. Eso es importante saberlo para ser la mejor niñera de todas y tener los mejores clientes.

Angel tiene más experiencia que Jane, y es una amiga leal. Pero habla demasiado. Suele parlotear con sus patronos como si fuesen amigos, ¡y cotillea con ellos sobre sus otros clientes! Cuando Ate le advierte que la gente no confiará en una niñera tan charlatana, ella se pone a la defensiva. ¡Esa madre disfruta chismorreando conmigo! ¡Le encantan mis historias!

Sí, Angel. Claro que esa madre cotillea contigo para conocer los secretos de sus amigas: cuáles dejan a su hijo para salir todo el día de compras; cuáles le dan un biberón en lugar del pecho; cuáles se pelean con sus maridos por el dinero... Pero no confiará de verdad en ella. Jamás. No le pedirá que se quede mucho tiempo ni la recomendará demasiado a sus amigas. Y no lo hará porque, aunque se ría de sus chistes y escuche sus confidencias, sabe que Angel tiene unos ojos demasiado grandes y una lengua demasiado suelta.

Marta, Mirna, Vera, Bunny... Ate las ha considerado a todas. Son más serias que Angel. Pero no las conoce desde hace tanto tiempo ni tan profundamente. ¿Renunciarán a un empleo tan bueno como el de los Carter, y a todo el dinero que pagan, cuando ella esté recuperada para volver?

Porque tiene pensado volver. El médico le ha dicho que descanse por lo menos un mes. Se lo dijo sonriendo, como si fuese una buena noticia. ¡Pero ella no ha descansado en toda su vida! Incluso cuando se ha puesto enferma esos años —cosa rara: es una mujer fuerte—, no se quedaba en la cama todo el día sin hacer nada. Porque los niños necesitaban comer igualmente y la ropa tenía que lavarse.

Después de sesenta y siete años así, ¿se supone que debe reposar? ¿Con qué dinero?

No. Ella volverá en cuanto sea posible con la señora Carter, que le paga el doble de la tarifa durante seis meses. Le basta pensarlo para sentirse más fuerte.

Hasta entonces será Jane quien la sustituya. Está un poco verde, pero es la mejor opción: es respetuosa y trabaja a conciencia. No le meterá en la cabeza a la señora Carter ideas raras —que ella es demasiado vieja, o que está demasiado débil y enferma—, como tal vez harían las otras. Y dejará el puesto cuando llegue el momento.

—Debo adiestrarte —le dice a Jane, que no la está escuchando.

Para captar su atención, le recuerda que con la tarifa doble de los Carter ganará más dinero en unas semanas que trabajando varios meses en la residencia de ancianos por el salario mínimo. Le recuerda que no puede fiarse de Billy y que debe pensar en lo mejor para Amalia.

—Un dinero como ese no puede despreciarse. La vida depara sorpresas —añade, pensando en Roy, su hijo menor.

Jane está callada. Ate deduce por su expresión que está pensando. Recuerda que su madre también ponía esa cara, como si estuviera muy lejos, cuando se quedaba ensimismada.

Aguarda. Oye los latidos de su propio corazón. Cuando Jane dice, «Ate...», abre los ojos de golpe; y cuando le dice que sí, tal como había previsto —es una buena chica y procura actuar como es debido—, sonríe satisfecha.

Esto es lo que Ate le dice a Jane con apremio, porque no tienen mucho tiempo:

—Has de llevar un uniforme. Si el mío no te entra, y lo más

probable es que no, porque todavía estás rolliza por el embarazo, tienes que ir a la tienda de uniformes de Queens Boulevard. Yo pagaré. Compra dos o tres, de los que van con pantalones a juego. Han de ser pantalones con grandes bolsillos; te servirán para el chupete, la leche, el aspirador nasal y cosas así.

»El bebé aún no está adiestrado para dormir seguido, así que ten presente que vas a trabajar todo el día y toda la noche. ¿Cuándo dormirás? ¡Cuando duerma el niño, claro! Pero solo por la noche. Durante el día, si la madre o el padre están en casa, debes mantenerte ocupada. Aunque el crío esté echando una siesta. Si no, parecerás una holgazana.

»El domingo es el día libre, pero la primera semana no debes tomártelo. La señora Carter insistirá, pero tú debes decir que no. Dile que prefieres quedarte para «conocer mejor a Henry». Ella nunca lo olvidará. Se lo contará a su marido, y ambos se alegrarán de que me hayas reemplazado tú.

»Echarás de menos a Mali, ya lo entiendo. Yo te enviaré fotos, un montón de vídeos. Pero míralos en tu habitación. ¿Has visto a las canguros de las islas en el parque infantil, mirando sus móviles en vez de vigilar a los niños? No hagas eso. No cobras el doble para actuar así.

»Avisaré a Dina que vas a sustituirme. Ella te ayudará a encontrar las cosas que necesitas. Por ejemplo, col: sus hojas van bien cuando a la madre se le obstruye el conducto de la leche; té de lactancia: la madre debería tomarlo varias a veces al día; multivitaminas: también debe tomarlas todos los días; una cerveza que se llama Guinness: es buena para producir leche...

»Pero, escucha, Jane: habla con Dina únicamente en inglés. Nunca en tagalo, aunque los padres estén en otra habitación. Si no, se sienten incómodos; como extraños en su propia casa.

»¡No quiero asustarte, Jane! ¡Los señores Carter son muy amables! Pero tú debes actuar con respeto. Ellos te dirán que los llames «Cate y Ted», todo muy norteamericano, muy igualitario, pero tú siempre tienes que decir «señor» y «señora». Te dirán que «te sientas como en tu casa»... ¡pero ellos no quieren que te sientas en tu casa! Porque estás en la suya, no en la tuya, y ellos no son tus amigos. Son tus clientes. Nada más.

»La señora Carter es de ese tipo de madre que se siente culpable. A ella le gusta estar con Henry, pero cree que debería gustarle más de lo que realmente le gusta. ¿Entiendes? Y eso da lugar a que se sienta culpable, porque ella cree que el amor y el tiempo son lo mismo. ¡Y no es verdad! Yo no he visto desde hace muchos años a Roy, ni a Romuelo, ni a Isabel ni a Ellen, pero mi amor por mis hijos es el mismo. Esto es algo que ella no entiende. De ahí que se sienta culpable. Culpable si deja a su hijo la mitad del día para cortarse el pelo; culpable cuando se entera de que su amiga mantuvo la lactancia más tiempo que ella.

»Ojo con la culpabilidad, Jane. No se la hagas sentir. A veces, ella te dirá: «Yo me ocupo de Henry; vete a echar una siesta, has estado toda la noche levantada». ¡Pero lo más probable es que solo se sienta culpable ante ti! Tú tienes que darle alguna excusa para que deje al niño. Puedes decir, por ejemplo: es hora de bañarlo, o es hora de ponerlo boca abajo.

»O en tono de broma, puedes decirle: «¿Ahora podría tener yo un ratito al señorito Guapetón, por favor?».

»Si ella se empeña en quedárselo, de acuerdo. Pero en ese caso el bebé debe haber tomado su ración de leche, eructado y estar contento. No ha de estar hambriento, ni cansado ni lloroso. Porque si se alborota con ella, quizá se sienta celosa. Es algo que puede pasar, si él te sonríe más a ti o se calma antes contigo.

»Y tú debes quedarte cerca, muy atenta, pero no allí plantada, sin hacer nada. Siempre has de estar atareada: lavando biberones, doblando ropa... Si no, la madre se siente molesta contigo al verte ociosa mientras ella se ocupa de su hijo.

»¿Y el padre? Él trabaja en un banco. Trabaja mucho y muchísimas horas. Tú mantén las distancias, Jane. Sé educada, pero no lo mires a los ojos. Y no le sonrías. No es que él sea como Billy, ¡qué va! Pero su mujer aún está hinchada por el embarazo. Y tú eres joven y guapa.

»¡Ah, el libro! Eso es importante. Aquí están todos los datos, ¿entiendes? Aquí debes apuntar —en una tabla, a los clientes les gustan las tablas— lo que el bebé ha tomado, qué cantidad, si es leche materna o artificial, o una mezcla de ambas, y cuándo. También anotas si hace sus necesidades. Pis o caca. Si la caca es dura o líquida.

»Esta información te ayudará a establecer la rutina de sueño. Te explico. Cuando yo dejé a los Carter, Henry estaba comiendo cada dos horas. ¿Lo ves en esta columna? Pero lo que pretendemos es que poco a poco coma cada cuatro horas. Cuando se alimenta lo suficiente durante el día —unos setecientos cincuenta u ochocientos mililitros—, ya no necesita ninguna toma de noche. Entonces es el momento de enseñarle a dormir.

»Otro ejemplo. ¿Qué pasa si Henry llora todo el día y su madre quiere saber por qué? ¡Consulta mi libro! ¿Ha hecho bastante pis? ¿No? Entonces quizá tiene sed. ¿Ha hecho caca hoy? ¿Ayer? ¿No? ¡Entonces quizá está estreñido!

»Has de intentar entender a este tipo de padres, Jane. Ellos están acostumbrados a controlarlo todo. Es eso lo que el dinero les proporciona. Pero cuando llega un hijo, ¿qué ocurre? Escogen el día para inducir el parto; el padre se toma el día libre; colocan una sillita nueva en el coche; dejan la ropita muy bien doblada... Y entonces empieza el parto y nace el bebé. Y de repente, ¡paf! ¡Se acabó el control! La criatura llora y no saben por qué. No se agarra al pecho. ¿Por qué? ¿Cómo forzarla? ¡Pero es que no se puede forzar! Vomita, se hace caca, no hace caca, tiene una erupción, tiene fiebre, no duerme... ¡no hay motivo, no hay control!

»Escucha, Jane, por favor. Esto es importante, quizá lo más importante. Para ser una buena niñera, debes demostrar a los padres que lo tienes todo controlado. Cuando el bebé llora o vomita, cuando la madre grita porque tiene los pechos como una piedra y le duelen mucho, tú no puedes poner cara de sorpresa. Has de controlar la situación y disponer de todas las respuestas.

»Este libro... no es solo un libro. ¿Entiendes? Para los padres significa que hay un orden, que el mundo no se ha vuelto loco.

»Esto, Jane, hará que los padres confíen en ti. —Toca la tapa de cuero—. ¿Ves lo suave que es? No son baratos estos libros. Pero son un bonito recuerdo. Y yo he descubierto que a las madres les encantan.

Jane

A Jane le palpitaba emocionado el corazón al ver por primera vez a la señora Carter, aunque también se le encogía de dolor por Amalia. La señora la abrazó, cosa que ella no se esperaba. En la residencia de ancianos, los residentes a veces la abrazaban; en cambio, sus hijos, cuando iban de visita, mantenían las distancias. La abrazó en el vestíbulo, que tenía el suelo de mármol ajedrezado. Jane todavía llevaba sus bolsas en las manos. La señora olía a transpiración —acababa de volver de una clase de gimnasia— y también a perfume; le murmuró al oído: «Siento lo de Evelyn», y luego le pidió a Dina que la llevase al cuarto de servicio.

El cuarto estaba en la parte trasera del apartamento. Era pequeño, pero mucho mejor de lo que había tenido nunca para ella sola. Cuando vivía con Nanay, su abuela, dormían en la misma cama. Años más tarde, cuando se reunió con su madre en California, dormía en el salón en un sofá cama, al lado de la televisión. En la cómoda del cuarto de servicio, encontró los uniformes de repuesto de Ate pulcramente doblados. Y asomando entre las páginas de canto dorado de su Biblia, había una fotografía de Amalia, del día en que nació.

Jane comprendió por vez primera lo que significaba el dinero en casa de los Carter. Llevaba una semana con la familia cuando Henry tuvo fiebre y una extraña tos perruna. Mientras la madre llamaba al médico desde la biblioteca, ella preparó al niño para el trayecto. Le puso su pelele Patagonia, metió pañales de repuesto en la bolsa y le calentó la leche.

—Señora, ya estamos listos. Cuando quiera —anunció cuando la señora Carter terminó de hablar por teléfono.

—¿Listos, para qué? —preguntó la mujer sin comprender.

Ella iba todavía con sus pantalones de yoga y estaba sentada con las piernas cruzadas en el diván.

—Para ir al médico, ¿no?

—¡Uy, no! Aquello está lleno de microbios —le explicó ella arrugando la nariz—. Henry es demasiado pequeño.

Al cabo de media hora, llegó la doctora con un maletín donde llevaba todo su instrumental. Se cambió en el vestíbulo los zapatos por unas zapatillas, entró en la habitación y examinó a Henry, usando una delgada linternita para mirarle los oídos y la garganta. Lucía unas gruesas pulseras de oro con piedras azules incrustadas que tintineaban mientras trabajaba. Cuando terminó la exploración, llamó a la farmacia de la Tercera Avenida y pidió los medicamentos. Mientras recogía el instrumental, estuvo charlando con la madre. Eran viejas amigas de Vail, el pueblo de esquí donde habían pasado las Navidades durante décadas. La doctora dijo que ella y su marido estaban pensando en inscribirse en el Game Creek Club, pero que se habían echado atrás al ver las tarifas. La señora Carter le aseguró que el coste de la inscripción valía la pena. La comida era muchísimo mejor que en los albergues, y nunca tenías que hacer cola. Y las zapatillas que te daban en la entrada para quitarte las botas... ¡eran divinas!

Cuando la doctora se marchó, y una vez que Henry se quedó dormido, Jane se puso el abrigo y le preguntó a la señora Carter si quería alguna cosa más de la farmacia, además de las medicinas para el niño. La señora le explicó que ellos pagaban un servicio de mensajería para que se encargara de sus recados y que las medicinas se las entregarían al portero.

—Descansa un poco. Te has pasado toda la noche levantada —dijo amablemente.

A lo largo de las semanas, Jane comprobó que todo el mundo, igual que la doctora, acudía a casa de los Carter. Les llevaban pasta seca y almendras crudas, crema corporal sin perfume y toallitas para bebé, cestas de mimbre llenas de verdura y carne de las granjas locales, cajas de vino, flores frescas los lunes y jueves, las camisas del señor Carter empaquetadas como regalos, y vestidos nuevos para la señora Carter —colgados en perchas acolchadas y precintados en bolsas con cremallera— de las tiendas de Madison Avenue; todo ello entregado en la puerta trasera del apartamento y guardado en su sitio por Dina sin que los Carter se dieran cuenta siquiera. No había casi ningún motivo para salir, y Jane apenas lo hacía, dejando aparte los dos paseos diarios por el parque con el niño.

La primera vez que ella, la madre y Henry se aventuraron a salir al mundo exterior fue para hacer una escapada de fin de semana a Long Island, donde la familia poseía una casa. La madre del señor Carter iba a dar una fiesta en honor del niño en su club de campo de East Hampton. La mañana del viaje, ellos tres bajaron con el ascensor principal del edificio y se metieron en un Mercedes que estaba esperando. Ya habían colocado la sillita de Henry detrás y guardado las bolsas en el maletero. El chófer los dejó en el helipuerto de East River, y desde allí los transportaron en media hora hasta East Hampton. Al llegar, otro coche los llevó a la enorme casa de tejado de tejas de los Carter, que no resultaba visible desde la carretera porque estaba rodeada de altos setos. Jane estuvo todo el fin de semana en la propiedad, salvo las tres horas que pasó en la fiesta del club de campo.

Aquello era un mundo autosuficiente, comprendió la joven a medida que pasaban las semanas: un mundo construido para hacer frente a los golpes y contratiempos de la vida. Un mundo totalmente aparte de aquel que habitaban ella y Amalia y todas las personas a las que conocía. Y hasta que los Carter le pagaron —seis semanas a doble tarifa, como le habían prometido—, había creído que ese mundo era inalcanzable para alguien como ella.

Cuando fue al banco a depositar el dinero, además, descubrió que cumplía los requisitos para un tipo nuevo de cuenta: una Saving-Plus, con un saldo mínimo de quince mil dólares y una tasa de interés del 1,01%. Jane le confesó al cajero que no sabía lo quera una «tasa de interés». Él sacó una calculadora para explicarle que era el porcentaje con el que crecería su dinero por dejarlo en el banco.

—¿Sin hacer nada? —preguntó ella para asegurarse.

—Se llama «interés compuesto». ¿Entiende ahora cómo funciona?

Para ella, el hecho de que el dinero creciera por sí solo constituía toda una revelación. Era como si una puerta hasta entonces cerrada se hubiera entreabierto —una simple rendija—, y por primera vez pudiera imaginarse que la había traspasado. Si su dinero aumentaba por quedarse ahí quieto, entonces necesitaba más. Pero no se refería a los pocos dólares que ganaba en la residencia de ancianos, sino al dinero de verdad como el que sacaba en casa de los Carter. Si era cuidadosa, ese dinero crecería por sí solo poco a poco. Y se convertiría en una fortaleza.

La señora Carter tomaba batidos verdes todas las mañanas para desayunar. Le pedía a Dina que se los preparase con moras congeladas, verduras de hoja verde y varias semillas y especias: canela, cúrcuma y chía. Un día, el segundo o el tercero de Jane en la casa, la señora le ofreció un sorbo del batido. Ella se quedó sorprendida, pero la asistenta le explicó luego que la señora era así. Amable y nada esnob como sus amigas. A la noche siguiente, la invitó a ver una película con ella en la sala de proyección, porque su marido iba a quedarse trabajando hasta tarde. Se sentaron una junto a otra en unos mullidos sillones de cuero y fueron comiendo palomitas del mismo cuenco mientras Henry dormía.

Tal vez fue por eso por lo que Jane creyó que podía tomar prestado el sacaleches. Porque la señora Carter y ella se habían hecho amigas. Pero no, no era cierto. Ella nunca le hablaba a la señora de Amalia, porque Ate le dijo que así la haría sentirse culpable. Y Jane siempre supo, en el fondo, que coger el sacaleches era una transgresión.

Cuando lo usó por primera vez, llevaba seis días trabajando para los Carter. Henry había estado inquieto toda la tarde y ella no había encontrado el momento de vaciarse los pechos de leche desde primera hora de la mañana. En cuanto tuvo al niño acostado para echar la siesta, fue corriendo a su habitación. Se quitó la camisa, puso un cuenco en el lavamanos del baño adosado y se inclinó para ordeñarse como si fuera una vaca. De hecho, ya guardaba su leche en bolsas de plástico de la señora Carter y las metía en el segundo congelador de la despensa, el que se usaba cuando daban grandes fiestas. Tenía intención de llevarle esa leche congelada a Amalia en cuanto tuviera su primer día libre.

La señora Carter había salido a hacer ejercicio. Jane consideraba que hacía demasiado deporte y comía demasiado poco, porque su producción de leche era escasa. Y en ese momento reparó en el sacaleches que estaba sobre la mesa de su habitación. Era un aparato de uso hospitalario, más potente que los que vendían en las tiendas. Le sacaba la leche a la madre de Henry con tal fuerza que sus pezones, bajo las ventosas, se estiraban mucho, como deditos rosados. A la señora le inquietaba constantemente la idea de que ese «artilugio» le arruinara los pechos, pero aun así prefería utilizarlo antes que darle el pecho a Henry, porque el crío era muy lento y a veces necesitaba una hora para quedarse saciado.

Jane tomó una decisión sin considerarla conscientemente. Cerró la puerta con llave. Encendió la radio. Puso el monitor de bebé sobre la mesa y se colocó el sacaleches. En unos instantes sus pezones se alargaron como si fuesen de goma bajo las ventosas de plástico. A ella no le preocupaba que se le estropearan los pechos. No esperaba que nadie la tocara. Ni siquiera Billy lo hacía con frecuencia en su momento, porque se quejaba de que eran demasiado pequeños.

Cerró los ojos y pensó en Amalia. La señora Carter decía que pensar en Henry mientras usaba el aparato propiciaba que produjera más leche, y tenía razón. Le bastaron quince minutos para vaciarse los pechos, y produjo mucha más leche que cuando lo hacía con las manos. Entretanto, como podía comprobar a través del monitor, Henry no había dado señales de moverse en la cuna.

A partir de entonces, utilizó el sacaleches de la señora Carter varias veces al día. Con el paso de las semanas, la sensación de que estaba haciendo algo que no debía se fue desvaneciendo, como los colores de una camiseta lavada muchas veces, aunque nunca desapareció del todo. También empezó a añadir una parte de su propia leche en los biberones del niño, primero porque la producción de la madre era tan pobre y, en cambio, a ella le rebosaba, y segundo, porque así se convencía de que, tal vez, su uso del aparato redundaba en beneficio de todos.

«No me puedo ni imaginar cómo deben de sentirse Tina y Ester teniendo a sus hijos tan lejos, en Filipinas, mientras ellas viven con una familia como la nuestra», dice Margaret Richards.

Ella es la amiga de la universidad de la señora Carter, una mujer guapa, de grandes ojos azules y un pelo tan claro que parece casi blanco. Sostiene sobre el hombro a Henry, que le está llenando la blusa de babas. Jane, sin que ella lo note, le limpia la cara al niño con una toallita.

La señora Richards está describiendo el documental que va a filmar sobre las niñeras filipinas de sus dos hijas pequeñas. Ella nunca ha filmado un documental, pero conoció en una gala benéfica del MoMA PS1 a un realizador en paro que le dijo que estaría «encantado» de ayudarla.

—Lo que estamos tratando de decidir es qué grado de protagonismo debemos tener las niñas y yo en la filmación —dice Margaret Richards, aparentemente sin darse cuenta de que Henry se está alterando.

Jane consulta su reloj y observa con inquietud que han pasado cuatro horas desde que el niño se ha tomado el último biberón.

—Yo creo —continúa la señora Richards— que resultaría más empático si apareciéramos nosotros con ellas y mostráramos que forman parte de nuestra familia. Sería más fácil mantener el interés del público si salimos nosotros, y no solo las niñeras.

—¡Qué maravilla verte volver al trabajo con las niñas todavía tan pequeñas! Clay me tiene tan ocupada que no puedo imaginarme yendo a trabajar dentro de poco —exclama Emily van Wyck, otra amiga de la universidad que ha dejado a su hijo en casa, con la niñera. Jane ha escuchado antes cómo esa amiga le decía a la señora Carter que debía de estar loca por dejar entrar a una chica tan joven y atractiva en su casa. «¿Por qué tentar a Ted?», ha añadido la señora Van Wyck, sin saber que Jane estaba al lado, en la biblioteca, recogiendo los cereales Cheerios que las niñas de la señora Richards habían esparcido sobre la alfombra.

Jane se ofrece a coger a Henry, que está gimoteando y mordiéndose los puños, pero la señora Richards hace como si no la oyera.

—Xander, claro, se está echando atrás. Dice que no es buena idea. Ya me entiendes, una mujer privilegiada del Upper East Side, casada con un próspero hombre de negocios, filmando un documental sobre su personal de servicio…

—Pero es así precisamente como suceden estas cosas —la interrumpe la señora Carter—. Harriet Beecher Stove no era negra. ¡El arte es un gesto de empatía!

—Exactamente lo que yo digo —asiente la señora Richards.

Henry se echa a llorar. Jane se lo lleva, reprochándose a sí misma no haberle dado de comer antes de que llegaran las amigas de la señora Carter, aunque fuera anticiparse un poco al horario de las tomas. Ate le ha explicado que a las madres les gusta que sus bebés sean dóciles delante de sus amigas, que no lloren ni alboroten.

Antes de que pueda escabullirse, la señora Richards le pregunta:

—¿Tú eres filipina?

—Sí, señora —responde ella a regañadientes. Ahora debe darle a Henry el biberón antes de que le entre hambre de verdad. Y él no se lo va a tomar aquí. Hay demasiada gente.

—No lo pareces.

—Bueno, tu padre es norteamericano, ¿no? —dice la señora Carter mirándola sonriente.

—¿Tú naciste allí? —pregunta al mismo tiempo la señora Richards.

Jane se saca del bolsillo el biberón que ha calentado antes y se lo pone a Henry en la boca, rezando para que se lo tome, pero él lo aparta con manotazos frenéticos.

—Sí, señora. Mi padre es norteamericano. Y sí, señora, yo nací en Filipinas.

La señora Carter la interrumpe.

—Pero no en Manila. En esa otra isla... Ted iba allí a hacer submarinismo cuando estaba en Morgan Stanley. ¿Cómo era el nombre, Jane?

—Yo soy de Bulacán —responde ella nerviosamente, porque el niño se agarra las orejas, como suele hacer cuando está demasiado excitado.

—Ah, no, yo estaba pensando en la isla con un Aman Resort... —La señora Carter menea la cabeza—. El caso es que el padre de Jane estaba destinado en una base norteamericana...

—Seguramente la base de la bahía de Súbic —la interrumpe la señora Richards con despreocupación—. Nosotros ya hemos investigado un montón. Hay muchos matrimonios mixtos de ese tipo, en los que un soldado norteamericano se enamora de una chica de allá. ¿Fue así como se conocieron tus padres, Jane? ¿En una base militar?

Jane nota un picor en la cara. Su madre tenía dieciséis años cuando se quedó embarazada de ella, un escándalo que Nanay utilizó durante toda la juventud de su nieta para justificar la severidad con que la educaba. El padre abandonó Filipinas poco después de que ella naciera, aunque eso no predispuso a su madre en contra de los norteamericanos ni de los militares. Según las últimas noticias que le llegaron, en la actualidad estaba viviendo en el desierto de California con su nuevo marido, un antiguo piloto militar que trabajaba en la construcción.

—No estoy segura.

—¿Cómo es eso? —pregunta la señora Van Wyck.

Jane se vuelve hacia la señora Carter para que la rescate del apuro, pero ella está hablando con Dina sobre el almuerzo.

—Mi madre vino a Norteamérica cuando yo era pequeña… A mí me criaron mis abuelos.

—Ah, ¿vino aquí para reunirse con tu padre? —pregunta la señora Richards.

Jane vuelve a mentir:

—No, para buscar trabajo.

—¿Como niñera?

—Primero limpiando. Más tarde como niñera.

—Entonces… —dice la señora Richards pensativamente—. Entonces tu madre vino a Norteamérica y encontró trabajo de niñera. Y ahora aquí estás tú trabajando también de niñera. Has seguido sus pasos. Imagínate que tuvieras una hija y que ella…

—Como la reincidencia familiar —responde la señora Van Wyck—. Generaciones de hombres negros que van a la cárcel porque sus padres también fueron.

Henry estalla en un prolongado gemido.

—Margaret, puedes entrevistarla más tarde para tu película. Henry ha de comer. ¿Te importa, Jane? —dice la señora Carter.

Ella se retira rápidamente de la sala y no se detiene hasta que se encuentra a salvo en la habitación del niño, plantada en su rincón favorito frente a la ventana. Lo mece hasta acallar sus lamentos y entonces le pone el biberón en la boca. Ahí, rodeado de silencio, el crío empieza a beber. Mientras escucha sus chupeteos, ella recobra la calma. «Estos árboles cambiarán pronto de color», le dice al niño. Piensa en Amalia y se pregunta qué estará haciendo en ese momento.

Entonces la puerta se abre de golpe y las dos niñas Richards, Lila y Lulu entran corriendo.

—¡Chist, niñas! ¡Henry se está durmiendo!

Las niñas están sobreexcitadas. Dina no debería haberles dado esos Cheerios tan azucarados. Las dos se apretujan contra ella y le ruegan que les deje tocar el bebé. Arman demasiado jaleo. Henry deja de beber.

¿Dónde están Tina y Ester? ¿Acaso esperan que se ocupe de las niñas mientras ellas chismorrean con Dina en la cocina?

—¡Id a jugar! ¡Mirad! —dice Jane señalando el estante de los muñecos de Henry, que a su modo de ver resultan más bien decorativos: objetos caros, tallados en madera, con aspecto de muñecos.

Lila, de apenas tres años, grita que quiere una pelota y cruza la habitación corriendo. Coge del estante un globo terráqueo tallado y, sin previo aviso, se lo lanza a su hermana pequeña, dándole en toda la cara. Durante varios segundos, Lulu la mira sin decir nada. Después se le contrae la cara y arranca a llorar.

—¿Por qué está llorando? —pregunta Ester, la niñera de Lulu, apareciendo en el umbral con un cuenco de moras.

Jane intenta calmar a Henry, que también llora, y le cuenta a Ester lo del globo. Esta le examina la cara a Lulu, determina que no ha sido nada, y le da las moras sin más, a pesar de que la niña continúa gimoteando.

—¡Lila! ¡Mami dice que te comas las moras! —grita Tina entrando en la habitación.

—¡Sí, mami lo ha dicho! —gorjea la señora Richards con esa alegre cadencia que usa con las niñas, entrando también detrás de Tina con un iPhone en la mano—. ¡Las moras son superbuenas!

Demasiadas distracciones. Cuando Jane va a salir de la habitación, la señora Richards la detiene.

—Dale aquí el biberón, Jane. No te preocupes por mí. ¡Estoy filmando una película, nada más!

Filma cómo Tina le da moras a Lila con la mano; enfoca

unos momentos a Ester, que aún está tratando de consolar a Lulu, y después recorre lentamente la habitación hasta centrarse en Henry y Jane.

—Jane, ¿puedes apartarte de la ventana? Estás a contraluz y la imagen sale muy oscura —le indica la señora Richards. A continuación declama—: Tres filipinas. Tres niños. Tres historias.

Suena un quejido y luego una tos.

—¡Lulu se ha atragantado! —grita la señora Richards.

Ester le da golpecitos a la cría en la espalda. Lila, asustada, se echa a llorar. Los berridos de Henry se vuelven más estridentes. Bruscamente, un chorro de moras a medio masticar sale disparado de la boca de Lulu.

—¡TINA! ¡ESTER! —aúlla la señora Richards bajando el iPhone—. Las moras. MANCHAN.

Jane sale a toda prisa antes de que la señora Richards pueda volver a detenerla. En su habitación, sujeta con fuerza a Henry hasta que se calma. Mientras revisa los mensajes de su móvil, el niño le husmea el hombro. Tiene un mensaje de Ate sobre la visita al médico con Amalia. La niña casi no ha llorado cuando la han pinchado y está muy alta para su edad. Mira las fotografías que su prima le ha enviado: Amalia con un gorro nuevo, Amalia sobre la mesa de exploración. Cuando deja el teléfono, Henry se ha dormido.

Suspira, irritada consigo misma. No debería haberse entretenido tanto con el móvil. Henry no se ha terminado ni mucho menos el biberón y tendrá que tirar la leche. Según Ate, a temperatura ambiente se conserva bien un máximo de dos horas; después se forman bacterias. Considera la idea de descongelar más leche y despertar a Henry para mantener su ritmo de tomas. Pero el niño está dormido apaciblemente y ella siente un cosquilleo en los pechos, lo cual quiere decir que ya es hora de sacarse la leche. Además, ¿qué pasaría si se tropieza con la señora Richards de camino a la cocina?

Se acerca a su cama, junto a la pared, y coloca a Henry sobre ella. Cuando va a cerrar con llave la puerta, sin embargo, el bebé cambia de posición. Vuelve corriendo a la cama y amontona almohadas en el borde para protegerlo. Pone en marcha el aparato de ruido calmante para que siga durmiendo; entonces se quita la camisa y se coloca el sacaleches de la señora Carter.

En unos minutos, la leche fluye. Mientras escucha el sonido rítmico de succión, piensa en Amalia y se relaja.

De repente, Henry suelta un chillido tan desaforado que parece cortar el aire y eructa. ¡Se le ha olvidado hacerle eructar antes de acostarlo! El crío vuelve a gritar otra vez y otra más, y estalla en un llanto feroz. Jane, con el corazón retumbándole en el pecho, se quita las ventosas del aparato y se apresura a cogerlo en brazos. Él le clava los dedos en la piel.

—¡Chist... chist! —susurra ella con ansiedad.

Estrechándolo contra ella, separa con la mano libre los tubos de las botellas. La boca del bebé se cierra sobre su pezón, que aún rezuma.

—No, Henry. —Intenta apartarlo, pero él se aferra con más fuerza, y engulle la leche con amplias succiones, tal como aspira el aire un hombre que ha estado a punto de ahogarse.

¡Qué niño tan terco! Le introduce el meñique por la comisura de la boca y le abre la mandíbula. Henry, desolado, echa la cabeza atrás y berrea con tal furia que la cara congestionada se le pone blanca.

—¡Henry! —A Jane le retumba el corazón. Vuelve a estrecharlo contra su pecho para acallarlo y, cuando él succiona de nuevo, le deja hacer. Solo hasta que pueda guardar el sacaleches, que no debería estar usando. Solo hasta que pueda tirar la leche inservible y llenar el biberón de leche fresca. Solo hasta que pueda terminar de enroscar la tetina de goma. Actúa tan deprisa como puede. Su pecho libre, el que no está atrapado por la boca voraz del niño, gotea en el suelo.

Ya se dirige hacia la cama, con el biberón por fin preparado, cuando la puerta se abre de golpe. El pomo choca ruidosamente contra la pared.

—Jane, quería... ¡Oh, Dios mío!

La señora Richards está en el umbral, filmando con el móvil.

Jane la mira fijamente. No encuentra las palabras en su mente enloquecida. Únicamente se oye a Henry, que le succiona el pecho con ávidos ronquidos, igual que un cerdo.

Mae

«El coche se retrasa», piensa Mae, lo cual quiere decir que llegará tarde. Si hay tráfico (y suele haberlo, porque la Taconic es una autopista de mierda, demasiado estrecha y llena de curvas, donde se conduce muy rápido y escenario de innumerables accidentes provocados porque cruzan ciervos y otras criaturas del bosque), seguro que llegará tarde. Y ella detesta los retrasos.

—¡Eve! —le grita a su ayudante a través de la puerta abierta del despacho—. ¿Has localizado ya el coche?

Procura ocultar su irritación y mantener un tono exigente pero sereno. En el retiro corporativo en México del mes pasado, la nueva chica de Relaciones con los Inversores dijo que Mae nunca parecía «alterada». A ella le complace esa imagen de sí misma y trata de cultivarla: la calma en medio de la vorágine, la sangre fría en plena crisis.

Ese retiro era una novedad en Holloway. Leon, el jefe de Mae, fundador y director ejecutivo de la empresa, consideró que era esencial convocar a todos los jefes de las distintas ramas de Holloway para compartir sus conocimientos sobre la mejor forma de satisfacer a sus clientes, o sea, a los superricos. «Solo los paranoicos sobreviven», declaró Leon en la reunión inaugural, mientras aparecía en la pantalla que tenía detrás de él una imagen de PowerPoint mostrando una impresionante gráfica ascendente de los beneficios anuales de Holloway.

Los gerentes de los clubs de esa empresa de Nueva York, San Francisco, Dubái, Londres, Hong Kong, Miami y Río volaron a Cancún para asistir a la reunión, así como los directores ejecutivos de la consultoría de arte Holloway, de la empresa gestora de yates y *jets* privados, del equipo de gestión inmobiliaria, de la asesoría de gestión familiar... y ella, la única ejecutiva del grupo, en representación de Golden Oaks. El «centro gestacional» es el nuevo proyecto de Holloway y, desde su punto de vista, representa el futuro.

Mae coge una caja de pañuelos de papel, que está casi vacía, pues ha sufrido un resfriado torturante desde las vacaciones de esquí que se tomaron ella y Ethan en Año Nuevo, y la mete en los cajones ocultos de detrás de su silla. Endereza la orquídea torcida que luce encima del escritorio, un regalo de Ethan, y se reclina para admirar su espacio de trabajo.

—¿Alguna novedad, Eve? —vuelve a preguntar mientras coge el bolso y se pone su abrigo de cachemira (comprado en Bergdorf con un veinte por ciento de descuento, pero que aun así le costó una fortuna). Se supone que debe encontrarse con Reagan McCarthy en el Village a las seis, y, a ese paso, tendrá suerte si llega a las seis y media. Ella procura no hacer esperar nunca a una portadora, porque al hacerlo da a entender que la irresponsabilidad está tolerada, y si hay algo que no puede ser la portadora gestacional de un millonario es irresponsable. Pero, además, le parece una falta de educación especialmente grave llegar con retraso cuando va a ver a una portadora a la que está cortejando activamente.

Eve sigue al teléfono hablando con el chófer. Mae, esforzándose para no fruncir el entrecejo, le dice que le mande un mensaje de texto cuando llegue el coche, y camina a grandes zancadas hacia la parte delantera del edificio principal. Maldita sea. Sin dejar de caminar, le manda un mensaje a Reagan diciendo que necesita retrasar un poco la cita. Los pasillos de Golden Oaks le resultan tan familiares que no le hace falta levantar la vista de la pantalla del móvil. Por simple costumbre, reduce la marcha al pasar frente a un cuadro que ha llegado a considerar suyo. Es un pequeño paisaje, uno de los seis colgados en el pasillo principal. Años atrás, vio una foto de ese cuadro en uno de los libros de arte que tiene en casa. De inmediato llamó a su amiga de Sotheby's para que le hiciera una estimación a ojo de su valor, y esta le dijo que podría alcanzar en una subasta una cantidad media de seis cifras, posiblemente más. El caso es que Leon compró hace unos años la media docena de cuadros del pasillo siguiendo un impulso. Iba de camino por una carretera polvorienta, perdida en la zona rural de Massachusetts, de camino a Newport, cuando se topó con una venta de patrimonio. Leon convenció a la decrépita viuda, confinada en un sillón de orejas del salón, para que le vendiera los seis cuadros con un enorme descuento; y aunque vistos en conjunto son muy parecidos —colores oscuros y terrosos, gruesas pinceladas, imágenes de escenas rústicas—, el cuadro «de Mae» vale muchísimo más que los otros cinco juntos. «¡Supongo que tengo olfato para las cosas valiosas!», suele decir él cuando relata la historia a los clientes señalando con aire burlón su prominente nariz, un poco torcida, que pese a todo resulta extrañamente atractiva.

Cada dos o tres semanas, Mae concibe una teoría diferente para explicar por qué ese cuadro destaca de entre los demás. Esa semana se ha fijado en una mancha, lejos de las nubes, de un tono verde negruzco, como un moretón reciente. También ha observado que los árboles de su cuadro son más gruesos que los de las otras pinturas, de una densidad casi palpable. ¿Esas cosas son importantes? ¿El valor está relacionado con las manchas y la densidad? La verdad es que no lo sabe, y hace meses añadió a su lista de tareas no urgentes, pero importantes: «Apuntarse a una clase de valoración artística». Sin embargo, cree que situó esa idea demasiado abajo de la lista, emparedada entre «Organizar un fin de semana de golf de negocios» y «Digitalizar las declaraciones de impuestos». Las obras de remodelación del apartamento estarán terminadas antes de lo previsto, y ella y Ethan quieren organizar la fiesta de compromiso en su sala de estar —orientada hacia el sur e inundada de luz natural— de seiscientos metros cuadrados. Pero antes tendrán que comprar cuadros nuevos, desde luego.

Su móvil suelta un pitido. Un mensaje de Eve: el chófer está llegando. Mae atraviesa como una exhalación la sala de espera, asegurándose de saludar con un gesto a la recepcionista, y cruza las macizas puertas de entrada. Se sube rápidamente al coche. El chófer se disculpa por el retraso una y otra vez, como repitiendo un mantra: «Siento mucho llegar tarde, lo siento mucho, lo siento mucho».

—No importa. Arranquemos. —Su voz suena más severa de lo que pretendía, por lo que le lanza una sonrisita al tipo por el retrovisor.

Incluso en pleno invierno, el paisaje en torno a Golden Oaks es precioso. Los recuadros de pasto, que en los meses más cálidos producen alfalfa, maíz y heno, desfilan uno tras otro por la ventanilla, flanqueados por sicomoros y robles cubiertos de polvo de nieve. Algunos de esos árboles tienen varios centenares de años. Un pequeño riachuelo, en ese momento congelado, atraviesa los campos acompañado a trechos por un muro de piedra discontinuo. En lo alto, el cielo tiene un color azul ceniciento, como un cuenco de Wedgwood invertido. En su momento, cuando estuvo recorriendo con Leon el norte de Nueva York y la zona colindante de Connecticut para buscar posibles sedes, supo nada más ver la Granja Golden Oaks que ese era el lugar perfecto: un rincón exuberante y saludable, de una belleza natural intacta. Y tan solo a dos horas en coche de los mejores hospitales del mundo situados en Manhattan.

Se permite el lujo de disfrutar del paisaje hasta que llegan a la autopista. Entonces se pone a trabajar. Abre la lista de tareas de su teléfono.

«1. Terminar la presentación de madame Deng.»

Se siente satisfecha sobre ese punto. Ya está lista en un noventa y cinco por ciento para la reunión de mañana, después de haberse pasado varias semanas devorando todos los artículos que ha encontrado sobre madame Deng; incluso ha repasado con dificultades unos cuantos artículos en chino, una hazaña nada desdeñable teniendo en cuenta que su padre, aunque nacido en las afueras de Pekín, se negaba a hablarle en casa en otro idioma que no fuera el inglés. El mandarín casi impecable de Mae es el resultado de un esfuerzo de años iniciado en su primer curso de universidad, cuando calculó que dominar la lengua de la economía que más deprisa crecía en el mundo habría de reportarle dividendos algún día. Esa apuesta demostró ser acertada años después, cuando empezaron a surgir como setas por toda China millonarios y multimillonarios deseosos de obtener los bienes de lujo occidentales y los servicios especiales con los que ella está poniendo en juego toda su carrera.

Los datos más relevantes extraídos de su laboriosa investigación son los siguientes: madame Deng es la reina mundial del papel y de la pasta de papel. Nació en una choza con techo de hojalata de una aldea miserable de la provincia de Hebei, en el seno de una familia de granjeros incultos. A base de inteligencia y esfuerzo, y de un provechoso matrimonio con un teniente bien relacionado del Ejército Rojo, creó un gigantesco conglomerado empresarial de reciclaje de papel de alcance mundial en poco más de una década. Su empresa, Eight Heavens, posee una red de fábricas en las costas de China que compran papel desechado a toneladas a las empresas occidentales, lo tratan, lo depuran, lo trituran y lo convierten en cartón corrugado y otros materiales para envolver, empaquetar y embalar la miríada de productos baratos chinos fabricados en serie que se exportan a diario a Occidente. Allí, los consumidores con poder adquisitivo pero creciente conciencia ecológica tiran en los cubos de reciclaje los cartones y envoltorios de papel que se venderán de nuevo a Eight Heavens. Mediante este ciclo de reutilización, madame Deng ha amasado una fortuna que, según el *Journal,* rebasa los dieciocho mil millones de dólares. Es la mujer más rica de China y también la mujer hecha a sí misma más rica del mundo. Y está considerando una inversión en Holloway Holdings.

Normalmente, Leon y la novísima jefa de Relaciones con los Inversores, Gabby, la recibirían en Nueva York, en el club Holloway de la Quinta Avenida. Pero esta presentación es diferente. Madame Deng no solo está considerando la posibilidad de invertir en Holloway, sino que tal vez decida tener un hijo —sería el primero, ella frisa los cincuenta— en Golden Oaks, utilizando a una portadora escogida por Mae. Esa portadora habría de gestar uno de los doce embriones congelados que la dama ha almacenado en el Deng Center de Estudios de Salud Reproductiva del MIT.

Leon, en una jugada maestra, le pidió a Mae que organizara la presentación en Golden Oaks, toda una novedad. Pensó que la belleza bucólica y el aire limpio y cristalino de la zona contrastarían vivamente con los cielos cargados de polución y los acuíferos contaminados a los que madame Deng está habituada en Pekín.

—Además, tú, Mae, causas siempre una magnífica impresión —le había dicho Leon efusivamente.

Ella está al borde del desmayo debido a la excitación. Esa podría ser su gran oportunidad. Desde el difícil arranque de Golden Oaks hace tres años, Leon y el consejo de administración de Holloway se han empeñado en mantener las operaciones de subrogación a pequeña escala, limitándole arbitrariamente el número de portadoras a treinta, aun cuando los resultados de la fase beta superaron todas las expectativas.

En el ala oeste, todavía hay ocho habitaciones más criando polvo y pidiendo a gritos que las ocupen. Si Golden Oaks suprimiera las habitaciones individuales para las portadoras (una política que Mae ha recomendado una y otra vez, pues considera que las chicas deberían estar en habitaciones dobles para vigilarse mutuamente, y, claro, eso implicaría unos márgenes de beneficio superiores), el centro podría alojar al menos a otras dos docenas de residentes.

Pero primero necesita conquistar a madame Deng. Ella sería con diferencia su mayor adquisición en el continente chino y le demostraría a Leon el enorme potencial de Golden Oaks.

Saca del bolso unos auriculares y los conecta a su teléfono. «*Huanying dajia!* Bienvenidos todos. *Xiexie deguanglin!* Gracias por venir», dice su voz grabada. Su plan es empezar la presentación de mañana para madame Deng en chino y continuar en inglés en atención a Leon y a los demás. Ha practicado la introducción con su profesora de Pekín varios días, y el esfuerzo ha valido la pena: la voz que resuena en chino en sus oídos tiene todo el acento de una nativa.

Mae repite solo con los labios la presentación grabada mientras hojea el pequeño montón de solicitudes de portadoras que Eve le ha imprimido esa mañana. Examina las fotos de la primera página de cada expediente grapado y frunce el entrecejo. La mayoría de las solicitantes son caribeñas, pero ya tiene bastantes de esas. Necesita que no sean de color. No le vendrían mal, piensa, unas cuantas filipinas más: resultan populares entre los clientes, porque tienen un buen inglés y una personalidad dulce y dedicada al servicio. Siente debilidad por ellas porque la asistenta que tenían cuando era niña, Divina, era de un pueblo de montaña del sur de Filipinas. Era una mujer amable y hogareña, de nariz chata provista de dos diminutas narinas y una tez oscura cubierta de cráteres a causa de una grave varicela infantil. Cuando Mae era niña, su madre, una mujer rubia y agraciada, trataba de utilizar el aspecto de Divina para asustarla y obligarla a ponerse protector solar: «Tú tienes la piel de tu padre, hija, ¿quieres acabar pareciéndote a Divina?», pero su alarmismo no resultó eficaz, al menos en aquellos años, porque la pequeña Mae no encontraba fea a la asistenta.

Lo era, sin embargo; y una de las cosas que ella ha aprendido a causa de su trabajo es que si Divina viviera y fuera lo bastante joven como para ser portadora, incluso aunque fuese fiable al máximo, limpia y obediente, y tuviera un útero tan sano como el que más en Golden Oaks, ningún cliente la escogería. Y sería a causa de su fealdad. Los clientes jamás lo dirían en voz alta, claro, al menos los norteamericanos. Pero cuando hojearan en línea los perfiles de las docenas de portadoras en las impecables oficinas de Mae, casi invariablemente dejarían de lado a una persona con el aspecto de Divina y optarían por una filipina más guapa y de piel más clara, o por una chica polaca de cara lozana, con pecas en la nariz, o por una esbelta muchacha de Trinidad, de ojos relucientes y hoyuelos.

Eso, ciertamente, no es válido para todos los clientes, reconoce Mae. Algunos de ellos, aunque no son muchos, se centran exclusivamente en escoger a una portadora con un útero sano. Pero no pueden evitar la sensación de que la portadora que escojan no es solo un receptáculo para su futuro hijo, sino un símbolo de las elevadas expectativas que depositan en el ser que se les va a implantar en el útero. De ahí que prefieran (y que estén dispuestos a pagar un extra con este fin) a las chicas que consideran guapas, o «bien habladas», o «amables», o «juiciosas», o incluso... instruidas.

Al principio ese último aspecto sorprendió a Mae: que algunos clientes estuvieran dispuestos a pagar una enorme cantidad adicional por úteros que se han graduado en Princeton, Stanford o la UVA, como si sus fetos fuesen a absorber, además de la glucosa, las proteínas, el oxígeno y las vitaminas, los conocimientos adquiridos y las altas calificaciones de una portadora educada del modo más costoso. Pero es un hecho. Mae atiende cada año a un puñado de clientes que no se conforman con una portadora que no esté provista de un título de una universidad de élite. De ahí su ansiedad respecto a Reagan McCarthy, que encarna el triplete perfecto de las portadoras premium: es blanca (una atractiva mezcla de irlandesa y alemana, según descubrió durante la entrevista), es guapa (pero no sexy, y Mae sabe por experiencia que eso es esencial) e instruida (*cum laude* en la Universidad de Duke: una chica inteligente, aunque no de un modo intimidante).

Si consigue convencer a Reagan para que acepte el trabajo en Golden Oaks y puede emparejarla con madame Deng, para quien cualquier precio que le indique será una minucia, una gota infinitesimal en el vasto océano de su riqueza, irá por el buen camino, unas semanas después de iniciado el año, de obtener una bonificación récord al concluirlo. Utilizaría esa paga extraordinaria para reformar los baños, que Ethan se empeñó en posponer para la «fase dos» de la remodelación. Y le compraría a su madre un regalo tan exorbitante (¿un bolso de Hermès?, ¿un reloj Cartier?, ¿un reloj Cartier metido en un bolso Hermès?), que provocaría en ella... alguna reacción. Una leve sonrisa complacida. Un gritito involuntario de sorpresa.

Aunque, para ser realista, su madre no haría nada parecido. Lo más probable es que dejara el regalo de lado con gesto despreocupado, como si ella hubiera manejado todos los días bolsos de quince mil dólares rellenos de relojes de veinte mil, en lugar de haberse pasado toda su vida adulta suspirando por ese tipo de lujos. ¿Cuántas veces se la había encontrado Mae al volver de la escuela mirando en el estudio un documental más sobre Jackie Onassis, Babe Paley o cualquier otra de esas mujeres bañadas en oro? ¿Cuántas veces la había oído criticar el último bolsito Louis Vuitton de la nueva rica de la vecina, por ostentoso y estridente, y sorprenderla más tarde mirando en el baño la sección de bolsos de un catálogo de Saks Fifth Avenue como si fuera una revista porno?

Pero ¿qué está haciendo? Mae niega con la cabeza con unas sacudidas casi violentas. Ahora no es momento para perder el tiempo con ensoñaciones y especulaciones. Tiene mucho que hacer. Las próximas veinticuatro horas son cruciales.

Termina de ensayar su presentación de nuevo, esta vez en voz alta, pronunciando con nitidez sobre el micrófono de su teléfono, y envía por correo electrónico la grabación a su profesora para que puedan revisarlo en la sesión por videoconferencia de esa noche. Entonces vuelve a concentrarse en las solicitudes de las portadoras. Cuando el coche llega a la autopista FDR, ya ha seleccionado a las dos solicitantes del montón que merecen un examen más detenido y envía los nombres también por correo electrónico a su equipo para que revisen los antecedentes de ambas. Con un gesto enérgico del dedo índice, borra los ítems uno y dos de la lista de tareas de su teléfono. Hecho y hecho.

Está empezando con el ítem número tres cuando suena el teléfono. Parpadea en la pantalla el rótulo «Exceed Academy» bajo una fotografía de Katie, su compañera de habitación en la universidad. Se la imagina inclinada sobre un escritorio perteneciente a una de las cuatro escuelas experimentales que ella y su marido, Ric, fundaron en barrios de Los Ángeles llenos de grafitis, acribillados de orificios de bala e infestados de droga. Debe de estar llamando por los billetes de avión, pero ella no tiene tiempo para charlar y, además, detesta que le den las gracias, al menos tratándose de Katie. Cuando mandó un buen colchón orgánico para la cuna de su ahijada como regalo navideño, Katie y Ric le mostraron una gratitud tan profusa que le pareció embarazosa. Su amiga, que se especializó en la universidad en artes visuales, le envió una exquisita tarjeta navideña pintada a mano, y Ric filmó un vídeo humorístico en el que aparecía él mismo apretujado en la cuna, provisto de cofia y unas cadenas doradas, recitando un canción de rap de agradecimiento.

Mae se estremece al pensar cómo reaccionará Katie ante los billetes de ida y vuelta en clase preferente de Los Ángeles a Miami, donde las antiguas compañeras de la hermandad femenina se han empeñado en montarle una «épica» despedida de soltera dentro de unos meses. De hecho, es Katie quien le hace un favor. Ella no aguantaría ni medio día en compañía de las Kappa Kappa Gammas sin la juiciosa presencia de su amiga. Además, a ella le gusta hacer cosas por Katie, cuya vida parece un poco gris y penosa en comparación con la suya.

—El tráfico está fatal —dice el chófer como disculpándose. El coche ha salido ya de la autopista y está entrando en la ciudad, pero avanza muy poco a poco a causa de una multitud de motos, taxis, autobuses, camiones y peatones.

—No es culpa suya, no se preocupe —responde Mae. No escucha el mensaje de voz de Katie, todavía no. Mientras aguardan a que se despeje el atasco, se vuelve a poner los auriculares. El sonido de su voz grabada resuena en sus oídos, nítido y claro, tapando los bocinazos airados que estallan en la calle.

ϒ

La esbelta recepcionista del restaurante informa a Mae de que ha sido la primera en llegar. Ella deja el abrigo y se mete corriendo en el baño para refrescarse un poco después del largo trayecto. Su aspecto, que observa con desagrado en el espejo, resulta desaliñado en extremo: el pelo apelmazado, el delineador corrido, la nariz de un color rosado intenso a causa de los pañuelos abrasivos del coche… Se pone manos a la obra para arreglarse. Vuelve a recogerse el cabello y se limpia el maquillaje corrido con uno de los bastoncillos que lleva en un compartimento del bolso. Encuentra el lápiz de labios en el estuche de maquillaje y se repasa el contorno de la boca con rápidas pinceladas de color rosa. A continuación, abre un tarro de base blanqueadora y se empolva ligeramente el puente de la nariz, asegurándose de igualarlo por los lados. Es un truco que le enseñó su madre —que se lo recalcaba más bien, sobre todo el día de la foto de la escuela— para que su nariz, que es la de su padre, pareciera más estrecha. «Más aquilina», era la expresión que ella utilizaba, inclinándose con un pincel de pelo de zorro sobre su hija, quien parpadeaba muchas veces por las motas de polvo que le entraban en los ojos.

Regresa al restaurante y la acompañan a una mesa cerca de la ventana. Mientras está repasando una serie de imágenes de PowerPoint para la presentación del día siguiente, reaparece la recepcionista, esta vez con Reagan. Debido al chaquetón marinero y a las botas planas rebozadas de barro que lleva, la chica tiene un inquietante parecido con las fotos que Mae ha visto de su propia madre de adolescente, cuando era una joven flaca como un palillo que montaba a caballo, aunque la verdad es que las ropas de Reagan son mucho más bonitas. Incluso el pelo —de un rubio sucio y trenzado sin ningún esmero— es casi igual.

—¿Le gusta montar, Reagan? —le pregunta sin pensarlo y levantándose para estrecharle la mano.

—Sí. Así es como he venido —responde Reagan, y se aparta un mechón de la frente con el puño. No lleva maquillaje.

—¿Por la ciudad? —inquiere Mae, perpleja.

—Sí. He dejado la bici fuera —dice Reagan, pero añade con

tono tranquilizador—: Si llevas guantes y una mascarilla, no pasa nada. Apenas notas el frío cuando entras en calor.

—Ah, entiendo. Estoy impresionada.

Reagan pide un vaso de té helado. Lleva colgada del cuello una cámara. Mae recuerda que cuando la chica fue a Golden Oaks antes de Navidad a visitar el centro, se acercó a las ventanas para contemplar el inmaculado paisaje nevado y se lamentó de no haber llevado su cámara. Mae dio gracias al cielo por no haber programado la entrevista a principios de primavera: entonces estaba todo cubierto de lodo y aguanieve e impregnado de una humedad casi fétida, y los bosques rebosaban de garrapatas y otros insectos recién nacidos, portadores de numerosas enfermedades. Reagan no habría encontrado el lugar tan pintoresco en esa época.

—Se me rompió la cámara cuando estuve en Chicago la semana pasada —explica la chica, y la deja sobre la mesa—. La acabo de recoger de la tienda.

En aquella entrevista, Reagan le había contado a Mae que sus padres vivían aún en las afueras de Chicago y que su madre había empezado a desarrollar una demencia precoz cuando ella estaba en plena adolescencia; debe de haber ido a verlos. Para ella es importante conocer bien los antecedentes familiares de las portadoras potenciales antes de contratarlas, ya que eso da forma inevitablemente a sus motivaciones y a su concepción del mundo, que son factores determinantes para saber si una joven resulta adecuada para gestar el bebé de un cliente.

No puede ni imaginar cómo habrán sido los años de formación de esa chica, presenciando el deterioro progresivo de uno de sus progenitores. No es que su propia madre fuese muy cariñosa, pero desde luego estaba ahí, aunque sin implicarse emocionalmente. Mae y su equipo coinciden en que la demencia de la madre de Reagan es una motivación primordial. La joven desea ser madre, porque en el fondo se crio sin amor materno. Es una desgracia, pero constituye una buena señal respecto a sus capacidades como portadora.

—Tuvimos una tormenta de nieve la semana pasada y saqué algunas fotos para usted —dice Mae. Se inclina sobre la mesa para enseñarle varias imágenes de los árboles enteramente cubiertos de hielo, como si estuvieran encapsulados en plata. Reagan suelta muchos «¡aaaah!» y «¡ooooh!».

—¿No le dan ganas a veces de mudarse allí para siempre?, ¿de poder despertarse cada día… rodeada de pura belleza, y no de esto? —Reagan señala por la ventana un montón de nieve amarillenta junto a una muralla de bolsas de basura.

—Sí, claro —responde Mae sin mentir del todo. Ella y Ethan han hablado a veces de comprar una casa de fin de semana en el norte del estado, sobre todo si las cosas continúan yendo bien en Golden Oaks—. Pero mi prometido trabaja en el centro y toda nuestra vida está aquí, en Manhattan…

—Supongo que puede resultar aburrido.

—En realidad es una zona llena de ofertas culturales. Golden Oaks no queda lejos de los Berkshires, donde están Tanglewood, Pilobolus y galerías de arte a montones. Hay muchos artistas que viven por allí…

—Tampoco creo que me dedicara a visitar galerías si yo fuese una portadora.

Mae, captando ese «si», continúa su campaña:

—No, seguramente no lo haría hacia el final del período de gestación… Pero durante el primero y el segundo trimestre nosotros organizamos excursiones a los Berkshires para las portadoras interesadas. —Se lo está inventando sobre la marcha. La verdad es que nunca ha surgido la idea, porque, por lo general, las portadoras no tendrían el menor interés en espectáculos de danza de vanguardia ni en exposiciones de fotografía… pero ¿por qué no?, ¿por qué no alquilar un coche que lleve a las portadoras premium a las poblaciones más cercanas para recibir algún estímulo cultural de vez en cuando? ¿Acaso se infringiría así alguna cláusula del contrato?

—En todo caso, aunque pudiera resultar algo aburrido, valdría la pena —dice Reagan. Comenta de pasada que quiere tomarse en serio la fotografía, pero que su padre no la apoya—. Él me ayudará a costear el alquiler si adopto una actitud «práctica» y acepto un «trabajo de verdad» —añade haciendo una mueca.

Esas palabras suenan como música celestial en los oídos de Mae. Las portadoras con algún incentivo son las mejores.

—Suponiendo que diera a luz a un niño sano, cosa de la

que estoy segura, se acabarían sus preocupaciones por el alquiler. Igual que sus otros problemas de dinero...

—También me encanta pensar que estoy ayudando a alguien —se apresura a añadir Reagan, como si la inquietara haber dado la impresión de estar tan solo interesada en el dinero—. Quiero decir, eso es lo más importante.

La joven fue recomendada a Golden Oaks por la clínica que recolectó sus óvulos cuando estaba en la universidad. Seguramente, también entonces se convenció de que actuaba por puro altruismo, de que el dinero era secundario al tomar la decisión de donar sus óvulos. Mae nunca ha entendido por qué la gente —sobre todo la gente privilegiada como esa chica o Katie— se empeña en creer que hay algo vergonzoso en el deseo de ganar dinero. Ningún inmigrante se ha disculpado nunca por aspirar a una vida mejor.

Tranquiliza a la joven diciéndole que ambos motivos son importantes.

—Ser una portadora le permitirá realizar sus sueños artísticos y, al mismo tiempo, realizar los sueños de una mujer desesperada por tener un hijo. Es el caso ideal en el que todos ganan.

La chica frunce el entrecejo y dice:

—Usted me comentó, de todos modos, que algunas personas recurren a madres subrogadas por motivos estéticos. Y yo... yo quiero gestar un niño para alguien que, si no es así, no podría tener un hijo. No me interesa demasiado una clienta que utiliza la subrogación por simple vanidad...

Si Reagan hubiese sido una solicitante vulgar y corriente, Mae la habría rechazado en ese mismo momento. ¡Como si las portadoras pudieran escoger a sus clientes! Pero las portadoras premium son difíciles de encontrar, de ahí que, en lugar de reprenderla, la tranquilice:

—Si tuviéramos la suerte de que se incorporase a Golden Oaks, tengo a una clienta en mente para usted. Es una mujer mayor, nacida en la pobreza más abyecta. Ha hecho cosas formidables a lo largo de su carrera, pero a costa de su fertilidad. Ahora es demasiado mayor para gestar a su propio hijo.

—Sí. Exacto —exclama la joven reluciéndole la mirada.

Suena el móvil de Mae. Debe de ser Eve. La asistente de madame Deng ya le había advertido que tal vez tendría que adelantar el almuerzo del día siguiente y convertirlo en un desayuno, lo cual implicaría que ella necesitaría que el coche la recogiera en su apartamento antes de las cinco de la mañana. De ese cambio dependerá, a su vez, que pueda asistir esa noche a la gala del Whitney. Ya se ha comprado un vestido para ello, un precioso Yves Saint Laurent de la talla treinta y ocho que encontró de rebajas en Barneys y que le han reducido a su propia talla.

—Perdone, Reagan. Estaba esperando una llamada de Eve.

Coge el teléfono y atiende. Su ayudante le informa de que la reunión con madame Deng se ha adelantado a las siete y media de la mañana. ¡Maldita sea!

—¿Cómo está Eve? —pregunta Reagan.

Cuando la chica visitó Golden Oaks, Mae le pidió a Eve que charlara con ella. Tenía el presentimiento de que una mujer guapa como su ayudante, con una historia familiar tan difícil (su madre crio sola a tres hijas pequeñas en los suburbios), le caería en gracia a Reagan, que es un alma perdida en busca de sentido. Cosa comprensible, teniendo en cuenta su infancia.

—Está bien. Sigue estudiando por las noches para sacarse su título.

Reagan juguetea con los paquetes de azúcar que ha esparcido por el salvamanteles, y dice:

—Cuando fui a Golden Oaks, no estaba del todo segura de si me sentía a gusto, ¿sabe? Me di cuenta de que yo no era la típica portadora.

Mae la mira fijamente y llega a la conclusión de que esa chica es el tipo de persona que respeta la franqueza. Confidencia por confidencia.

—Le preocupa que las otras portadoras de Golden Oaks sean en su mayoría mujeres de color. ¿Me equivoco? Le preocupa que tal vez haya algo de… explotación en el asunto. —Lo dice en voz baja, como si estuviera leyendo la carta.

Reagan se ríe con una risita nerviosa. El estilo directo de Mae la ha pillado desprevenida. Bien.

—Bueno, yo no habría usado el término «explotación»… Aunque si mi compañera de habitación conociera Golden Oaks, pensaría que hay algo de eso. —Reagan guarda silencio un momento y luego añade, como si fuera una explicación—: Es afroamericana.

—¿Usted ha estudiado Economía en la universidad?

—Hice una asignatura optativa, pero la detestaba. Me obligó mi padre. Porque es «práctica».

—No resulta nada práctica si no se enseña bien. Lo cual, por desgracia, es muy frecuente. —Mae sonríe—. Pero, en realidad, es fascinante. En su más amplia expresión, la economía es más filosofía que ciencia. Una de sus ideas centrales es que el comercio libre, el comercio voluntario, es mutuamente beneficioso. El intercambio tiene que ser un buen negocio para ambas partes; de lo contrario, una de ellas se retirará.

—Sí, pero es posible que una parte no tenga otra opción. O sea, que el «intercambio» para esa parte no sea un buen negocio, sino la mejor opción frente a otras que son totalmente… bueno, una mierda —dice Reagan dibujando unas comillas en el aire con los dedos. Su tono se ha endurecido.

Mae recuerda haber mantenido discusiones similares con su padre, cuando era más joven. Debates de sobremesa sobre Ayn Rand, Wall Street, los sindicatos y el comunismo. Él acababa sacando inevitablemente su carta ganadora: la impotencia que había sentido mientras vivía en la China comunista, y su salvación y renacimiento en la Norteamérica capitalista. Incluso después de que las cosas se le torcieran (cuando su negocio de importación-exportación naufragó y tuvo que trabajar como chupatintas en una empresa anónima que quedaba a una hora en coche para poder pagar la hipoteca de la «mansión» de pega que su madre se empeñaba en mantener), incluso entonces seguía cantando las alabanzas de Norteamérica. No culpaba de su fracaso a su país adoptivo, sino a sí mismo.

—De acuerdo —responde Mae—. Pero el intercambio, como usted acaba de reconocer, sigue siendo la mejor opción disponible. Y sin él, sin esa opción relativamente mejor, esa parte en dificultades aún saldría peor parada, ¿no cree? No es que nosotros forcemos a nuestras portadoras a serlo. Ellas escogen trabajar para nosotros con total libertad. Y yo añadiría, con mucho gusto. Se las trata extremadamente bien y reciben una compensación más que adecuada por su esfuerzo. Desde luego no obligamos a Eve a quedarse con nosotros después de que diera a luz al bebé de una clienta.

—Eso es lo que me pareció más interesante —dice Reagan. Se inclina hacia delante y habla deprisa—. Cuando ella me contó que había sido portadora, me quedé de piedra. Es tan… profesional. Me dijo que trabajar para usted es como haber ganado la lotería.

—Eve es muy especial. Me alegra que tuviera la oportunidad de charlar con ella. Pero no es un caso aislado. Un número significativo de portadoras deciden gestar un segundo e incluso un tercer bebé con nosotros. Algunas se han ido a trabajar para sus clientes después del parto. Para alguien con empuje, Golden Oaks puede constituir un camino hacia una vida mejor.

Omite que, salvo en el caso de Eve, ninguna otra portadora ha conseguido un trabajo cualificado. La mayor parte de ellas son contratadas para cuidar niños o para el servicio doméstico.

—Claro. El dinero tiene que cambiarles la vida.

Naturalmente, la capacidad de Reagan para generar ganancias es muy superior a la de una portadora típica, pero eso se debe a que ella aporta atributos muy especiales. Es una cuestión de oferta y demanda. Las portadoras normales son más o menos intercambiables. Pero no hace falta que Reagan lo sepa.

—Para ellas, sin duda es un montón de dinero —asiente Mae.

—Es un montón para mí. Y yo no lo necesito tanto, ni mucho menos —responde Reagan.

Mae toma una nota mental para hablar con el Departamento de Investigación. Le consta que hacen un seguimiento de las portadoras tras el parto para comprobar que cumplen los acuerdos de confidencialidad. No debe de ser difícil averiguar cuáles han mejorado visiblemente su vida después de haber pasado por Golden Oaks. Una lista de ese tipo resultaría útil no solo para el caso de Reagan.

—¿Cómo puedo ayudarla por mi parte mientras toma la decisión? —le pregunta Mae.

La chica se muerde los labios, mirando por la ventana. Un viejo ayudado por una rechoncha afroamericana, seguramente su cuidadora, pasa renqueando.

—Creo que ya la he tomado…

—¿Ah, sí? —dice Mae con calma, aunque por dentro está dando saltos.

—Sí.

Jane

Cuando Ate le habló de Golden Oaks, Jane llevaba casi tres meses sin un trabajo regular. Habían cubierto su puesto en la residencia de ancianos mientras estaba con los Carter, y su antigua supervisora solo podía conseguirle turnos esporádicos. Ella ya empezaba a desesperarse.

—La señora Rubio ha recurrido a Golden Oaks para su cuarto hijo. Tuvo demasiados problemas en los otros embarazos. ¡Preeclampsia, hemorroides y reposo en cama! —le explicó Ate.

Golden Oaks contrataba a mujeres para ser madres subrogadas. Si te escogían como portadora, vivías en una casa llena de lujos en medio del campo y tu único trabajo era descansar y mantener sano al feto en tu vientre. Según decía la señora Rubio, los clientes de Golden Oaks eran gente rica e importante de todo el mundo, y las portadoras cobraban un montón de dinero por gestar a sus hijos.

—Yo me apuntaría, si pudiera. ¡El trabajo es fácil y la ganancia, enorme! Pero soy demasiado vieja. —Ate suspiró.

—¿De cuánto dinero estás hablando? —preguntó Jane, poniendo una mano sobre el vientre de Amalia para que no rodara y se cayera de la cama de Ate.

—Más de lo que ganaste con los Carter —respondió la mujer—. Y la señora Rubio dice que si le caes bien al cliente, puedes sacar mucho más. —Y le puso en la mano una tarjeta de color gris claro en la que figuraba un nombre, MAE YU, y un número de teléfono—. Quizá pueda ser un nuevo comienzo para ti.

Presentar una solicitud en Golden Oaks era laborioso, pero no complicado. De entrada, había que rellenar y firmar varios formularios. Jane tuvo que acceder a que comprobaran sus antecedentes penales y bancarios, y enviar una copia de sus documentos de nacionalidad. También se sometió a diversos exámenes médicos en un consultorio cerca de East River y a una batería de test bastante raros en una pequeña oficina de York.

Se sorprendió al comprobar que disfrutaba haciendo los test, en parte porque la mujer de pelo plateado que los realizaba le aseguró al empezar que no había respuestas incorrectas. Primero le mostraron una serie de manchas y le pidieron que las describiera. Luego la mujer le hizo una tanda de preguntas: cómo le había ido al criarse con Nanay, qué cosas la irritaban... Finalmente, tuvo que pasar un test de ordenador en el que debía marcar si estaba de acuerdo o no con una serie de afirmaciones.

«Cualquier problema que tengas es culpa tuya.»

Jane pensó en Billy, en la señora Carter, y marcó: «Totalmente de acuerdo».

«Hago muchas cosas mejor que casi todas las personas que conozco.»

Jane se echó a reír a solas. ¡Si ella ni siquiera había terminado la secundaria!

«Totalmente en desacuerdo.»

«No me molesta que me digan lo que debo hacer.»

«De acuerdo.»

Varias semanas más tarde, recibió un correo electrónico de Mae Yu, la directora ejecutiva de la Granja Golden Oaks, en el que le informaba de que había pasado las dos fases del proceso «altamente competitivo» de selección de portadoras, y la invitaba a una entrevista definitiva a principios de enero.

Jane se sintió abrumada. Estaba muy ocupada mirando apartamentos para que ella, Amalia y Ate pudieran dejar el hostal si conseguía el trabajo. ¿Cómo iba a encontrar tiempo para estudiar? Como siempre, su prima se hizo cargo de la situación. Compró un montón de libros sobre el embarazo y le enseñó cómo redactar fichas de estudio. La mujer buscaba apartamentos sin comisión en los anuncios clasificados y se llevaba a Amalia cuando iba a verlos para que Jane pudiera preparar la entrevista sin interrupciones. Por la noche, la examinaba.

—¿Cuáles son los alimentos que debes comer cuando estás embarazada? ¿Cuál es la mejor música para que el feto salga inteligente? ¿Qué ejercicios facilitan el parto? —le preguntó Ate una noche, sentada a la mesa de la cocina, mientras le asomaba por la boca un bastón de caramelo.

—Comida rica en omega tres; música clásica sofisticada, como la de Mozart y... —Jane titubeó, sintiéndose no ya idiota (los exámenes de la escuela nunca se le habían dado bien, ni siquiera los de ortografía), sino también culpable, porque no sabía todas esas cosas cuando estaba embarazada de Amalia.

—Los ejercicios Kegel —dijo Ate mirándola por encima de sus gafas de lectura—. Relájate, Jane.

—Me cuesta recordar cosas —dijo ella, a punto de llorar.

—Te irá bien, ya lo verás. Y tendrán suerte de contar contigo.

La mañana de la entrevista, mientras viaja en la línea norte del metro, Jane encuentra un rosario en su bolsillo. Seguramente, Ate se lo ha metido con disimulo en la parada del metro, mientras ella estaba distraída con Amalia. Tras la muerte de Nanay (y antes de saber que su madre iba a mandar a buscarla), Jane debió de rezar un millar de rosarios con la sarta de cuentas que había cogido de la mesilla de noche de su abuela. Estaban muy gastadas por el uso, igual que las del rosario de Ate.

Está tan nerviosa que se encuentra mal.

Parece que el tren no corre, pero en realidad sí avanza deprisa. Afuera, los altos bloques de pisos se convierten en edificios bajos, luego en casas con pequeños jardines, luego en casas con jardines más grandes y, al fin, aparecen los campos, las extensiones verdes y los bosques. Jane pasa los dedos por las cuentas del rosario e intenta rezar, pero esas palabras tan conocidas no le sirven más que para amodorrarla. Hace un esfuerzo por levantarse y camina entre bamboleos hacia el vagón bar, recordando al sacerdote de Bulacán, aquel cura jorobado que enseñaba catecismo a los niños del pueblo. Solía explicar que Jesús estaba tan angustiado por los pecados del mundo que cargaba sobre sus hombros que, una vez, en un huerto, sudó sangre. ¡Jesús con sangre saliéndole por los poros! ¡A causa de nuestros pecados!

La voz normalmente tímida del sacerdote resonaba atronadora mientras describía la agonía de Jesús. Después, y durante mucho tiempo, cada vez que ella se portaba mal (cuando rompía un plato y escondía los trozos en el cubo de basura, o cuando mentía a Nanay diciendo que había vuelto directa de la escuela), estaba convencida de que su maldad volvería también su sudor de color rojo. Por eso, procuraba no hacer mucho ejercicio y jugaba en la sombra. Cuando al fin le confesó sus temores a Nanay, recibió una zurra por blasfemar.

En el vagón bar, pide un café extralargo y se lo toma rápidamente. Por la ventanilla desfilan a toda velocidad las granjas y los pastos: vacas, caballos y ovejas. Los animales de los libros infantiles. ¿Amalia sería capaz de reconocerlos? Ella le lee todos los días, tal como la señora Carter le ordenaba que hiciera con Henry. El cerebro de los bebés, aseguraba ella, es como una esponja.

Llega a su parada cuando está en el baño. Casi se tuerce el tobillo al bajarse a toda prisa. En el aparcamiento, hay una fila de coches esperando al ralentí. No sabe cómo va a averiguar cuál la espera a ella. Recorre la fila procurando no pensar en cómo le aprietan los zapatos (no se los había puesto desde su boda), y atisba por cada ventanilla con una expresión apocada de disculpa.

Alguien toca la bocina al final de la fila. Ve un Mercedes negro con un rótulo en la ventanilla del pasajero que dice: REYES. Es un modelo idéntico al que tenían los Carter, hasta en los cristales levemente tintados. Se ciñe mejor el abrigo y se apresura hacia allí. La portezuela de delante se abre y el chófer se baja y la saluda. Ella quisiera sonreír, pero no puede. Sube al coche, sin saber con exactitud adónde va, y procura rezar.

«¡Ya casi estamos!», dice el chófer al cabo de un rato.

Jane se despierta, aturdida. Pensaba aprovechar el trayecto para repasar las fichas.

—Bonito, ¿eh? —exclama el hombre mirándola por el retrovisor. Están subiendo por una cuesta flanqueada de árboles que ella descubrirá más adelante que son robles. Por detrás de los árboles, distingue una gran mansión blanca cuyo tejado es de tejas de color verde oscuro; hay gruesas columnas sosteniendo un amplio porche y montones de ventanas, todas iluminadas. Un letrero de madera dice con sinuosas letras verdes: GRANJA GOLDEN OAKS.

Jane le da las gracias al chófer y se baja con el corazón desbocado. Frente a la puerta de la mansión, donde todavía está colgada una guirnalda navideña, se detiene un momento para armarse de valor. Antes de llamar, la puerta se abre.

—Tú debes de ser Jane. —Una mujer guapa y rubia, que lleva el cabello recogido en una trenza, le sonríe abiertamente. Le coge el abrigo, le pregunta si quiere tomar algo y la lleva a un amplio salón de paredes de color crema cubiertas de cuadros. Jane toma asiento junto a la chimenea. Alza la vista hacia las vigas de madera que se extienden por el techo como enormes costillas, y piensa en Jonás, el personaje de la Biblia al que se lo tragó una ballena. Aunque esa es una ballena de cinco estrellas, con mobiliario de lujo.

Reconoce a la actriz de la portada de la revista que hay sobre la mesita que tiene delante. *How to Spend It* se llama la revista. Finge leer mientras observa a hurtadillas todo lo que la rodea, como la araña de cristal del otro extremo del salón, o el reluciente escritorio tras el cual esa mujer tan guapa está murmurando al teléfono: «Ha llegado Jane Reyes».

—Su té. —Una mujer distinta aparece como surgida de la nada. Jane se pone de pie y la revista se le escurre del regazo y cae al suelo. La mujer coloca una taza y un platito a juego sobre la mesa y se retira sonriente—. La señora Yu estará con usted enseguida.

La revista ha quedado abierta por las páginas centrales, un tríptico desplegable donde aparece un reloj que Jane no ha visto en su vida. En mitad de la esfera está la Tierra, en la que aparecen los continentes de color verde y dorado, rodeados de un círculo de agua azul. Las manecillas doradas, situadas a las diez y diez, se extienden por Norteamérica y por lo que ella cree que es el principio de Asia. Rodeando la Tierra, figuran los números del uno al veinticuatro, indicados con diminutas marcas perfectamente espaciadas, y, alrededor de estos, los nombres de veinticuatro ciudades: Nueva York, Londres, Hong Kong y París, sí, pero también ciudades de las que nunca ha oído hablar: Dacca, Midway, Azores, Karachi.

Recoge la revista del suelo. Lee que el reloj… ¡cuesta más de tres millones de dólares! Es un modelo único, antiguo, hecho a mano, pero a pesar de todo no comprende que un objeto tan pequeño pueda costar tanto dinero, ni cómo podría sentirse nadie cómodo con él llevándolo en la muñeca.

Ella también tuvo un reloj: no de tres millones de dólares, claro, pero muy bonito. Tenía la esfera en forma de corazón y una correa de hebras de plata entrelazadas. Ate lo había recibido como regalo de despedida de una de sus clientas y se lo dio a ella cuando accedió a sustituirla en casa de los Carter.

—Esto es para darte las gracias —le había dicho mientras la ayudaba a ajustarse el cierre de la correa—. Así, además, sabrás cuándo tiene que comer Henry.

Cuando la despidieron, Jane se lo devolvió con la cabeza gacha, para que no le viera las lágrimas. Ate no la reprendió, pero dijo en voz muy baja que era casi peor que un grito:

—Lo guardaré para Mali. Quizá para su primera comunión.

—Hola, Jane. Gracias por venir. Yo soy Mae Yu.

La señora Yu aparece por detrás del sillón y le tiende la mano. Jane se levanta de golpe.

—Yo soy Jane. Jane Reyes.

La directora la mira con amigable interés, pero no dice nada. Jane suelta bruscamente:

—Mi abuela también se llama Yu.

—Mi padre es chino y mi madre norteamericana. —La señora Yu le indica que la siga—. Así que soy medio asiática. Como tú.

Jane la observa con atención: alta y delgada; luce un vestido azul marino, cuyo plisado produce un leve murmullo mientras cruza el salón con paso vivo. Lleva el cabello, de una tonalidad de miel oscura, recogido en un moño flojo. Cuando se vuelve para sonreírle, la joven advierte que tiene la piel tan clara como una mujer blanca y que no lleva nada de maquillaje.

No, ella no se le parece en nada.

Se siente súbitamente consciente de su falda: demasiado ceñida, demasiado corta. ¿Por qué no le habrá hecho caso a Ate, que le aconsejaba que llevara pantalones? ¿Por qué ha permitido que Angel la maquillara?

Se detiene frente a un espejo colgado en la pared y se frota con los dedos el colorete de las mejillas.

—¿Jane? —la llama la señora Yu desde el umbral—. ¿Vienes?

Ella baja la mano, ruborizándose, y se acerca a la mujer con pasitos poco naturales debido a sus tacones demasiado altos.

Recorren un pasillo flanqueado, por un lado, por ventanales que llegan hasta el techo y, por el otro, por cuadros de pájaros enmarcados.

—Los suelos son los originales de la casa, que data de 1857. Y los cuadros son Audubon originales —dice la señora Yu. Señala las ventanas y añade—: Tenemos más de cien hectáreas de tierra. El límite de la propiedad llega hasta aquel hayedo del fondo. Y las montañas de allá lejos son las Catskill.

Entran en el despacho de la directora, que es igual que ella: sencillo y lujoso. Jane se sienta, notando que la falda le asciende por los muslos. Tira del dobladillo hacia abajo.

—¿Quieres té? — La anfitriona coge una tetera de la mesita baja que tienen delante.

Jane niega con la cabeza. Está tan nerviosa que teme derramarlo sobre la alfombra blanca.

—Solo para mí, entonces. —Y se sirve con la mano izquierda. Un diamante enorme, el único adorno que lleva, le destella en el anular. Luego pregunta sonriendo—: ¿Qué tal tus vacaciones? ¿Hiciste algo divertido?

—Las pasé en casa —dice Jane con torpeza. Ella, Amalia y Ate fueron a la misa de Navidad; Angel preparó *pancit*, *bistek* y *leche flan*, y la niña recibió regalos de casi todas las chicas del hostal. Nada muy divertido para alguien como la señora Yu.

—En casa es donde mejor se está —observa esta—. Bueno, Jane, los resultados de tus pruebas físicas y psicológicas son impresionantes. Pasar las dos fases no es fácil. Enhorabuena.

—Gracias, señora.

—Esta entrevista está pensada para que te conozcamos un poco mejor. ¡Y para enseñarte nuestras instalaciones de Golden Oaks!

—Sí, señora.

—Dime, ¿por qué quieres ser portadora? —le pregunta estudiándole el rostro.

Jane piensa en Amalia y, mirándose las manos entrelazadas, musita:

—Yo... quiero ayudar a la gente.

—Perdona, ¿podrías hablar un poco más alto?

Alza la mirada y repite:

—Quiero ayudar a la gente. A las personas que no pueden tener hijos.

La señora Yu garabatea algo con un estilo en la tableta que tiene en el regazo.

—Y... necesito un trabajo. —Ate le ha advertido que no dijera eso. Suena desesperado.

—Bueno, no es un motivo para avergonzarse. Todos debemos mantener a nuestros seres queridos, ¿no?

La joven vuelve a mirar el diamante que lleva la señora Yu en el dedo, que reluce sobre su vestido oscuro. Billy no le compró un anillo de boda. Ella estaba embarazada, se casaron a toda prisa y él dijo que no tenía sentido regalárselo.

—Tus referencias también son excelentes. Latoya Washington...

—Era mi supervisora en mi antiguo trabajo.

—La señora Washington estuvo muy elogiosa. Dijo que eres honesta y trabajadora. Escribió que eras maravillosa con los residentes. Lamentó mucho que te marcharas.

—La señora Latoya fue muy buena conmigo. Ese fue mi primer empleo cuando llegué a Nueva York. Fue muy comprensiva incluso cuando me quedé embarazada... ¡ay! —Jane se tapa la boca con la mano.

—Esa era mi siguiente pregunta. Quería saber cosas sobre tu hija.

Ate le dijo que era mejor que no mencionara a Amalia, porque ¿acaso querrían contratar a una chica que estuviera siempre preocupada por su propio bebé?

—Aquí no hay ninguna norma que prohíba a las portadoras tener sus propios hijos. Siempre que esperes el período de tiempo médicamente indicado antes del implante, no hay inconveniente. Y es bueno saber que has gestado una criatura con éxito antes. —Le sonríe—. ¿Qué edad tiene tu hija?

—Seis meses —susurra Jane.

—¡Qué edad tan preciosa! Yo tengo una ahijada que tiene unos pocos meses más —dice la señora Yu alegremente. Su ahijada vive en Manhattan. Va a una clase de música donde las canciones son en chino. El padre es francés, y tanto él como la amiga de la señora Yu piensan darle una educación trilingüe a su hija—. ¿Cómo se llama tu niña?

—Amalia.

—Qué bonito. ¿Es una versión filipina de Amelia?

—Es el nombre de mi abuela.

La directora escribe en su tableta.

—Jane, hay una cosa que sí nos preocupa de las portadoras que tienen hijos propios: el estrés. Innumerables estudios muestran que los fetos expuestos en el útero a un exceso de cortisol, una sustancia química liberada por el cuerpo en situaciones de estrés, tienen más tendencia a padecer ansiedad en su vida posterior.

—Yo no estoy estresada, señora —se apresura a decir Jane.

—Debemos asegurarnos de que Amalia esté bien cuidada, de que tú no tienes que preocuparte por ella mientras permaneces con nosotros en Golden Oaks. Si te seleccionamos como portadora, ¿qué planes tienes para ella?

Jane le habla del apartamento de una habitación que ha visto en Rego Park, en un edificio donde no piden comisión. Lo compartirá con su prima, a quien pagará para que cuide de Amalia.

—Excelente. Otra cosa que pedimos es que pagues por adelantado el alquiler para el período que vayas a pasar con nosotros. También es para reducir el estrés durante el embarazo. Si fueras escogida, vendrías a Golden Oaks a las tres semanas de gestación, lo cual significa un pago anticipado de unos diez meses de alquiler. Muchas de nuestras portadoras aceptan un anticipo de nuestros pagos para cubrir el alquiler y el cuidado de los niños o las personas mayores a su cargo mientras dura su ausencia…

—Yo tengo ahorros —dice la joven, procurando no parecer engreída.

—Y tu marido… ¿qué opina de todo esto?

Jane nota cómo la mira la señora Yu y se sonroja.

—¿Billy? Él no… ya no estamos juntos…

—Te pido disculpas por lo personales que son estas preguntas. Estoy tratando de identificar las fuentes de tensión para que podamos ayudarte a resolverlas.

—Él no es una fuente de tensión. No es una fuente de nada.

—¿Tienes novio?

—¡No! —suelta Jane, nerviosa—. No tengo tiempo para… Tengo a Amalia…

—¿Y qué sientes ante la idea de separarte de ella durante tu estancia aquí? —La señora Yu la taladra con la mirada—. Tú no la verías durante mucho tiempo a menos que el cliente lo autorizase, cosa que no puedo garantizar.

Jane siente en el pecho un dolor muy fuerte, como si la estuvieran abriendo en canal, pero se esfuerza en sostenerle la mirada a la señora Yu. Está haciendo esto por Amalia, le ha recordado Ate una y otra vez, y eso es lo que se dice a sí misma.

—Mi prima es enfermera infantil —responde.

La señora Yu anota algo en su tableta y comenta:

—Entonces está en buenas manos. Tienes suerte. Algunas de nuestras portadoras han dejado a sus hijos en su país natal y no pueden verlos nunca. —Se levanta, abre la puerta del despacho y anuncia—: Ahora viene la parte divertida. ¡La visita!

—La visita —repite Jane pensando con inquietud en sus zapatos.

—¡Sí! Este será tu hogar a lo largo de casi un año. Tienes que saber dónde te metes. Como nosotros decimos: la mejor portadora es una portadora feliz. ¿Vamos?

Recorren un pasillo diferente al anterior que conecta el edificio antiguo con otro nuevo, medio escondido por grandes arbustos: la señora Yu, calzada con zapatos planos, camina sin hacer ruido, Jane taconea sobre las baldosas.

—A esto lo llamamos la Residencia. Es donde pasarás la mayor parte del tiempo —le explica ella. Pone su placa sobre un lector cuadrado para abrir otras puertas de dos hojas. Cruzan una amplia estancia con claraboyas en los altos techos de madera, donde una recepcionista saluda a la señora Yu, y continúan por un pasillo flanqueado de puertas. Cada una de estas tiene un rótulo con un nombre de árbol. Pasan las que dicen Haya y Arce, y entran en Pino.

Es una amplia habitación con dos camas impecables de columnas, cubiertas con gruesos edredones. Hay una gran ventana cuadrada con vistas de las montañas, cuadros enmarcados, que representan pinos salpicados de nieve, y un gran baño adosado.

—Espero que no te importe compartir habitación.

—Es preciosa —responde Jane casi sin respiración. En el hostal de Queens, dormiría una docena de personas en una habitación como esta.

La directora le enseña el laboratorio, donde sacan y analizan la sangre, las salas de exploración para las revisiones y ecografías semanales, el aula donde las portadoras estudian las prácticas recomendadas durante el embarazo, y la biblioteca, donde una portadora en avanzado estado de gestación está repantigada en un sillón de cuero, apoyando los hinchados pies sobre una otomana. Jane la mira fijamente, sabiendo que es de mala educación, pero no logra quitarle los ojos de encima. Cuando la otra alza la vista, aparta al fin la mirada con el corazón acelerado.

—El gimnasio —dice la señora Yu cuando llegan al pie de un tramo de escalones poco pronunciados, sujetándole la puerta abierta—. El ejercicio diario es obligado para conservar la salud de nuestras portadoras y de los bebés que están gestando. ¡Te encontrarás en plena forma cuando vuelvas con Amalia!

La sala está recubierta de espejos por tres lados; las máquinas de ejercicios se hallan orientadas hacia una cuarta pared de ventanales. Hay esterillas de yoga de color del arcoíris en un gran cesto situado junto a un estante de pesas. Cerca de la puerta, sobre una mesa larga de cristal, hay montones de toallas dobladas, un cuenco de porcelana lleno hasta los topes de fruta y una jarra de agua con rodajas de limón y pepino. Dos portadoras caminan con brío sobre las cintas y hacen bíceps con unas pesas pequeñas de color rojo.

—Maria, Tanika. Esta es Jane.

Las dos chicas la saludan con un gesto y continúan mirando la pantalla plana de televisión montada en la pared. Mientras la señora Yu le describe el régimen de ejercicios diario, Jane las observa con disimulo. Después la directora la conduce hasta el comedor, una habitación alegre llena de mesas blancas de distintas formas, con sillas a juego provistas de cojines de vivos colores. Del centro del techo cuelga una gigantesca araña, cuyos cristales reflejan los colores del arcoíris. A través de los ventanales del fondo de la estancia, Jane descubre a un grupo de criaturas peludas paciendo en la hierba.

—¿Qué son esos animales? —pregunta mientras busca en su mochila para sacar el móvil—. A Amalia le encantarán.

—Son alpacas —responde la señora Yu, poniéndole la mano en el brazo—. Lo siento, no se pueden hacer fotos. De hecho, tenemos desactivada la señal de móviles y de wifi, así que no podrías enviar la foto de todos modos.

Jane observa un momento a las animales, sintiéndose inexplicablemente esperanzada.

—¿Conoces a alguien con cáncer? —pregunta la señora Yu bruscamente mientras la guía hacia la entrada del comedor.

—Sí —dice ella, pensando en Vera, la mujer que alquila una cama en el segundo piso del hostal de Queens. Su hija, Princesa, de treinta y dos años, se encontró en el pecho izquierdo un bulto del tamaño de un grano de uva que en cuatro meses ya era como el puño de un niño. Vera le consiguió un visado de turista por mediación de un hermano suyo que está en el consulado norteamericano de Manila, y, actualmente, Princesa duerme en la litera de debajo de la de su madre. Todas las noches habla por Skype con el novio que ha dejado en Filipinas, quejándose de las largas esperas en el hospital Elmhurst, donde la tratan gratuitamente, y entreverando su tagalo con nombres norteamericanos de medicinas y de programas de televisión.

La señora Yu le señala a Jane una portadora de lustrosa piel negra que está sola en una mesa, bebiendo un batido verde con una pajita.

—Esa portadora está gestando el futuro hijo del consejero

delegado de una empresa de biotecnología que descubrió un modo de detectar el cáncer usando nanopartículas. Ese es el tipo de personas a las que ayudarías en Golden Oaks. Personas que están cambiando el mundo.

Jane se queda impresionada, aunque no sabe qué son exactamente las nanopartículas y teme que la señora Yu se lo pregunte. Imagina una inyección de motitas relucientes que atraviesa el brazo de Princesa con un resplandor, recorriendo sus arterias como los coches por una autopista a oscuras, y que convierte en fluorescentes sus venas que se ven a través de la piel.

—Y la portadora que vas a conocer en el almuerzo está gestando el bebé de uno de los mayores filántropos de Texas. —La señora Yu la guía por un breve tramo de escaleras hasta un comedor privado.

—¿Voy a almorzar con una portadora? —pregunta Jane, repentinamente nerviosa. ¿Eso es otra prueba? ¿Para ver si se lleva bien con otras mujeres?

—Sí. Como he dicho antes, queremos que entiendas plenamente a qué te estás comprometiendo. Porque una vez inseminada, una vez que tengas a otro ser humano en tu interior, ya no se tratará solo de ti. Ya no habrá marcha atrás. —Y le indica que se siente.

Sobre la mesa hay tres ensaladas verdes espolvoreadas con semillas de granada y almendras tostadas. La anfitriona se coloca una servilleta en el regazo.

—Tenemos nuestro propio chef y nuestro propio dietista, de manera que la comida no solo es deliciosa, sino muy sana. Es una de las ventajas de vivir aquí.

La puerta se abre de golpe.

—Perdón. Llego tarde —se disculpa una joven bajita de tez morena, con el pelo recogido en una cola. Lleva una camiseta tan tremendamente ceñida sobre su abultado vientre que se le marca la silueta sinuosa del ombligo.

—Jane, esta es Alma. Alma, Jane. Alma está embarazada de veinticuatro semanas.

—Veinticinco, señora Yu —dice Alma sonriendo a Jane y tomando asiento a su lado.

—Embarazada de veinticinco semanas para uno de nuestros mejores clientes. Ellos contrataron un tres-y-tres: tres hijos en tres años. Alma gestó el primero y ahora espera el tercero.

A Jane no le gustan nada las espinacas, pero se las come a la fuerza, masticando las hojas correosas durante lo que le parece una eternidad. Nadie dice nada. Ese silencio es como un reproche, una señal de que no lo está haciendo bien. Bruscamente, suelta:

—Las alpacas son muy bonitas....

—¿Cómo te encuentras estos días, Alma? —pregunta al mismo tiempo la señora Yu—. Perdona, te he interrumpido, Jane. ¿Qué decías?

Ella niega con la cabeza sonrojándose.

—Bien, señora Yu. Me encuentro bien. El bebé da muchas patadas —responde Alma.

—Nos sentimos orgullosos de tener no solo clientes que repiten, sino portadoras que también repiten. El hecho de que Alma haya decidido gestar otro niño con nosotros habla bien de la calidad de este trabajo —dice la directora—. Alma, ¿quieres contarle a Jane cómo es un día normal en Golden Oaks?

Jane se relaja mientras la chica le describe su rutina diaria: comidas, meditación, ejercicio, visitas médicas, clases de embarazo.

—Se está bien aquí —concluye—. Es un lugar precioso. Los médicos son buenos. La gente es amable.

—Y cuéntale qué haces con el dinero que ganas aquí.

—Una parte del dinero se la envío a México a mi padre. Está un poco enfermo. No tiene bien el corazón. Y una parte me la quedo aquí para mi marido y mi hijo, Carlos.

—¿Puedes hablarle un poco a Jane de tu hijo? —la anima discretamente la señora Yu.

—Carlos tiene ocho años y tiene... *¿cómo se dice... dislexia?*

—Igual. Dislexia.

—*Dislexia, sí*. Y ahora, ya que disponemos de dinero, tenemos un profesor especial para ayudarlo. —Toma un bocado de ensalada y añade—. ¡Y el niño va muy bien!

La señora Yu le dice a Jane:

—Naturalmente, nosotros ofrecemos un salario más atractivo que el de cualquier trabajo alternativo, sea de niñera, de cuidadora de ancianos o de recién nacidos. Nuestros clientes desean que las portadoras estén bien tratadas. Pero yo no creo que el dinero sea una motivación suficiente. Para esto, has de tener un temperamento adecuado. Y una vocación de servicio.

—Yo la tengo —afirma Jane pensando en Amalia, en todas las cosas que podrá hacer por ella y de las que podrá protegerla, si consigue por fin ese trabajo—. Yo tengo esa vocación.

«La muñeca derecha, por favor. Las mangas subidas», indica la coordinadora.

Es el primer día de Jane. La entrevista en Golden Oaks fue hace seis semanas, pero todo ha cambiado en ese tiempo. Ya tiene un feto desconocido en el vientre y se encuentra rodeada de extraños, a ciento cincuenta kilómetros de Amalia. La mujer sonriente que la ha recibido en el vestíbulo de la Residencia esta mañana no solo se ha llevado su maleta y su bolso, sino también su móvil, de modo que ahora no tiene noción del tiempo ni sabe muy bien si son tres o siete las horas que lleva en Golden Oaks.

Jane se sube la manga y extiende el brazo, preguntándose si van a ponerle otra inyección y por qué motivo, puesto que ya está embarazada.

La coordinadora le ajusta en la muñeca una pulsera, que es de goma o algo parecido, y pulsa un botón, de manera que se ilumina la pantallita rectangular que lleva incorporada.

—Esto es una WellBand fabricada expresamente para nosotros. ¡Te la escogí de color rojo porque era San Valentín!

Jane la examina con atención. La señora Carter llevaba una similar: un círculo de plástico azul que parecía un juguete y que quedaba raro al lado de su brazalete de diamantes y de los óvalos relucientes de sus uñas.

—Sirve para registrar tus niveles de actividad. Da unos saltos.

Jane se pone a saltar.

—¿Lo ves? —La coordinadora ladea la pulsera hacia ella. Los ceros grises que inundaban la pantalla han sido reemplazados por unos números de color naranja que ascienden a medida que ella va saltando y quedándose sin aliento.

—Ya puedes parar —dice la coordinadora con amabilidad. Le sujeta la muñeca y sitúa la pulsera sobre un lector conectado a un portátil hasta que suena un pitido—. Vale. Ahora ya estás sincronizada con nuestro equipo de Gestión de Datos. Supongamos que tu ritmo cardíaco se dispara... Es algo que sucede a veces y no suele ser nada serio, pero también puede indicar una anomalía subyacente de tu corazón, porque el embarazo supone un esfuerzo adicional para él. —La coordinadora (¿Carla?) se calla un momento para que asimile la gravedad de esa contingencia—. Nosotros nos enteraremos de inmediato y te traeremos aquí para que te examine una enfermera. O bien, si no haces el suficiente ejercicio, le diremos a Hanna que se ocupe del asunto. O sea, que no te deje en paz. —Carla sonríe y sus pecosas mejillas se llenan de hoyuelos. Jane nunca ha visto tantas pecas juntas, como amontonadas unas sobre otras.

—¿Hanna...?

—Nuestra coordinadora de salud. Llegarás a conocerla muy bien —dice Carla con un guiño. Entonces le pasa un tutorial de la WellBand: sus diversos monitores y cronómetros, la alarma y el despertador, el botón de pánico, el localizador GPS, el calendario, las alertas, cómo recibir notificaciones...

—¿Qué te parece la ropa? —Carla la recorre con la vista de pies a cabeza. Jane siente cómo se ruboriza. A decir verdad, nunca ha llevado unas prendas tan finas ni tan suaves. Esa misma mañana se estaba congelando con su abrigo. Ate y Amalia han esperado con ella en la calle, frente al edificio de apartamentos, a que llegara el coche, y la niña iba envuelta en tantas capas de lana y vellón que apenas le veía la cara. En cambio, ahí, a pesar de usar esa ropa tan ligera, se siente abrigada. Eso es lo que le dice a Carla.

—Es cachemira —responde la coordinadora con naturalidad—. Golden Oaks no escatima en gastos, desde luego.

Llaman a la puerta abierta.

—Hola, Jane —saluda la señora Yu, dándole un frío abrazo.

—Hola, señora Yu. —La chica se pone rápidamente de pie.

—Siéntate, por favor. Solo quería comprobar que te estás

instalando. —Se sienta a su lado sobre un banco—. ¿Qué tal las náuseas matinales? ¿Tu habitación está bien? ¿Has conocido a Reagan?

—Me encuentro bien, aunque estoy un poco cansada. La habitación es preciosa. Y la ropa también —añade acariciándose el muslo con la mano—. Aún no he conocido a mi compañera de habitación.

La señora Yu frunce ligeramente el entrecejo.

—Es que he tenido que ir a ver a la enfermera y hacer la sesión de orientación —se apresura a añadir Jane, para no meter a su compañera en un aprieto—. He estado muy ocupada.

La directora se relaja y pone una mano sobre la de Jane.

—Me imagino que Reagan tenía cita con el médico. Pero estará enseguida de vuelta, supongo. Este es tu nuevo hogar; y queremos ayudarte a que te sientas como en casa.

A ella se le hace un nudo en la garganta al oír la palabra «hogar». Se cuestiona qué estará haciendo Amalia y si se dará cuenta de que su madre se ha ido.

Como captando sus pensamientos, la señora Yu pregunta:

—¿Cómo está Amalia? ¿Ha sido difícil la despedida?

Jane se siente conmovida de gratitud por el hecho de que la directora, que está tan ocupada, recuerde el nombre de su hija. Al responderle, vuelve la mirada hacia la pared para que no note que tiene los ojos húmedos.

—Ha ido todo bien. Ahora casi tiene siete meses. Ya es una niña mayor. Y tiene a mi prima.

—Entonces está en buenas manos.

Jane todavía no se atreve a mirarla a la cara. Oye cómo teclea Carla en el ordenador.

—Ya sé, Jane, que conoces nuestra política, que consiste en que no admitimos visitas ni permitimos que las portadoras salgan de aquí a menos que lo solicite el cliente. —La señora Yu se acerca más para susurrarle—: Pero creo que podremos convencer a tu cliente para que permita que Amalia venga a verte.

—¿De veras? —exclama la joven.

La señora Yu se lleva un dedo a los labios y sonríe. Le pregunta si ya tiene ganas de almorzar y, cuando Jane confiesa que esta mañana estaba demasiado nerviosa para tomar nada, la lleva al comedor. Jane la sigue a varios pasos de distancia; va moviendo los dedos de los pies calzados con unos nuevos mocasines ribeteados de piel. Una tímida sensación de bienestar empieza a apoderarse de ella. La señora Yu charla sin parar, señalándole sus vistas preferidas de las montañas y contándole algunas curiosidades de las poblaciones vecinas. Mientras caminan, Jane se imagina a Amalia en ese lugar: se escondería bajo las suaves mantas que cubren los sofás, hipnotizada por las llamas que chisporrotean en las chimeneas de piedra.

—¿Crees que te sentirás aquí como en casa? —le pregunta la señora Yu, empujando la puerta del comedor con el hombro.

—Oh, sí —responde Jane, y lo dice en serio.

Hay una corta fila de portadoras frente a la mesa del bufé. La directora le presenta a dos mujeres blancas —Tasia, una chica alta y flaca, que mantiene una mala postura, y otra más baja y rellenita, llamada Anya—, antes de retirarse apresuradamente para preparar una reunión. En su ausencia, Jane vuelve a ponerse nerviosa. La fila avanza deprisa, pero cuando le toca escoger su almuerzo, no acaba de decidirse entre el solomillo y el salmón, ni entre el agua y el zumo de granada, y debe esperar varios minutos a que llenen el dispensador de la bebida multivitamínica. Cuando termina por fin, Tasia ya está comiendo con Anya en una mesa del fondo. Jane coge su bandeja y camina hacia ellas. Pero parece como si la suela de goma de sus mocasines se pegara en el suelo. El comedor está lleno. Hay una mesa de portadoras negras a su izquierda y otra con cuatro mujeres de tez morena a su derecha. Cerca de la salida de incendios, ve un grupo de mujeres que parecen filipinas.

—Ven aquí, Jane —la llama Tasia haciéndole señas.

—¿Sabes de quién es el niño que llevas? —le pregunta Anya antes de que se haya sentado. Habla con un acento muy acusado. Tiene los mismos ojos azules y hundidos que Tasia, pero su cara es más afilada, tal vez porque su embarazo no está tan avanzado.

Anya se mete un gran trozo de salmón en la boca, y la visión del pescado, rosado y húmedo, le provoca náuseas a Jane.

—¿Te encuentras mal? —le pregunta Tasia.

—No, estoy bien. Es que... —Nota el gusto de la bilis en la boca y se agarra el vientre, rezando para no ponerse a vomitar delante de todas las compañeras.

—Ah, a mí también me pasa —se queja Anya, todavía con la boca llena de pescado—. Todos los días vomitando. Nunca por la mañana, pero... ¡el resto del día!

Tasia saca una bolsa de papel de un reluciente dispensador metálico que hay en el extremo de la mesa y se la pasa.

—Vomita en la bolsa —le dice con tranquilidad—. No te preocupes. El primer trimestre es el más duro.

Jane aparta su bandeja y apoya la frente sobre la fresca superficie de la mesa. Con Amalia también tenía náuseas por las mañanas, pero entonces era diferente, menos terrorífico. Tal vez porque el feto que lleva en el vientre es de un extraño, el hijo de alguien que inventa remedios para el cáncer o que regala cantidades dinero que ella no verá en toda su vida.

Anya y Tasia permanecen en silencio; solo hacen ruido con los cuchillos mientras van comiendo. El murmullo del comedor se mezcla con un sordo zumbido.

—Lisa está engordando. —La voz de Anya resuena por encima de las conversaciones. Ella y Tasia están mirando a dos chicas norteamericanas situadas varias mesas más allá. Una de las chicas, la más adelantada en su embarazo, es asombrosamente guapa, como las actrices que salen en las portadas de las revistas.

—Es porque se salta la clase de gimnasia —dice Tasia con frialdad—. No viene desde hace dos semanas. La señora Hanna no la delata porque es su preferida.

—Deberías informar a la señora Yu, ya te lo he dicho —le dice Anya. Entonces se vuelve hacia Jane—. Entonces, ¿aún no has conocido a tus clientes?

—No —responde ella, todavía reclinada sobre la mesa. Ve que Tasia le lanza una mirada a Anya—. ¿Eso es malo?

—No, no. A veces los clientes están ocupados, simplemente. O prefieren esperar hasta el segundo trimestre, cuando ya hay poco riesgo de aborto.

A Jane se le encoge el estómago ante la mención del aborto. Ella procura mantener una actitud positiva, porque los folletos de Golden Oaks que ha estudiado dicen que es mejor para el feto. Pero le preocupa. El anticipo para pagar la guardería de Amelia es a fondo perdido. Pero no está segura de si el dinero del alquiler de su apartamento también. Entonces pregunta:

—¿Qué pasa si abortas? Sé que debes abandonar Golden Oaks... Pero ¿qué sucede con el dinero?

—¿No te leíste los papeles? ¿Solo firmaste? —se burla Anya.

Durante el mes y medio transcurrido desde que Golden Oaks la contrató, Jane ha estado muy ocupada entre la mudanza al nuevo apartamento, la búsqueda de una buena guardería para Amalia y el proceso de quedarse embarazada. Ate se ofreció a leer los documentos que Golden Oaks envió en una gran caja de FedEx con el sello CONFIDENCIAL, y Jane accedió agradecida. Finalmente, se limitó a firmar donde Ate le indicó.

—Recibes un pequeño pago cada mes —le explica Tasia—. Pero la bonificación, la cantidad importante que la señora Yu te prometió... se cobra al final. ¿Entiendes?

Jane recuerda que Ate dijo algo de eso. Estaban sentadas en la cocina del nuevo apartamento. Todo olía a pintura y tenían las ventanas abiertas aunque hacía frío. Su prima le explicó las normas de Golden Oaks sobre teléfonos móviles y correos electrónicos, los acuerdos de confidencialidad, los plazos de los pagos, los depósitos directos en el banco. Pero ella estaba tan agobiada con toda esa cantidad de información que ni siquiera se planteó las preguntas que ahora se agolpan en su cabeza.

¿Y si el aborto no es culpa suya?

¿Le darán la oportunidad de tener otro bebé?

¿Y si pare un niño, pero muere poco después? ¿Ella se puede quedar con el dinero?

Jane quiere preguntar cosas, pero las palabras se le atascan en la garganta.

—Ahí viene Reagan —murmura Anya.

Una de las chicas norteamericanas, la más delgada, se acerca a la mesa. Tiene los ojos grandes, del color grisáceo de un día lluvioso, y el pelo largo recogido en una trenza poco apretada.

—Hola, Jane. Yo soy Reagan, tu compañera de habitación. Se me ha olvidado completamente que llegabas hoy. ¡Amnesia de embarazo!

Tasia se levanta con brusquedad.

—Ocupa mi silla. Yo ya he terminado y tengo que ir a ver a la señora Yu. —Anya también se excusa. Ambas le desean suerte a Jane y se alejan con sus bandejas vacías. Tasia destaca por encima de su amiga, casi le saca un palmo. Cuando están a unos metros, estallan en carcajadas.

—¿Cómo lo llevas? —pregunta Reagan, y se sienta en la silla de Tasia cruzando las piernas bajo el cuerpo.

Jane está abrumada. Ha estado imaginándose a su compañera de habitación desde que recibió por correo hace tres días una nota sobre ella. La ha leído tantas veces que se la sabe de memoria.

«Tu compañera, Reagan, cursó una doble especialidad en Literatura Comparada e Historia del Arte y se graduó *cum laude* en la Universidad Duke. Creció en Highland Park, Illinois, y vive en Nueva York. Es portadora por primera vez.»

Incluso antes de buscar en Internet «Highland Park», «Universidad Duke» y «Literatura Comparada», Jane se dio cuenta de que no tenía nada en común con su compañera de habitación. Y, al verla, está segura de que acertaba.

—Estoy bien —musita tras un silencio incómodo, preguntándose por enésima vez qué debían de decir las tres frases de la nota acerca de ella y qué pensamientos se le pasaron a Reagan por la cabeza al leerla.

Rasca con la uña un grumo de mostaza reseca del tablero de la mesa. Ate le ha aconsejado que sea educada con las demás portadoras, pero que mantenga las distancias, porque ninguna de las chicas de Golden Oaks es amiga suya. Son sus colegas, y gestar un bebé ahí es un trabajo. Jane está devanándose los sesos para hacerle una pregunta a su nueva compañera de habitación cuando repara con el rabillo del ojo en la fina cadena de oro que Reagan lleva en la muñeca.

Se siente desolada. ¿Qué puede decir ella que vaya a interesarle a esa chica que ha ido a la universidad, que ha estudiado una doble especialidad y lleva una cadena como esa con tanto desparpajo?

—Al principio puede resultar extraño —dice Reagan sin inmutarse en apariencia por el silencio de Jane. Y se dedica a darle consejos sobre Golden Oaks basados en «¡mi gran experiencia de dos semanas!»: conviene ir a la sala multimedia a la hora de comer, cuando no está tan atestada; hay que seguir el camino largo hacia el gimnasio para evitar el despacho de la señora Hanna, porque, si no, te coge por banda y te interroga sobre tu dieta; hay una mesa preparada de tentempiés entre las comidas, y por la noche —fruta, barritas energéticas, hortalizas cortadas con salsas saludables, infusiones de hierbas, nueces, batidos—, y siempre que ella se mantenga en su margen de peso, tiene permitido picar a su antojo, así que no hay problema si no tiene hambre a la hora de comer.

Jane la escucha pasmada, todavía presa del pánico porque no se le ocurre nada que decir.

—¡Lisa! ¡Ven aquí! —Reagan le hace señas a la preciosa norteamericana de pelo oscuro y ojos verdes. Su amiga está hablando acaloradamente con una de las cocineras y luego coge algo de una fuente junto a la ventanilla del bufé y camina airada hacia ellas, mascullando entre dientes.

—Por mucho que diga Betsy, un *muffin* de cereales no es un bizcocho de plátano. —Mira con rabia a Jane, como esperando una respuesta.

—¿Ah, no? —dice Jane, insegura.

Reagan se echa a reír.

—Jane, te presento a Lisa. No le hagas caso, si no quieres.

—Y lo más absurdo —continúa Lisa, todavía dirigiéndose a Jane— es que todas estamos embarazadas y tenemos antojos, o sea que se supone que deberían darnos golosinas que satisfagan esos antojos, que en realidad son antojos de los fetos. Al fin y al cabo, ¿no se trata de que nos rindamos humildemente a sus deseos?

Jane mira alrededor, nerviosa. La coordinadora más cercana está junto a la salida de incendios, tecleando en su tableta.

—La mente domina a la materia —apunta Reagan—. Tus antojos son tus hormonas, no tú.

—Yo soy mis hormonas —replica Lisa y, sentándose pesadamente en una silla, da un mordisco con desconfianza al *muffin* de cereales. Masculla por lo bajini que detesta las pasas.

—Jane es mi nueva compañera de habitación. Hoy es su primer día.

—Bienvenida a la Granja —dice Lisa con desgana.

La sonrisa que Jane intentaba esbozar se esfuma antes de llegar a sus labios.

—¡Maldita sea, todas las células de mi cuerpo claman por

un bizcocho de banana! —exclama Lisa estampando con rabia el *muffin* sobre la mesa.

—Yo... yo puedo preparar bizcocho de banana —apunta Jane tímidamente mirando la cara de Lisa que refleja una mezcla de nerviosismo y fascinación.

Lisa estalla en carcajadas y le replica:

—¡Jamás te dejarán acercarte a un horno! ¡Podrías... chamuscar al feto! —Su tono, sin embargo, se ha suavizado—. Bueno... ¿Sabes de quién es el bebé que llevas?

Jane niega con la cabeza y Lisa afirma con un susurro bien audible dedicado a Reagan:

—Ella tampoco lo sabe.

—¡No importa!

—¡Claro que importa! —replica Lisa.

—¿Por qué todo el mundo hace esa pregunta? —se aventura Jane—. Anya, esa chica rusa...

—Polaca —la corta Lisa—. No la llames rusa o te apuñalará.

Jane no sabe si debe sonreír.

—Anya me ha preguntado lo mismo. Varias veces.

—Te lo ha preguntado, ¿eh? —Lisa se anima—. Está buscando información. Interesante...

—Lisa ha gestado bebés para Golden Oaks desde el mismísimo inicio —la interrumpe Reagan, claramente deseosa de cambiar de tema—. Ya va por el tercero.

—Y es por el dinero. —Una sonrisa burlona cruza el rostro de Lisa—. Yo ya he superado los encantos de estar embarazada, a diferencia de mi amiga Reagan...

La aludida pone los ojos en blanco.

—... que todavía cree que es una experiencia profundamente significativa.

Jane no estaba acostumbrada a las personas que hablan así —a las palabras que usan, a la velocidad con que se expresan—, y se siente como bombardeada.

—Darle la vida a alguien es una cosa increíble —dice Reagan.

—Ya, pero no es eso lo que nosotras hacemos aquí —replica Lisa—. Resulta que mi cliente habría podido gestar a sus hijos ella misma, si hubiese querido.

—Pero muchas no pueden —le explica Reagan a Jane—. Muchas son estériles porque son mayores o porque no son capaces…

—Lo que todas buscan en el fondo es que sus hijos tengan alguna ventaja especial. —Lisa habla mirando a Jane, aunque esta percibe que se dirige a Reagan—. No me sorprendería que la Granja inocular estimulantes cerebrales a nuestros fetos. O potenciadores inmunitarios…

—¡Esas cosas ni siquiera existen! —contesta Reagan.

—Pero cuando existan, ¿no crees que ellos…?

—Basta.

—¿No crees que nuestros clientes pagarían cualquier cosa para asegurarse de que sus superbebés son…?

A Jane se le revuelve el estómago. Se inclina otra vez con la esperanza de sofocar la náusea.

—Siéntate bien, Jane.

Ella, desconcertada, obedece.

—En primer lugar —dice Lisa—, no te tumbes sobre la mesa a menos que quieras que venga a acogotarte una coordinadora. En segundo lugar, y más importante, debes entender lo que es este sitio. ¿Vale? Es una fábrica y tú eres un producto. Tienes que poner a los clientes de tu lado, no a las coordinadoras ni a la señora Mae. Me refiero a los padres y, sobre todo, a la madre…

—Lisa… —dice Reagan como advirtiéndola.

—Yo… —Jane traga saliva. ¿Y si no les cae bien a sus clientes? ¿Y si la comparan con una portadora como Reagan?—. Yo no conozco… —dice con lágrimas en los ojos.

—Bueno, no todas los conocen —dice Lisa rápidamente—. A algunos clientes les importa una mierda su portadora. Pero a la mayoría de ellos, sí, porque están obsesionados con todo lo que tenga que ver con sus niños. Es un nuevo narcisismo. Esa es la misión de la Granja: alimentarlo, avivarlo…

Jane se queda callada, con el corazón descontrolado, preguntándose si ha cometido un error, si ese trabajo no será más complicado de lo que Ate le dijo.

—Siempre que te reúnas con tus clientes, tu objetivo, tu único objetivo, es dejarlos encantados. Te conviene que la madre se sienta bien, incluso virtuosa por el hecho de que tú lleves dentro su bebé. Te conviene que quiera tener otro hijo contigo y solo contigo. Y cuando los padres decidan que quieren tener el bebé número dos y se empeñen en que te encargues tú... entonces dispondrás de una palanca. —Lisa hace una pausa—. ¿Sabes lo que significa tener una palanca?

Jane dice que no con la cabeza, avergonzada.

—Significa que la señora Mae debe doblegarse. Doblegarse a tus deseos, si tú quieres. Porque la Granja tiene unos objetivos de ingresos que cumplir y porque los clientes siempre tienen razón... Y si resulta que el tuyo te quiere a ti... Eso es la palanca. —A Lisa le relucen los ojos—. Los míos me adoran. Y eso significa que con este tercer *bambino* puedo pedir una serie de cosas... Como, por ejemplo, más dinero, una habitación propia, visitas de mi hombre, e incluso... —y ahora Lisa alza la voz— ¡BIZCOCHO DE BANANA!

Jane se agacha. Una coordinadora le grita a Lisa que cierre el pico.

—¡Por el amor de Dios, joder! —cuchichea Reagan lanzándole una mirada asesina a Lisa. Luego se gira hacia Jane y fuerza una sonrisa—. No le hagas caso. Normalmente, no está tan loca. Son las hormonas.

—Yo soy mis hormonas, ya te lo he dicho —rezonga Lisa.

—Tómatelo con calma. Concéntrate en mantenerte bien por el bebé. Eso es lo más importante: tu bebé.

Jane se siente inundada por un vivo deseo de estar en casa. Lejos de esas desconocidas, de su charla demasiado rápida e ingeniosa. Anhela estar en la cama con Amalia viendo la tele. Quisiera masajearle su rolliza barriguita hasta que se quede dormida con los brazos extendidos por encima de la cabeza como hace siempre, de ese modo tan abierto y confiado, como si el mundo no pudiera hacerle daño. La náusea que se había aplacado vuelve de nuevo, ahora con más intensidad.

—¿Te encuentras bien? —Reagan la mira de cerca, alarmada.

Jane está intentando alcanzar el dispensador de bolsas de plástico cuando empieza a vomitar.

Reagan

Un chirrido como de metal raspando metal, y luego luz. Luz rasgando la oscuridad. «Una invasión», piensa Reagan. Tiene los ojos cerrados y nota unos pinchazos dispersos que al incrementarse le provocan una especie de llamarada de color rosa tan intensa que la cabeza le palpita. Maldita Macy. La jodida señorita madrugadora. Incluso con resaca, su compañera de habitación se despierta sonriendo y se ata los cordones de las zapatillas con dobles nudos, dispuesta a salir a correr junto al East River. Reagan se prepara para el inevitable: «¡Hora de levantarse!».

Pero no, las pisadas pasan de largo. Alguien tararea. No es Macy, porque ahora no está en Manhattan.

Entreabre un ojo y la envuelve la luz de media mañana. El retumbo de su corazón se intensifica; salen zarcillos sinuosos de sus oídos, brotes de enredadera, hojas enormes como las de una palmera que le envuelven la cabeza, comprimiéndola y encogiéndola hasta que adquiere el tamaño de un perdigón. Es la luz, está segura; la luz la que le provoca esa tremenda presión.

—¿Otra migraña?

Reagan contempla la figura que está delante de ella durante un momento cegador, antes de recordar quién es.

—Creo que sí.

—Lo siento —dice la coordinadora volviendo a correr las cortinas—. Pensaba que quizá te habías olvidado de tu ecografía.

¿La ecografía? Pero si anoche se puso el despertador... Reagan se mira la muñeca.

—Te la dejaste en el sótano, junto a la piscina. —La coordinadora le da su WellBand—. Es impermeable, ¿sabes? Si sigues quitándotela te la van a coser.

Reagan se ajusta la WellBand, y sonríe.

—Hablo en serio. No te la quites —dice la mujer—. Deberías ponerte en marcha. Creo que tu cliente estará allí.

Pese al martilleo en la cabeza, Reagan se incorpora con una ráfaga de excitación en el pecho.

—¿Mi cliente?

—Eso creo. ¡Vamos, muévete! —La coordinadora sale y cierra la puerta.

Reagan consulta su WellBand. Tiene tiempo. Se pone una alarma y vuelve a desplomarse sobre la almohada. Mira la cama de Jane, al otro lado de la habitación, que ya está hecha. Su compañera de aquí también es madrugadora. Y extremadamente ordenada. Esas son las únicas cosas que sabe realmente de Jane, a pesar de que ya lleva dos meses y medio viviendo con ella.

La presión en la cabeza se le agudiza de repente. Cierra los ojos e intenta poner en práctica los ejercicios de respiración que le enseñó la señora Hanna la última vez que tuvo migraña y pidió un Advil. («Aquí no damos medicamentos; te enseñamos a dominar tu mente», le había soltado la coordinadora de salud agitando un dedo.) No puede permitirse el lujo de saltarse esa ecografía. Es la primera en 3-D. Incluso Lisa reconoce que las imágenes son increíbles.

«Puedes verle la cara —le dijo—. Hasta el último hoyuelo.»

Y además, va a conocer a su cliente.

Obviamente, se ha preguntado muchas veces cómo será esa mujer. O ese hombre: los padres podrían ser una pareja de tíos gay. No tiene la menor idea, porque desde que llegó a Golden Oaks no ha conseguido sacar ni una pizca de información sobre la identidad de su cliente. «Seguridad fetal», es la excusa de la señora Yu, aunque Lisa dice que es una artimaña, un modo de mantener a las portadoras en la ignorancia, porque así son más fáciles de controlar.

Reagan saca los pies de la cama; la cabeza le palpita de dolor. Quizá le vaya bien un baño caliente. Camina tambaleante hacia el baño y capta su reflejo en el espejo de cuerpo entero colgado junto a la puerta: el pelo trigueño atado en la nuca formando un revoltijo, la figura delgada bajo el camisón reglamentario de Golden Oaks. Se lo levanta y deja a la vista las piernas y el vientre plano. Se imagina a sí misma inflándose como un globo: el silbido del helio y sus pies alzándose del suelo.

Se sienta en el borde de la bañera y abre el grifo.

Cuando oyó por primera vez el latido del corazón del feto durante la ecografía que le hicieron a principios de mes, se sintió maravillada al notar esa pulsación en su interior y al ser consciente de la enormidad de la tarea que había asumido. ¡Una vida! ¡Llevaba dentro una vida! Tendida en la camilla, dejó que la inundara ese latido, mientras las lágrimas le rodaban por las mejillas. Después se sintió un poco avergonzada, aunque la doctora Wilde le aseguró que la «emocionalidad exacerbada» era normal durante el embarazo. Cosa de las hormonas.

Pero sabe que la satisfacción, incluso la euforia que ha sentido desde que llegó a Golden Oaks es mucho más que eso. Es algo completamente nuevo: una sensación de claridad, un firme anclaje después de toda una vida a la deriva.

«¿De cuánto estás?», es la primera pregunta que le hace cualquier persona nueva en Golden Oaks, y ella responde confiada: «De diez semanas», «de catorce semanas». Sabiendo que dentro de siete días llevará una semana más. Sabiendo dónde está, qué está haciendo y por qué.

Lo cual demuestra que ni siquiera Macy, su compañera de habitación e íntima amiga desde la universidad, tiene siempre razón. En Duke coincidían prácticamente en todo, tanto en sus intereses (museos, libros, chicos) como en sus aficiones (fiestas, música, chicos), y en sus posiciones políticas (a favor del aborto, en defensa del medio ambiente). En la actualidad, a los veinticinco años, Macy es la socia negra más joven de la historia en Goldman, codirectora del equipo de reclutamiento del banco de Duke, miembro del comité de jóvenes patronos de un museo del centro de la ciudad, miembro del consejo de un programa extraescolar para jóvenes en peligro de exclusión en Queens, y corredora de maratones inferiores a tres horas.

Cuando Reagan le contó lo de Golden Oaks (una infracción

de los acuerdos de confidencialidad, aunque ella le hizo jurar que mantendría el secreto), Macy reaccionó con dureza. Antes de acudir a la fiesta de una amiga, estaban a medio tomar unas copas de vino; las habían dejado sobre la desconchada mesita de café de la sala de estar. Una ambulancia en la Segunda Avenida ahogó la voz de su amiga, pero fue momentáneamente:

—¡La subrogación, y este tipo de subrogación en especial, es una mercantilización, una degradación! Todo lo más sagrado... ¡subcontratado, envasado y vendido al mejor postor!

—Para ti es muy fácil decirlo —le había soltado Reagan—. ¡Tú trabajas en un banco! Yo estoy harta de depender de mi padre, y así ayudaré a tener un hijo a alguien que...

—Estás dejando que una persona rica te utilice. Estás poniendo precio a algo esencial...

—Niñeras, cuidadoras, nodrizas —recitó Reagan, amontonando todos los ejemplos que le venían a la cabeza—. Donantes de sangre, de riñón, de médula ósea, de esperma. Madres subrogadas. Donantes de óvulos... ¿Te acuerdas de aquellos anuncios pidiendo donantes de óvulos en *The Chronicle*?

The Chronicle era el periódico de la universidad, y en su nutrida sección de anuncios clasificados había ofertas de trabajo para paseadores de perros, profesores particulares y canguros; anuncios de clases de meditación trascendental y de trasteros de alquiler; listados de programas para estudiar en el extranjero, de empresas de créditos de estudios y de coches de segunda mano. Y de vez en cuando, solicitudes de donantes de óvulos. Una de tales solicitudes le había llamado la atención a Reagan en su primer año de universidad, después de otra tensa conversación telefónica con su padre:

> Pareja budista estable con formación universitaria (ambos graduados en Duke) busca donante de óvulos. Debería tener entre 18 y 24 años. Preferiblemente alumna o graduada en Duke u otra universidad de categoría equivalente. Blanca. Pelo rubio o castaño claro. Preferible con ojos claros. Estatura entre 1,70 y 1,80. Atlética. Sana. Espiritualmente abierta. Nota media mínima 3,6. 14.000 dólares.

A Reagan le intrigaron varias cosas: que la pareja fuese budista y que siendo tan obviamente sofisticados, les importara la espiritualidad de la donante. ¿Qué sentido tenía eso? ¿Acaso una donante religiosa iba a producir unos óvulos espiritualmente avanzados? ¿Servían las católicas no practicantes?

Y por supuesto, ella necesitaba dinero para escapar del yugo de papá, de sus intentos de modelarla a su imagen y semejanza. Sin preguntarle siquiera, su padre le había conseguido un puesto de becaria en Chicago. Había bastado una llamada a un compañero de hermandad de la Universidad Notre Dame (un director ejecutivo de un gran fondo de inversiones), y asunto arreglado. Sin necesidad de entrevista ni currículo, sin todos esos molestos obstáculos que superar. Un favor a cambio de otro favor. «Para eso cultivas tus contactos, Reagan. Tan importante como qué sabes es a quién conoces.»

La presuntuosa actitud de su padre fue un factor decisivo para ella. Pasó todo el proceso sola. Por la noche, se encerraba en el baño de la residencia y se inyectaba ella misma Lupron, Follistim y HCG. Sus ovarios produjeron más folículos y estos a su vez, al romperse, liberaron múltiples óvulos. El día de la extracción, se tumbó en una camilla y el médico aspiró los óvulos con una jeringa. Fue cosa de media hora. Como no tenía a nadie que la llevara en coche a casa, las enfermeras la mantuvieran en recuperación unas horas hasta que se espabiló del todo. Luego tomó un taxi de vuelta al campus y estuvo durmiendo de un tirón hasta el día siguiente.

—Y así pude permitirme trabajar de becaria en Washington. ¿Recuerdas aquel verano? —concluyó Reagan, y apuró su copa de vino.

Macy se quedó en silencio mucho rato. Normalmente, no aguantaba callada más que unos minutos. Al fin, preguntó en voz baja:

—Y ellos… ¿los analizaron?

Se refería a los genes de Reagan, claro. Era uno de los chistes (aunque no era ningún chiste) que las había unido: la idea de que ambas estaban genéticamente jodidas. Macy, porque podía enumerar con facilidad a media docena de familiares que eran alcohólicos, incluida su propia madre, que había muerto por conducir bebida cuando ella era pequeña. Y Reagan, por la demencia de su madre. Ambas habían hecho incluso el pacto jocoso de renunciar al matrimonio y la procreación para no transmitir sus genes defectuosos a la siguiente generación, lo cual les proporcionaría el tiempo necesario para hacer grandes cosas en el mundo; después envejecerían juntas.

—No tuve más noticias de ellos —dijo Reagan encogiéndose de hombros, reacia a reconocer lo aliviada que se había sentido al recibir el cheque por correo. Porque unos padres de ese tipo seguro que habrían comprobado que no había ninguna mutación genética, ¿no?

—Sencillamente parece… algo carente de sentido. O sea, vender tus óvulos fue como una transacción cualquiera… pero no dejaban de ser tus óvulos —dijo Macy, que se pasaba el día en el banco efectuando transacciones: una transacción carente de sentido tras otra.

—No significaban nada —le explicó Reagan, irritada. Los óvulos crecían en su interior para ser desechados cada mes, como los recortes de las uñas o los trocitos de pelo que quedaban en el suelo de la peluquería. ¿Por qué dejar que se perdieran cuando podían ser útiles para alguien?

—No es lo mismo —respondió Macy serenamente—. Tu pelo y tus uñas no pertenecen ni mucho menos a la misma categoría.

Reagan sale de su ensimismamiento. Se quita la ropa y se mete en la bañera. Se sumerge hasta el fondo y emerge de nuevo. La mitad superior de su cuerpo queda flotando. ¿Qué tiene el agua que amplifica el sonido? Oye cómo gotea el grifo: «¡Tip, tip, tip!». El sonido de su propia respiración inunda sus oídos y le recuerda la época en la que aprendió a practicar el submarinismo. Fue en secundaria, después de un viaje de voluntariado para reconstruir casas en Asia, en una aldea diezmada por un huracán. Recuerda la sensación de ingravidez mientras la luz del sol oscilaba a través del agua. El único sonido ahí abajo era la respiración: sus inspiraciones y espiraciones resonaban sobre el fondo oscuro. Era el sonido más solitario del mundo.

¿Se siente solo el feto, sumergido en sus aguas?

Reagan se sujeta la barriga al salir de la bañera.

Su madre, piensa, lo entendería de un modo que Macy no es capaz de captar. La atracción de lo elemental. La calma de la vida postergada. Su madre había mencionado una vez que a los veintitantos años había ido a un *ashram* de la India: un lugar de retiro silencioso donde no había hablado durante semanas.

A su manera, eso es lo que Reagan ha encontrado en Golden Oaks: una cápsula de tranquilidad que ni siquiera ella había previsto, lejos del barullo del mundo exterior. Cuando fue allí se llevó su cámara, pero se la confiscaron el primer día. Tuvo una decepción, aunque luego ha descubierto que eso la ha liberado y ha podido hacer otras cosas. Ha empezado a leer *La broma infinita,* porque Macy dijo que le había encantado. Y ha prestado más atención a todo en general, tal como su madre les recomendaba a ella y a Gus. Tiene un cuaderno de notas: no para escribir un diario —las palabras a menudo no le sirven—, sino listas de imágenes, ideas de fotografías que piensa tomar cuando salga de Golden Oaks. Macy se burlaría de sus listas porque pueden leerse como si fuera poesía, y no es que a Reagan le entusiasme la poesía. Ni siquiera ha eliminado el envoltorio del libro de poemas de Dickinson que Macy le regaló el otoño pasado, cuando cumplió los veinticuatro, aunque se lo ha llevado consigo.

Suena un pitido en la habitación, donde ha dejado la WellBand. Es la alarma que ha puesto antes. Mientras se viste, nota un cosquilleo en el estómago porque está a punto de conocer a su cliente.

Treinta minutos después, Reagan está tendida boca arriba. Todo late a su alrededor. Parece que el móvil de Calder, que pende por encima de su cabeza, tiemblequea. Las paredes blancas se tuercen y se deforman. La cabeza le palpita a la vez que el corazón del futuro bebé, sometida a su mismo ritmo.

—¿Dolor de cabeza?

Reagan asiente sin abrir los ojos.

—¿Puede bajar un poquito el volumen, Agnes? —pregunta la doctora Wilde. Es una orden más que una pregunta.

El murmullo general disminuye, pero no es suficiente. El sonido de fondo del corazón del feto aún bombea contra el cráneo de Reagan, y la presión es tan intensa que la mantiene inmovilizada sobre la mesa de exploración.

¡Pa… POOM, pa… POOM, pa… POOM…!

—Agnes, bájelo más, por favor. —La voz de la doctora suena con un ligero deje de irritación y enseguida se produce un bendito descenso de volumen.

¡Pa... poom, pa... poom, pa... poom...!

El cliente no acudirá. La coordinadora que le ha llevado la WellBand lo ha entendido mal. Reagan ha escuchado cómo la reprendía la doctora Wilde por darle esperanzas infundadas a una portadora y por hablar del cliente, «cuando los asuntos de los estos no son cosa suya».

Da igual. Reagan se lo ha tomado a risa y se ha compadecido de la coordinadora. «Ya estoy acostumbrada a ver mis esperanzas defraudadas», ha dicho.

Pero la doctora Wilde no le ha hecho caso. Hoy está distinta. Muestra una actitud distante, mientras que, normalmente, se esfuerza en ser amable. Su frialdad resulta casi palpable en su forma de examinarla.

La doctora esparce el gel sobre su vientre desnudo y desliza el sensor de ultrasonidos por encima. A través de unos altavoces que Reagan no ve, el corazón del embrión parece acelerarse.

¡Papoompapoompapoom...!

¿Será una grabación?

La idea se le ocurre inopinadamente: que el latido que reverbera en la sala esté grabado y se trate de una banda sonora para demostrar a los clientes que sus embriones están llenos de vigor y que reciben toda la atención por la que ellos han pagado. Al fin y al cabo, todos los latidos son iguales. Y para la Granja, probablemente, sería un modo de ahorrar dinero.

La Granja. Una palabra de Lisa para una idea de Lisa. Ella siempre está haciendo chistes sarcásticos sobre Golden Oaks, sobre los enormes esfuerzos que se hacen para conseguir que los clientes sean felices por subcontratar sus embarazos. «¡Nuestro objetivo es complacerlos!», se burla Lisa, esbozando una sonrisa afectada, con las manos entrelazadas y la cabeza inclinada como si fuese una novicia. *Complaceeerlos*. Consigue que la palabra suene como un delicioso helado. «Porque tener un hijo debería ser un *placeeer*.»

Reagan se imagina a su clienta, que al parecer está conectada por vídeo desde algún lugar, tal vez una mansión, tal vez un *jet* privado. Tendrá un portátil abierto ante ella. El papá estará a su lado, un tipo que lleva la corbata aflojada y que luce una gran mata de pelo. Verán en pantalla la cara de la doctora Wilde asintiendo y oirán las palpitaciones del feto (¿o la grabación de las palpitaciones de un feto?), atronando en los altavoces. Mamá y papá, semillorosos, se acercarán al portátil, ansiosos por contemplar su *maravillooooso* futuro…

No.

Ella no es Lisa. Ella ha decidido estar ahí. Gestar ese embrión y cuidar de él.

Se niega a mancillar su estancia en Golden Oaks, o al diminuto ser todavía informe que lleva dentro, con ese tipo de cinismo. A veces se preocupa por el feto de Lisa: cuarenta semanas cociéndose en ese caldo amargo. ¿Cómo no va a resultar afectado el niño? Reagan se lo imagina saliendo atrofiado y raquítico, como un árbol nunca expuesto a la luz.

—Bueno, mamá, el futuro bebé cumple hoy catorce semanas… ¡y tiene un aspecto fantástico! —dice la doctora dirigiéndose a la cámara. Lleva unos auriculares provistos de un micrófono negro situado justo delante de la boca—. ¿Está frente a su portátil, mamá? ¡Prepárese para ver al bebé en 3D!

Reagan tuerce el cuello, pero no ve la pantalla del ecógrafo. Está a punto de pedirle a la enfermera que la incline hacia ella cuando la doctora Wilde dice:

—Así es, mamá. Esto es algo totalmente distinto.

Guarda silencio, ladea la cabeza mientras escucha a la cliente, y prosigue:

—Sí, mamá. Le doy los datos. Ahora mide un poco de más de cinco centímetros, el tamaño de un limón pequeño. Y esto de aquí es el saco amniótico. —La doctora señala algo en la pantalla con el dedo. Reagan trata de incorporarse sobre los codos para mirar, pero la enfermera le pone mala cara y ella vuelve a tumbarse a regañadientes. No ve nada, ni el feto ni el saco amniótico; y tampoco oye las preguntas de la clienta, sino las alegres respuestas y la risa simpática de la doctora.

La joven contempla la claraboya, sintiéndose extrañamente enervada. El sensor de ultrasonidos se desliza otra vez por su vientre.

—Voy a intentar que se mueva para que le vea mejor la cara.

Reagan da un respingo al sentir que le aprieta el vientre con un dedo. La doctora Wilde le dirige una sonrisa tranquilizadora. Otro apretón, en esa ocasión con varios dedos.

—¡Ahí! ¿Ve cómo se retuerce?

La doctora describe las etapas del desarrollo del embrión con una dicción impecable.

—¿Ha pensado mejor si quiere realizar un análisis genético? —La doctora Wilde enumera los pros y los contras de una amniocentesis. Le asegura a la clienta que el riesgo de aborto es muy bajo: las agujas son extraordinariamente finas y, además, utilizan el ecógrafo para guiarlas; en cambio, las posibilidades de que exista un problema, dada la edad del óvulo y del esperma, y el historial familiar, bueno... Viene a continuación una serie de estadísticas. Por una parte, por la otra... «Mamá, ¿ha considerado la posibilidad de una biopsia de corion?» Las palabras, dirigidas a otro lugar, se funden unas con otras. Reagan da una cabezada.

—Y aquí está ella. —Suena bruscamente la voz de la doctora Wilde y nota que la incorporan. Reagan abre los ojos de golpe.

La doctora, la enfermera y la cámara están vueltas hacia ella.

—Mamá quiere saber cómo te encuentras —dice la doctora Wilde con un tono arrullador insólito en ella.

—Muy bien —responde Reagan. Nunca había hablado directamente con la clienta y está nerviosa. La cámara la observa con fijeza. Ella se alisa el pelo y se esfuerza en decir algo más—. Estuve muy cansada y con náuseas las primeras semanas, pero últimamente me encuentro mucho mejor.

La doctora le dice para darle ánimos:

—Tendrás más energías ahora que estás en el segundo trimestre.

Reagan menciona las migrañas.

La doctora Wilde frunce ligeramente la frente y comenta:

—Pero ahora son menos frecuentes. No es algo inusual. No hay motivo para preocuparse.

Reagan no sabe si se dirige a ella o a la clienta.

—¿Cuándo tuviste la última migraña?

A ella aún le martillea la cabeza, pero la mirada de la doctora la hace vacilar sobre si debe decirlo.

—Eh... Hace un tiempo...

—¿Son muy frecuentes?

—No. En realidad, no.

—¿Da patadas el bebé? —Es evidente que la doctora Wilde repite como un loro las preguntas de la clienta. Se nota por las pausas que hace antes de hablar y también después, mientras espera la siguiente pregunta. Es como si no tuviera cerebro propio; como si fuese un simple vehículo, una marioneta apoyada en un taburete.

Reagan se esfuerza en mirar a la cámara.

—Todavía no.

—Eso es normal, mamá —dice la doctora como hablando con la pared—. Es la primera vez que la portadora está embarazada, así que tardará más tiempo en notar los movimientos del embrión. —Una pausa. Escucha con atención y le pregunta a Reagan—: ¿Tienes la barriga más grande?

—No, más o menos igual.

La doctora le indica que se gire. La enfermera le abre la bata antes de que pueda impedírselo, y deja a la vista su vientre y su torso. La cámara, la doctora Wilde y la enfermera la estudian, impasibles ante su rubor y sus movimientos nerviosos.

La doctora guarda un nuevo silencio y después se echa a reír.

—Sí, lisa como una tabla... ¡pero ya la engordaremos! Sí, así lo haré. Gracias, mamá. Hasta la próxima semana.

La doctora le da los auriculares a la enfermera. Esta le indica a Reagan que se vista y le pone una toalla sobre el regazo. Ambas se alejan, charlando de las citas pendientes. Desde el umbral, la doctora Wilde le dice: «Continúa así», y alza los pulgares, en un gesto nada propio de ella. Reagan deduce que ha sido la clienta quien le ha pedido que lo haga.

—Y por supuesto, llegar al segundo trimestre supone que vas a recibir tu primera prima de rendimiento —añade la doctora.

—Gracias. —Reagan se cierra la parte superior de la bata y se limpia el vientre con la toalla.

Espera a que la doctora y la enfermera se hayan alejado por el pasillo antes de ponerse la camiseta y los pantalones de chándal. Los auriculares han quedado sobre una bandeja de la encimera. Reagan los coge con cautela y se los acerca al oído. Silencio. Esa clase de silencio que parece zumbar.

«Tengo noticias.»

Reagan está agachada, secándose el pelo. Entre las piernas, ve los pies descalzos de Lisa, con las uñas pintadas de un verde intenso, caminando por la moqueta.

—¡Grandes noticias! —repite Lisa subiéndose con un gruñido a la cama de Jane. Empieza a rascarse el esmalte de las uñas de los pies y esparce las escamas verdes sobre la colcha.

—Eso has de limpiarlo. —Reagan sabe que se está poniendo mandona, pero le molesta que Lisa siempre deje la cama de Jane hecha un estropicio. Y no es que esta se queje. Lo cual también le molesta. Le irrita que Jane se lo trague.

Tira la toalla al suelo y saca una bata limpia del armario. Está recién planchada y huele a menta.

—Tengo que quitarme todo el esmalte —dice Lisa—. La nueva coordinadora me ha echado la bronca por ponérmelo. Por las toxinas…

—No importa. Ya lo limpiaré después —se ofrece Jane, surgida como de la nada. Tiene esa costumbre desconcertante de aparecer y desaparecer sin hacer ruido, como un gato. Se entretiene en el umbral, preparada para volver a toda prisa al pasillo en cualquier momento. En la frente le reluce una ligera capa de sudor. Lleva los pantalones cortos de gimnasia.

—Gracias, Jane. Eres un sol.

—¡Límpialo tú, Lisa!

Reagan lamenta haberle explicado que Jane suele adecentar la habitación cada vez que el personal tiene que pasar a hacer la limpieza. Lisa teorizó que se trata de una conducta profundamente arraigada: Filipinas fue colonizada durante tanto tiempo que sus habitantes se habituaron a servir; y todavía generaciones después, sus genes están programados para ello. De ahí que los mejores hoteles de Asia estén plagados de empleados filipinos.

Lisa sacude las escamas de la cama de Jane con la mano.

—¿Ya estás contenta? ¿Qué te pasa últimamente?

Reagan se encoge de hombros. La verdad es que no lo sabe. Quizá se debe a las hormonas; quizá, a los dolores de cabeza. Además, todavía sigue enfadada con Lisa —la reina de las teorías de la conspiración— por haberla tomado tan poco en serio cuando le contó lo de la ecografía que le hicieron a principios de semana: cómo la doctora Wilde ladeaba la cabeza mientras escuchaba la voz que salía por los auriculares y su fría actitud al examinarla, como si ella fuera un simple espécimen de laboratorio. Si eso mismo le hubiera sucedido a Lisa, se habría pasado días y días despotricando y esperando que ella le prestara atención. Pero su última obsesión es del todo absorbente: el «bebé del millón de dólares» y quién lo está gestando.

Reagan hurga en el cajón de su ropa interior, notando cómo Lisa le clava la mirada en la espalda. Sabe que se muere de ganas de que le pregunte sobre esas grandes noticias, pero esa ansiedad alimenta su propia indiferencia.

—Oye, Jane. —Lisa cambia de táctica—. Voy a contarte un secreto. Pero tienes que jurar que no se lo dirás a nadie.

Reagan pone los ojos en blanco. Jane, que está secando el baño con la toalla que Reagan ha tirado, asiente.

Lisa le explica el rumor que le llegó hace varias semanas a través de Julio, el encargado de edificios y jardines: la pareja más rica de China está utilizando la Granja para tener su primer hijo. Como sus óvulos y esperma son viejos, pagarán a su portadora una enorme suma de dinero —muy superior a la bonificación normal— si consigue llegar a término y dar a luz a un niño sano. Si el parto es vaginal, recibirá una bonificación astronómica.

—Estamos hablando de pasta gansa —dice Lisa pronunciando lentamente para subrayar sus palabras—. De una cantidad de dinero que te cambia la vida. De un dinero del carajo.

—¿Y a qué viene ese fetichismo vaginal? —pregunta Reagan para pincharla.

—Es mejor para el recién nacido —interviene Jane inesperadamente—. Para su sistema inmunitario, el parto vaginal es mejor que una cesárea. Es por las bacterias buenas. La criatura recibe bacterias buenas, mmm… del canal de la madre.

Reagan alza la vista, asombrada. Es la parrafada más larga que le ha oído a su compañera hasta ahora. Y suena como si se hubiera tragado entero un libro sobre el embarazo.

—Si ese niño va a vivir en Pequín, necesitará toda la capacidad inmunitaria posible —asiente Lisa—. Y escuchad esto: he reducido las posibles portadoras a tres personas nada más. —Mira alternativamente a las otras dos chicas con gravedad.

Joder. Cómo se pasa Lisa.

—¿Quiénes son? —pregunta Jane en voz baja.

—Anya, Reagan y tú.

—¿Cómo es posible que lo sepas? —La frase se le escapa a Reagan antes de poder contenerse.

Dándose importancia, Lisa explica que, según sus últimos datos, el feto multimillonario está entre las doce y las dieciséis semanas.

—Vosotras tres sois las únicas dentro de ese margen que todavía no han conocido a sus clientes —dice, y añade—: Zorras afortunadas.

Jane se sienta en el borde de su cama. Obviamente, estar tan cerca de Lisa le pone nerviosa. Aunque por otra parte, tampoco con Reagan ha establecido una relación más estrecha.

No es porque esta no lo haya probado. Ella ha hecho innumerables intentos a lo largo de los meses y siempre se ha visto rechazada. Incluso llegó al extremo de birlar una bolsa de caramelos para Jane: Peanut M&M's, sus favoritos, según oyó que le decía a otra portadora. Eso ocurrió hace varias semanas, cuando la señora Yu la llevó a ver *Hamlet* a un pequeño teatro de las inmediaciones. Reagan birló los caramelos mientras la camarera del puesto de golosinas estaba sirviéndole un vaso de agua. Pero cuando más tarde le dio a Jane la bolsa, ella apretó los labios y negó con la cabeza, horrorizada.

Lisa le dice que deje de esforzarse, y, probablemente, tiene razón. Pero pese a todo le fastidia no haber logrado romper el hielo. Tiene la impresión de que Jane la juzga, de que la ha encasillado —sin ningún fundamento— como otra chica blanca rica que anda desorientada por la vida.

Esa caricatura injusta le da rabia. Lo mismo le pasa con su padre. Cada vez que él se mofa de los «liberales de limusina», percibe que es una alusión a ella y a sus amigos. Incluso Macy se burla de ella por su «culpabilidad blanca» y por sus «privilegios de blanca heteronormativa de clase media alta».

Recuerda, sin embargo, la expresión de Jane cuando encontró un collar suyo —de oro blanco, del que colgaba una única perla imperfecta— que se había caído debajo del tocador. Ella ni siquiera lo había echado en falta.

—Estoy tratando de perderlo en realidad. Me lo regaló el pringado de mi ex —había dicho, bromeando, aunque con excesiva frivolidad, como reconoció más tarde ante sí misma.

—Deberías guardarlo en un lugar seguro, porque las mujeres de la limpieza vienen mañana —le dijo Jane—. No puedes dejar joyas a la vista cuando ellas están aquí.

Reagan se quedó demasiado escandalizada para contestar.

—O sea que es racista —concluyó Lisa al día siguiente al enterarse. Estaban junto a la mesa de tentempiés, antes de que apagaran las luces. La cantidad de golosinas era inusualmente escasa.

—¿Racista? —repitió Reagan.

Lisa cogió una bolsa de chips de col rizada y se encogió de hombros.

—Quizá por eso no le caes bien; o al menos, las mujeres de la limpieza.

—No es racista.

—Solo se junta con las demás filipinas —replicó Lisa—. ¿O es que crees que únicamente los blancos son racistas?

Ayesha, una portadora de Guyana con una voz aguda en extremo, se acercó furtivamente a la mesa.

—Tengo demasiada hambre para poder dormir —dijo. Cogió una barrita de cereales y, mientras la untaba de mantequilla de almendra, señaló con la cabeza a Lisa—. Ella tiene razón. A mi madre no le gustan los negros. Ni los chinos, porque son los dueños de todas las tiendas en mi país. Todo el mundo es un poco racista.

Antes de que Lisa o Reagan pudieran responder, una coordinadora entró bruscamente y reprendió a Ayesha por andar picando porque sobrepasaba en cinco kilos el peso recomendado. La chica se excusó sin dar muestras de lamentarlo, tiró la barrita en el cubo de basura y les dijo adiós con su vocecita chillona antes de que la coordinadora la escoltara de vuelta a su habitación.

—¿Quieres que te ayude a romper el hielo con Jane? —dijo Lisa con la boca llena de chips de col.

—Si es tan racista como dices, tampoco tú le gustarás.

—¡Pero a mí se me da mejor tratar con la gente!

Lisa le preguntó si sabía en qué habitación estaba Ayesha, se metió en el bolsillo varias barritas de cereales y se alejó.

«Aún no lo entiendo. ¿Por qué un cliente no va a querer conocer a la portadora? Si yo fuera una clienta es lo primero que haría.» Jane está hablando con Lisa. Reagan parpadea, desconcertada. ¿Se habrá quedado dormida? ¿Cómo ha conseguido que Jane hable?

Mientras termina de vestirse, escucha a Lisa disimuladamente, fingiendo que no presta atención. Entonces se acerca a la mecedora que está al otro lado de la habitación, y coge con aire distraído su cuaderno que está en el alféizar de la ventana. Lisa está alardeando de su astucia: cómo se las ha arreglado para que las coordinadoras le den información confidencial; cómo sonsaca a sus amigas de la cocina, que saben mucho más de lo que la gente cree porque sirven los almuerzos que la señora Yu ofrece a los clientes importantes. Jane está absorta. Afuera, un pájaro, cuyas alas son de un intenso color rojo, vuela en círculos. Reagan anota en su cuaderno: «Pájaro negro / alas rojas / cielo deslucido», a pesar de que la imagen no es demasiado llamativa. Mientras escribe, observa que Jane y Lisa están sentadas juntas, y que Jane ya no parece tan incómoda.

Reagan siente una punzada en el pecho. Lisa tiene razón: a ella se le da mejor tratar con la gente. Por su parte, nunca ha tenido facilidad para conectar con desconocidos, a menos que esté tomando unas copas. Añora a Macy. Hace semanas que no hablan porque su amiga ha estado viajando por asuntos de trabajo.

—¿Qué harías si fueras tú? —le pregunta Lisa incluyéndola en la conversación, o quizá, simplemente, ampliando su audiencia.

Reagan la mira impertérrita. ¿Qué haría… si tuviera a un multimillonario en el vientre?

—No… no lo sé —responde, titubeando. Ella decidió ser

portadora porque era una escapatoria: de su ínfimo empleo en una galería de arte, de los tentáculos su padre. Pero ahora la experiencia se ha convertido en algo más. En Golden Oaks ha tenido un atisbo de lo que significaría hacer lo que ella quiere y como ella quiere, sin preocuparse por los aspectos prácticos ni por si llega en el correo el cheque de papá para el alquiler: un anticipo de la libertad que le ha impulsado a entusiasmarse por la fotografía de un modo que no experimentaba desde la universidad. No es cuestión de dinero, sino de libertad, ese es el asunto. De la libertad para hacer algo real y que valga la pena.

—La libertad requiere dinero —dice Reagan, casi implorante—. Pero lo más extraño es que demasiado dinero representa todo lo contrario. El exceso de dinero es una jaula, ¿sabes? Porque acabas deseando más y más, como mi padre, y entonces pierdes de vista el verdadero sentido…

Fue su madre quien la animó a que prestara atención a su alrededor. Ella siempre procuraba que tanto Reagan como su hermano Gus se fijaran en algunas cosas: la vieja tan encorvada por los años que solo podía mirarse los pies mientras cruzaba trabajosamente la calle, o el cartel de un gato perdido pegado en una farola, cuya frase, escrita con letras estarcidas, rezaba: «POR FAVOR, LLAME SI LO ENCUENTRA», subrayada seis veces.

Su madre era una persona creativa, o al menos lo había sido antes de que apareciera su padre. Él decía que se enamoró de ella por eso: por su forma de mirar el mundo y de hacerlo suyo. «Vuestra madre no es la típica esposa de un ejecutivo», solía decir entonces con orgullo; y era cierto. Ella era más divertida que las demás mujeres de su círculo de amistades, una persona más viva.

Fue su madre quien le regaló su primera cámara cuando ella estaba en primaria y tenía dificultades para aprender a leer. Una Polaroid que escupía las fotos en el acto por una ranura situada en la parte de delante. «Las palabras no son más que una forma de expresar las cosas, cariño», le había dicho mamá. También le había hablado de fotógrafos que ayudaban a la gente a ver el mundo de una manera nueva: Ansel Adams, con sus paisajes, o Walker Evans, con sus fotos de los pobres de las zonas rurales.

«Si no prestas atención, ni te importa nada, no harás nada que importe», solía decir mamá. Reagan ahora cree que esa frase era un dardo contra su padre.

La primera fotografía que hizo con la cámara se la sacó a su madre. Como no sabía el modo correcto de enfocar, cortó sin querer la mitad inferior de su cara. Cuando el recuadro blanco empezó a cobrar forma, fueron los ojos de mamá los que emergieron. Sus ojos surgidos como de la nada.

—La he pifiado —recuerda que dijo, decepcionada.

—Pero si soy yo —dijo su madre mirando la foto con alegría—. Me has captado perfectamente.

«Troy vendrá pronto de visita. Te va a encantar, Jane...»

Lisa actúa como si Reagan no acabara de intervenir en la conversación. Ella, por su parte, procura no sentirse desairada. Ya la ha visto hacer lo mismo otras veces: escoger a una persona para someterla a sus encantos, ganársela y añadirla a su colección. Aunque, normalmente, no lo hace a su costa.

Lisa alardea de su novio: un artista, un auténtico revolucionario. Ella cree tanto en lo que hace que le paga el estudio donde trabaja. El problema es que él está tan ocupado preparando una exposición en una galería de Atlanta que no responde a sus correos electrónicos. Ella se siente cachonda («... es lo que sucede en el segundo trimestre, ya lo verás, Jane, es algo incesante, como un picor»), y lo menos que Troy podría hacer es responder a sus correos con algún comentario picante para sacarla del apuro.

—He de idear un plan —continúa Lisa—. Porque necesitaremos un rato de intimidad para reconectar. —Enarca las cejas con aire sugestivo mirando a Jane, que parece paralizada.

Reagan se echa a reír, cosa que le sorprende. No es que sea gracioso, pero lo es. Es algo completamente absurdo: tres embarazadas, gestando embriones de otras personas, que hablan de los calentones del segundo trimestre y tratan de averiguar cuál de ellas lleva dentro un feto multimillonario.

—Hay cámaras en todos los pasillos. Quizá Troy podría entrar por la ventana —sugiere Reagan buscando la mirada de Lisa.

—Creo que no deberíamos estar hablando de esto. —Jane mira en derredor, nerviosa.

—No hay micrófonos en las habitaciones —la tranquiliza Reagan.

—¡Va, Janie Jane, vamos a dar un paseo! —dice Lisa de repente—. Los senderos están abiertos por fin. ¡Ha llegado la primavera!

—¿Yo? —Jane mira a su compañera de cuarto, como buscando una confirmación.

—Sí, tú. Ella ya se lo pasa bomba con su *Rollazo infinito*. —Lisa lanza una mirada fulminante al grueso libro que Reagan tiene a su lado—. ¡Y además nosotras no hemos tenido aún la oportunidad de pasear juntas!

A Reagan le arde la cara. Lisa ni siquiera la mira mientras se levanta, se despereza y consulta la predicción del tiempo en su WellBand. Jane, obviamente halagada por la invitación, tararea mientras busca en el armario un par de botas que le vayan bien, y dice:

—Ya estoy lista. ¿Seguro que no quieres venir, Reagan?

Es el primer esfuerzo que ha hecho jamás, y lo está haciendo por lástima.

—No, gracias. —Reagan coge *La broma infinita* y finge que se pone a leer.

Lisa escruta el cielo.

—Salgamos ya, Jane. Ahora hace sol, pero se supone que va a haber tormenta.

Jane

El camisón de Reagan está tirado en el suelo junto a un montón de ropa. Jane lo recoge y lo pone en la cesta de la ropa sucia. Se acerca a la nariz un par de pijamas desechados. Están limpios. Los sacude en el aire, los dobla y los coloca sobre la cómoda de Reagan, al lado de un sujetador de color rosa.

Las sábanas están hechas un gurruño. Reagan se ha retrasado esa mañana. Se le ha olvidado la cita que tenía con la señora Hanna, que es muy estricta con la puntualidad, y ni siquiera se ha lavado la cara ni cepillado los dientes: solamente se ha cambiado de ropa y ha salido a trompicones.

No es que Reagan se haga nunca la cama. Ella se burla diciendo que si todas las portadoras fuesen como Jane, las empleadas de la limpieza se quedarían sin trabajo. Pero Jane no soporta el desorden. Y además, ¿qué pensarían las mujeres de la limpieza si esa habitación que ella comparte estuviera hecha un desastre? Que es una perezosa o una sucia, o que se cree superior a ellas, y que, por eso, tira los calcetines debajo de la cama para que los recojan ellas, y deja pasta dentífrica pegada en el lavamanos para que se encarguen ellas de quitarla.

Jane se dedica a estirar las sábanas y a remeterlas bajo el colchón con gestos rápidos, trabajando deprisa. Encuentra una pulsera bajo la almohada y la guarda en el cajón de la mesilla de su compañera, bajo un bloc de papel. Reagan nunca se acuerda de guardar sus cosas. Ella le ha advertido que esa despreocupación puede causarle problemas. En la residencia de ancianos, la acusaron varias veces cuando un residente no encontraba un anillo o un reloj, y esas acusaciones le dolían en lo más hondo aunque supiera que eran falsas. Gracias a Dios, ella siempre acababa hallando esos objetos —olvidados en la ducha o arrojados por error a la basura—, pero hasta que no los encontraba sentía que se le revolvía el estómago de miedo y de vergüenza.

La ventana está abierta y se oye el canto de un pájaro. Jane alza la vista y sonríe. ¿Cómo no habría de sentirse feliz?

El día anterior, cuando su WellBand soltó el pitido de un mensaje de la señora Yu, le entró miedo de golpe. ¿Estaba enfermo el feto? ¿Tenía una deformidad? ¿Iba a morirse? Jane ya está en el segundo trimestre, pero aún podrían suceder cosas terribles. A lo largo de los años, le ha escuchado a Ate muchas historias: niños nacidos muertos, o sin brazos, o sin mandíbula, con los pulmones débiles, con la cabeza reducida, con el corazón perforado o el cerebro atrofiado...

Pero estaba equivocada: por suerte, dichosamente equivocada. La señora Yu la recibió en su despacho, cerró la puerta y le anunció: ¡Amalia tenía permiso para ir a verla! Jane rompió a llorar y ni siquiera pudo parar un momento mientras farfullaba para darle las gracias.

El plan es el siguiente: Ate tomará con Amalia la línea norte del metro hasta Golden Oaks el próximo viernes, dentro de ocho días nada más. Un coche llevará a Jane a la estación para recibirlas, y el chófer se quedará con ellas todo el día, acompañándolas a donde deseen dentro de las inmediaciones: al lago de agua dulce situado después de la vaquería o a cualquiera de las pequeñas poblaciones que hay alrededor y que, según la señora Yu, son encantadoras. A Golden Oaks no pueden ir, porque las demás podrían ponerse celosas al ver que le han permitido visitas a una portadora novata como ella.

La directora se lo dejó claro varias veces: «Esto es una excepción que hago contigo».

También le dijo que su cliente había insistido en pagar el coche y el chófer, e incluso el almuerzo («dentro de lo razonable»). Si todo va bien y hay una segunda visita, los clientes estarían dispuestos a considerar la posibilidad de pagar una habitación de hotel para que Amalia y Ate puedan pasar la noche. Sentada en el despacho de la señora Yu, mientras se enteraba de la generosidad de sus clientes —unos completos desconocidos a los que aún no ha visto—, Jane se sintió inundada de algo parecido al amor y se sorprendió prometiéndoles en silencio: «Voy a cuidar de este futuro bebé con todo mi corazón».

Naturalmente, el plan era un secreto. Pero Jane se sentía eufórica al salir del despacho de la señora Yu, tan llena de esperanza que tenía la sensación de estar flotando. Reagan estaba en la habitación, sentada en la mecedora, escribiendo en ese cuaderno que guarda en su mesilla. Y Jane, sin pensárselo dos veces, se lo confesó todo. Mientras ella hablaba, su compañera cerró la puerta y se sentó a su lado, escuchándola. Le prometió que guardaría el secreto, y Jane confió en ella.

«¡Confié en ella!» Jane se maravilla de ese hecho extraño y sorprendente mientras quita de la almohada un largo pelo rubio de Reagan y lo tira a la papelera. El pelo cae lentamente por el aire, captando un reflejo durante un instante. La joven repara en que su propia mesita de noche está un poco desordenada. Hay varias horquillas esparcidas, un tubo de loción y algunos libros que Reagan le ha prestado cuando ella ha terminado de leerlos. Mete todos los cachivaches en un cajón y coloca los libros en el estante que tiene junto a la cama. A ella no le gusta leer en realidad, pero le encantan esos libros; es decir, le encanta que su compañera crea que los va a leer.

Las cosas no siempre han sido así. Durante muchas semanas, Reagan le ponía nerviosa. Preguntaba demasiado: sobre su infancia, su familia, su trabajo. Pero, especialmente, le hacía preguntas sobre Filipinas, porque ella había pasado un verano allí, de adolescente. Había ayudado a construir una casa y una escuela; había probado el *bagoong* e incluso el *balot*, los huevos de pato fermentados que a Billy le encantaban y a Jane le daban náuseas.

Eran demasiado distintas, simplemente. Las diferencias solo causaban problemas, y Jane no quería ningún problema.

Todo cambió entre ellas una tarde, hacía varias semanas. Jane se encontraba mal. Tenía el estómago revuelto y estaba tan agotada que se había pasado durmiendo la mayor parte de la tarde. Era algo que casi nunca hacía. No le gustaba la idea de que nadie —su compañera de habitación o un cliente recorriendo las instalaciones— la viese dormida.

Cuando la WellBand sonó, al principio no reconoció el sonido. Era como un chirrido, como el zumbido de un insecto o quizá de un *jet* lejano, amortiguado por los muchos kilómetros de distancia. E incluso después de darse cuenta de que era la alarma que ella misma se había puesto, necesitó un buen rato para emerger a la superficie. Cuando lo consiguió, eran casi las cuatro, la hora que había acordado con Ate para hacer una videollamada. Jane cogió una botella de agua de la pequeña nevera de la habitación y echó a correr, medio dormida, hacia la sala multimedia.

Ese era el único lugar de Golden Oaks donde las portadoras podían enviar y recibir correos electrónicos, hacer videollamadas y entrar en Internet. La sala —grande, bien iluminada, llena de impecables ordenadores en cubículos abiertos o cerrados con cristales— estaba vacía, dejando aparte a Reagan, que la saludó con un gesto. Jane se puso tensa, previendo el bienintencionado asalto habitual. Pero esa vez, por suerte, su compañera permaneció sentada, absorta en lo que estuviera mirando en la pantalla, y ella se metió corriendo en un cubículo y llamó a Ate.

—¿Hola? ¿Hola? —La frente llena de arrugas de Ate ocupaba toda la pantalla—. ¿Hola? ¿Jane?

—Aquí estoy, Ate. ¿Me ves? Yo solo te veo la frente.

La imagen se movió con brusquedad mientras la mujer ajustaba la cámara. Entonces apareció una parte de su regazo y la mitad inferior del cuerpo de Amalia.

—Sonríe, Mali. Sonríe a mamá. —Ate le alzó el brazo a la niña y lo meneó para que su manita saludase a Jane.

—No la veo del todo, Ate. Inclina un poco la cámara…

Sonaros unos ruidos, la imagen vaciló y por fin apareció la cara de Amalia. Sonreía y trataba de coger el teléfono.

—No, Mali. No lo toques —la amonestó Ate, y la apartó. Los oscuros ojos de Amalia relucían. La tierna piel en torno a su ojo derecho estaba teñida de un ligero tono azul violáceo.

—¿Qué le ha pasado en el ojo? —Jane, despierta del todo, se inclinó hacia la pantalla.

Amalia se lanzó hacia el teléfono y su manita extendida se agrandó en la pantalla de Jane. Ate volvió a apartarla.

—La llevé al médico para la infección de oído. Me dieron unas gotas. Dijeron que no era nada.

—Pero ¿por qué tiene el ojo morado? —insistió Jane. Ahora la niña estaba sentada obedientemente en el regazo de Ate chupándose los dedos.

—¿El ojo? Fue un accidente. Rodó desde la mesa del doctor y...

—¡¿Desde la mesa?! —Jane no pretendía alzar tanto la voz. A través del cristal del cubículo, vio que Reagan la miraba—. ¿Se cayó al suelo?

Amalia se echó a reír, porque Ate la estaba balanceando. Normalmente, eso le hubiera hecho sonreír a Jane. La mujer respondió con voz tranquilizadora:

—No pasa nada, Jane. Mali está bien. No lloró más que un poco.

Jane conocía ese tono de su prima. Era el que empleaba con las madres que lloraban porque necesitaban complementar la leche de su pecho con la artificial, o con las que se preocupaban cuando sus hijos no se sentaban según lo que indicaba la tabla de desarrollo de sus libros.

—¿No la estabas vigilando? —Su propia voz le sonó a Jane destemplada y demasiado estridente. Pero era su prima quien le había enseñado lo importante que era vigilar siempre a los bebés. Porque estos ruedan y pueden caerse. «Lleva al niño contigo a todas partes», le había dicho la propia Ate antes de que fuera a trabajar con los Carter.

—Fue un accidente —repitió Ate con calma—. Un pequeño accidente. Los bebés son muy fuertes. Te preocupas tanto porque estás embarazada. Me acuerdo de una vez, cuando yo esperaba a Roy...

A Jane le entró una extraña sensación. Como si algo caliente y vaporoso se alzara de su interior, se le derramara por los oídos y le impidiera escuchar las palabras de Ate. Ella nunca le había levantado la voz a su prima, pero en ese instante le habló a gritos:

—¿Cómo que estoy exagerando? ¿Acaso tienes más cuidado con los hijos de tus clientes que con los de tu propia familia?

Temblando, Jane se refrenó, e hizo el esfuerzo de callarse para darle a Ate la oportunidad de responder. Pero no salía ningún sonido de los altavoces del ordenador.

—¡Responde, Ate! —exigió. Pero su furia ya estaba remitiendo y una oleada de vergüenza la reemplazaba. La imagen de la pantalla (Amalia tirando de un mechón de su propio pelo) se había quedado inmóvil. Jane sacudió el ratón sobre el escritorio y dio un golpe al teclado, para que el ordenador volviera a ponerse en marcha. Pero la conexión se había interrumpido. Apartó el teclado de un empujón, con un último arrebato de rabia, y se derrumbó sobre el escritorio. Las lágrimas le mojaron las mangas.

¿Qué clase de persona le grita a una mujer tan mayor? ¿A una mujer que la está ayudando?

—Jane...

Era Reagan. Discretamente, puso una caja de pañuelos de papel sobre la mesa y se quedó detrás de su compañera. Callada pero firme, como un centinela. Jane siguió apoyada en el escritorio, todavía con el cuerpo estremecido, sin saber ya muy bien por qué se había puesto a llorar. Al cabo de un rato, notó la mano de Reagan en la espalda: no solo reposando allí, sino transmitiéndole calor.

Ella aceptó el pañuelo que le ofrecía y se sonó la nariz.

—Es preciosa —dijo Reagan, contemplando la pantalla del ordenador—. Igualita que tú.

Jane está terminando de arreglar la habitación. Falta casi una hora para que empiece su clase de *fitness*, lo cual le da tiempo para hacerle una videollamada a Ate y contarle lo de la visita. Desde la pelea, su prima le ha mandado por correo electrónico docenas de fotos y vídeos de Amalia: primeros planos de la cara de la pequeña. Jane supone que Ate quiere demostrarle que el morado que la niña tenía en el ojo se ha curado enseguida y que ella reaccionó de un modo excesivo. Hasta ahora, ha preferido evitar las videollamadas, porque sabe que la rabia todavía persistente contra su prima acabaría surgiendo. Pero está dispuesta a mirar a Ate a los ojos y pedirle perdón. No debería haberla tratado con tan poco respeto.

En la sala multimedia, ve a Reagan en uno de los cubículos privados concentrada en la pantalla. La saluda con una seña y Reagan le dirige otra, aunque no sonríe. Quizá está en una videoconferencia con su madre. Después de esa llamada semanal, siempre suele estar de malhumor.

Jane se sienta ante una terminal y levanta el teléfono. Una

voz automatizada dice que la conversación será grabada. Ella pulsa el nueve para coger señal y luego marca el número, pero Ate no responde. Deja un mensaje de voz sobre la visita de Amalia, sin poder reprimir una sonrisa.

—Odio a mi padre —anuncia Reagan apoyándose en la pared del cubículo mientras cruza los brazos rígidamente sobre el pecho.

—¿Qué pasa?

—Está furioso porque no he ido a ver a mi madre desde hace mucho. Me ha sacado toda la artillería para que me sienta culpable... —Reagan deambula agitada por el exiguo espacio del cubículo, como un animal demasiado grande para su estrecha jaula.

Le ha contado a Jane que su madre, cuando tenía cuarenta y tantos años, empezó a olvidar cosas: las llaves, el perro, el coche. También le ha contado que ya no recuerda su propio nombre ni el de sus hijos.

—Quizá la señora Yu te permita visitarla —apunta Jane.

—Mi padre no sabe que estoy aquí. Ni que estoy embarazada —dice Reagan con voz ronca—. Nunca lo comprendería.

Ayesha pasa de largo frente al cubículo y les comenta:

—Estoy buscando a Lisa. Aún no me permiten acercarme a la mesa de tentempiés, y quizá ella pueda volver a conseguirme alguna cosa.

Reagan permanece callada. Tiene los ojos enrojecidos y está a punto de llorar. Jane nunca la ha visto llorar hasta entonces. Le dice a Ayesha que mire en la biblioteca y se lleva a Reagan de vuelta a la habitación.

Apenas han cerrado la puerta, Reagan le explica que no soporta visitar a sus padres. Su padre se niega a internar a su madre en una residencia, pero apenas pasa tiempo con ella, salvo cuando la arrastra a una ópera o a unas vacaciones en el extranjero, siempre escoltada por una de las enfermeras que contrata para hacer «el trabajo de verdad». A veces incluso ofrece cenas a sus colegas y sienta a su esposa en la cabecera de la mesa, acicalada e impecable como siempre, aunque ella deja su plato intacto.

Jane se queda atónita. ¿Qué clase de hombre es capaz de sentir un amor tan grande?

—Ella solo es un objeto decorativo para él —replica Reagan.

—Pero se queda con ella. La mayoría de los hombres la abandonarían. —Jane piensa en Billy; luego, en su madre—. Y algunas mujeres también.

Reagan le cuenta entonces cómo era su madre antes de la enfermedad. Dice que era «genial». Todas sus amigas de la escuela estaban chifladas por ella: admiraban sus peinados y la ropa «estilosa» que llevaba. Además, les dejaba ver las películas para adultos antes de que fueran adolescentes siquiera, y les preguntaba sus opiniones sobre arte y política, porque creía que ellas también tenían algo que decir. Una vez, les dejó pintar con espray la habitación de encima del garaje porque ella ya no la usaba como estudio. Cuando su padre volvió del trabajo, se puso furioso; en cambio, su madre no paraba de reírse.

—Ella nos decía que el arte callejero era auténtico arte. Porque «es descarnado, aunque no bonito». Como la vida misma —repite Reagan con voz inexpresiva.

Cuando llegó a secundaria, valoró a su madre de un modo distinto. Su «extravagancia» era un numerito; y el orgullo que sentía su padre por ella tenía un tufillo posesivo. A él le gustaba que fuese original, divertida e inteligente, pero dentro de unos límites, nunca en exceso. Reagan comenzó a mirar con desdén la actuación permanente de su madre. Pensaba que era como un ave de plumas rutilantes en medio de una bandada de colores deslucidos. Pero ¿a quién le importaba el colorido de sus plumas cuando seguía atrapada en una jaula que ella misma había escogido?

—Quizá se querían de un modo que tú no comprendes. Quizá ni siquiera ellos comprendían su propio amor —dice Jane pensando en Nanay, que era estricta y temible, y que rara vez mostraba afecto, pero a la que ella quería con locura. —Y añade con cierta timidez—: Y tu padre ahora lo está sacrificando todo por ella.

—¡Él no ha sacrificado nada! Es ego, no amor.

Jane escucha en silencio mientras su amiga le habla de las amantes de su padre: una aquí, otra allá, aunque nunca duraban demasiado tiempo. Si ella y Gus ya oyeron rumores durante toda su infancia, ¿cómo no iba a saberlo su madre? Y si lo sabía, ¿en qué la convertía su silencio?

Jane se sorprende al darse cuenta de que le está hablando a Reagan de Billy. Cuando se trasladaron a Nueva York, ella encontró trabajo en la residencia de ancianos, y él volvió a apuntarse a una universidad comunitaria, una condición que le habían puesto sus padres para dejarles vivir con ellos gratis. Billy salía con sus amigos casi todas las noches después de las clases, pero nunca invitaba a Jane, y a ella le daba vergüenza pedirle que lo hiciera. Él ya la consideraba demasiado dependiente.

Una noche, Billy se olvidó el teléfono móvil en el apartamento y alguien se dedicó a enviarle mensajes de texto. Jane observó cómo se iluminaba la pantalla con un mensaje tras otro.

«Estoy en el bar. Cansada de esperar que aparezcas. No llevo bragas. ¿Te tiene atrapado la tonta del culo de tu mujer?»

Jane sabía la contraseña de su marido porque él nunca la había cambiado y, cuando examinó el móvil, encontró centenares de mensajes de ella. De su novia. Estudiaba con él en la universidad, y llevaban meses viéndose. En una de las conversaciones habían estando tramando la forma de irse de vacaciones juntos a Puerto Rico, de donde era ella. Billy le escribió que Jane ni siquiera debía de saber dónde estaba ese país.

«Ella dejó la secundaria. Es rematadamente tonta.»

—No es cierto. Tú eres inteligente, Jane. ¡Simplemente, no terminaste la secundaria! —dice Reagan.

Jane menea la cabeza, porque las palabras de Billy todavía la avergüenzan.

—Escúchame —dice Reagan con ojos llameantes—. Todos los miembros de mi familia y todos mis amigos fueron a la universidad. Y te aseguro que ellos nunca aprenderán lo que tú sabes ni las habilidades que tú tienes.

Jane se conmueve. Su amiga parece tremendamente segura de lo que dice.

—Además, eres valiente. Mi madre tenía muchas más ventajas que tú, pero se quedó con mi padre. Tú tuviste las agallas de largarte.

—Dejé a Billy porque Ate me empujó.

—No lo creo.

—Yo pienso que a lo mejor... hay otra manera. Quizá puedes amar a una persona aunque no la ames en todos sus aspectos —dice Jane con parsimonia, porque se trata de una idea nueva, y nunca la ha formulado tal cual, ni siquiera para sí misma.

—Mi padre amaba a mi madre siempre que ella actuara según sus reglas. Es la única manera que conoce de amar —responde Reagan, y hay tanta dureza en su voz que a Jane se le encoge el corazón.

—Yo no creo que eso sea amor. No creo que tu padre…

—Todo es condicional. No hay nada desinteresado.

—¡No es verdad! —dice Jane con un furor que no pretendía. Aparta la mirada, avergonzada, y añade con más calma—: Yo no quiero así a Amalia. Con la familia no hay condiciones.

Reagan se queda callada. Cuando Jane levanta la vista, ve que su amiga está llorando.

—Por las historias que cuentas, yo creo que tu madre también te quería así.

A media tarde, después de la clase de gimnasia, Jane está a punto de ducharse cuando Lisa entra bruscamente en la habitación.

—Troy acaba de marcharse. No hemos tenido ninguna intimidad. Esa coordinadora… ¿cómo se llama?, la pelirroja… nos ha obligado a dejar la puerta de mi habitación abierta, como si tuviéramos quince años o algo parecido —dice Lisa resoplando, y se desploma sobre la cama de Jane—. ¿Te apetece dar un paseo?

Jane hace una mueca. En su último paseo, hace varias semanas, acababan de abrir los senderos tras un período de lluvia y el suelo estaba muy mojado. En un trecho, el barro era tan denso y profundo que Lisa se quedó atascada. Jane tuvo que izarla, pero se le quedó hundida una bota en mitad del sendero.

La coordinadora de guardia —Mia, la pelirroja— regañó a Lisa, que estaba temblando de frío cuando llegaron a la Residencia. El pie descalzo lo llevaba embadurnado de barro, con hierbajos entre los dedos. Mia también riñó a Jane.

—Si aquí nos desplazamos siempre por parejas es por un motivo. Se supone que debéis cuidaros mutuamente.

La coordinadora se llevó enseguida a Lisa por el pasillo y le ordenó a Jane que entrara en uno de los baños de los servicios médicos y que se diera una ducha bien caliente. Después, mientras Mia y otra coordinadora le secaban el pelo a Jane y le examinaban el cuero cabelludo con una lupa, le dieron un té. Mia le revisó el cuello, el tórax y el vientre, aleccionándola sobre las distintas enfermedades que transmitían las garrapatas, y la otra coordinadora le examinó la espalda. También le pidieron que se tumbara bajo la lámpara y abriera las piernas.

—Te sorprendería saber hasta dónde llegan esos bichos —dijo Mia en broma.

Jane le responde a Lisa:

—Lo siento, pero ahora voy a ver a Delia. —No es que sea mentira del todo. Jane no ha pasado un rato con su amiga filipina desde hace días y debería hacerle una visita.

—¡Pero yo quiero salir de paseo contigo! —exclama Lisa juntando las manos—. Por favor, Janie Jane. Porfa, porfa.

Ella se ruboriza, halagada a su pesar. Sabe que es algo infantil, pero le gustan los apodos que Lisa le pone. También le gusta que esa chica, que antes era amiga de Reagan, ahora la considere a ella su amiga también. En dos ocasiones, las ha abrazado a ambas delante de las demás y las ha llamado sus «preferidas». Las amigas filipinas de Jane dicen que está convirtiéndose en una banana («Amarilla por fuera y blanca por dentro»), y la provocan insinuando que se le están subiendo los humos. Pero no es verdad. Jane sabe que ella no es como sus nuevas amigas. Aunque le gusta estar con ellas. Le gusta la manera que tienen de hablar, como si todo fuera posible.

Echa un vistazo por la ventana. El sol todavía está alto. Ha hecho buen tiempo muchos días. Los senderos deben de estar secos a estas alturas.

—De acuerdo —accede por fin, y sonríe cuando Lisa suelta un grito de alegría.

—Eres un sol, Janie Jane. Vístete y trae una toalla, así haremos un pícnic. Nos vemos en mi habitación, ¿vale?

Jane se cuida esta vez de vestirse según las normas. Se pone una camisa de manga larga, se remete las perneras de unos pantalones claros en las botas y se pone una gorra de béisbol. Mete en una mochila una botella de agua y una toalla grande de baño y se dirige a la habitación de Lisa, situada en otro pasillo. Su amiga ya está esperándola en el umbral. Jane repara en unas grandes flores anaranjadas, de pétalos en forma de pico, que hay en un jarrón sobre el escritorio. Parecen tropicales; como una planta que podría crecer en las selvas de Filipinas.

—Se llaman aves del paraíso —explica Lisa—. Porque Troy dice que soy su pájaro exótico. Lo cual, supongo, convierte la Granja en el paraíso —añade con una mueca.

En el mostrador de recepción, la coordinadora, una mujer de mediana edad, de pelo castaño con aspecto de chamuscado, escanea sus WellBand en un lector y les recuerda que permanezcan juntas.

—Que os divirtáis.

Ambas salen por la puerta trasera que da a un patio de piedra azul. El mobiliario todavía está cubierto con grandes lonas de plástico. Mientras caminan hacia los árboles, la grava cruje bajo sus pisadas.

—¿Cómo estás, David? —Lisa choca esos cinco con un operario que está manipulando una cámara adosada a un gran mapa de la red de senderos de Golden Oaks. Charlan un rato, Lisa ríe a carcajadas. Jane cierra los ojos mientras espera, disfrutando del sol que le da en la cara.

—Cambio de planes. Vamos a ir por el sendero azul, en lugar del verde —le dice Lisa. Ella se encoge de hombros porque le da lo mismo uno que otro.

Caminan sumidas en un agradable silencio. El sendero se ensancha y la tierra apelmazada reemplaza la grava. Los árboles más altos proyectan largas sombras. Los pájaros gorjean y sopla un ligera brisa entre el follaje. Jane toma una nota mental para recordarle a Ate que se traiga el cochecito. Estaría bien llevar a Amalia a algún parque y caminar por el bosque.

Más adelante, el sendero se bifurca en torno a una arboleda. Al acercarse, Jane ve, sobresaltada, que hay un hombre alto y flaco atisbando desde detrás de un roble enorme. Da un grito y sujeta a su amiga del brazo. Pero antes de que consiga pulsar el botón de alarma de su WellBand, Lisa echa a correr hacia él con los brazos extendidos.

—¡Cariño! —grita. El hombre sale a su encuentro. Ella le

sujeta la cara con ambas manos y lo besa con fuerza. Jane permanece en el sendero, demasiado pasmada para moverse.

—¡Ven, ven! —cuchichea Lisa con grandes aspavientos—. No te asustes. No hay cámaras en este trecho. ¡Me lo ha dicho David!

Jane titubea. El hombre le lanza una sonrisa indolente y sensual. Se retira la capucha de la cabeza con una mano tatuada y se pasa los dedos por el pelo enredado.

—Tú debes de ser Jane. He oído hablar mucho de ti. *Magandang hapon.* —«Buenas tardes», en tagalo. Le guiña un ojo.

Lisa suelta una risita. Jane nunca la ha oído reírse así, como una niña pequeña.

—Jane, este es Troy. ¡Que por lo que veo está aprendiendo filipino!

Jane, pese a su angustia, siente una punzada de alegría al descubrir que Lisa le ha hablado a su novio de ella. Se pasa las palmas sudorosas por los pantalones y le devuelve el saludo a Troy.

—*Magandang hapon.*

Lisa se quita la WellBand de la muñeca.

—Janie, ¿puedes ir dar una vuelta y llevarte la pulsera? Digamos, eh, treinta minutos. Para que Troy y yo podamos tener un poco de intimidad, ¿sabes? —Le lanza una sonrisa radiante, haciendo oscilar la WellBand entre los dedos—. Sigue por el circuito central hasta el arroyo. En esa parte del sendero solo hay una cámara, adosada al mapa. Pasa muy cerca, caminando lentamente, para bloquear la cámara con el cuerpo. Luego ya estás a salvo. Puedes descansar junto a la orilla un rato. Es terreno llano.

Jane mira la WellBand. Ya está negando con la cabeza. No, no.

—Vamos, Janie, Jane. Porfa. Esta es la primera visita de Troy desde hace meses, y antes no hemos podido estar solos —la engatusa Lisa abrazándola.

Jane guarda silencio, rígida del todo.

—No me fiaría de nadie más. Media hora, nada más. Estaremos de vuelta en la Residencia en un abrir y cerrar de ojos. ¿Vale?

Lisa la mira fijamente con sus grandes ojos verdes mientras le pone la WellBand en la mano.

—¡Eres la mejor, Janie! —grita regresando hacia los árboles al trote—. ¡Te debo una! ¡Nos vemos en treinta minutos!

—Troy le da una palmada en el trasero cuando ella se le acerca. Lisa suelta una risita. Él le dice a Jane «gracias» sin articular la palabra, y la pareja desaparece por una ligera pendiente entre la espesura de los árboles, y la dejan sola en el sendero.

«¡Espera!», quisiera gritar Jane, pero no lo hace. ¿Debería ir tras ellos? Da un paso hacia los árboles y se detiene, paralizada. ¿Y qué pasará si no los encuentra y se pierde en el bosque? Mira la WellBand de Lisa. ¿Debería tirarla entre los árboles, volver a la Residencia y confesarlo todo? Pero ella no quiere meterla en un aprieto. Y se supone que son amigas. ¿Qué pasará si las coordinadoras la culpan a ella?

Los ojos le escuecen. Mira hacia el bosque y llama a Lisa en voz baja. ¿Cómo han desaparecido tan deprisa? ¿Y qué puede hacer ahora? Trata de idear un plan, pero tiene la mente embotada. Camina hacia el arroyo con la sensación de que la tierra podría resquebrajarse bajo sus pies, como una capa de hielo demasiado fina. Se queda de pie en la orilla, sintiéndose expuesta. ¡Qué idiota ha sido al continuar el paseo! Debería haber gritado. Debería haber pulsado el botón de alarma.

Se pone en cuclillas, abrazándose las rodillas y contemplando el arroyo de color marrón que tiene delante. Necesita pensar con calma, pero su mente no para ni un momento. Percibe una salpicadura en el agua. ¿Habrá peces en ese arroyo insignificante? Dos mariposas, blancas como nubes, danzan a la altura de su cabeza. Entonces escucha voces. Al fondo del sendero divisa a dos portadoras, todavía difíciles de distinguir. Su piel oscura asoma por las camisolas de manga larga; ambas llevan gorra de béisbol. Se incorpora llena de pánico y desanda sus pasos, caminando como si la persiguieran.

—¿Lisa? —dice al llegar a la bifurcación, pero no puede gritar porque las dos portadoras quizá la oirían. Avanza de puntillas por el suelo mullido y vuelve a llamarla. Ya casi han pasado treinta minutos. ¿Por qué no ha vuelto? ¿Y si las otras dos chicas llegan cuando Lisa y Troy emergen del bosque?

¿Qué va a decirles ella si la encuentran sola? Sin pensárselo, se sumerge en el bosque, donde nota inmediatamente que hace más fresco. Hay una oscura maraña de ramas bajas y hojas caídas. Desciende por una pronunciada pendiente, dando trompicones y jadeando. En cuanto el terreno se aplana, se detiene junto a una roca cubierta de musgo para recuperar el aliento. Un grupo de árboles de Navidad —o al menos lo parecen— se alza frente a ella. Se abre paso entre sus ramas.

Lisa ni siquiera la ve. Está a cuatro patas, con el pelo suelto sobre la cara y la camisa alzada hasta el cuello, de manera que sus pechos oscilan sueltos. Se ha quitado las bragas y su inmenso vientre está totalmente expuesto. Tiene las manos plantadas como pezuñas en el suelo, arañando la tierra. Troy está agachado detrás, sin camisa; un gran pájaro tatuado —¿un halcón?, ¿un ave fénix?— de plumas azules, verdes y de color violeta se despliega sobre su pecho. Embiste con los ojos cerrados y la boca torcida en una mueca que podría ser de dolor. Le sujeta las caderas a Lisa y la atrae rudamente hacia sí una y otra, y otra vez. Le agarra un pecho y se lo aprieta con fuerza, con tanta fuerza que ella suelta un grito y gimotea, retorciéndose, empujando hacia atrás para que la penetre aún más profundamente. Él deja escapar un gemido que es como un gruñido, más animal que humano.

Jane retrocede presa de temor, quebrando ramitas, dejando atrás los pinos y los árboles de Navidad hasta llegar a la roca cubierta de musgo. Incluso a muchos metros de distancia, oye resonar los jadeos de ambos en su cabeza. Todavía ve la mugre que él tiene bajo las uñas y los arañazos rosados en la piel de Lisa. Trepa hacia el sendero. Sus pensamientos vuelan a tal velocidad que apenas los distingue. Se sienta en el suelo, en el claro donde el sendero se bifurca, ya sin importarle si las otras portadoras la ven. Pero no llegan a aparecer; deben de haber pasado mientras ella estaba en el bosque.

Lisa emerge más de veinte minutos después. Está pletórica, casi desenfrenada, primero proclamando su amor a Janie Jane, luego explicándole a Troy con todo detalle dónde debe reunirse con Julio, quien lo sacará a hurtadillas de Golden Oaks. Cuando ella y su novio se abrazan para despedirse, Jane aparta la mirada; al levantarla de nuevo, él ya ha desaparecido.

Lisa le habla sin cesar mientras se adecenta, frotándose las manos con toallitas infantiles que ha sacado de su mochila, limpiándose la cara y la zona entre las piernas. Vuelve a hacerse las trenzas, se cambia de camisa. Regresan a la Granja por un camino más corto; Lisa parlotea todo el rato: sobre el sexo con Troy, sobre Tasia, sobre lo que Jane debería hacer, que es mantenerse firme y hacerse valer más.

Jane la oye, pero no la escucha.

Mia, la coordinadora, está otra vez de guardia. Jane se da una ducha caliente sin que se lo pidan. Apenas nota los dedos de la coordinadora sobre ella. Siente un ligero arañazo en la parte superior de la espalda. Las coordinadoras cuchichean; abren y cierran un cajón. Mia le muestra la garrapata, encerrada en un bolsita de plástico, que enviarán de inmediato al laboratorio. Tiene el tamaño de una semilla de amapola. Parece completamente inofensiva.

Mae

El montón de cartas que Eve deja en la bandeja aterriza con un golpe seco. Mae cambia de documento en la pantalla de su portátil con un movimiento rápido. No la ha oído llamar a la puerta; confía en que no haya estado plantada ahí mucho rato.

—Gracias —dice.

Mientras Eve coloca una humeante taza de té junto al nuevo dispensador de pañuelos nacarados, ella finge estudiar la hoja de cálculo que tiene ahora abierta en la pantalla. En cuanto la ayudante sale del despacho, mira la bandeja. Eve ya ha clasificado el correo en montones atados con gomas elásticas, como ella le ha enseñado: invitaciones, solicitudes, facturas, catálogos y revistas. Se concentra primero en las invitaciones, dejando sobre su escritorio las que valen la pena (una gala benéfica de la Central Park Conservancy o una fiesta de alto rango patrocinada por la cadena de hoteles Saint Regis en el ático de su novísimo bloque de apartamentos de lujo: una buena ocasión para conocer a posibles clientes). Tira a la papelera las invitaciones de segundo nivel, junto con una serie de solicitudes de varias ONG. Se queda, eso sí, la solicitud de una donación del Trinity College, su universidad. Ethan y ella piensan mandar a sus futuros vástagos a una universidad de la Ivy League, pero siempre es bueno contar con una alternativa. Las facturas, la mayor parte del decorador y de la organizadora de la boda, van a su propio montón, que ya ha adquirido un volumen preocupante. Tira también los catálogos a la papelera de reciclaje que tiene bajo el escritorio, hojea las fotos de ramos de novia que su madre ha entresacado de las revistas de boda que viene acumulando desde que ella se graduó, y frunce el entrecejo al ver la portada del último número de la revista *Business World:* «30 LÍDERES POR DEBAJO DE LOS 30».

¡Aj! Cuando, a punto de cumplir los treinta, fue ascendida para dirigir el Holloway Club de Nueva York —un club de acceso restringido para personas megarricas y megaconectadas, que constituía la línea de negocio inicial de Holloway Holdings—, Mae maniobró para que la incluyeran en la lista de *Business World.* Holloway aún no contaba con un Departamento de Relaciones Públicas, así que incitó a varios clientes multimillonarios del club con los que había hecho amistad a que propusieran su nombre al director de la revista. Leon se enteró de la maniobra y la desactivó. Posteriormente, le explicó a Mae, en la luminosa atalaya del comedor de Holloway, que los clientes de la empresa —y los ricos, en general— valoraban la discreción por encima de todo.

En la actualidad, cuando Mae ya rebasa la mitad de la treintena, Leon ha cambiado de estribillo: Norteamérica festeja a los ganadores y los ganadores no temen los focos. Los millonarios actuales se fotografían en las mejores recepciones, ofrecen fiestas suntuosas en yates del tamaño de un edificio de apartamentos, financian descaradamente a sus políticos favoritos, donan montañas de dinero para embellecer los parques públicos... ¡y ponen a esos parques el nombre de sus hijos todavía en edad escolar! Todo lo cual está documentado *ad nauseam* en Internet, en innumerables revistas y programas de televisión.

«La discreción ha pasado de moda», declara Leon (como si alguna vez lo hubiera estado).

Él todavía se niega a dar publicidad a Golden Oaks, que se mantiene fuera de radar por una serie de motivos, entre otros la seguridad fetal; pero está dispuesto a promocionar otras empresas de Holloway. El pasado otoño consideró que era buena idea intentar incluir a Gabby —la nueva jefa de Relaciones con los Inversores, que está a punto de llegar a la treintena, en la lista de los «30 por debajo de los 30». Si resulta que aparece en ese número, Mae vomitará.

Mete en su maletín todo el correo que hay sobre el escritorio. «No es más que una estúpida revista», piensa. Cierra los ojos e inspira hondo, recordando que ella controla su tiempo, que ella puede escoger qué partes destacar y qué otras ignorar. Sonríe francamente («¡actúa con entusiasmo y te sentirás entusiasmada!», que ha sido su mantra desde que su padre le dio diez dólares para que leyera a Dale Carnegie cuando tenía once años), y vuelve a abrir la presentación en PowerPoint en la que estaba trabajando cuando Eve ha aparecido con el correo.

Proyecto MacDonald.

Por el mero hecho de ver el título de la presentación se le acelera el pulso. Lleva medio año trabajando en secreto en ese plan de negocios. Piensa presentárselo a Leon el próximo mes (ya ha concertado una cita con él, supuestamente para revisar los pronósticos de beneficios de Golden Oaks), con lo cual le dará un amplio margen para que tenga en cuenta todo su trabajo extra antes de decidir su bonificación de fin de año.

El Proyecto MacDonald entraña un riesgo; Mae es consciente de ello. Leon y el Consejo piensan que Golden Oaks tal vez se esté adelantando a su tiempo: puede ser una mina de oro, sí, pero quizá constituya un salto demasiado grande para que el mundo pueda digerirlo, en especial considerando las protestas por la desigualdad de la riqueza y la animosidad contra el «uno por ciento» de privilegiados. Ellos temen tanto el linchamiento de la prensa, la posibilidad de ser tergiversados y sometidos a regulación, que mantienen las operaciones de Mae encorsetadas a pequeña escala.

¡Pero se equivoca! La gente airea su rencor contra ese uno por ciento cuando no hay otro asunto al que agarrarse, o cuando los ricos aparecen caricaturizados como peces gordos nadando en bañeras de *champagne*. Pero si le aplicas a un multimillonario el enfoque adecuado... ah, entonces los norteamericanos se quedan fascinados. Basta pensar en Oprah, con sus traumas infantiles y sus dietas con efecto rebote; o en los Kennedy, con su mala fortuna y su belleza trágica; o en Warren Buffet, con su encanto de estar por casa. Basta pensar en las estrellas de cine y los personajes de la alta sociedad, en los deportistas profesionales y los magnates de la tecnología. Los norteamericanos adoran el éxito cuando pueden identificarse con él.

Y adoran a la familia.

Por eso el Proyecto MacDonald es una victoria asegurada.

De acuerdo con el plan de Mae, Golden Oaks asumiría abierta y orgullosamente su verdadera esencia: sería un centro integral de alto nivel dedicado a la procreación de los hombres y mujeres —los promotores, los agitadores, los líderes, los iconoclastas—, que están cambiando el mundo.

¿Por qué, por ejemplo, no debería abrir Golden Oaks un banco de óvulos y esperma para los clientes que tienen dificultades para generarlos por sí mismos? ¿Por qué no debería proporcionar un servicio de almacenamiento de embriones para que las mujeres puedan cumplir sus sueños sin tener que preocuparse por su reloj biológico? ¿Y por qué no ofrecer otros servicios postparto, como leche materna desprovista de antibióticos y alérgenos, e incluso un servicio de nodrizas? ¿Por qué dejar el papel de las niñeras en manos de trabajadoras autónomas?

Y desde luego, Golden Oaks debería expandirse. Una sucursal en la Costa Oeste sería una jugada evidente. Y tal vez otra en Sudamérica; el mercado de la maternidad subrogada por estética sería enorme allí...

Mae se infla de orgullo a medida que recorre las páginas de su presentación, cada una de cuyas frases está respaldada por horas de investigación y montones de datos. El proyecto resulta en conjunto tan irresistible que ha llegado a pensar que ella y Ethan deberían utilizar también los servicios de Golden Oaks cuando estén dispuestos a tener hijos. Ella ya no es una jovencita, y si el Proyecto MacDonald despega, no podrá permitirse el lujo de bajar el ritmo para quedarse embarazada. ¿Por qué no brindarle a su primer hijo una entrada en la vida dentro de un entorno expresamente planificado para optimizar su potencial fetal?

Con fuerzas renovadas, Mae saca la revista de su maletín. El Proyecto MacDonald podría llevarla algún día no muy lejano a aparecer en la mismísima portada, en lugar de figurar en una estúpida lista.

Hojea el artículo de «30 por debajo de los 30». El número uno de la lista es un genio de la tecnología que dejó la universidad para crear una aplicación de citas, mezcla de red social y realidad virtual, valorada en miles de millones. Da su visto bueno. También aprueba desde el número dos hasta el siete. Se entretiene mirando la foto con el torso desnudo del número ocho (un antiguo miembro de las fuerzas especiales de la Marina que abrió una exitosa cadena de campamentos de *fitness*), da su aprobación a regañadientes a los cuatro números siguientes y se detiene en seco en el número trece.

¿Qué? ¿Es una broma?

Lee el perfil: una inversora vulgar y corriente de un banco de inversiones vulgar y corriente, cuando debe de haber centenares, quizá miles de empleados de finanzas como ella que trabajan anónimamente por todo el país. Desde luego, su historial es impresionante: una mujer negra criada por su abuela en un barrio difícil de Baltimore y metida en una profesión dominada por hombres blancos. Ahora bien, esa trayectoria, por edificante que sea, ¿la convierte en una «líder de negocios» superior, pongamos, a Ethan, que hace el mismo trabajo, pero que creció en una familia blanca de Westchester?

Suelta un bufido burlón. Ella nunca ha tenido paciencia para la política identitaria, ni para aprovechar la «otredad» —la palabra del momento— con el fin de progresar. En la universidad, cuando varios grupos de asiático-norteamericanos trataban de incluirla en sus fiestas/mítines/protestas, siempre se daba el gusto de responder que ella tenía más cosas en común con Katie, su compañera de habitación que no era asiática, asignada al azar (idénticos intereses, idéntica talla de ropa) que con la variopinta pandilla con la que solo se parecía en la forma de los ojos.

Al terminar de repasar la lista sin encontrar ninguna mención ni a Holloway ni a Gabby, junta las manos y las levanta burlonamente en señal de victoria.

En ese momento llaman a la puerta, y Eve asoma la cabeza. Anuncia:

—Reagan McCarthy esta aquí.

Mae le pide cinco minutos y abre el registro de portadoras de su ordenador. Según la última actualización de Geri, directora de coordinadoras, Reagan ha actuado hasta ahora de una forma modélica. Pero en las últimas semanas las coordinadoras han informado de ligeros cambios en su conducta: varios retrasos, preguntas invasivas (sobre la identidad de sus clientes o sobre el motivo de diversas normas de Golden Oaks). Geri se pregunta si Reagan se está contaminando por su relación con Lisa Raines. Ambas, según una anotación, son «uña y carne».

Mae siente que le entra dolor de cabeza. Pensar en Lisa suele provocarle tal efecto. Porque esa chica (una liante profesional capaz de hacer una montaña de un grano de arena) es la fuente de casi todos sus problemas relacionados con las portadoras y, al mismo tiempo, en un grado superlativo, la portadora más rentable que ha contratado jamás. A pesar de todo, si hubiera dependido de ella, habría cortado por lo sano después de que la chica diera a luz al bebé número uno durante la «fase beta» de Golden Oaks. Resulta, sin embargo, que los clientes de Lisa son de ese tipo de gente que vive en Manhattan, normalmente en el centro, pero que va a veces en metro y lleva tejanos rotos para tratar de seguir viviendo «en el mundo real»; y ese tipo de personas sienten la necesidad de compensar su buena fortuna apoyando a los infortunados que tienen alrededor. Esos clientes en concreto se tragaron con anzuelo y todo las trolas de la chica, pobre, blanca y reformada, hasta tal punto que crearon una beca en su honor (aunque con el nombre de sus propios hijos) en la UVA, la universidad donde Lisa estudió con una beca gratuita y que, con característica ingratitud, detesta enfáticamente.

Mae le envía un mensaje a Geri, preguntándole si resultaría adecuado hacerle un examen psiquiátrico a Reagan. A continuación le anuncia a Eve, mediante otro mensaje, que ya está lista.

La puerta se abre en cuestión de segundos.

—¿Cómo ha podido anular la visita de Jane?

Reagan viene obviamente buscando pelea. Ha engordado un par de kilos, lo cual le da buen aspecto, pero Mae supone que no es el momento adecuado para hacerle un cumplido.

—Siéntate, Reagan.

Ella permanece de pie mirándola con ojos acusadores.

—Por favor. Así podremos hablar de verdad. Yo misma estoy confundida y me encantaría conocer tu opinión.

La chica parece sorprendida. Echa un vistazo alrededor, como para recuperar la orientación, y poco a poco se acomoda en una de las dos sillas curvas de mediados de siglo que hay frente al escritorio.

—Jane no ha visto a su hija desde hace meses. No se merece algo así.

Mae considera la posibilidad de pasar a la ofensiva y hacer hincapié en que Jane debía mantener la visita en secreto, pero llega a la conclusión de que eso solo servirá para calentar la discusión. Es mejor aplacar a Reagan con amabilidad y comprensión

Así pues, responde:

—No, no se lo merece.

—¿Entonces por qué lo ha hecho? Está destrozada. —Reagan mantiene un tono muy duro.

—Todo esto es confidencial. Espero poder confiar en ti, Reagan —replica Mae con cautela. Mantiene los brazos cruzados y se inclina ligeramente hacia la joven—. Como puedes imaginarte, dados los riesgos bien reales de la enfermedad de Lyme, tanto para la portadora como para el feto, tenemos que seguir unos protocolos. —Reagan asiente con sequedad—. Las WellBand que lleváis están configuradas con localizadores GE PE ESE que son muy útiles cuando las portadoras salen fuera del edificio. Y Jane y Lisa dijeron que utilizaron la función de localización de sus WellBand para escoger su ruta por los senderos.

Reagan permanece impasible.

—La garrapata que le encontramos a Jane tenía la enfermedad de Lyme. Es nuestro primer caso, y nos lo tomamos muy en serio. Decidimos analizar los datos del GPS para entender por dónde habían pasado ellas dos y en dónde nos convendría realizar una fumigación selectiva. Y resultó que ellas no se quedaron en los senderos. Por motivos que ninguna de las dos ha aclarado adecuadamente, se saltaron las normas y se adentraron en el bosque, donde abundan las garrapatas.

Parece que Reagan está a punto de decir algo, pero cambia de idea. Mae continúa:

—Jane deberá estar conectada a un gotero intravenoso para que le administren antibióticos. Hay pruebas de que la enfermedad de Lyme puede transmitirse al feto en el interior del útero. Sé que todo esto no es propio de ella. Pero como no quiso explicar lo ocurrido, tuve que aplicar una medida disciplinaria. Fui lo menos dura posible. Me negué a retirarle el sueldo, como exige el protocolo. Anular la visita... —Alza las manos con impotencia—... Me pareció el castigo menos severo.

Da un sorbo de té, observando cómo Reagan cambia de posición en la silla. Las coordinadoras encontraron arañazos en los pechos y en la espalda de Lisa, y un leve morado en las rodillas, pero no hallaron esperma en la vagina. Omitieron analizar su cavidad anal hasta un día más tarde. El novio de Lisa la había visitado la mañana del día en cuestión, pero la grabación de la cámara muestra que no los dejaron solos durante un período significativo de tiempo y que él abandonó las instalaciones de inmediato después del almuerzo. Una coordinadora conjeturó que el chico habría podido colarse en los terrenos... pero ¿cómo podría haberlo hecho sin que lo grabara ninguna cámara y sin tener que saltar la valla electrizada que rodea la propiedad?

—Estoy segura de que ha de haber una explicación, un factor atenuante... Pero Jane se niega a colaborar.

Reagan, en voz tan baja que Mae debe aguzar el oído, pregunta:

—¿Han hablado con Lisa?

—¿Con Lisa? —repite Mae, como si ella no fuera su principal sospechosa—. Sí, claro. Y corrobora la versión de Jane. Es decir: esta necesitaba defecar y le dio vergüenza hacerlo en medio del sendero. No estaban tan lejos de la Residencia, sin embargo. Los baños de aquí son desde luego más bonitos que la pura intemperie. En todo caso, los clientes no están satisfechos con esa explicación y, por lo tanto, no se sienten cómodos por ahora con la idea de que Jane salga de las instalaciones. Realmente es una pena.

Se vuelve hacia el ordenador para introducir unas cifras inventadas en una hoja de cálculo. Afuera, resuena el chillido de un pájaro. Aguarda con paciencia.

—¿Han castigado también a Lisa? —pregunta Reagan al fin.

—Sabes que no puedo divulgar esa información.

—Ella dice que no la han castigado, pero que deberían haberlo hecho. Porque ella... también entró en el bosque.

—Aunque nosotros tenemos unos protocolos... debemos

regularlos según la actitud de los clientes. Y resulta que los de Lisa son muy... liberales con ella. O sea que las normas no rigen para Lisa del mismo modo.

—¿De modo que ella no ha tenido ningún problema? —dice Reagan con incredulidad.

—No puedo hablar de Lisa contigo. No sería justo para ella.

—Ah. ¿Y esto es justo para Jane?

—Yo no puedo hacer más —responde Mae suavemente—. Está en manos de ellas dos explicar lo que sucedió en el bosque.

Reagan se pone de pie y suelta:

—Chorradas.

Mae aguarda hasta estar segura de que la chica se ha ido y, llamando a la coordinadora de guardia en el panóptico, le solicita conexión con la señal de la portadora 82. Accede a la aplicación remota de su ordenador y observa en tiempo real la imagen de Reagan caminando con paso vivo por el pasillo. Hay un breve corte cuando la señal pasa a otra cámara. La joven ha llegado al umbral de Lisa. Es evidente por sus gestos que está hablando animadamente. Lisa, vestida solo con una camiseta, se cepilla los dientes con expresión inescrutable.

Mae se da cuenta de que está deseando por enésima vez que Leon le hubiera permitido incorporar un micrófono a las WellBand. Pero él se negó en redondo. Para ella, la inquietud permanente de Leon sobre la imagen que podrían dar esos micrófonos («¿Te imaginas la portada del *New York Times* si saliera a la luz que espiamos a las portadoras?»), es pura paranoia. Le manda un mensaje a una de las coordinadoras y le ordena que haga un recorrido subrepticio, con la esperanza de que escuche algo de interés.

Llaman de nuevo a la puerta. Eve la entreabre apenas y anuncia:

—La doctora Wilde quiere verla.

Está visto que hoy se va a pasar el día apagando fuegos. No conseguirá hacer ningún progreso en el Proyecto MacDonald, y menos aún teniendo en cuenta que ella y Ethan han quedado en el Racquet and Tennis Club a las seis para probar distintas opciones de entrantes para la cena de su boda.

—Bonitas flores —dice la doctora al entrar en el despacho. Lleva una bata blanca sin abrochar sobre un vestido recto de *tweed* que parece un Chanel de la temporada pasada. Observa más de cerca el ramo que tiene Mae sobre el escritorio—. Aunque no me entusiasma la gipsófila.

—Me las ha enviado mi madre. Está maniobrando para convertirse en la encargada de las flores de la boda, pero su gusto es un poquito… campestre.

La doctora Wilde adopta una expresión grave, y le comunica:

—Han llegado los análisis de la portadora ochenta.

—¿Y?

—El feto tiene trisomía veintiuno.

Mae inspira hondo para concentrarse.

—Continúa. —Su voz, por suerte, no delata en absoluto la decepción que se le está acumulando en ese instante en el pecho.

—El feto tiene lo que se conoce como un síndrome de Down mosaico. Es decir, no todas sus células llevan el cromosoma extra. La buena noticia es que el porcentaje de células anormales es bajo. La mala es que el análisis prenatal no puede detectar un síndrome de Down mosaico con precisión.

—¿Qué significa eso?

—Como una porción de sus células será normal, el bebé puede presentar unas características no tan pronunciadas, o menos numerosas, del síndrome de Down…

—O sea que podría ser en gran parte normal —la interrumpe Mae, que ya está planeando mentalmente cómo presentar la noticia a los clientes. Tienen dinero a montones; podrían permitirse perfectamente las cuidadoras necesarias para vigilar a un niño con una leve discapacidad.

—Quizá sí… o quizá no. Algunos niños con ese tipo de síndrome de Down tienen rasgos muy suaves; pero otros tienen casi todos los rasgos de una trisomía completa.

Mae consigue mantener la serenidad y dice:

—Gracias, Meredith. Concédeme un poco de tiempo para pensar cuál es el mejor modo de informar a los clientes. Quizá resultaría útil que tú participaras en la llamada, por si hacen preguntas técnicas.

—Claro. —La doctora Wilde se levanta, se alisa la falda y se retira.

¡Mierda, mierda, mierda! En los tres años que lleva en Golden Oaks —cinco, contando la fase «beta»—, Mae nunca ha tenido una racha de mala suerte semejante. La portadora 80 ya está de dieciséis semanas. Los clientes correspondientes se quedarán destrozados.

Hace un esfuerzo para concentrarse en la tarea inmediata: información. Una decisión es tan buena como la información en la que se basa. Le envía un mensaje a la doctora Wilde pidiéndole que prepare cuanto antes un informe detallado del abanico de resultados posibles de un síndrome de Down mosaico. Después le pide a Fiona, su contacto en el Departamento Legal, que compruebe si el contrato asociado con la portadora 80 contiene una cláusula de reembolso para el caso de un niño con algún déficit, y que mire cómo está definido «déficit» exactamente.

Acto seguido, comprueba su reserva de portadoras disponibles. Si los clientes prefieren abortar, quizá deseen implantar otro feto de inmediato. El problema es que las candidatas de las que dispone en ese momento son limitadas. Los clientes se niegan a considerar una portadora negra o hispana, y las blancas y asiáticas con las que ella cuenta en esos momentos o bien ya están embarazadas, o bien se encuentran en el período obligatorio de reposo postparto, durante el cual no se permite un implante para facilitar la recuperación. Encontrar nuevas portadoras lleva su tiempo: supone numerosas comprobaciones de antecedentes y la contratación de detectives para asegurarse de que las candidatas son discretas, o para descubrir el modo de obligarlas a serlo si rompieran los acuerdos de confidencialidad.

Por suerte, ha cultivado a un puñado de buscadoras que son extremadamente fiables. Envía mensajes a varias de ellas, pidiéndoles que le propongan al menos una candidata blanca o asiática viable en cuarenta y ocho horas a cambio de una suculenta bonificación, añadida a la tarifa habitual. Tras un momento de reflexión, vuelve a mandar mensajes a la doctora Wilde y a Fiona, esta vez para ver si es posible acelerar el período de reposo de alguna de las portadoras blancas, tal como hicieron dos veces con Lisa en el pasado. Si la portadora firma una autorización médica, Golden Oaks queda a cubierto legalmente; y una aceleración supone unas tarifas enormes para los clientes... aunque cree que en este caso, a causa de la trisomía, tal vez no debería aplicarlas. Pasa a analizar los números, consciente de que son lo que Leon mirará antes que nada. Elabora una hoja de cálculo rápida con los dos desenlaces más probables y sus permutaciones en una columna, y los flujos de ingresos previstos de cada uno en columnas sucesivas.

Aborto, escenario uno
(Reimplante a precio de coste/Sin margen de beneficio)

Aborto, escenario dos
(Sin reimplante/Pérdida del cliente)

Retención del feto, escenario tres
(Trisomía mínima/Sin tarifa de reembolso)

Retención del feto, escenario cuatro
(Trisomía mínima/Con tarifa de reembolso)

Desde un punto de vista de ganancias y pérdidas, observa, en un memorando para Leon, que el escenario tres es la mejor opción con diferencia, seguida de los escenarios uno, cuatro y dos. Naturalmente, escribe en su ordenador, la máxima prioridad es ayudar a los clientes a tomar la decisión más conveniente para ellos. Eso, en una situación ideal, habría de coincidir con lo más conveniente para Golden Oaks. Mae guarda el documento y decide investigar si Reagan ya se ha calmado de su berrinche.

La señal del panóptico muestra que la joven se halla en el gimnasio, sujetando unas mancuernas y caminando por una cinta inclinada. Hay otras tres portadoras haciendo ejercicio a su lado, pero ninguna de ellas es Lisa. ¿Se habrán peleado? Mae intenta volver a ver la secuencia anterior, pero el sistema de rebobinado no funciona. Envía un mensaje al Departamento de Asistencia Técnica para que solucionen el fallo. Mientras espera, devuelve media docena de llamadas, incluida una de su padre, que se resiste a aceptar las clases de baile que su madre quiere que tome para preparar el baile con su hija en la boda.

A continuación, lee unos currículos para el nuevo puesto de coordinadora y encarga un libro para Eve, que está terminando su segundo año de clases nocturnas en una universidad comunitaria del Bronx. Al parecer, tiene dificultades con la materia de contabilidad, como le pasó a ella misma en la escuela de negocios, y ese libro de texto es muy bueno. En el recuadro del mensaje del regalo, teclea: «Porque con suficiente esfuerzo puedes lograr cualquier cosa. Apunta alto y nunca te des por vencida».

«Y no te quedes embarazada», piensa.

¿Cuál era esa estadística que ha leído esa misma mañana en *The Times*? Quería comentarla con Eve. Algo así como que las adolescentes urbanas negras tienen muchas más probabilidades de quedarse embarazadas —¿dos veces más, decía?— que las adolescentes urbanas blancas. Es eso lo que las hace fracasar: tener hijos cuando apenas son adultas. «Eve es atractiva: como una versión de menor estatura —piensa Mae—, de esa supermodelo negra tan famosa en los años 90; y ahora tiene nuevo novio. Lo último que le hace falta es quedarse preñada antes de terminar la universidad.»

Llaman a la puerta una vez más. Eve entra en el despacho y deja un paquete en la bandeja.

—Y la cliente treinta y tres está al teléfono.

—No hay descanso para el trabajador —dice May alegremente—. Pásamela.

Ate

Ate huele la caca en cuanto llega al pie de la escalera.

—¡Eh, Mali! ¿Caquita?

Amalia se mordisquea el puño. Le están saliendo los dientes. El otro día intentó morder el mando de la tele mientras la mujer preparaba la comida. La tapa trasera estaba rota, y ella tuvo que sacarle de la boca una pila cubierta de babas.

Le limpia con la manga un resto de leche seca de la barbilla y apoya el cochecito doblado en la arañada pared del vestíbulo. Libera a la niña del portabebés, la alza para oler el pañal y hace una mueca.

—¡*Nakapo*, Mali! ¡Una de las grandes!

Amalia sonríe, como si fuera un chiste.

La mujer no quiere volver a subir los tres tramos de escalones del apartamento. Está cansada, y ya llegan tarde. Le ha dicho a Angel que estaría en el hostal antes del almuerzo, pero ya pasan de las doce, y el trayecto es casi de media hora. A diferencia de sus amigas filipinas, Ate se enorgullece de su puntualidad.

Se acuclilla sobre los talones, apoya a Amalia en su regazo y se quita la mochila. Extiende la esterilla, saca toallitas y el pañal de repuesto y tiende a la niña boca arriba. Esta patea el aire, sonriendo. Es feliz, como lo fue Roy.

—Mali, Mali, Mali. Ya llegamos tarde, tarde, tarde —canturrea Ate. Sostiene las piernas de Amalia con una mano y cierra las solapas del pañal manchado con la otra; le limpia el culito, se lo embadurna de crema y se lo envuelve con el pañal nuevo. Le da a la niña un sonajero de plástico para que se distraiga, mientras ella se limpia sus agrietadas manos con gel desinfectante; lo vuelve a guardar todo en la mochila y desliza a Amalia de nuevo en el portabebés que lleva sujeto a su pecho para trasladarla con seguridad. Coge el cochecito plegado, sale afuera y baja los escalones de la entrada sujetándose a la barandilla con la mano libre y contando los peldaños. Uno, dos, tres, cuatro, cinco. No quiere volver a tropezar. Hay mucho que hacer.

Amalia gimotea en cuanto la coloca en el cochecito.

—Mali, Mali, ¿ahora por qué lloras? —Ate infla los carrillos para hacerla sonreír. Intenta abrocharle las correas del cochecito alrededor de las piernas, que no para de agitar, pero la niña arquea la espalda y se desliza fuera del asiento.

—No, Mali. Ate está cansada. No puede llevarte en brazos. —El teléfono suelta un pitido en su bolsillo. Es un mensaje de la señora Herrera, la madre de la novia, diciendo que al día siguiente habrá veinte personas más de las previstas en el almuerzo previo a la boda. Ate sonríe. Bien, bien.

Hasta el momento, los Herrera solo la han contratado como cocinera para fiestas reducidas en las que su comida era simplemente uno de los muchos platos que se servían: el exótico *lumpia* o *adobo* en una mesa llena de ensaladas y carnes norteamericanas. Pero ese fin de semana la amada hija única de los Herrera se casa con un norteamericano, y la han contratado a ella para preparar postres filipinos en el almuerzo previo que tendrá lugar en el club de tenis de la familia en Queens. Asistirán cientos de invitados, muchos de ellos médicos y abogados filipinos, y todos son clientes potenciales para el incipiente negocio de *catering* que está montando. ¡Es su gran oportunidad!

Pasa frente a la tienda en la que Angel compra y vende su oro —cadenitas, sobre todo, pero también anillos y pulseras— y menea la cabeza. Angel no es razonable, ese es el problema. Lleva años viviendo en Norteamérica, siempre trabajando una barbaridad. Con sus ingresos, ha pagado la casa de Batangas y les ha comprado a sus nietos ordenadores y zapatillas Nike. ¿Y para qué? Las hijas se casaron demasiado jóvenes con unos holgazanes sin ningún empleo. Todos ellos —las tres hijas, los maridos y sus hijos— viven hacinados en esa casa que Angel compró, sin pagar nada a cambio. Ni tan siquiera colaboran con los gastos. Su única esperanza es que las nietas —chicas guapas, de piel clara y nariz estrecha— ¡se conviertan en modelos! Ese es su plan B.

Las hijas de Angel están malcriadas, ahí está el problema. Le mendigan dinero y ella se lo envía, a pesar de que ya son mujeres hechas y derechas. Porque si no se lo envía, no la telefonean ni responden a sus llamadas. Dejan que el teléfono suene y suene. Y cuando finalmente hablan con ella, es para derramar lágrimas de cocodrilo y acusarla de no haber estado a su lado mientras crecían.

Como si hubiera tenido alternativa, ¿no? Como si una madre quisiera abandonar a sus hijos.

Angel teme que si no mantiene a sus hijas en esa relación de dependencia, ellas no la cuiden cuando sea vieja. También tiene miedo de que sus nietos, a los que conoce por fotografías y videollamadas, no la quieran si no envía dinero para que les arreglen los dientes y les compren iPhones. Qué horror: unos hijos que no cuiden de sus padres, después de tantos sacrificios. Como si fueran norteamericanos, ¿no?

Y además, Angel teme a los bancos. Le atemoriza que le roben el dinero si descubren que no tiene papeles. Ate se lo ha dicho mil veces: eso no pueden hacerlo. Pero no le hace caso. Ella compra joyas con el dinero que le sobra y las guarda en una caja fuerte que adquirió de rebajas en la tienda de electrónica P. C. Richard por 109,99 dólares (ese tipo de caja fuerte que se abre con tu huella dactilar, como en las películas de espías). Y cuando necesita dinero, vende un collar o una pulsera.

—Las vendo a buen precio, porque Tony me conoce —suele decir, alardeando.

Pero ¿qué manera de ahorrar es esa? Porque ellos te compran las joyas a un precio inferior al que te las venden. Claro que sí. ¡Por eso es negocio!

Ate le aconseja que no derroche el dinero con sus hijas ni con esas pulseras de oro. ¡Compra tierras, compra otra casa! ¡Haz buenas inversiones para poder cuidar de ti misma en la vejez!

Pero su amiga es testaruda. Y le gustan demasiado las cosas bonitas. Ate la ha visto llevar unos pendientes deslumbrantes cuando acude a esas citas con norteamericanos viejos. Todavía sueña con conseguir la tarjeta verde así, mediante un marido tonto y una boda fraudulenta. Todo para poder visitar a sus hijas malcriadas y poner las cosas en orden.

Ate es diferente. Ella tiene propiedades en Filipinas. La primera es la casa donde vive Roy con su yaya, a la que la mujer le paga un buen dinero para que lo cuide; la segunda es una casa pequeña que tiene alquilada, y la última es la casa que está construyendo, también en Bulacán, en una parcela de tierra lo bastante grande como para alojar más adelante otras dos o tres viviendas más pequeñas. Sueña con levantar allí un complejo familiar, en el que vivan Roy y ella en la casa principal, e Isabel, Ellen e incluso Romuelo tal vez, en las pequeñas: todos juntos protegidos por una elevada valla con verja automática.

Antes de tener problemas cardíacos, cuando todavía trabajaba con los Carter, hizo el último pago de la tierra de Bulacán. Una mañana estaba enseñándole a Dina una fotografía del lugar en su móvil cuando la señora Carter entró en la cocina y se acercó para ver qué miraban con tanto interés. La imagen no parecía gran cosa, un simple trozo de tierra rodeado de una valla metálica, pero la señora comprendió su valor: «¡Tres propiedades! ¡Tienes un imperio inmobiliario, Evelyn!».

No obstante, frunciendo el entrecejo, añadió: «Pero ¿tú y Roy no estaríais mejor en Norteamérica?».

Así era como pensaba ella, claro. La señora Carter conocía Filipinas a través de los periódicos y de Internet: los tsunamis que arrasaban aldeas enteras; el Gobierno atestado de antiguos actores de cine y campeones de boxeo y presidido por la codicia; los niños hambrientos de ojos enormes y vientres hinchados, y los lunáticos musulmanes que le cortaban la cabeza a la gente en Mindanao. Para ella, Filipinas era un lugar corrupto y peligroso, donde todo podía derrumbarse y donde, de hecho, se derrumbaba todo a menudo.

Pero Norteamérica tampoco es tan segura para algunas personas. Eso no lo veía la señora Carter. ¿Cómo iba a verlo? No se daba cuenta de que en su país, como no seas rico, tienes que ser joven o fuerte. Los viejos y los débiles están escondidos en residencias como aquella en la que Jane trabajaba. En Edgehill Gardens no había jardines, sino plantas de plástico que no hacía falta regar y personas mayores sentadas todo el día delante de la televisión, sin que nadie las visitara o les cambiara al menos de canal. Las rechonchas mujeres de fornidos brazos que alzaban a los viejos para bañarlos —una los cogía por las piernas, otra por las axilas— hablaban dando grandes voces, pero solamente entre ellas. Y esos ancianos todavía son afortunados. Al menos alguien cuida de ellos.

En Filipinas los viejos huelen mejor, a jabón y a polvo de talco. Tu familia cuida de ti y, si no, lo hace tu yaya. Por eso, cuando llegue el momento, Ate volverá allí, a la gran casa de esa nueva parcela, y vivirá con Roy y quizá con Romuelo. Y por supuesto, con sus hijas. Con sus maravillosas chicas.

Ella está orgullosa de sus hijas, aunque nunca lo confesará en su presencia. No debes malcriar a tus hijos, ni siquiera con palabras. No debes educarlos de manera que sean demasiado tiernos, igual que corderitos. Los suaves y pequeños corderitos dan la mejor carne y acaban siempre devorados. En este punto cree que se equivocó con Romuelo.

Justo el día anterior llegó un paquetito de Isabel, su hija mayor, que le enviaba varios frascos de pastillas para la presión —ella es enfermera— y una foto de sus hijos, los únicos nietos de Ate, en la fiesta de su cumpleaños. El nieto es un chico alto y guapo, como el hombre del tiempo de las noticias de la noche que tanto le gusta a ella. Es subdirector del centro de atención al cliente de una empresa norteamericana de tarjetas de crédito. Un buen trabajo. La nieta se llama como ella y, *pobre*, tiene la tez oscura. ¡Igual que ella, también! Pero es bastante guapa. Y es inteligente; está estudiando para ser médica.

Isabel también podría haberlo sido. Estudiaba medicina cuando se enamoró del primer chico que puso los ojos en ella y quiso casarse de inmediato. ¿Qué podía hacer Ate desde la otra punta del mundo? Pero al menos, posteriormente, su hija llegó a ser enfermera. Y es buena. Muy diligente.

Ellen es distinta. A Ate le preocupa. Trabaja de recepcionista en el restaurante de la azotea de un hotel de cinco estrellas de Manila. («De recepcionista jefe», la corrige siempre su hija. Pero, bueno, ¡una recepcionista jefe no deja de ser una recepcionista!) Es allí donde Ellen conoce a sus admiradores, porque todavía es guapa, aunque ya no sea tan joven. Cuando tenía dos años, su fotografía fue escogida entre cientos de solicitudes para aparecer en un anuncio de polvos de talco Johnson's. Ate todavía guarda una copia en su caja de recuerdos. El anuncio salió en todas las revistas de la época.

Para Isabel, que se parece más a su madre, no fue fácil crecer a la sombra de una hermana menor tan guapa. Ella se quedaba en casa estudiando mientras Ellen salía con sus pretendientes; y los domingos, después de misa, pasaba totalmente desapercibida mientras todos rodeaban a su hermana pequeña y elogiaban su peinado o el corte de su vestido.

Pero mira ahora. ¿Quién tiene marido, hijos y un buen trabajo? Mejor ser fea y trabajadora que guapa y llena de fantasías. Ellen aún no se ha casado, y ya tiene casi cuarenta. Cada dos o tres semanas la llama y le habla de sus galanes: los restaurantes a los que la llevan, los empleos importantes que tienen... Ate termina gritando al teléfono: «¡*Naman,* Ellen! ¡Ya basta! ¡Escoge a uno de una vez!».

Ellen no terminó los estudios en la universidad, y a Ate le preocupa que esos galanes VIP no se la tomen en serio. Teme que se deshagan de ella como de un Kleenex usado cuando hayan terminado de divertirse y que su hija acabe sola.

Angel reconoció esa posibilidad hace pocos días. Estaban en la cocina de Jane comiendo empanadas. Ate se quejaba una vez más de Ellen, y ella le dijo:

—Pero para ti es mejor que acabe convertida en una solterona.

La mujer, consternada, se quedó muda, y su amiga prosiguió:

—Porque si Ellen no encuentra marido, se ocupará de Roy. Tú no vas a estar siempre, Ate.

Angel las espera en la entrada del hostal. Calza unas sandalias rojas de gruesos tacones transparentes, y ya no tiene el pelo como la semana pasada. Se lo ha teñido de un tono anaranjado como si estuviera oxidado y lo lleva demasiado rizado, como un caniche. Se ríe al ver la expresión de Ate.

—¡No me mires así! ¡Las rubias se divierten más! —dice entre carcajadas. Entonces agarra el cochecito, con Amalia dentro, y sube los escalones hasta la puerta del hostal.

Después de meter el cochecito en una habitación y asegurarse de que la niña está dormida, Ate va a la cocina para controlar los preparativos de Angel. Hay dos grandes ollas hirviendo a fuego lento. Saca una cuchara de madera de un cajón, prueba el relleno del *buko pie* y añade un puñado de coco rallado y un buen chorro de leche condensada. Angel ha dispuesto un espacio de trabajo en la mesa rectangular del centro de la cocina. En un extremo hay una serie de moldes alineados que contienen masa recién hecha. En el otro extremo están los ingredientes del pastel *bibingka* que ha pedido la novia. Ella opina que deberían hacer el pastel ya, porque al día siguiente habrá mucho jaleo. Pero los Herrera son clientes VIP: viven en Forest Hills, en una gran casa de estilo Tudor, y el doctor Herrera es cirujano. Ate le dice a Angel que prepare el relleno y que haga el pastel a la mañana siguiente a primera hora, para que esté fresco.

Luego examina el *polvorón,* esos mantecados quebradizos que Isabel, Ellen, Roy y Romuelo devoraban hasta acabar empachados, quedándoles las caritas manchadas de polvo blanco. En una mesita plegable, Angel ha colocado tres cuencos enormes llenos hasta arriba de la mezcla del *polvorón:* harina tostada, azúcar, mantequilla, leche en polvo y anacardos triturados. La señora Herrera quiere que los mantecados tengan forma de corazón y vayan envueltos en papel de colores, como regalos para que los invitados se los lleven a casa.

—¿Quién te está ayudando con el *polvorón*? —pregunta Ate.

Angel va corriendo a la puerta y grita hacia lo alto de la escalera.

Dos mujeres, una de poco más de veinte años y otra más cercana a los treinta, entran en la cocina arrastrando los pies y con la mirada baja. La más joven se queda junto al umbral. La mayor saluda en tagalo a Ate y, con una ligera inclinación, le apoya la frente sobre la mano, el signo tradicional de respeto.

—*Nag mano!* —exclama Ate, atónita. ¿Acaso ya es tan vieja como para que la saluden de ese modo? Era así como saludaba ella a sus abuelos cada vez que los veía, y enseñó a sus hijos a hacer lo mismo con sus mayores. Pero ese gesto, en Norteamérica, resulta extraño.

La mujer hace la señal de la cruz, bendiciendo a la chica, que procede a presentarse: ella se llama Didi, diminutivo de Diana, y su amiga, Segundina.

—¿Sois hermanas? —pregunta Ate mirando a la más joven.

—No, *po*. Compañeras de litera.

«Entonces es que necesitan dinero», piensa Ate. Les dice que recibirán treinta dólares cada una por ayudar a preparar el *polvorón*. Angel les pasa sendos moldes de galleta con forma de corazón y empieza a recortar las grandes hojas de papel azul claro en cuadrados. Después de echar un vistazo a Amalia, que aún sigue dormida, Ate coge unas tijeras del estante repleto de utensilios, y se sienta junto a Angel para ayudarla.

—¿Cómo está Jane? ¿Todavía en California? —pregunta Angel mientras va cortando.

—Está bien. El bebé no da problemas —miente Ate. Ella y su prima acordaron que esa es la historia que contarían a las demás para explicar su ausencia: que encontró un puesto de niñera en Palo Alto, California, y que está tan lejos que no puede ir de visita—. Va a ganar mucho dinero.

—Me alegro de que trabaje de niñera. La residencia de ancianos no paga bastante. —Angel ha vuelto al hostal después de un turno de noche de niñera, un trabajo que Ate le consiguió, pero ella siempre está dispuesta a ganarse un dinero extra. Por su ayuda para preparar la comida, Evelyn le pagará el veinte por ciento de sus ganancias.

—Estas dos —dice Angel— también necesitan un empleo.

Las dos jóvenes mantienen la mirada baja y continúan recortando el *polvorón* en forma de corazón.

—¿Qué experiencia tienes? —le pregunta Ate a Didi—. ¿Tienes papeles? ¿Cómo andas de inglés?

Con una voz temblorosa que se va afirmando a medida que habla, Didi le explica que llegó hace dos años a Norteamérica, gracias a un amigo rico de una prima segunda, con un visado de turista. Los filipinos que la avalaban eran una pareja de médicos. Vivían en Nueva Jersey en una gran casa con una piscina en forma de riñón en el patio trasero. Didi limpiaba, cocinaba y se cuidaba de los gemelos de seis meses de la pareja. Trabajaba todos los días salvo el domingo, cuando los padres se llevaban a los bebes a la iglesia y a visitar a sus parientes.

—Pero no me pagaban, *po*. Solo me daban calderilla. Yo no tenía teléfono. No conducía. No podía irme —dice Didi—.

Cuando me quejé después de muchos meses, dijeron que llamarían a la policía. Porque mi visado es de turista y ya ha expirado.

Esa no es la primera historia de ese tipo que Evelyn ha escuchado. Una mujer que hace tiempo alquilaba una cama en el segundo piso del hostal escapó de una situación idéntica en Toronto, pero al menos en su caso los patronos —por llamarlos de algún modo— eran indonesios, en vez de filipinos.

—¿Cómo los dejaste?

—Yo observaba al padre, *po*. Mientras limpiaba su despacho, vi cómo introducía la contraseña del ordenador. Así pude usarlo para contactar con mi hermana en Palawan. Ella envió a una persona a recogerme una mañana, cuando todavía era tan temprano que todos estaban durmiendo. De esto hace más de un mes, pero mi hermana me dice que es probable que la policía todavía me esté buscando.

Ate hace un gesto desdeñoso con la mano con la que sujeta las tijeras, y exclama:

—¡Ellos no habrán llamado a la policía! Porque si lo hicieran también se verían en un aprieto por haberte traído aquí. Como a una esclava.

Didi no dice nada. Ate la observa un momento. Cuando vuelve a hablar, lo hace con mayor amabilidad.

—¿Qué trabajo te gusta?

—Cualquiera, *po* —responde ella rápidamente.

—Yo te ayudaré. Primero en la limpieza. Trabaja con ganas, hazlo bien, aprende inglés. Después te encontraré un empleo mejor.

—Gracias, *po*.

Siguen trabajando en silencio; no se oye más que el crujido del papel y el chasquido de los moldes sobre la mesa. Segundina no ha pronunciado una palabra. Ate mira por la ventana mugrienta —¿es que nadie limpia ahora que ella no vive ahí?—, y anuncia:

—Solo te colocaré con norteamericanos. Tienen mejor corazón.

Amalia está en la cama. Ha dormido sin ningún problema por la noche, porque se pasó el día jugando en la cocina con todos los que pasaban por allí. A la hora del baño, Ate observó una punta blanca en sus rosadas encías, sacó una foto del diente, el primero que le ha salido, y se la mandó por correo electrónico a Jane para que no se pierda el acontecimiento.

Ate está preocupada por Jane. Es una buena chica, pero demasiado sensible. Incluso antes de que anulasen la visita, estaba llena de ansiedad y se le puso a gritar en una videollamada simplemente porque Amalia se había caído en el consultorio del médico. ¡Los niños se caen! Se caerán toda la vida, una y otra vez, y tú no puedes estar ahí siempre para evitarlo. La mujer piensa en Romuelo. Se pregunta dónde estará y qué hará para ganarse la vida ahora que ya no le envía dinero. Enseguida aparta ese pensamiento de su mente.

Ella se llevó una gran decepción cuando anularon la visita. Le hacía mucha ilusión, como unas pequeñas vacaciones. Ya ni recuerda la última vez que salió de la ciudad. Debió de ser hace cuatro años, cuando cogió ese puesto de niñera en Greenwich, Connecticut. La casa era tan grande como un castillo.

La visita también habría sido beneficiosa para Jane porque necesita ver a Amalia, sostenerla en sus brazos, notar cómo ha crecido. Quizá entonces se convencería de que la niña está bien. Así como santo Tomás, según el Nuevo Testamento, necesitó tocar para creer.

Ate mete en el microondas la esponja de lavar los platos para matar los gérmenes. Observa cómo gira el rectángulo azul en el interior del aparato, sacando espuma.

En realidad no entiende qué ocurrió con la visita. Mientras limpia los fogones con la esponja caliente, trata de recordar exactamente lo que le dijo Jane. Durante la videollamada que le hizo para explicarle que habían cancelado la visita (ella ya tenía el equipaje preparado y había puesto el despertador a las seis de la mañana), Jane no paró de llorar. Con el llanto, resultaba difícil entender sus explicaciones: algo referente a los bosques, se había saltado las normas con una chica norteamericana. ¿Por qué habría hecho eso? ¿Y de qué servía llorar?

Ate intentó que Jane se explicara mejor. Pero cada vez que le hacía una pregunta: —«¿Por qué salisteis del sendero?, ¿quién es esa Lisa?»—, los ojos de Jane se escabullían como dos escarabajos. La mujer conocía muy bien ese gesto. Eran los ojos del que oculta algo. Romuelo hacía lo mismo cuando la llamaba por videoconferencia para suplicarle que le enviara dinero: «... para la matrícula y los libros de texto», decía, mientras escurría la mirada como si sus ojos fueran insectos. Él había abandonado la universidad sin decírselo y había seguido aceptando el dinero igualmente, año tras año.

Mentiras y más mentiras, y miles de dólares derrochados.

No es que Evelyn piense que Jane está mintiendo sobre algo tan serio como las drogas. No, la joven no es como Romuelo. Pero no tiene buen juicio. Sin más ni más... ¡paf! Toma una mala decisión. Una decisión estúpida que no te esperabas, para la que no estabas preparada y frente a la que no pudiste prevenirla:

Jane está estudiando, saca notas decentes y entonces... ¡paf! ¡Se escapa, se queda embarazada y se casa! ¡Con un cero a la izquierda como Billy!

La chica se pone a trabajar para los Carter, cobra doble tarifa, la señora Carter está contenta con ella y entonces... ¡paf! Vuelve al hostal. ¡Despedida!

En la videollamada, Ate intentó aconsejarla. Porque ¿quién iba a hacerlo si no? «Tienes que andarte con cuidado. No puedes cometer más errores.»

Pero Jane no respondía. ¡Qué testaruda! Como un niño enfurruñado. ¡Como su madre!

Evelyn reconoce que no debería haberse enfadado, que no debería haber gritado. ¡Pero es que Jane no piensa! No se da cuenta de que la vida es dura y de que ese trabajo es muy fácil. La sustanciosa cantidad de dinero que sacará le cambiará la vida a Amalia.

—¿Sabes lo que haría yo por una oportunidad como esa para ayudar a Roy? ¿Por qué quieres tirarla a la basura? —le preguntó alzando demasiado la voz.

Jane la miró fijamente a la cara. Su mirada era triste y también asustada. Luego se derrumbó en su silla, como si estuviera agotada.

Ate suspira, preguntándose una vez más si debería haberle hablado de Golden Oaks. Jane necesita dinero. Pero tal vez es demasiado para ella estar separada de Amalia.

Enjuaga la esponja bajo el grifo y se dedica a restregar la encimera, luchando contra el deseo de juzgar a su prima. Cherry, Angel, Mirna, Vera: la mayor parte de las mujeres que ella conoce se han separado de sus hijos para mantenerlos. Y ella misma ha tenido clientes —norteamericanas con puestos importantes: banqueras, abogadas, profesoras de universidad— que volvían al trabajo cuando sus niños tenían semanas y se quedaban tan tarde en la oficina que no los veían hasta la mañana siguiente.

¿Acaso cree Jane que ella es la única en sacrificarse, que su hija solo la necesita a ella ? La propia Ate lleva veinte años lejos de casa. ¿Acaso Roy no la necesita también?

Restriega furiosamente un trecho pegajoso de la encimera. Se detiene; intenta ser justa. Jane era muy joven cuando su madre la abandonó; quizá esa es una parte del problema. Y Amalia es muy pequeña. Los hijos de Ate era mucho mayores cuando ella se fue: Isabel, la mayor, ya estaba empezando en la Facultad de Medicina, y el pequeño, Roy, ya tenía dieciocho años. Fue después del accidente del barco, cuando quedó claro que el chico no mejoraría, que siempre necesitaría que alguien le cortara la comida y le abrochara la camisa, y que ella habría de cuidarse de él toda la vida e incluso después... Fue entonces cuando hizo planes para marcharse a Norteamérica.

Se lava las manos en el fregadero, se las seca y coge la mochila que está colgada de un gancho junto a la entrada. Su amiga Mirna no tiene trabajo actualmente y ha accedido a vigilar a Amalia mientras ella está en la fiesta de los Herrera. Mete en la mochila todo lo que necesitará la niña al día siguiente y también se prepara una bolsa aparte para ella, con las pastillas para la tensión, su mejor delantal y la caja rectangular donde guarda sus nuevas tarjetas profesionales.

Tiene grandes esperanzas puestas en Evelyn's Catering. A ella siempre le ha gustado cocinar, pero escogió el trabajo de niñera porque se ganaba más. Ahora, por supuesto, tiene que ayudar a Jane con Amalia. Pero, a decir verdad, aunque ella jamás lo reconocería, no está segura de cuándo podrá volver a trabajar de niñera... si es que puede algún día. Últimamente se cansa de repente, se queda sin aliento de un modo que la asusta. Pero no puede parar de trabajar: la casa de Bulacán no está terminada. Y además está Roy, claro. Gracias a Dios, ella tiene sus planes B.

En primer lugar, las recomendaciones. Ate se ha convertido casi en una agencia. Conoce a muchos VIP después de tantos años trabajando por toda la ciudad; gente que se fía de ella. Así que cuando les encuentra una asistenta, un ama de llaves o una niñera, recibe una comisión; no muy grande, pero justa.

Aunque eso supone poco dinero y esporádico, de modo que la mayor parte de sus esperanzas, hasta que Jane dé a luz, las tiene puestas en la cocina. Este recurso no es del todo nuevo. Durante muchos años, tuvo un puesto de comida en la feria asiática anual de Flushing, donde vendía sabrosas especialidades filipinas, como la *lumpia,* y dulces como el *halo-halo*. Fue a través de ese puesto como conoció a la asistenta de los Herrera, quien le compró una vez un pequeño cuenco de *pancit luglug* y se quedó tan entusiasmada que se llevó un gran recipiente de porexpan a Forest Hills. La señora Herrera, después de probar un bocado, coincidió con ella en que era el mejor *pancit* que había probado en su vida. Así fue como empezó Ate a cocinar en ocasiones para la familia, llevando platos para sus fiestas y quedándose a veces para ayudar a limpiar.

Ahora, sin embargo, pretende ampliar el negocio a lo grande. Angel puede ocuparse en gran parte de las tareas diarias, y, por otra parte, el hostal está lleno de filipinas que saben trabajar en la cocina y buscan unos ingresos extra. Lo que ella aportará son los clientes y la estrategia.

¡Ah, ojalá hubiera nacido en Norteamérica! A veces lo piensa muy en serio. Ella tiene talento para los negocios, la gente siempre se lo ha dicho. Y el trabajo no le da miedo. A estas alturas ya sería rica: no una rica de la Quinta Avenida, pero casi. De la Tercera Avenida, de York o incluso de Forest Hills. Romuelo no se drogaría; Isabel podría descansar por fin; Ellen estaría casada; y Roy dispondría de los mejores médicos, de especialistas de esos que ni siquiera aceptan pacientes de compañías de seguros: todo un equipo de profesionales.

Porque en Norteamérica lo único que tienes que saber es cómo ganar dinero. Y el dinero te consigue todo lo demás.

Reagan

«No es cierto que Anya tuviera un aborto. Ellos la obligaron a matar al feto», dice Tasia.

—¿Anya se encuentra bien? —Lisa habla en voz insólitamente baja.

Por instinto, echan un vistazo en derredor. La coordinadora más cercana se halla a seis metros. Está ocupada hablándole a una de las portadoras nuevas, que sujeta contra su pecho una bolsa para vomitar y va subiendo y bajando la cabeza como si se le hubiera soltado un engranaje del cuello.

—Ella es católica —responde Tasia con frialdad—. La anestesiaron. Con gas. Quizá temían que se pusiera histérica.

Lisa se sienta a su lado. Reagan, aunque la bandeja que sostiene le pesa y la silla contigua a la de Lisa está vacía, permanece de pie. Ella tiene sus propias preocupaciones. Los resultados de la última ecografía salieron bien, pero ¿y si hay algún problema con el embrión que no puede apreciarse?

Tasia sonríe de repente con una sonrisa de oreja a oreja.

—La coordinadora está mirando. Quizá sospecha de mí.

—¿Dónde está Anya ahora? —pregunta Lisa, también sonriendo. Resulta chocante el contraste entre su voz ansiosa y su extravagante sonrisa.

Reagan apoya la bandeja sobre la mesa porque se está mareando. Lisa echa hacia atrás la silla para hacerle sitio y, como faltan dos tapas de goma en las patas, deja en el entarimado un par de trazos oscuros.

—No lo he preguntado. No puedo arriesgarme a meterme en un lío. —Tasia estruja su pañuelo con una mano y se levanta—. Ya hemos hablado bastante. Seguid sonriendo, por favor, así no sospecharán de mí.

Reagan sigue a Tasia con la mirada y ve cómo se detiene junto a una mesa cercana para hablar con la nueva portadora, también polaca; todavía se muestra contenta y el rostro se le contrae a causa de la falsa risa. Podría estar hablando del Holocausto o de un choque múltiple de cincuenta vehículos, y ni te enterarías. O quizá esa vez la risa es auténtica. Quizá siente verdadera hilaridad, pese a todo lo que le ha ocurrido a su amiga Anya.

Poco después, se dirige hacia los cubos de basura con andares de pato, como si tuviera una pelota de baloncesto entre los muslos. Alguien la llama desde la mesa de las filipinas, y ella hace otra parada. El voltaje de su sonrisa, sus carcajadas irrefrenables, todo resulta desmedido. Jane parece estar pensando lo mismo, porque se queda perpleja mientras observa su actuación.

Aunque la verdad es que Reagan ya no tiene ni idea de lo que piensa Jane, que la ha estado evitando desde el fiasco de la garrapata. Casi como si la culpara a ella de sus problemas.

—Siéntate de una vez, Reg. ¿No estás cansada de hacerme el vacío? —dice Lisa con la boca llena de aguacate.

—No te hago el vacío. Es que no me caes tan bien como antes —responde ella, consciente de que suena infantil. Pero se sienta de todos modos. Le duele la espalda de sujetar la bandeja tanto rato, y ¿adónde va a ir, si no?

—Pobre Anya —dice Lisa al cabo de un rato.

Reagan la mira recelosa, pero la chica habla en serio.

—Pobre Anya —asiente ella, imaginando una mesa metálica, un crujido de papel, las piernas rechonchas de Anya abiertas a la fuerza, la mascarilla, el terrible silencio, el silbido del gas... Y después se la imagina despertando en otro sitio completamente distinto, vaciada como un melón.

—Tenía unas náuseas matutinas terribles, ¿te acuerdas? Le entraban arcadas las veinticuatro horas del día. Y ahora... ni siquiera sacará la bonificación —se lamenta Lisa—. Sobre todo si era ella la que llevaba el bebé del millón de dólares.

—¡Basta! —explota Reagan, a pesar de que quería mantener las distancias—. ¿A quién le importa ese maldito bebé? ¿Es que no lo entiendes? La obligaron a abortar. Como si estuviéramos en China o algo así. Es una auténtica violación...

—No infringieron el contrato —responde Lisa en el acto—.

Ya te entiendo, Reagan, pero todas lo hemos firmado. Voluntariamente. Lo que es un asco es que no detectaran antes el defecto. Así le habrían ahorrado esa angustia a Anya.

Reagan traga saliva con esfuerzo. No se va a dejar arrastrar otra vez por las triquiñuelas de Lisa.

—Me gustaría saber si volverá a hacerse un implante —murmura Lisa—. Necesita el dinero con desesperación.

Reagan se calla; no está dispuesta a reconocer que no sabe nada de las necesidades económicas de Anya. Se niega a preguntar. Lo único que tiene claro es que no quiere estar ahí, compartiendo el pan con Lisa, como si ella no fuese la culpable de que anulasen la visita de Amalia.

Engulle el pescado a grandes bocados, solo para alimentar al bebé. No tiene hambre. La calabaza asada le pica en la garganta y la deglute con un trago de zumo verde, que está más amargo de lo normal.

Lisa, abstraída, cotorrea sobre sus clientes. Dice que son unos farsantes completos. Actúan como si fuesen gente sencilla. Se burlan de sus amigos, que veranean en los Hamptons, y tienen un monovolumen destartalado de diez años de antigüedad. Pero son como los demás ricos que implantan sus fetos en la Granja. Acaban de comprarse una hacienda enorme en esa misma zona. «¿No has visto que yo no estaba en el desayuno?», le pregunta a Reagan. Sus clientes la han invitado a su hacienda para que pasara un rato con los chicos, los que ella gestó. Ha tenido que ayudar al mayor a ordeñar una vaca. Las vacas son una nueva adquisición, lo mismo que las gallinas, unas cuantas cabras y un cuidador a tiempo completo. Han pensado que vivir en una granja, aunque sea los fines de semana, sería bueno para los chicos: les inculcará sentido de la responsabilidad y reforzará su sistema inmunitario. Además, así desgravan impuestos.

—Pero el crío estaba demasiado asustado para ordeñar a la vaca. Por lo que se ha sentado en mi regazo mientras la ordeñaba yo —dice Lisa con una sonrisita—. Y se ha quejado de que la leche estaba demasiado caliente. ¡Como si la vaca pudiera estar refrigerada!

Reagan sabe que debería reírse. Y hace unas semanas lo habría hecho.

—No entiendo cómo pude creer que eran diferentes —dice Lisa añadiendo un deje de melancolía a su sarcasmo—. ¿Te he contado que me preguntaron si querría ser la nodriza del bebé número tres? Al otro lado del comedor, Jane está vaciando su bandeja. Reagan se levanta de la mesa para seguirla.

—No sigas enfadada. Es que echaba de menos a Troy —dice Lisa, suplicante—. Jane me cae bien de verdad.

—Entonces, ¿por qué la utilizaste así? Y no me digas que tu ofensiva encantadora no era calculada. La utilizaste porque necesitabas a alguien para cubrirte las espaldas mientras tú follabas con Troy. Alguien que se asustara y no supiera negarse.

—¡Yo intenté ayudarla! Toda esa historia de ir a cagar al bosque fue idea suya. Yo le seguí la corriente porque no quería causarle más problemas.

—La utilizaste.

—Tú no estabas. Si no, te habría utilizado a ti.

—No te habrías atrevido. Eso es lo más asqueroso. —Reagan no se molesta en mirar atrás mientras se aleja. En el pasillo, alcanza corriendo a Jane y le toca el brazo.

—¿Qué hay? —Jane ya se aleja.

Reagan busca una frase para iniciar la conversación.

—¿Te has enterado de lo de Anya?

Jane abre los ojos, alarmada, y mira hacia la cámara montada en la pared. Un movimiento casi imperceptible de cabeza, una excusa murmurada, y se aleja a toda prisa por el pasillo.

Reagan parpadea repetidamente. No quiere llorar aquí, delante de todo el mundo. Se apresura a ir hacia su habitación, conteniéndose hasta que se encuentra a salvo en su cama. Entonces se desahoga. Por primera vez en mucho tiempo, añora a Gus. Cuando era pequeño, su hermano le daba un animal de peluche cada vez que la veía llorar. E incluso siendo mayor, a los once o doce años, se sentaba siempre a su lado cuando estaba enojada por una pelea con su padre y no se movía de allí hasta que dejaba de llorar.

Todo eso fue antes del segundo año de Reagan en secundaria, antes de su historia con el mejor amigo de Gus. Ella no debería haberlo hecho, ahora se da cuenta. Pero resultaba halagador cómo la seguía el chico con los ojos. Y delicioso cómo se sonrojaba siempre que ella se acercaba. No parecía el tipo de chico que fuera a irse de la lengua, y, dicho sea en su favor, se lo guardó todo durante meses.

—Simplemente está buscando algo a lo que agarrarse —le explicó papá a Gus una noche, mientras cenaban. Porque Gus ya se había enterado de que su hermana estaba tirándose a su mejor amigo, y la odiaba.

Reagan estaba despatarrada en el sofá, junto a la mesa de la cocina, con los auriculares puestos pero sin volumen, para oír lo que decían. Hacía lo posible para no mirarlos, ni a ellos ni a los restos de comida que había sobre la mesa. «Las terneras lechales son bebés de vaca, ¿lo sabíais?», les había dicho antes.

Gus había sacado el tema de la fotografía que Reagan había presentado a un concurso de la escuela, un autorretrato que el ignorante del director había considerado «pornográfico» y rechazado *ipso facto*, a pesar de que no hubiera nada pornográfico en la mera desnudez. A pesar de que fuera una buena foto. Cabreada, ella la había colgado en línea —era su último año, ¿qué más le daba?—, y la foto se volvió viral.

Gus masticaba con la boca abierta. La silla de su lado estaba vacía: mamá se había quedado descansando en su habitación. Había vuelto a perder el coche en Walmart y tenido que esperar horas al sol hasta que el aparcamiento se hubo vaciado.

—No, papá —concluyó Gus, y Reagan notó que la miraba fijamente—. Lo que ocurre es que es una zorra.

Entonces extendió el brazo sin excusarse por delante de papá, cogió la fuente de la ternera lechal y volvió a llenarse el plato.

Una mosca se estrella contra la mosquitera. Suena un pitido y poco después otro. Reagan, ojerosa, se incorpora y consulta su WellBand. Es un recordatorio de que tiene la ecografía semanal dentro de dos horas y el segundo, de que llega tarde a su sesión matinal de UteroSoundz.

El UteroSoundz no deja de ser algo que hacer, por lo menos. A Reagan no le queda más remedio que presentarse en el mostrador de Coordinación del fondo del pasillo. Le dirige una forzada sonrisa a la mujer vivaracha que distribuye los dispositivos y entra en la biblioteca, que por suerte está vacía. Examina los libros del estante de la entrada, buscando algo que la ayude a matar el rato. Antes, Jane, Lisa y ella pasaban juntas las horas del UteroSoundz, cotilleando o viendo una película, sin darse cuenta apenas del dispositivo que llevaban atado sobre el vientre.

Un lomo azul conocido, de tipografía plateada, le llama la atención: *Canciones de inocencia y de experiencia* de William Blake. Su madre solía leerle poemas de esa misma edición cuando era pequeña. Su padre la obligó a aprenderse de memoria «La niña perdida», y la sacaba en pijama en las fiestas para que se lo recitara a sus amigos. Ella detestaba ser el centro de atención y actuar como un monito de circo. Después se refugiaba de la catarata de elogios en los brazos de su padre, con la cara ardiendo y un billete de un dólar en el bolsillo.

Reagan se desploma en un sillón excesivamente mullido que hay al fondo de la biblioteca. Se coloca los altavoces del UteroSoundz en el vientre e introduce su código. La lista de reproducción de la semana aparece en la pantalla. Es, como de costumbre, vainilla. Vainilla con plan blanco y té sin aromatizar helado. Mozart, claro; los discursos de Winston Churchill; el famoso comienzo de la disertación de Steve Jobs, y una compilación de poemas leídos por actores famosos en la lengua original, probablemente para que el feto dé sus primeros pasos como futuro políglota: Shakespeare, Rilke, Baudelaire y Frost. Y luego, Li Bai.

¿Li Bai?

¿Qué hace él aquí, confraternizando con los «hombres blancos muertos» del canon occidental?

¿Serán chinos sus clientes? ¿Será posible que sea ella la que lleva dentro al…?

Pulsa el «Play», asqueada de sí misma. Eso es propio de Lisa.

Recuesta la cabeza y mira el techo, tratando de recordar cómo eran las cosas, no hace tanto tiempo, cuando se sentía feliz en Golden Oaks: contenta con esa tranquila cancelación de todo; con la calma hermética de la Granja. Pero algo ha cambiado desde la ecografía en 3-D, desde el asunto de la garrapata de Jane y de su mezquino castigo y desde el aborto de Anya. Ha comenzado a invadirla una inquietante sensación de que ese lugar no es más que un decorado creado para el cliente que contempla las cosas a distancia, a través de la cámara de la doctora Wilde, pero que, detrás de esa bella fachada, se oculta la verdad. Aunque todavía no está segura de cuál es.

En cierto modo, la situación se parece a lo que pasó aquella vez en la Tate Modern. Sus padres le habían pagado un viaje de mochilera por Europa después de su graduación. Macy se reunió con ella en Londres durante un largo fin de semana de juerga, antes de que ella tomara el tren de alta velocidad hacia París y Macy regresara a Nueva York para iniciar el curso de preparación antes de trabajar en el banco. Después de una noche bailando sobre las mesas de un elegante club privado de Mayfair, ambas visitaron la Tate. Se les había corrido el rímel y las botellas de agua Evian que llevaban salpicaban su contenido en los bolsos. De esa guisa, fueron a dar a una galería lateral donde había unos lienzos vacíos, sin pintura, pero enmarcados a la perfección. Y rajados en el centro. Nada más que un tajo. Esa fisura atrajo de inmediato la mirada de Reagan. Fontana debía de haber usado una hoja muy afilada, porque los cortes eran extremadamente limpios.

«¿Esto es arte?», dijo Macy burlándose.

Pero Reagan tuvo una sensación de alivio.

A través de las puertas cristaleras de la biblioteca, observa cómo un jardinero retira las lonas de las sillas y de las mesas del patio. El tipo se ha enrollado las mangas del mono azul que viste. Tiene unos nudillos grandes y nudosos, como piedras irregulares. A ella le entra un impulso casi abrumador de abrir las puertas de golpe y echar a correr dejando al hombre atrás. Sus pies descalzos galoparían sobre la mullida hierba hasta que le dolieran las pantorrillas, hasta que le ardieran los pulmones y le chorreara el pelo de sudor. Quizá el jardinero la perseguiría. Ella correría a toda velocidad, pisando las hojas caídas. Total para acabar dónde había empezado. Lo cual no importaría con tal de que la activación de los músculos, el sudor en los ojos y el ardor en los pulmones lo borraran todo momentáneamente. Pero las portadoras tienen prohibido hacer esfuerzos excesivos en la Granja, y jamás le permitirían correr sin zapatos. Y además, está la cuestión de la compañera.

No puede salir a pasear si no es acompañada. Pero ¿quién podría ser su compañera?

Prescinde de la oleada de soledad que le inunda el pecho y se acerca a la ventana, con el UteroSoundz pegado al vientre. Otros dos operarios, un poco más allá, están retirando la cubierta de la piscina. Pronto, tal vez esa misma mañana, la llenarán de agua. Podría darse un chapuzón. Quizá le serviría: la primera impresión helada, la sensación de ingravidez.

Ingrávida es cómo se imagina a su madre: meciéndose sola en la negrura; amarrada a la realidad por un finísimo hilo. La llamada telefónica que le hace todas las semanas tiene como finalidad impedir que mamá se aleje del todo flotando a la deriva. Ella nunca responde; por tanto, Reagan ha dejado de hacer preguntas. Y, en cambio, habla y habla con la esperanza de que su voz ayude. De que incluso sirva para prender alguna luz.

Últimamente, se ha estado preguntando si su madre todavía existe. Es decir, la persona real, no la que actuaba a las órdenes de su padre. Tal como existe el feto en su útero, aunque sea inalcanzable. En el interior de ese lugar que la tiene atrapada, su madre tal vez se maravillaría aún ante la simetría de una luna llena, como cuando los sacaba de la cama a ella y a Gus para que contemplaran su perfecta redondez. Tal vez le entraría aún un ataque de hilaridad en medio de un vagón de metro lleno de gente en completo silencio, dejando aparte los chirridos de las ruedas sobre las vías, al percatarse de que todos los pasajeros —hasta el niño de tres años sentado junto a su niñera— está manejando su móvil.

Y si de verdad está ahí dentro, ¿es feliz?

¿Reconoce la voz de su hija, aunque no recuerde su nombre?

Varias horas más tarde, Reagan está trabajando en una terminal de la sala multimedia. En el buzón de su correo electrónico hay dos artículos de su padre: uno sobre el sistema de impuesto fijo y otro sobre una inversora especializada en tecnología verde. («Las cosas pueden irte de maravilla haciendo el bien, cariño».) Es la manera de su padre de tenderle la mano; no han vuelto a hablarse desde la pelea a cuenta de las visitas a mamá. Gracias a la enfermera de su madre, Reagan sabe que Gus ya ha pasado a verla dos veces desde entonces. Pero él vive en Chicago. No es justo compararlos, como siempre hace su padre. Además, su hermano nunca ha encontrado ofensiva la hipocresía de papá, ni siquiera cuando eran pequeños. Cada vez que ella sacaba a colación el último rumor sobre las novias de su padre, Gus se tapaba los oídos y se alejaba.

Reagan pincha el botón de «Redactar». Se abre una ventana en la pantalla, una nota legal en diversos idiomas recordándole que lo que está a punto de escribir será supervisado y se halla sujeto a los acuerdos de confidencialidad. En otras palabras: mantén la boca cerrada, escrito en inglés, español, tagalo, polaco, francés, chino, ruso y portugués.

Hace clic en «Acepto». Pero antes de que empiece a teclear un correo para su padre, le llega otro nuevo; este es de Macy. No lleva ningún mensaje, pero adjunta un vídeo. El «Asunto», en mayúsculas, dice: «LA GALA FUE UNA LOCURA. ¡LLÁMAME!».

No ha hablado con Macy desde que se ha hecho famosa. O casi famosa. Apareció en *BusinessWorld*, una revista a la que su padre ha estado suscrito durante décadas y que ella nunca ha leído. Su amiga, según la revista, es uno de los treinta líderes de élite mundiales por debajo de los treinta años.

Para ella, se trata de una afirmación un poco idiota. ¿Qué quiere decir ser un «líder de élite»? ¿Quién lo decide? Pero su padre se había quedado boquiabierto total. De hecho, Reagan se enteró de la noticia por un mensaje de su padre, que le adjuntaba el artículo del *BusinessWorld*. En el «asunto» había puesto: «TU MEJOR AMIGA ES IMPRESIONANTE.»

Una serie de mensajes paternos siguió al primero. Artículos de la *Harvard Business Review*; citas inspiradoras; exhortaciones en el sentido de que ella «también puede conseguirlo» si halla el modo de «combinar sus pasiones con el lado práctico.» (¿Con el lado rentable, quería decir?)

Reagan levanta el teléfono. La mujer que atiende la línea de Macy la deja en espera. Para pasar el tiempo, pincha el vídeo adjunto del mensaje de su amiga. Aparece un hombre de pelo canoso frente a un micrófono. Está hablando de Macy, y los ecos de su voz resuenan por el auditorio. Explica que además de su extenuante trabajo vendiendo derivados, bla bla bla, ella forma parte del comité de diversidad del banco y del consejo de varias organizaciones sin ánimo de lucro; que se graduó *cum laude* en la Universidad de Duke pese a estudiar y trabajar a la vez; que tuvo unos inicios difíciles en Baltimore y fue criada por su abuela, bla, bla, bla, que salió adelante con su propio esfuerzo, con el sudor y la determinación de las trabadoras infatigables, aunque... «bueno, ya hace mucho que cambió las botas de trabajadora por los modelos de Jimmy Choo». Y en ese preciso momento, Macy, calzada con unos zapatos de tacón dorados que le relucen bajo los focos, se acerca al estrado entre una oleada de risas. Reagan siente una punzada por dentro, como un atisbo de irritación, o tal vez de envidia.

Ese idiota pagado de sí mismo es un mentiroso de mierda. Todo lo que dice es verdad, pero a la vez rematadamente falso. Un cuento de hadas destinado a contentar a los peces gordos presentes en la sala, a mantener su fe en que ese sigue siendo el mejor de los mundos posibles: una chica negra de barrio portándose como es debido, trabajando a fondo y siguiendo las normas. Haciendo las cosas bien.

El triunfo del mérito, ¿entiendes?

Pero resulta que la abuela de Macy era inteligente como ella sola, y una persona educada, además: una profesora de matemáticas de secundaria que poseía una casa, por modesta que fuera, en Trinidad, donde la nieta pasó la mayor parte de los veranos de su vida. La muerte prematura de la madre de Macy fue una tragedia, sin duda, pero su vida ha sido un camino de rosas comparada, digamos, con la de Jane. Esta era pobre de verdad —pobre en un país en vías de desarrollo, en lugar de ser pobre en Norteamérica—, y sus padres la abandonaron y se quedó sola con una abuela a la que habría de ver morir. Jane se ha partido el lomo al menos tanto como Macy, pero nadie la verá recibiendo premios de ninguna clase.

Reagan vuelve a reproducir el vídeo. Contempla la tela del vestido rojo de Macy, el brillo de su sonrisa. Enmarcada en la pantalla del ordenador, su amiga parece una persona muy conocida y muy extraña al mismo tiempo: es la chica de siempre que empapa con kétchup todo lo que tiene en el plato, pero también otra Macy que se siente cómoda con un vestido de diseño pensado para realzar absurdamente sus torneados brazos. Es una belleza flexible que camina con desenvoltura con sus tacones de diez centímetros y también la Macy a la que Reagan sorprendió *in fraganti*, en el primer año de universidad, con un zafio porrero de ojos azules y pelo lacio: un chico por completo desprovisto de interés salvo por su pedigrí (vástago de una esas viejas y rancias familias que te aseguraban tanto la entrada en la Universidad de Saint Paul como un inmerecido nivel de éxito y ligues en ciertos círculos de la Costa Este).

—¡Eh! —dice Macy con su típico tonillo, cuando se pone al fin al teléfono, y entonces todo vuelve a estar en su sitio. Esa es Macy en vez de la sofisticada modelo de la pantalla.

Cotillean sobre la ruptura sentimental de un amigo común y sobre su depresión y resurrección subsiguiente a través del *hot* yoga. Macy habla a borbotones de su nuevo novio, el primer hombre negro con el que ha salido desde la época anterior a la universidad. Él estudió en Exeter, Harvard.

—Podría ser el definitivo —dice, embobada.

A Reagan, inexplicablemente, se le encoge el estómago.

—Estoy orgullosa de ti —dice para cambiar de tema—. Aunque no tanto como lo está mi padre.

Es una broma, pero también un test. Macy conoce al padre de Reagan.

—No es para tanto, Reag —contesta Macy con una falsa humildad que irradia a través del teléfono. Y añade—: Mierda, tengo que salir corriendo.

Promete contarle la gala por correo electrónico con todo detalle.

Reagan mira la pantalla del ordenador, todavía con el auricular en la mano. Macy nunca se ha tragado esas chorradas, o al menos hasta ahora. Rebobina el vídeo y lo vuelve a mirar; y otra vez más, estudiándolo como si buscara pistas. Macy aparece en la pantalla: vestido rojo oscuro, mesas con manteles blancos, orquídeas y cubiertos tintineantes; invitados con trajes y vestidos elegantes, seguramente también líderes de élite todos ellos. O abuelas de líderes de élite. Para el vídeo y busca entre la multitud a la abuela de Macy. Lo inicia otra vez y lo mira de nuevo.

«No es para tanto, Reag.»

Siente algo en el abdomen. Como un aleteo. ¿El embrión? El corazón le da un vuelco. Se arrellana en el sillón y apoya las manos con cuidado en el vientre. Aguarda. Se da unos golpecitos en la piel con el dedo índice, inspirando profundamente para ralentizar su corazón y, por ende, el corazón del feto. ¡Toc, toc! ¿Hay alguien ahí?

Pasan unos minutos. Y más minutos. ¿Se ha imaginado ella ese diminuto movimiento?

Se sujeta el vientre mientras contempla el vídeo que sigue reproduciéndose en el ordenador. Macy ha bajado del estrado. Otro líder de élite, un hombre atlético de piel rosada, con un aire irlandés y engreído, recoge su placa. Actúa con despreocupación, casi con indiferencia, como si todo aquello —las mesas cargadas de plata y cristal, los camareros deambulando obsequiosos por la sala, las felicitaciones y los aplausos— fuesen algo previsible. Merecido. No es para tanto.

«¿Tú serás un líder de élite como ese engreído gilipollas?», le pregunta en silencio al embrión que lleva dentro, de repente irritada con él. Porque es un niño, en efecto. En la última ecografía, la doctora Wilde anunció la noticia ante la cámara, sin mirarla siquiera a ella. Desechó con un gesto las palabras de agradecimiento de los clientes, pero Reagan captó la expresión satisfecha de su mirada. Como si ella en persona hubiera cosido a mano el pene del feto.

«Pero tú ya estás en la élite, ¿no?»

La joven piensa en ese feto que lleva en su interior, engordado con comida orgánica, reforzado con preparados multivitamínicos personalizados, probablemente trilingüe a estas alturas, dadas las listas políglotas de su UteroSoundz. Y varón. Y rico.

¿Cómo no va a dirigir el mundo algún día?

Siguiendo un impulso, teclea una propuesta dirigida a *BusinessWorld* para sacar un número especial: ¡30 FETOS DE ÉLITE POR DEBAJO DE LAS 30 SEMANAS! Habría páginas centrales desplegables de ecografías, medidas fetales, reportajes sobre dietas fetales y aficiones. Descripciones de los úteros que habitan los líderes fetales, según el estilo de las inmobiliarias de lujo. Mientras teclea, nota un movimiento ¿Es él? ¿También él está entusiasmado? ¿Tamborilea, impaciente, con sus deditos apenas formados sobre la pared uterina? ¿Deseoso de salir de una vez...?

Está tan exaltada con su idea que no nota que la puerta de cristal del cubículo se ha abierto. Beatriz, una portadora colombiana que está hacia el final de su primer trimestre, carraspea.

—¿Ya has terminado, Reagan?

Ella se disculpa por llevar tanto rato ahí, guarda su trabajo y cierra la sesión. De repente, le entran ganas de ver a Lisa. Sí, a Lisa, con quien se acaba de pelear en el almuerzo, pero que entenderá mejor que nadie de ahí que todo eso —la estúpida lista de *BusinessWorld,* la descarada admiración de su padre, esa gala de puro autobombo— es una completa chorrada.

—¡Eh, cuidado! —dice la señora Yu cuando Reagan casi tropieza con ella en el pasillo. Está con una mujer asiática bajita que va con pantalones negros y zapatillas deportivas.

—Perdone, señora Yu. No la he visto.

—No te preocupes. Reagan, te presento a Segundina. Acabo de entrevistarla y ahora le estoy enseñando las instalaciones.

Ella extiende la mano, y Segundina se la estrecha, alzando la vista pero sin mirarla a los ojos.

—Reagan está en su segundo trimestre —informa la señora Yu, arreglándose su largo collar de perlas de doble vuelta—. Su clienta la adora.

—Bueno, de hecho no me ha conocido en persona —responde Reagan, dirigiéndose a Segundina, que se mantiene inmóvil, pero transmite una actitud acobardada.

—Aún no, pero está al tanto de todo y se siente muy complacida contigo —le asegura la directora. Y mirando a Segundina, añade—: Y también con Golden Oaks. La clienta de Reagan es una líder mundial, o sea que es muy halagador que esté tan encantada con nosotros.

—Ah, pero ¿ella ha estado aquí de visita? —pregunta Reagan con fingida ligereza.

La señora Yu sonríe y le contesta:

—Que tengas un buen día, Reagan.

Ella sigue su camino y se plantea si se habrá cruzado alguna vez con su clienta sin saber quién era. Entra sin llamar en la habitación de Lisa, donde reina un gran desbarajuste. La chica se niega a dejar entrar a las mujeres de la limpieza y hay ropa amontonada en la mecedora y una cascada de revistas, tiradas por el suelo. En el alféizar de la ventana, media docena de tazas de té mediadas se apretujan junto a las esculturas de porcelana de Troy, unas figuras relucientes de mujeres carnosas, que resultan tan atractivas y vistosas como caramelos.

Cuando se abre la puerta al cabo de un rato, Reagan está tumbada sobre la cama sin hacer leyendo un número atrasado de *Artforum*. Lisa no demuestra ninguna sorpresa al verla. Lleva la cola de caballo torcida y la camiseta al revés, y sujeta sobre su vientre un suéter estrujado.

—Perdona que te... —dice Reagan.

—Déjalo —dice Lisa—. Me lo merecía. Quiero hacerte una oferta de paz. ¿Podemos hablar? —Mete el suéter en la mochila y ambas caminan en silencio hasta el mostrador de Coordinación más cercano y pasan sus WellBand por el lector. La coordinadora levanta la vista de su portátil y escruta a Lisa.

—Esta vez no nos apartemos de los senderos, ¿de acuerdo? Y no tardéis mucho. Se supone que va a llover.

—¡No se preocupe por nosotras! —canturrea Lisa, parpadeando.

Afuera, el cielo está azul y despejado.

—No parece que vaya a llover —comenta Reagan, e inspira hondo.

—Van a rastrearme en vivo, seguro. Por eso hemos de seguir caminando —murmura Lisa y, adelantándose con grandes zancadas, se interna en el bosque.

—¡No tan deprisa! —Reagan aprieta el paso para mantener el ritmo de Lisa, que recorre rápidamente el sendero, torciendo por aquí y por allá como si se hubiera trazado una ruta de antemano—. Bueno, muy divertido —dice sin aliento, cuando la otra se detiene por fin—. ¿Por qué tantas prisas?

Lisa jadea, inclinándose hacia delante con las manos en los muslos. De repente sonríe y comenta:

—Aún no hay cámaras en este tramo. Julio me ha dicho que las instalarán a finales de semana.

El sendero en el que se encuentran es bastante corto y está sombreado por los árboles. Un poco más adelante, asciende hasta un claro.

—Desde ahí veremos a cualquiera que se acerque antes de que nos vean a nosotras.

—¿Troy está aquí? —pregunta Reagan, enfadada—. Porque si está, me largo. —Da un paso atrás, hacia la Granja.

—No, no está aquí. Por desgracia —responde Lisa con exagerada paciencia—. Pero tengo un regalo para ti. Y para Jane, si es que vuelve a dirigirme la palabra. —Abre la cremallera de la mochila y vuelca su contenido en el suelo. Además del suéter estrujado y de un par de botellas de agua, hay dos latas de Coca-Cola Diet y varias barritas Snickers de chocolate—. ¡Sorpresa!

Reagan contempla los refrescos y las barritas durante una fracción de segundo antes de estallar en carcajadas. Se ríe con tal fuerza que acaba doblándose sobre sí misma. No soporta a Lisa y a la vez la adora, y se siente inundada de una absurda alegría. Coge una lata, todavía fría, y la abre. El chasquido y el burbujeo resuenan de tal modo que casi se asusta. Lisa abre su lata también y las dos brindan, tronchándose como idiotas.

—A tu salud —dice Lisa alzando la lata.

—A la tuya.

Reagan da un buen trago. El dulzor químico. Las burbujas en la garganta. El subidón de la cafeína. Pasea un sorbo de una mejilla a otra, como hace su padre con sus refinados vinos, y se lo traga. Sigue bebiendo hasta que no queda más y, al final, sacude la lata invertida sobre su boca para no perderse ni una gota.

«¿Te has excitado?», le grita mentalmente a su líder de élite, sintiéndose más viva que nunca.

Mira a Lisa, que también se ha terminado su Coca-Cola, y se echa a reír de nuevo. A media carcajada, le sale un eructo húmedo y resonante que dura medio minuto.

—¿Este es tu grito de guerra salvaje? —farfulla Lisa, sacudida por una risa silenciosa que apenas le deja articular palabra. Las lágrimas le resbalan por las mejillas.

Reagan estruja la lata, coge una barrita Snickers y desgarra el envoltorio con los dientes.

«Prepárate, gran líder. Esto te va a encantar.»

Da un mordisco y después se mete la mitad de la barrita en la boca. Y por un instante, una oleada de dulzor emborrona el mundo. A través de esa bruma, débilmente, le llega un pitido. Es la alarma de su WellBand, recordándole que es la hora de su ecografía. No debería retrasarse, pero ahora ya no puede parar. Da otro mordisco. Y otro.

Jane

Cuando Reagan y Lisa pasan por su lado, Jane se inclina hacia Delia, bajando la cabeza para que el pelo le tape la cara. Así guarecida, se concentra en lo que su compañera le cuenta. ¿Qué está diciendo? Algo sobre la señora Yu. Que esta le ha pedido que almorzara hoy con la nueva portadora filipina, pero cuando ha ido a buscarla a su habitación que comparte con la nueva chica polaca, esa paliducha que a veces se sienta con Tasia y «con tu amiga Reagan» (dice esto con un retintín malicioso, porque es evidente que Jane ya no es amiga de Reagan), no la ha encontrado por ningún lado. Ha esperado y esperado y, finalmente, se ha dado por vencida. Ahora tiene dudas; no sabe si se ha metido en un lío.

—¿Por qué no has preguntado a las coordinadoras? Ellas la pueden localizar con la WellBand —sugiere Jane, que sabe demasiado bien hasta qué punto es así.

Hace un esfuerzo para tomar un bocado de ensalada de remolacha. No soporta la textura húmeda y escurridiza de la remolacha que no es lo bastante blanda, ni tampoco del todo dura. Pese a todo, ella está portándose lo mejor que puede, y Betsy, la cocinera que a veces le pasa postres a Lisa de tapadillo, le ha recordado que la remolacha es muy buena.

—Pero la señora Yu no puede enfadarse conmigo. ¡He esperado veinte minutos! Y yo, cuando me entra hambre, me mareo por mi nivel de azúcar en sangre. Lo cual no es bueno para el feto, ¿no estás de acuerdo?

Delia mira preocupada a Jane, que la tranquiliza diciéndole que la señora Yu se dará cuenta de que ha hecho todo lo posible. Mientras habla, echa un vistazo subrepticio por la sala y ve que Reagan y Lisa están juntas en una mesa cerca de la ventana. O sea que ya vuelven a ser amigas. Es lógico, claro, así como es lógico que ella haya dejado de frecuentarlas. Reagan y Lisa pertenecen al mismo mundo, y ella no, cosa de la que siempre ha sido consciente.

Aun así, siente un vacío, como si le hubieran arrebatado algo.

Reagan se puso furiosa al enterarse de que la habían castigado. Cuando irrumpió en la habitación para averiguar lo ocurrido, ella estaba en la cama, agotada tras el segundo interrogatorio de la señora Yu. Al principio, no se percató de la profundidad de la furia de su compañera de habitación, ni de sus motivaciones. Lo único que percibía era que Reagan no paraba de hacerle preguntas con voz baja y grave.

«¿Qué ha pasado realmente? No es propio de ti salir del sendero. ¿De quién ha sido la idea?»

Cada pregunta la arrinconaba un poco más, hasta que ya no pudo continuar y dejó de responder. No se echó a llorar. Permaneció inerte en la cama, permitiendo que la desolación se apoderase de ella. Habían anulado la visita de Amalia. Los clientes estaban enfadados porque su futuro bebé podía haber contraído una enfermedad. Era culpa suya.

Y algo esencial sobrevolaba todo lo demás: había mentido a la señora Yu, y esta lo sabía; y a partir de entonces la miraría tal como la habían mirado sus otros jefes.

Había sido mientras estaba con los Carter cuando había descubierto cómo la veía la gente. Anteriormente, suponía que era invisible para las personas para las que trabajaba. Hacía un día lluvioso y la gotas repiqueteaban en las ventanas del despacho. Estaba limpiando una mancha de vómito del sofá cuando oyó una voz que decía: «Parecen fantásticas, hablan inglés, son diligentes y todo lo demás. Pero mienten».

Era la señora Van Wyck, la amiga de universidad de la señora Carter. Jane oyó que esta protestaba con amabilidad («¿Cómo puedes generalizar así?»), y entonces su amiga le contó una historia sobre unos vecinos suyos. Vivían en la décima planta del edificio, donde disponían de dos apartamentos unidos para tener vistas en tres direcciones. El marido era un fenómeno del negocio inmobiliario y la mujer era médica. Estaban forrados. Su niñera, una filipina, llevaba seis años viviendo con ellos, ayudando a criar a los dos niños. La vecina solía contarle a la señora Van Wyck historias acerca de esa niñera: sobre el haragán que tenía por esposo y sobre los hijos que había dejado en Filipinas y a los que mantenía con su trabajo. Ella, la vecina, consideraba a la niñera como un miembro de la familia y le daba casi cuatro semanas de vacaciones pagadas al año y un generoso aguinaldo por Navidades y por su cumpleaños. Así pues, cuando una de las hijas de la niñera se puso enferma (una infección estafilocócica que empezó con una llaga en el pie, pero que se fue extendiendo), su señora fue la primera en decirle que volviera a su país, donde la necesitaban. Le pagó el billete de avión a Filipinas e insistió en ayudarla a pagar la factura del hospital, y no se quejó cuando la niñera la llamó unas semanas más tarde para pedirle permiso para prolongar su estancia.

Al final, le dijo la señora Van Wyck a la señora Carter, resultó que la niñera había mentido. La asistenta la delató y ella acabó confesando entre lágrimas. La infección estafilocócica de su hija, según explicó, era real, pero nunca había representado un peligro para su vida. Si había ido a Filipinas había sido porque su hija estaba a punto de casarse con un mal hombre —un vago, un jugador—, y porque quería hacerla entrar en razón. Una vez allí, se había visto envuelta en los diversos problemas que asediaban a sus demás hijos y a sus familias. La niñera prometió devolverle a su señora hasta el último centavo del dinero que le había dado para sufragar los gastos médicos (no se lo había gastado, no era una ladrona). Y prometió que no volvería a ocurrir nada parecido.

Jane, con el trapo manchado en la mano, aguzó el oído para escuchar la respuesta de la señora Carter.

—Mi madre siempre decía que debes cambiar a tus empleadas al cabo de algunos años porque, si no, se toman demasiadas familiaridades —dijo al fin la señora, y a Jane se le cayó el alma a los pies—. Supongo que tenía razón.

—Uy, podría contarte montones de historias —repuso la señora Van Wyck—: joyas desaparecidas, dinero, «defunciones» de parientes y peticiones para costear los funerales…

—En cierto modo, no puedes culparlas. Para ellas, nuestras vidas parecen muy fáciles —dijo la señora Carter.

—Precisamente por eso no puedes fiarte de ellas.

ϒ

Jane finge escuchar las inquietudes de Delia, pero continúa observando a Reagan y a Lisa. Alborotadoras, las llamó la señora Yu durante el segundo interrogatorio. Chicas privilegiadas que disfrutan revolucionando el gallinero, pero que no tienen que apechugar con las consecuencias. «¿Realmente quieres arriesgarlo todo, le preguntó la señora Yu, por unas amigas que ni recordarán tu nombre cuando vuelvan a su vida normal?»

Y tenía razón. Jane no puede correr el riesgo de meterse en más líos.

—Lisa está engordando —comenta Delia con una risita mientras corta el pollo—. Seguro que te alegras, ¿no?

Jane no responde. Después de muchos días agobiándola para que «desembuchara», Delia se contenta con hacerle de vez en cuando comentarios insidiosos sobre sus antiguas amigas. Da por supuesto que está resentida con ellas, que fuera cual fuese la causa de la ruptura, la culpa fue de Reagan y Lisa.

Pero eso no podría estar más lejos de la verdad. Jane no acusa a nadie más que a sí misma.

Desde luego, la señora Yu no tiene ninguna culpa. Ella hace su trabajo. Y Lisa es culpable al dejarse dominar por un amor voraz. Pero ¿cómo va a culparla si ella misma sintió en su momento el mismo furor por Billy?, ¿cómo va a hacerlo si también ella tomó decisiones estúpidas por ese motivo? Recuerda cómo se escabullía siempre que podía de la casa de su madre, en Los Ángeles, para escapar del tufo a pescado frito y detergente; para evitar a sus rubicundos novios norteamericanos, que se presentaban a desayunar en calzoncillos y se la comían con los ojos mientras ella tomaba sus cereales antes de salir hacia la escuela. Incluso cuando su madre lloraba en la cocina por otro desengaño, ella no podía pensar más que en Billy. Y cuando él le propuso que se fueran a Nueva York, no vaciló ni un instante.

Y por supuesto, tampoco culpa a Reagan. Romper con ella es la parte más difícil. Durante las semanas de su amistad, adquirieron el hábito de hablar por la noche, con frecuencia horas y horas. A veces, Reagan le hablaba de su familia: de lo listo que era su hermano, del prestigioso empleo que consiguió nada más salir de la universidad (de hecho, lo sabía gracias a su padre, pues ella y su hermano no se mantenían en contacto); de cómo su madre llenaba su cuarto infantil de acuarelas sobre sus cuentos de hadas preferidos (tenía un gran talento, era capaz de pintar cualquier cosa). Y ahora, en cambio, solo recuerda el nombre de su marido. Reagan cree que él siente un orgullo perverso por ello, porque es una prueba del amor de su mujer y de su propia importancia.

Una noche Reagan le dijo a Jane que había decidido hacerse la prueba del gen de la demencia. Su madre y su hermano se habían negado a averiguarlo. Pero ¿qué haría si el resultado era positivo?, se preguntaba. ¿Significaría que nunca podría tener, o que nunca debería tener, un hijo?

Su voz en la oscuridad sonaba muy frágil. Jane se las arregló para encontrar las palabras adecuadas. Tranquilizó a su amiga diciendo que cada día se inventaban nuevas medicinas. Que ni su destino ni el de su hijo —si decidía tener uno— estaban escritos. Las cosas podían cambiar.

Jane rezaba para que fuera así. Se le rompía el corazón por su amiga. Porque ella tenía a Ate, y siempre tendría a Amalia. Pero Reagan estaba sola.

Jane mira un tanto asqueada cómo devora Delia el pollo. Esta se queja de su reflujo ácido y dice que espera que la bonificación compense todos sus achaques y dolores. Y de repente se pone de pie.

—¡Segundina!

Una filipina baja y rellenita se acerca a la mesa, escoltada por una coordinadora. Tiene los ojos fijos en su cuenco de quinoa, como si temiera que fuese a saltar de la bandeja y caer al suelo.

—Segundina (¿lo pronuncio correctamente?) no se encontraba del todo bien. Pero creemos que ya puede asimilar un poco de comida —dice la coordinadora, y suelta una risotada—. ¿Entendido, Delia?

Esta asiente con vehemencia y le explica que ha esperado a Segundina casi media hora, pero la coordinadora la corta con un gesto.

—No pasa nada. Estaba atrapada en el baño de la señora Hanna haciendo… sus cosas.

La filipina se ruboriza.

—Bien. Gracias por cuidar de ella, Delia. Asegúrate de que está en el despacho de la doctora Wilde a las dos.

Delia aparta ostentosamente una silla para la chica y sacude las migas inexistentes del asiento.

—Siéntate, siéntate. Ya puedes comer.

Jane y las demás filipinas la saludan. Segundina responde con timidez, bajando mucho la cabeza, como si la tuviera colgada de un hilo. Jane recuerda que a ella le pasó lo mismo durante aquellos primeros días irreales en Golden Oaks, cuando todo era nuevo y aún no se había hecho a la idea de que tenía en el vientre al embrión de unos desconocidos. Muchas de las mujeres de la mesa le hacen preguntas, y Delia se las repite como si fuera su intérprete oficial: ¿de qué provincia eres?, ¿cuánto llevas de embarazo?, ¿quién es tu cliente?

La mirada de Segundina salta de Delia a la bandeja mientras responde. Habla de modo entrecortado. Jane le sonríe, pero no consigue captar su mirada. Alguien llega a toda prisa, plantando con estrépito su bandeja al otro lado de la mesa, y anuncia entre cuchicheos que sabe lo que le pasó a Anya. La atención de las portadoras se centra en el acto en la recién llegada. Segundina escucha en silencio, con aire asustado.

—No les hagas caso. Ese defecto es muy poco frecuente —le dice Jane para tranquilizarla, aunque ella también está inquieta, desde luego.

Segundina sonríe tímidamente. Coge el tenedor y marea la quinoa por el plato.

—Y si te encuentras mal, no te fuerces a comer. Tu bebé estará bien igualmente. Muchas portadoras pierden peso el primer trimestre.

—Gracias.

Las demás filipinas están contando historias sobre el síndrome de Down, los abortos y otros infortunios posibles. Jane se termina la comida en silencio. Está pensando en el vídeo que Ate le envió por correo electrónico el día anterior. En él se ve a Amalia soltándose de la mano de la mujer y dando sus primeros pasitos tambaleantes.

Algo parecido al dolor florece en su pecho cuando piensa en su hija, que acaba de cumplir un año. ¿Cómo ha crecido tan deprisa? Por medio de los vídeos, Jane la ha visto aprender a dar palmas, a señalarse los ojos o la barriguita cuando se le pide, y, últimamente, a andar. Pero ella se ha perdido todo eso. Hace dos semanas, Ate montó una fiesta de cumpleaños para la niña en un parque cerca del apartamento. Asistieron Angel, Cherry y algunos de los críos de la guardería de Amalia con sus padres. Ate la filmó mientras sacaba de una bolsa multicolor el teclado de juguete que Jane le había enviado. Cuando la niña se puso a aporrear las teclas, sonó una canción y ella agitó los pies y bailoteó con una sonrisa de oreja a oreja. Todos se rieron. Pero mirando la escena desde tan lejos, sola y embarazada del bebé de un desconocido, Jane había llorado.

«¿Cuánto te falta a ti?», pregunta Segundina tímidamente.

—Estoy en el segundo trimestre.

—Qué suerte. Ya no tendrás un aborto.

Jane, captando su inquietud, le dice que no se preocupe. La señora Yu no la habría instalado en Golden Oaks si temiera que el embarazo pudiera ser de alto riesgo. No sería lógico, porque el centro perdería dinero. «Es un negocio, ¿entiendes?» Jane se da cuenta de que habla como Lisa, que está usando sus palabras y su tono sabiondo.

El feto se mueve en su interior. Notó que se movía mucho antes de que lo notara con Amalia. Según la doctora Wilde, es normal; con el segundo hijo estás más en sintonía con tu cuerpo. Pero Jane piensa que es porque este es más fuerte. Con Mali no fue tan cuidadosa; comía Big Macs y un montón de chicharrones.

Segundina se retuerce un mechón de pelo, se pone la punta entre los labios y lo chupa hasta convertirla en una punta afilada. Jane le dice que esa es una mala costumbre, una forma de transmitirle gérmenes al bebé. La filipina se sonroja y ella lamenta la severidad de su voz. En un plan más dicharachero, como el que emplea Reagan cuando procura que alguien se sienta cómodo, le pregunta:

—Tu nombre... quiere decir que eres la segunda, ¿no? ¿Tienes muchos hermanos?

La joven responde que son siete.

Jane pone cara de sorpresa, aunque ya se esperaba algo así. Las familias de pueblo son siempre numerosas.

—¿Y todos estáis numerados?

—Mi *ate* se llama Prima. Yo soy la segunda. Y mis hermanos pequeños se llaman Séptimo y Octavio —dice la chica permitiéndose una leve sonrisa.

—Tus padres son muy listos. ¡Los números son más fáciles de recordar que los nombres! —bromea Jane, y se alegra al ver que Segundina se ríe—. ¿Y cómo viniste aquí?

Jane se refiere a Norteamérica, quiere saber cómo llegó al país, pero la filipina cree que le pregunta por Golden Oaks. Se supone que no deben hablar de esas cosas, de la Granja ni de su funcionamiento. Está en los contratos. Pero, nerviosa, le explica:

—Antes de venir aquí, trabajaba en un negocio de comida. Mi jefa me habló de Golden Oaks y de la cantidad de dinero que podría ganar. Al principio no estaba interesada, porque ¿cómo le explico a mi familia que voy a gestar un bebé? Quizá no me crean si digo que es un trabajo. Quizá piensen... algo vergonzoso.

Jane sonríe comprensiva, advirtiendo que hay una coordinadora a pocos metros.

—Recé para recibir orientación. Y mi jefa me dijo: si quieres ayudar a tu familia, esa es la manera. Ella me echó una mano para inventar la historia que les conté. Es una mentira, pero una mentira piadosa.

Jane la tranquiliza diciendo que las mentiras piadosas a veces son necesarias. Ella también mintió a Angel y a las chicas del hostal sobre el motivo por el que iba a pasar tanto tiempo fuera, dejando a Amalia.

—Cuando me ponían las inyecciones —dice Segundina—, me encontraba fatal. Vivía en un hostal... ¿conoces Queens?, y era muy duro. Ate Evelyn, mi jefa, me dejó quedarme en su apartamento. En Rego Park. Ella vive sola con la hija de su prima, que es una niña muy tranquila. Mali solamente llora cuando le sale un sarpullido... Y por las noches, cuando Ate la deja llorar hasta que se duerme. —Ve la expresión alarmada de Jane y la tranquiliza diciendo—: Ella asegura que es la forma de acostumbrarlos a dormirse. Ate es una experta en bebés, ¿sabes?

Parece que el ruido del comedor —el tintineo de los cubiertos, las voces superpuestas— cesa de golpe. Jane mira con fijeza a la chica, de cuya boca siguen saliendo palabras, pero como si sonaran muy lejos: que ella salió con Mali de compras mientras su jefa le llevaba *pancit lug-lug* a un cliente; que Ate le habló de Golden Oaks y que fue su amiga Angel quien le prestó la ropa para la entrevista.

¿Esa mujer está hablando de Ate? ¿Se refiere a Amalia?

Con voz temblorosa, pregunta:

—¿Dónde queda ese apartamento?

La dirección que Segundina recita es la suya; y la niña a la que Ate deja llorar hasta que se duerme es Mali.

Jane siente una presión creciente en la cabeza, y lo ve todo blanco como si la azotara una ventisca. La filipina continúa hablando, pero ella no asimila sus palabras. Algo pugna por salir de su garganta. ¿Un grito?, ¿un sollozo?

Y, de repente, Tasia aparece frente a ella. Le brillan los ojos como si tuviera fiebre. Las demás filipinas han dejado de charlar y observan a Tasia y a Jane, varias de ellas boquiabiertas.

—¿Me has oído, Jane? —dice Tasia, como si llevara un rato hablando.

—No entiendo —murmura Jane.

—Te lo repito: la clienta de Reagan no es china. He oído a la señora Yu hablando con el manos libres. ¡La madre es norteamericana, Jane!

Ella rehúye la mirada perpleja de Segundina y alza la vista hacia Tasia, aunque sin verla del todo.

—¿Todavía no lo entiendes? —le pregunta Tasia. Tiene los ojos todavía más brillantes—. Esto quiere decir que eres tú la que lleva dentro el feto chino. Tú eres la única que queda. ¡Serás rica!

Jane se levanta bruscamente y casi vuelca su bandeja. El resplandor blanco es excesivo. Toda esa conmoción. Necesita pensar, y ahí no puede.

Delia le tira de la manga; su sonrisa es voraz. Tasia le pregunta si está contenta. Las demás filipinas se ponen a hablar a la vez: con Jane, con Tasia, entre ellas. Tantas bocas parloteando... Jane deja la bandeja en la mesa y se aleja con rapidez hacia la puerta.

En el pasillo, se apoya contra la pared. Una coordinadora que pasa por allí le pregunta si se encuentra bien. Ella asiente y se yergue para demostrárselo. Necesita estar sola. Desearía volver a su habitación, pero ¿y si Reagan está ahí? En ese momento no puede enfrentarse a su compañera.

Camina atontada hacia el mostrador de Coordinación. Pedirá permiso para salir. Le dirá a la coordinadora que le asigne una acompañante. Pero resulta que en el mostrador hay un montón de portadoras: algunas están devolviendo los dispositivos UteroSoundz; otras hacen cola para registrarse y salir de paseo. Varias llevan traje de baño, cuya tela de nylon, de color azul y verde, se tensa sobre sus abultados vientres. Hace un precioso día, más bien caluroso para principios de junio, y los senderos y la piscina estarán llenos. Se apresura hacia la zona de *fitness*, deja atrás el gimnasio y la escalera que baja a la piscina del sótano y recorre el pasillo de las salas de tratamiento, donde las portadoras reciben masajes prenatales o sesiones de acupuntura para la ciática y otros dolores. En esa zona, las luces son tenues y suena de fondo el murmullo de un río procedente de unos altavoces ocultos. Al borde del llanto, dispuesta a rogarle a una de las masajistas que le permita tumbarse en la oscuridad, abre una puerta.

La sala está a oscuras. La luz del pasillo ilumina a Julio, que está rígido sobre una mesa de masaje. Con una expresión de dolor, se sujeta de los barrotes laterales de metal como si le fuera la vida en ello.

¡Un ataque de corazón!

Nanay murió de un ataque de corazón. Cayó muerta en medio de la lluvia.

—¡Julio! —exclama Jane, aunque, presa del pánico, el nombre le sale en un susurro.

Y entonces ve a Lisa. Está agachada sobre el hombre, con la cara totalmente hundida entre sus piernas y apenas visible. Está devorándolo, dándose todo un festín con su carne, moviendo la cabeza con sacudidas ávidas y violentas.

Julio entreabre los ojos y mira a Jane en medio de la penumbra. Lisa no se da cuenta y continúa con lo suyo hasta que él le pone una de sus manazas en la cabeza para que se detenga.

—¿Jane? —dice Lisa. Pero ella ya ha dado media vuelta y camina por el pasillo. Le parece que Lisa vuelve a llamarla, pero no está segura porque ha echado a correr y el ruido que hace sobre el entarimado es ensordecedor.

Se cruza con Delia y con otra portadora, que la miran de un modo extraño, como si fuese un fantasma. Pasa corriendo junto a una coordinadora que está riéndose en el pasillo con la señora Hanna. Ambas dejan de reírse y le lanzan preguntas que ella no puede contestar porque ya las ha dejado atrás. Pasa junto al comedor y junto a un grupito de portadoras que vuelven de un paseo, con las mejillas sonrosadas, y que van dejando un rastro de tierra en el suelo.

—¿Jane? —Reagan está justo delante de ella, con un libro en la mano, y la mira con una expresión preocupada, como si pasara algo malo. Como si Jane estuviera en un aprieto.

Pero no: ella está bien.

—No —dice simplemente, y corre más deprisa aún, casi sin aliento. No se detiene hasta que ve a Eve, la asistente de la señora Yu, detrás de su escritorio. Está tecleando en un portátil, pero levanta la cabeza al oírla. Una sonrisa le ilumina la oscura tez, pero enseguida se desvanece.

—Tengo que hablar con la señora Yu —dice Jane, jadeante, doblándose sobre sí misma mientras apoya las manos en las rodillas.

—¿Sobre qué? —pregunta Eve con tranquilidad, pero frunciendo la frente.

—Sobre todo.

Ate

Cuando acaba de atarse el portabebés a los hombros, Ate echa un vistazo a Amalia, que está sentada en su cochecito mordisqueando un pulpo de goma: «¿Lista, Mali?».

La verdad es que la niña se está haciendo demasiado mayor para cargarla sobre su pecho. Pero ya gatea y no se la puede dejar suelta en casa de los Herrera. Durante sus entregas de comida para las cenas de esa familia, Ate ha fisgoneado las mesas cargadas de frágiles tesoros: jarrones chinos con diseños de color azul, delicadas tallas de santos, cuencos de concha de capiz llenos de piedras blancas y rosadas de Boracay, donde la familia compró una casa que alquila a veraneantes ricos.

Y fotografías. Fotografías de marco dorado o plateado que cubren cada centímetro de la casa. Encima del piano de cola hay una docena: de los señores Herrera en fiestas diversas, a veces ataviados con vestidos tradicionales filipinos; del doctor Herrera con sus pacientes famosos (deportistas profesionales que ella no conoce). Y al lado, cubriendo casi la pared entera, hay una enorme fotografía de toda la familia sentada en los lujosos sillones blancos y dorados de la sala: el doctor Herrera y los dos chicos con esmoquin, y la señora Herrera y su hija, con vestidos largos. Ate se imagina a Amalia tratando de trepar, atraída por la esmeralda verde del zapato de la señora Herrera que queda a la vista, y tocando la foto con los dedos pringosos.

Levanta a la niña del cochecito y la desliza en el portabebés, sin hacer caso de sus lloriqueos.

—Sí, Mali. Es demasiado estrecho. Pero no será más que un ratito.

La mujer sube los tres escalones de la puerta principal y se vuelve para mirar el cochecito. Ha rodado fuera del sendero que atraviesa el césped impecable del patio de delante y se ha quedado un poco torcido sobre la hierba. ¿Se lo llevará alguien?

Escruta la calle silenciosa. No hay nadie, quizá porque aquí no dejan entrar a extraños. Eso lo sabe porque el nuevo novio de Angel, un norteamericano de pelo ralo que pilota aviones de Delta, se ofreció a acompañarlas hace unas semanas —el día de la boda de la hija de los Herrera— para llevar el *polvorón* y el pastel *buko*. Aparcó el coche delante de la casa y ayudó a Ate, Segundina, Didi y Angel a llevar la comida al club de tenis que está al lado de la casa. Cuando volvió, un cepo había inmovilizado la rueda trasera de su todoterreno. La multa de aparcamiento fijada bajo el parabrisas decía que esa calle era privada, y exclusivamente para los residentes del barrio. Ate tuvo que pagarle el importe, sacándolo de sus beneficios.

«¿Cómo puede ser privada una calle?», se mofó Angel.

A Ate, de todos modos, le gustó que una familia filipina viviera en la parcela más grande de una calle privada.

Se da la vuelta hacia la puerta de los Herrera, levanta la aldaba de latón y la deja caer con un golpe seco. Al ver que no abren, toca el timbre. En el interior de la casa suenan unos pasos. Se dispone a sonreír.

El chico de los Herrera, el que aún está en secundaria, abre la puerta. Lleva unos auriculares de un intenso color azul y unos vaqueros rotos tan bajos que se le ven los calzoncillos. Igual que los negros.

—¿Qué hay, Evelyn?

Ate esperaba que abriera Luisa, a quien ella colocó en la casa hace años, y la señora Herrera se quedó tan contenta con la eficiencia de la asistenta que le dio a Ate unos cientos de dólares extra por la recomendación.

—Vengo a ver a tu madre —dice Ate levantando la voz porque se oye la música que sale de los auriculares del chico.

—¡Mamá! ¡Evelyn ha venido a verte! —grita él girándose hacia la escalera. Se despide de Ate con un somero gesto y se aleja perezosamente hacia el interior umbrío de la casa.

Ella aguarda en los peldaños de piedra, cambiando de posición continuamente, porque Amalia pesa mucho. La niña mordisquea el ribete azul del portabebés y le da patadas en los muslos.

—¡Evelyn! ¿Por qué dejas la puerta abierta? ¡Van a entrar moscas! —exclama en tagalo la señora Herrera mientras baja la escalera a saltitos como una adolescente, aunque ya no es una mujer joven. Lleva una faldita blanca, una camisa blanca con cuello y unas zapatillas deportivas blancas—. ¡Adelante, *naman*! ¿O has venido en metro? ¿Sí? Entonces entra por detrás. Luisa acaba de fregar el suelo.

Ate ya ha dado un paso dentro de la casa, pero vuelve a salir, baja los peldaños de piedra y recorre el sendero de piedras ovales que lleva al recibidor de la parte trasera. Allí se limpia a fondo los zapatos sobre una esterilla de cerdas. Encuentra a Luisa en la cocina arrancando *kalamansis* amarillos de la planta que tiene en un tiesto junto a la ventana.

—Esos aún no están maduros —dice para provocarla.

—¡Ate! —exclama Luisa apresurándose a abrazarla—. Ya se lo he dicho al chico, pero él quiere un zumo igualmente. Le añadiré más azúcar para matar la acidez.

La señora Herrera entra en la cocina. Se ha recogido el pelo teñido en una cola tan tensa que los ojos le quedan ligeramente saltones.

—¿Dónde está mi raqueta?

Le indica a Luisa que busque en el armario de deportes de arriba y suelta un suspiro, comentándole a Ate en voz alta que le sorprende que la asistenta no haya memorizado aún su programa semanal, porque ella juega al tenis todos los martes desde hace meses. Entonces se fija en Amalia.

—¿De quién es esta pequeña?

Mientras Ate le habla de Jane, la señora Herrera mira detenidamente a la niña, que pretende tocarle la mejilla y suelta gorgoritos.

—¡Es muy mona! ¡Y qué blanca! Me recuerda a mi Josefina. La gente siempre decía que Josi también parecía *mestiza.*

Ate se muerde la lengua y finge estar de acuerdo. Josefina Herrera es la viva imagen de su madre. Si se pusiera en cuclillas, incluso ataviada con su vestido de novia de dieciocho mil dólares, tendría el mismo aspecto que los cordilleranos que bajaban de las montañas de Luzón y se agazapaban junto a los caminos con ropas norteamericanas regaladas. Marrones como el barro.

Amalia parlotea ininteligiblemente mirando a la señora Herrera, que parece encantada.

—Qué criatura más preciosa. Sácala del portabebés, Evelyn. ¡Ya es demasiado grande para estar ahí!

Ate titubea. No quiere quedarse mucho rato. Solo coger su cheque y marcharse. Pero la señora Herrera ya está desabrochando una de las correas. Alza en brazos a Amalia, le besa el cuello y frota la nariz sobre su barriguita.

—¡Monísima! ¡Monísima! ¡Eres preciosa!

La niña se ríe, y ella le da un beso en la coronilla.

—¡Ay, espero que Josi tenga pronto un bebé! Ella no necesita un empleo. ¡Su marido trabaja en Google! ¿Conoces Google?

Ate enarca las cejas para demostrar que está impresionada.

—Señora —musita—, he venido a recoger el cheque de los postres de la boda...

La señora Herrera bailotea con Amalia de aquí para allá, tarareando una canción. La pequeña está encantada, suelta más gorgoritos, se ríe. La señora tarda tanto en responder que Ate se pregunta si no ha hablado demasiado bajo. Al fin, la mujer se vuelve hacia ella, todavía bailando con Amalia, y comenta:

—Muchos polvorones se deshacían, ¿sabes? Cuando los invitados llegaron a casa, eran casi como arena.

Ate se disculpa, a pesar de que ella le advirtió que eso podía pasar con algunos polvorones y le recomendó que diera a los invitados un regalo diferente para llevarse a casa.

—Ya sé que el *polvorón* es frágil. Pero ¿por qué no me propusiste otro postre, entonces? Tú eres una profesional, Evelyn. Tienes que usar la cabeza.

Ate se traga la réplica que tiene en la punta de la lengua. La señora le devuelve la niña. Amalia se aferra a la cadena de oro que la mujer lleva colgada del cuello y, cuando ella le abre el puño a la fuerza, se pone a llorar.

—Me he quedado sin cheques. Te pagaré el sábado, cuando me entregues el *pancit*. Me lo podrás hacer, ¿no?

—Sí, claro —dice Ate evitando mirarla a los ojos.

—Tendrás que preparar el doble. Esperamos a más gente. No te pagaré más por esa cantidad extra y así quedaremos en paz por el problema del *polvorón*. ¿Estás de acuerdo?

—Sí, señora. —¿Qué otra cosa podría decir, si no? Ajusta las correas del portabebés sobre Amalia, que todavía gimotea reclamando a la señora Herrera.

Luisa reaparece en la cocina con dos raquetas. La señora la reprende porque esas son de los chicos. Su nueva raqueta tiene la empuñadura azul, dice, y la envía otra vez arriba.

—Le traeré el *pancit* el sábado a las cinco —la interrumpe Ate desde el recibidor, a modo de despedida.

—Mejor a las cuatro y media —dice la señora Herrera sin mirarla.

Como si esa media hora implicara alguna diferencia.

Amalia, después de tomarse toda la leche, se ha dormido en el cochecito, lo cual resulta a la vez más fácil y más difícil para Ate. Más fácil porque entonces la niña no exige atención, y ella puede concentrarse en sus recados. Más difícil porque cuando llegue a la tienda, tendrá que entrar con el cochecito. Habrá de levantarlo a peso si hay escaleras y maniobrar con él por los angostos pasillos, sorteando a la gente que le bloquee el paso y que suspirará irritada cuando las abultadas bolsas colgadas de las asas les golpeen accidentalmente.

Por suerte, la entrada del MusicShack es fácil: hay un único escalón. Ate inclina el cochecito para alzar las ruedas delanteras y entra. Hay mucho estrépito: una música atronadora y una serie de televisiones sintonizadas en diferentes canales a lo largo de una pared. Se acerca a un joven que lleva una camisa roja y una placa de identificación prendida en el pecho. Está apoyado en un gran altavoz y teclea en su móvil con los pulgares.

—Estoy buscando un reproductor de música. Y unos auriculares —dice la mujer.

El joven levanta la vista del móvil y echa a andar sin decir palabra. Ella lo sigue. Pasan por las secciones de televisión e informática y llegan a una zona llena de equipos de estéreo.

—Necesito algo más pequeño. Como un Walkman —dice la filipina mirando con recelo los grandes aparatos que la rodean.

—Sabe que puede descargar música en su móvil, ¿no? —El joven empleado le habla despacio, como si la edad la hubiera vuelto idiota.

Ella niega con la cabeza. Roy no tiene móvil. No podría hablar por teléfono aunque tuviera uno. Su yaya sí tiene móvil, claro, pero Ate piensa que su hijo necesita un aparato sencillo para escuchar música, y también unos buenos auriculares, como los que tenía el chico de los Herrera. Así podrá escuchar música allí donde lo lleve su yaya.

La mujer le comenta eso al joven sin mencionar a Roy y describe los auriculares azules del chico Herrera con la «b» minúscula grabada en los lados.

—Pero el aparato de música tiene que ser muy sencillo —le indica—. Cuanto más sencillo, mejor.

Ate descubrió la musicoterapia gracias a la señora Carter. Todavía siguen en contacto a pesar de lo mal que acabaron las cosas con Jane. Hace muy poco, la filipina la ayudó a encontrar una nueva mujer de la limpieza, porque la suya enfermó de un cáncer de garganta. La señora temía que se le hubiera declarado el cáncer por inhalar demasiados gases de productos de limpieza, y le pidió que le recomendara a alguien que supiera limpiar bien sin utilizar productos tóxicos. Ate no solo obtuvo la comisión por la recomendación, sino también una nueva idea de negocio: «limpieza del hogar orgánica». Ella podría cobrar un recargo en ese caso, como hacen los supermercados con los plátanos orgánicos.

A su vez, la señora Carter le envió por correo electrónico un artículo sobre «musicoterapia neurológica» que había visto en el periódico. Varios estudios demostraban que esa clase de terapia podía ayudar a las personas con enfermedades o lesiones cerebrales. Una empresa de Massachusetts había utilizado dicha terapia para conseguir que un hombre con daño cerebral aprendiera a caminar con un bastón. La musicoterapia había ayudado también a una joven, que no podía hablar tras una lesión cerebral, a comunicarse mediante canciones.

Desde que leyó el artículo, Ate ha soñado con Roy a menudo. En esos sueños, él le habla cantando. Y una de las veces, le ha dicho que quiere ir a Norteamérica.

«Deberías escribir a los médicos explicándoles el caso de tu hijo», le sugirió la señora Carter en ese mismo correo. Según decía, a veces los médicos tratan a los pacientes gratuitamente. Las empresas también, porque da buena imagen.

Pero ¿cómo le conseguiría ella un visado a Roy? ¿Y cómo viajaría él solo hasta tan lejos? ¿Dónde iba a vivir?

Por ahora, ha decidido ocuparse personalmente del asunto. Le pidió a Angel que imprimiera todos los artículos que encontrara sobre musicoterapia y, tras examinarlos todos, le explicó su plan por videoconferencia a la yaya del chico.

—Pero ¿cómo voy a hacer eso, *po*? —preguntó la yaya, que era nueva. Ate la había escogido entre la docena de mujeres que Isabel entrevistó para el puesto, porque era demasiado vieja y demasiado fea para meterse en líos. No como la otra yaya, a la que Isabel sorprendió en bragas sobre el colchón del propio Roy besándose con su novio.

—Tienes que ponerle música a Roy siempre que sea posible. Tienes que cantarle todos los días. Tienes que dar palmas al ritmo de las canciones e intentar que él cante, o tararee, contigo.

En la pantalla del teléfono, la yaya parecía dubitativa, así que Ate se apresuró a añadir:

—Te pagaré un pequeño extra por el trabajo adicional. Y si Roy mejora, todavía cobrarás más.

Los mejores auriculares cuestan cientos de dólares. Lo cual le sorprende. ¿Acaso son mucho mejores que los más baratos, que parecen casi iguales, aunque no lucen el logo?

El joven de la camisa roja, que ya está más simpático, puesto que Ate ha separado un reproductor de música para comprarlo, le explica que los auriculares baratos son, en efecto, inferiores. Resultan menos cómodos. Algunos de sus amigos sufren unos «dolores de cabeza brutales» con los baratos. La calidad de sonido de esos auriculares es una porquería: «como comparar una televisión de alta definición con los televisores antiguos». Los caros, sencillamente, tienen mayor fidelidad.

Al escuchar la palabra fidelidad, Ate se convence del todo. No es propio de ella comprar nunca el mejor producto del mercado. Ella no es como Angel, que se siente atraída por los objetos relucientes; ni como Jane, cautivada por las palabras relucientes. Pero la fidelidad es otra cosa. «Fidelidad» viene de «fiel», y ella quiere eso precisamente para Roy. Quiere que la música que entre en sus oídos, que reverbere en su dañado cerebro, sea fiel a los sonidos de mundo.

Escoge, pues, los auriculares de color verde, el color favorito del chico cuando era niño.

El joven de la camisa roja cuenta el dinero y le da el cambio. Mete las dos cajas en una bolsa de plástico y le recuerda que tiene que rellenar la tarjeta de la garantía. Amalia, durante todo ese tiempo, ha seguido durmiendo.

Continúa dormida cuando empieza a lloviznar. Y aún están a medio camino de casa. Ate se detiene bajo la marquesina de un banco para extender un trozo de plástico transparente sobre el cochecito, que tapa a la niña por completo. Busca en el compartimento de debajo su paraguas, pero no lo encuentra y sigue caminando. La lluvia ligera le resbala por el pelo; le llena de lunares la camisa y se la va oscureciendo. Ella no se detiene. Pasa de largo junto a los vendedores callejeros que tienen carritos llenos de paraguas baratos. Ni tan siquiera busca cobijo cuando la llovizna arrecia y se convierte en una lluvia continuada.

Ya en el apartamento, deja a la niña frente a la televisión, se seca con una toalla y se pone el albornoz de un hotel de cinco estrellas que le regaló una vez un cliente. Su teléfono móvil vibra en la mesa de la cocina. Ve en la pantalla a Jane; tiene los ojos enrojecidos.

No es la hora de la videollamada semanal. Ate musita una oración rápida para que su prima no se haya vuelto a meter en un aprieto.

—¿Jane? —Se acerca el móvil a la boca—. ¿Estás bien, Jane?

—¿Por qué dejaste entrar a esa mujer en mi apartamento?

—¿A qué mujer? —pregunta para ganar tiempo.

—A Segundina.

—Ah. Sí. —Guarda silencio un momento, analizando las alternativas, y decide confesar—. Fue muy poco rato.

—¡Pero estuvo en mi apartamento! ¡Yo no conozco a esa mujer, y tú la dejaste entrar en mi casa sin preguntármelo!

Ate permanece callada, preguntándose cuánto habrá contado Segundina. No parecía una bocazas.

—Y dejaste a Mali con ella —la acusa Jane.

—Mientras entregaba la comida, nada más. Nunca fue mucho tiempo. No quería llevar a Mali a esas casas cuando podía estar jugando. ¡Ay, Jane, no podrías creer cómo son las casas de esos clientes! Los Ramos, por ejemplo, ya te hablé de ellos. No son parientes del antiguo presidente, pero tienen fotografías suyas enmarcadas por toda la casa, como si...

—¡Pero yo te pago para que cuides de Mali, no para que la dejes con extraños! —le grita Jane. En la pantalla del móvil, se la ve jadeando. Luego se recompone y pregunta con dureza—: ¿Cuántas veces, Ate?

—No entiendo —responde ella, aunque sí lo entiende.

—¿Cuántas veces? ¿Cuántas veces has dejado a Mali con esa mujer?

—No las he contado, Jane. Nunca ha sido mucho rato. Yo....

—¿Más de cinco veces? ¿Más de veinte? ¿Cuántas veces has abandonado a Mali para atender tu «negocio»?

Hay una furia apenas contenida en la voz de la joven. Su prima lo percibe y decide disculparse antes de que la cosa llegue a un punto irreparable.

—Tienes razón. Lo siento.

Jane no responde. Solamente se oye su respiración irregular y entrecortada, como algo que se desgarrara una y otra vez.

—He llevado esta semana a Mali a la clase de música, tal como me pediste —dice Ate al fin. A ella le pareció una forma de malgastar el dinero, pues Amalia se pasó toda la hora mordiendo una pandereta de juguete mientras la profesora, una mujer con un aro en la nariz y con las piernas sin depilar, tocaba canciones infantiles con una guitarra. Aunque la filipina reconoce que esa mujer peluda se lo ha montado bien. Cobra veinticinco dólares por alumno, y había al menos diez en la clase.

—¿Le gustó? —pregunta Jane tras una larga pausa.

—Estuvo brincando al ritmo de «Las ruedas del autobús». Te enviaré el vídeo.

Otro silencio. Ate ensaya una nueva estrategia.

—La semana que viene tengo hora con el médico. Para que me cambie la medicación. Creo que es la causa de mis dolores de cabeza. ¿Me das permiso para que Angel cuide a Mali?

—Eso no es problema, porque conozco a Angel —dice Jane fríamente.

—Sí. Entiendo.

—Nunca más, Ate.

—Nunca más.

Jane suspira entre temblores.

—Y no quiero extraños en mi apartamento.

—Es que conocí a Segundina en el hostal. Ha tenido muy mala suerte, y yo quería ayudarla…

—Es mi apartamento.

—Sí, sí. Tienes razón. Debería habértelo preguntado primero. Es tu casa, no la mía.

Normalmente, Jane le dice a su prima que el apartamento también es su casa. Es la casa de ambas, puesto que son de la familia. Pero ahora permanece callada.

Ate le explica los últimos progresos de Amalia: que camina mucho más deprisa, que regurgita su puré de guisantes, pero no se cansa de la calabaza…

—Mañana la llevaré al museo infantil. Le gustarán las exposiciones. Es una niña lista, Jane —dice—. Estoy preguntando a mis contactos cuáles son los mejores parvularios de Queens.

—Me gustaría que fuese a una buena escuela.

—Sí. Debe ir a una buena —asiente Ate, aliviada al ver que la conversación toma un giro más favorable—. Voy a buscarla.

Deja el teléfono y levanta a Amalia del suelo. Espera que sea hoy cuando diga «mamá». Practican cada vez que mancha el pañal. Ate señala la foto de Jane que ha enganchado sobre el cambiador y dice moviendo mucho los labios: Ma… má. Ma… má.

—¡Mali! ¡Mi niña mayor! —grita Jane reluciéndole los ojos de golpe. Infla los carrillos y pone una cara cómica, pero Amalia contempla en silencio la pantalla, como hipnotizada.

—Mamá. Mamá. Mamá —le susurra Ate al oído inclinando la cabeza para que Jane no vea cómo lo dice.

—¿Te gustan los animales, Mali? —pregunta Jane. Muge como una vaca y gruñe como un cerdo.

Ate le hace cosquillas a Mali en los muslos hasta que se ríe.

—¿Te hace gracia, Mali? —pregunta la madre riéndose también. Vuelve a gruñir como un cerdo, ahora más animadamente.

Evelyn vuelve a hacerle cosquillas a la niña. Al ver que no se ríe, prueba en los costados. Amalia se retuerce y grita:

—¡No!

—¿No? ¿Te has cansado del cerdito? ¡Ay, Mali, qué lista eres! ¡Ya hablas y solo tienes un año! —exclama Jane, con la cara contraída y las manos tendidas hacia la pantalla.

En cuanto termina la videollamada, Ate llama a la señora Yu. Le explica que Segundina se ha ido de la lengua y que Jane está inquieta. La directora le promete mantenerse alerta. También le informa de que la tarifa por encontrarle a Segundina ha sido transferida a su cuenta y le confirma que, igual que en el caso de Jane, ella recibirá un pequeño pago regularmente a lo largo del embarazo, más una prima cuando la chica dé a luz con éxito.

—Le ruego que me mantenga al corriente de cómo van las cosas por su lado. La información que me proporciona me sirve para ayudarlas a ellas —dice la señora Yu.

Amalia tironea del albornoz de Ate. Ella deja el teléfono, la levanta en brazos y examina el pañal. Lo nota caliente y pesado. Besa los tiernos pliegues del cuello de la niña y la lleva al cambiador.

La mujer adora a esa criatura.

La tumba en la mesa, le da un muñeco para que se entretenga y señala la fotografía de Jane de la pared.

—Mamá —le dice mientras le quita el pañal empapado. El nudo que nota en el estómago todavía sigue ahí, duro como una nuez. Se disolverá poco a poco, lo sabe por experiencia.

Le limpia el trasero a la pequeña, le pone crema (tiene que pasarse por la farmacia, casi se le ha acabado), y le ajusta un pañal limpio en torno a la cintura. Antes de bajarle la camisa, pega la nariz a su barriga y mueve la cabeza para que Amalia chille de placer.

A decir verdad, ella nunca le ha mentido a Jane. Ha sido cuidadosa en este sentido. Está convencida de que Golden Oaks es una buena oportunidad. Y si ayudó a Segundina fue porque la chica tenía muy mala suerte. Claro que esa es una parte de la historia, porque nunca le ha contado a Jane que la señora Yu le paga por su ayuda para encontrar portadoras: no solo por los acuerdos de confidencialidad que firmó, sino porque no lo entendería. A veces su prima puede ser muy simple; acostumbra a ver un lado de la cuestión, cuando en realidad siempre hay dos. Pensaría que sus buenas obras (porque eso es lo que son: Golden Oaks cambiará su vida y también la de Segundina) están contaminadas por el hecho de que ella cobre un dinero. Pero ¿por qué habría de ser así? Si una acción es buena, ¿se vuelve menos buena porque ella saque un beneficio?

—No, no, no —le canturrea a Amalia, que ya se aburre y extiende los brazos para que la alce—. Porque si es bueno para ti y bueno para mí es bueno, bueno, bueno.

Coge a la niña en brazos y la lleva a la cocina. Pone leche en uno de los biberones limpios del escurridero y se sienta a la mesa con ella erguida en su regazo. Le deja sujetar el biberón, que se ladea y tambalea cuando la cría intenta llevárselo a la boca. La mujer se echa reír.

—Te voy a ayudar, Mali. —Cubre las suaves y blancos manos de la niña con las suyas, morenas y venosas, y, entre las dos, levantan el biberón para que beba.

El móvil vibra otra vez. En la pantalla aparece la imagen de una joven filipina, la hija de una de las asistentas de Forest Hills. Ate cree que podría ser una buena candidata para la señora Yu, aunque es difícil de prever. Antes de Jane, le envió muchas otras chicas y todas fueron rechazadas. La señora Yu no le dijo por qué. Y ella ni siquiera pensó en su prima hasta que los Carter la despidieron, cuando la pobre se sintió desesperada, porque ¿cómo iba a conseguir otro empleo de niñera sin una recomendación? ¿Y cómo iba a mantener a Amalia con la miseria del salario mínimo?

Y al final ha sido una suerte que su primera candidata exitosa fuese Jane. Porque ella puede seguirla de cerca y pasarle información a la señora Yu para que todo vaya como una seda. La filipina cree que si la directora de Golden Oaks ha aceptado a

Segundina es porque ella ha demostrado que es de fiar. Si acaba confirmando su valía, o sea, si Jane y Segundina dan a luz unos niños sanos, entonces eso habrá sido el principio, y el dinero fluirá regularmente; entonces podrá concentrarse en Roy.

Responde a la llamada con una punzada de culpabilidad: la madre de esa chica sueña con verla en la universidad. Pero ella es perezosa; no le interesan más que los vestidos y los chicos, pero no los libros. Durante varias semanas le ha ido lanzando insinuaciones al salir de la iglesia sobre un trabajo con el que se puede ganar mucho dinero si se sabe guardar un secreto. Poco a poco, Ate estudia si la chica podría resultar idónea.

Siempre puede ir a la universidad más adelante; y entonces podrá pagársela ella misma.

Mae

Mae tiene los ojos cerrados. Se imagina a sí misma haciendo su presentación ante Leon. Dentro de treinta minutos expondrá el Proyecto MacDonald. Es un nuevo día, preñado de posibilidades; y no obstante, ya se ha jodido, aunque quizá no sea de un modo irremediable. Tiene que seguir adelante, siempre hacia delante y hacia arriba.

Ella se había imaginado su gran día de otra forma muy distinta, claro. Pensaba levantarse temprano, salir a dar una vuelta rápida alrededor del embalse y, tras un desayuno ligero —café, huevos escalfados—, hacer a paso rápido el recorrido a través de Central Park hasta el Holloway Club. Sin embargo, ha pasado la noche en una cama demasiado mullida y ha dormido con un pijama prestado en ese carísimo hotel situado cerca de Golden Oaks, donde le gusta alojar a los visitantes extranjeros. El jaleo que se armó el día anterior tras el almuerzo duró hasta bien entrada la noche: los guardias de seguridad rodeaban a Julio mientras vaciaba su taquilla; las portadoras se mantenían en silencio y alineadas en el pasillo; Lisa ponía cara de palo mientras le sacaban una muestra...

Los clientes de la chica vinieron en helicóptero desde Manhattan. Hubo un enjambre de médicos y abogados. Las coordinadoras susurraban en parejas, aunque se erguían cuando Mae pasaba.

Curiosamente, los clientes de Lisa, que al llegar estaban consternados con razón, cambiaron de actitud tras una prolongada conversación con ella. Estuvieron hablando en su habitación, a puerta cerrada, y Mae no tiene ni la menor idea (mataría por tenerla) de qué clase de magia negra empleó Lisa para salvar su alma y preservar su cheque.

Los clientes no ejercerán su cláusula de reembolso a pesar de que la vigilancia en Golden Oaks ha sido «evidentemente» demasiado laxa. (La reacción de Mae fue bajar la cabeza para que ellos no vieran el alivio que brillaba en sus ojos.) Exigirán la devolución si Lisa acaba con una enfermedad sexual que pueda dañar al feto; sin embargo, creen que la probabilidad de que suceda tal cosa es mínima porque la joven les juró que solo mantuvo sexo oral con Julio y que ella lo obligó a hacerse antes un análisis. (Mae considera alucinante que los clientes —graduados en Yale y Brown, con carreras de alto nivel en tecnología y moda, respectivamente— todavía se fíen de esa víbora.)

No quisieron que castigaran a Lisa de ningún modo. Antes de que Mae, que escuchaba con ansiedad aunque disimulando, pudiera formular una respuesta, el padre continuó diciendo que la culpa de ese desafortunado incidente recaía en último término en el excesivo rigor de Golden Oaks. Las mujeres jóvenes, y en especial las embarazadas, tienen deseos y necesidades. ¿No sería mejor admitir esa realidad? ¿No convendría someter a los visitantes masculinos a análisis de enfermedades de transmisión sexual y regular oficialmente las relaciones sexuales en lugar de criminalizar esa conducta, convirtiéndola en clandestina y poniendo así en peligro a los futuros bebés?

—Es como la guerra contra la droga, si es que ha seguido ese debate —explicó el padre. Llevaba una sudadera de cachemira con capucha y unas Adidas desatadas, aunque a Mae le consta que tiene una fortuna de unos trescientos millones de dólares (dependiendo de la cotización actual de su empresa). Mantenía todo el rato la mano sobre el muslo de su esposa.

—Nosotros somos libertarios —añadió esta, volviendo a cruzar las piernas de tal forma que sonó el frufrú de sus medias.

Recordando la engreída sonrisa de Lisa, que todavía tenía el rostro congestionado por el llanto, Mae siente que le sube la bilis a la garganta. Sacude la cabeza, tratando de expulsar la energía negativa, y se esfuerza en mirar por la ventanilla del coche. Numerosos estudios demuestran que contemplar el agua reduce el ritmo cardíaco. También la vegetación tiene ese efecto calmante. Como no ve un buen trecho de árboles, concentra la mirada en el East River, esa frenética corriente gris que corre hacia el océano.

Esa vista —la de los ríos que envuelven Manhattan con un sinuoso abrazo— le resulta casi siempre estimulante. Infinidad de veces ha recorrido a toda velocidad la autopista FDR o la West Side Highway, sintiendo un auténtico subidón ante ese panorama del agua reluciente a un lado y los rascacielos de Manhattan al otro. Le cautiva la magnitud de los puentes; la Estatua de la Libertad, de una tonalidad grisverdosa, todavía del tamaño de un juguete en la lejanía; los veleros y los remolcadores, los taxis acuáticos y, a veces, los barcos de bomberos... y todo ello separado, por el trazo de la autopista, de los autobuses, de las aceras repletas de peatones, de los repartidores colándose en bicicleta entre el tráfico detenido... En esos momentos, Mae se siente dominada por un amor lujurioso hacia Nueva York, su ciudad, y hacia sus infinitas posibilidades. Hacia su hedor, su mugre y su abundancia. Le encanta que esa urbe impetuosa y colosal no sea un mastodonte geográfico sino un trecho de tierra, un trecho separado y al margen de la Norteamérica restante.

Pero hoy, no. Hoy la magia se ha desvanecido. El río le parece deprimente. Y lo mismo el cielo, nuboso y plomizo, y en cierto modo amenazante. Incluso los rascacielos, empequeñecidos por una niebla baja, han perdido su aspecto esplendoroso.

Siente una repentina aprensión. Se le pone la piel de gallina. ¿Es un presagio? ¿La va a cagar con Leon?

El coche se detiene delante del Holloway Club. Ha empezado a llover. Carlos, el anciano conserje, le abre la portezuela del coche y la cubre con su paraguas para que no le caiga ni una gota en el traje. Mae lo saluda con afecto (fue ella quien lo contrató cuando dirigía el club; el hombre ya estaba casi en la edad de jubilación entonces, pero a ella le gustó su marchita elegancia), y, de inmediato, se siente más alegre. Cuando ve que la mujer del guardarropa es otra de las antiguas empleadas contratadas por ella, aún se siente mejor. Se dan un abrazo, y Mae le pregunta por sus hijos (dos chicos gemelos y una hija de su primer matrimonio). La mujer está evidentemente conmovida por el hecho de que la recuerde y, mientras le cuelga la gabardina Burberry en una percha acolchada, le dice en voz baja que el club ya no es lo mismo sin ella.

El *maître* que la recibe en el comedor del ático es nuevo y adulador en exceso, pero todo lo demás le resulta familiar: los dibujos enmarcados de personajes ilustres, el empapelado de las paredes del color de la salvia, los ramos de flores frescas, los espejos antiguos levemente inclinados sobre la barra para reflejar mejor la «elegancia de los elegantes» que suelen llenar la estancia. Cuántas veces, tras un largo día atendiendo a miembros del club a menudo muy quisquillosos, se sentaba en uno de esos taburetes de cuero de la barra, y Tito corría a servirle un *dry martini*, con olivas extra, sin que tuviera que pedirlo siquiera. Con frecuencia cenaba allí, y Tito le presentaba a quien estuviera sentado en los taburetes contiguos. Por alguna razón (o bien el cálido resplandor reflejado en los techos cubiertos de pan de oro de veinticuatro quilates, o bien la curva acogedora de la barra de roble, que parecía congregar a los extraños que se sentaban en torno de ella), Mae sentía una inmediata simpatía por esos improvisados compañeros de cena, tanto si el personaje en cuestión (casi siempre eran hombres) resultaba ser un insulso pero adinerado financiero de Singapur de visita en la ciudad, como si era un magnate de Hollywood o un príncipe saudí. Con algunos de ellos incluso había hecho amistad, al menos en Facebook.

Siente una punzada de emoción en el pecho y la reprime. La nostalgia es improductiva. Los Clubs Holloway pertenecen al pasado; Golden Oaks es el futuro. Y además, es su criatura. Leon jamás lo reconocerá, pero ella está convencida de que fue uno de sus comentarios informales lo que dio pie a que él le diera vueltas a la creación de un centro de subrogación de alto nivel.

Hacía un par de años que ella había salido de la escuela de negocios de Harvard, y estaba iniciando su rotación en el programa de gerencia de Holloway en el club de Nueva York, cuando observó que se pasaba un enorme cantidad de tiempo desactivando las crisis de los cónyuges que acompañaban a los miembros del club en sus viajes de negocios. Durante un almuerzo, le lanzó a Leon la idea de formar una División Conyugal: un nuevo grupo encargado de programar salidas de compras y expediciones culturales, de organizar el cuidado de los niños y una serie de almuerzos-conferencias, y de proporcionar todas las comodidades para mantener a los cónyuges de los miembros del club ocupados y felices durante sus estancias.

—¡Qué idea tan brillante, Mae! —graznó Leon, y añadió—: Ya sabes lo que dicen: esposa feliz, vida feliz.

—No todos los cónyuges son mujeres —replicó Mae con insolencia, sabiendo que eso le gustaba a su jefe.

—Todos salvo dos, según mi último recuento. ¿Te molesta?

—Si las mujeres pudieran subcontratar sus embarazos, serían ellas la que dirigirían el cotarro.

—Pueden hacerlo. ¿No has oído hablar de la subrogación, licenciada en Harvard?

—¿Qué mujer que tú conozcas confiaría en una desconocida cualquiera, perdida en algún rincón del mundo, para gestar a su hijo? —retrucó ella—. Lo que necesitarías, Leon, si fueras una *superwoman* como... bueno, como yo, sería una «Granja de bebés Holloway». ¿Entiendes? Para asegurarte de que tu hijo recibía el tratamiento Holloway mientras tú andabas conquistando el mundo. —Mae dio un trago de su *chardonnay* y, notando la mirada elogiosa de Leon sobre ella, le lanzó una sonrisa.

El obsequioso *maître* sienta a Mae en una mesa escogida, cerca de la ventana. Es la misma que ocupó cuando invitó a su madre al club, poco después de que la ascendieran a directora general. Sus padres habían tenido que dejar el club de campo —la cuota anual era demasiado cara—, y ella pensó que su madre disfrutaría del opulento comedor del club y de las vistas de Central Park. Sin embargo, la mujer se pasó el almuerzo entero quejándose de que la carrera de su marido se había estancado y echándole la culpa a ratos al racismo y a ratos al propio interesado («los chinos suelen ser muy buenos en los negocios, pero evidentemente a tu padre le falta ese gen»).

Mae consulta el reloj. Ya es hora de poner cara de profesional. Abre su maletín, saca varias carpetas y su bolígrafo de la suerte (un Montblanc de edición limitada, el regalo de Ethan cuando la situaron al frente de Golden Oaks). Pide un té verde a un camarero, silencia su móvil y mira por la ventana sin ver nada mientras repasa mentalmente su presentación.

Hay un pequeño revuelo en el ascensor: el *maître* le hace los honores a alguien. Mae levanta la vista y ve que Leon entra en el comedor con paso enérgico y se dirige hacia su mesa, intercambiando bromas y cumplidos con los miembros del club que están desayunando. Lleva un traje hecho a medida, sin corbata, y va un poco desgreñado. Es el tipo de hombre que exhibe una actitud algo informal, que tiene grandes ambiciones y una inequívoca aureola de éxito. La madre de Mae, al conocerlo en un almuerzo años atrás, se quedó encandilada. Pero ella es más inteligente. Por eso nunca se lleva decepciones y su madre, en cambio, no para de sufrirlas.

—¡Mae! Tienes un aspecto fantástico, como siempre. —Leon se inclina para rozarle la mejilla. Le pregunta por Ethan y por los preparativos de la boda. Ella le elogia su bronceado y él responde que acaba de volver de Hawái y que el surf ha sido increíble.

Un camarero deposita el té de Mae en la mesa y un expreso doble y un plato de claras de huevo junto a Leon. Ella le entrega la carpeta de la presentación y le expone las cifras de beneficios de Golden Oaks.

—Es interesante lo grandes que son nuestros márgenes de beneficios con las portadoras premium, aunque les pagamos una tarifa considerablemente superior —la interrumpe él. Aún no ha abierto la carpeta que tiene junto a su café.

—Sí. Yo subestimé al principio la escasa elasticidad de la demanda de ese tipo de portadoras. Pero parece que los clientes dispuestos a pagar por ellas son casi indiferentes al precio. Estoy sopesando la posibilidad de subir las tarifas en otoño.

Leon mira por la ventana. Se le acentúan las arrugas de la frente.

—He estado pensando en el furor actual sobre la desigualdad: la impotencia de la clase media, la desaparición de empleos para la clase trabajadora... La inteligencia artificial no hará más que intensificar esa tendencia. —Se calla y la mira.

Ella le sostiene la mirada. Está acostumbrada a esos giros

repentinos en las conversaciones con su jefe, a su propensión a mezclar los negocios con los grandes temas de nuestro tiempo (el calentamiento global, la polarización política o la desigualdad de la riqueza). Él es un rico de la vieja escuela. Cree en la justicia del mercado y en sus recompensas, pero también en las obligaciones de los poderosos. A diferencia de muchos otros multimillonarios como él, considera que el Gobierno debe suavizar las aceradas aristas del capitalismo; pero es inflexible en su convicción de que no debe asfixiar al sector privado ni al mercado que lo anima, pues, pese a sus imperfecciones, sigue siendo el sistema más eficaz y menos corruptible para gestionar una economía. Y cree que las personas como él (aquellos triunfadores del capitalismo con la generosidad de espíritu y la visión necesarias para discernir y aliviar los fallos involuntarios pero reales del sistema) son las que deben ejercer el liderazgo. Eso sí, discretamente, a la expectativa, sin necesidad de enemistarse con los clientes, ni con los inversores ni con los amigos....

Mae lo admira.

Da un sorbo de té y espera a que él exponga su idea. Nota que le ruge el estómago. Ha pasado una eternidad desde el desayuno. Mira los huevos que le han traído a Leon, todavía intactos y humeantes en el plato de ribete dorado.

—La mayoría de nuestras portadoras proceden de un entorno de inmigrantes, ¿cierto?

—Correcto. En general son nativas de países hispanos, de las islas caribeñas y Filipinas, aunque tenemos algunas de Europa del Este y de otras partes del Sudeste Asiático. Y además, por supuesto, están las portadoras premium.

—Me gustaría saber si no tenemos aquí una oportunidad para ayudar a nuestra propia clase media en apuros de un modo que también beneficie a nuestra franquicia. —Leon vuelve a interrumpirse, alzando levemente las cejas. Le encanta hacer eso: lanzar una idea y dejarla flotando, como un cebo en un sedal.

—Fascinante. ¿Cómo?

Él se arrellana en la silla, yergue el musculoso torso y entrelaza sus manazas detrás de la nuca, de manera que los codos le sobresalen como las alas de un avión. Es una pose de poder.

Mae leyó en la revista de exalumnos de la escuela de negocios que los líderes parecen más poderosos si ocupan más espacio. Ella descruza los brazos.

—¿Y si empezamos a reclutar a más portadoras entre las caucásicas de clase media baja? —propone Leon; primero suavemente, luego con creciente fervor—. Son personas que han sido machacadas durante décadas: no hay incrementos salariales, los sindicatos están castrados, los robots ocupan sus puestos y esos trabajos robotizados, además, se trasladan a México o a China. Seguro que no tendremos que pagarles más de lo que pagamos a las portadoras de origen inmigrante; y en cambio, y ahí está el quid de la cuestión, podríamos cobrar una prima adicional.

Mae nota que él la escruta, calibrando su reacción. Para ganar tiempo mientras reflexiona, repite la frase que Leon suele usar durante la lluvia de ideas.

—Es una idea estimulante…

—¡Más que estimulante, Mae! Es una apuesta beneficiosa para todos: implica más ganancias para nosotros y buenos empleos, mejor dicho, extraordinarios, para los olvidados de la clase trabajadora norteamericana. Los empleos en las fábricas o en el transporte con camiones no volverán. Estamos en un mundo postindustrial, Mae. Los trabajos en el sector de servicios, casi todos precarios, son el futuro. Preparar hamburguesas, cuidar a ancianos… En cambio, nuestros empleos son de los que te cambian la vida. La gente se mataría por conseguir uno.

—El problema —dice ella con cautela— es que tal vez no podamos cobrar una prima excesiva. He descubierto que los clientes que quieren portadoras premium se sienten atraídos por el paquete completo. No solo… por la tez, sino también por el pedigrí: calificaciones, nivel atlético…

—No estoy hablando de la chusma —replica Leon con cierto deje de impaciencia—. Pero debe de haber chicas de clase media baja (piensa en muchachas sanotas nativas del Medio Oeste, graduadas en escuelas estatales), que tienen buen aspecto, pero ninguna perspectiva profesional viable.

Mae reflexiona. ¿No estará Leon dando en el clavo? Pensando en voz alta, apunta:

—Supongo que podríamos introducir otra categoría en la

lista de precios. No un premium-premium pero... ¿qué tal premium asequible?

—¡Premium asequible! ¡Genial! —exclama él golpeando la mesa con su puño bronceado—. La analogía sería una línea secundaria de moda. Piensa en los diseñadores de alto nivel. Casi todos han expandido su clientela más allá de los ricos a través de marcas asequibles, pero todavía apreciadas y extremadamente deseadas. Piensa en Calvin Klein con CK, en Dolce con D&G, en Armani con...

—¡Armani Exchange! —sugiere Mae.

Leon sonríe satisfecho al ver que está empezando a convencerla. Le ordena que profundice en la idea y la invita otra vez al club la semana que viene para asistir a un chorreo de ideas. Se concentra por fin en su desayuno, hace una mueca al probar los huevos ya tibios y le indica con una seña al camarero que se los lleve. Este obedece con expresión mortificada.

—¿Alguna novedad en Golden Oaks que yo deba conocer? —pregunta Leon, y apura su expreso.

El aborto de Anya. Julio y Lisa. Jane y la garrapata.

—Todo controlado —canturrea Mae.

Leon se inclina hacia ella, apoyándose sobre los codos, y la mira a los ojos fijamente.

—Mae, Holloway está funcionando a toda máquina. Pero yo estoy entusiasmado con el potencial de crecimiento de Golden Oaks.

Ella siente un espasmo de energía.

—Los ricos, y cada vez somos más hoy en día —prosigue él—, están obsesionados con su descendencia de un modo que no se observaba en las generaciones anteriores. ¡Mi madre siguió fumando durante sus embarazos, por el amor de Dios! Ya no se trata de cochecitos de tres mil dólares y pañales de diseño. El mercado del lujo afecta ya a los jóvenes y llega hasta los recién nacidos y a las fases de la gestación; y nosotros tenemos la ventaja de ser la empresa pionera. El consejo de administración está considerando la idea de una sucursal en la Costa Oeste (me gusta cómo suena «Granja Redwood»), para pivotar hacia los mercados de Asia y Oriente Medio y captar una parte de la riqueza de las tecnológicas. Tú eres la experta; nos encantaría contar con tu punto de vista...

Mae no podría haber imaginado una transición más perfecta. Siente que se le levanta el ánimo, casi como si pudiera levitar. El comedor se ha iluminado, el gris de afuera se ha transmutado en un color dorado. Baja la cabeza un instante, preparándose para lanzarse a la piscina.

Vuelve a alzarla y, con una sonrisa deslumbrante, le acerca el prospecto del Proyecto MacDonald por encima de la mesa. León le echa un vistazo con expresión inquisitiva. Por toda respuesta, ella se agranda, levanta los hombros y planta las manos firmemente sobre la mesa, adoptando lo que, según ha leído, es otra variante de la pose de poder. Y en efecto, se siente más poderosa.

—Es curioso que saques el tema, Leon —comenta—. Porque, de hecho, sí tengo unas cuantas ideas…

Mae apoya la mano en la pared del establo para no perder el equilibrio mientras se quita la bota izquierda y la sacude para sacar un guijarro. Se yergue de nuevo y examina los alrededores. El dueño anterior de Golden Oaks construyó el picadero y el establo de veinte caballos para su hija, una campeona de doma. Sabe que está vendiendo la piel del oso antes de cazarlo, pero parecía que Leon estaba increíblemente entusiasmado con el Proyecto MacDonald. Y esos edificios anexos podrían ser perfectos para albergar una segunda Residencia.

—¿Señora Yu?

Reagan está bajo el sol, justo en la entrada del establo. Lleva un vestido de verano blanco de algodón y botas.

—Perdone que la interrumpa. Eve me ha dicho que la encontraría aquí fuera. ¿Tiene unos minutos?

—Para ti, sí. —La conduce hasta un grupo de asientos bajo una pérgola, a poca distancia del establo.

—Tienes buen aspecto, Reagan. ¿Cómo te encuentras al llegar al umbral de tu tercer trimestre?

La chica se sienta en una silla de hierro forjado y comenta su última ecografía. Mae se relaja a su lado. Mirándola más de cerca, ve que tiene ojeras.

—¿De qué querías hablar? —pregunta amigablemente.

—He estado pensando en mi bonificación, ahora que ya he

pasado más de la mitad de mi tiempo aquí —responde Reagan—. Quisiera contar con su ayuda para cedérsela a Jane Reyes. De forma anónima.

Eso sí que es una novedad. Mae procede con cautela.

—Es un gesto precioso… pero ¿lo has pensado bien? Quizá necesites el dinero más adelante. Tal vez para un máster. Una vez mencionaste que querías dedicarte en serio a la fotografía.

Está ganando tiempo. Necesita averiguar los verdaderos motivos de la joven, que quizá ni siquiera ella misma entienda. Reagan es una persona desesperada por hacer lo correcto y, al mismo tiempo, aunque no le guste reconocerlo, impulsada por su propio interés. Mae debe abordar el asunto con el punto justo de equilibrio.

—He hecho cálculos. Y con mi sueldo mensual puedo pagarme una buena parte de la universidad. La parte restante la pagaré con créditos. No necesito mi bonificación. O al menos, como la necesita Jane.

Mae lamenta no haber tenido tiempo esa mañana de revisar el registro de portadoras. Cuando le echó un vistazo el día anterior, había una nota que explicaba que Jane seguía manteniendo distancias con Lisa y Reagan: una sabia decisión teniendo en cuenta todo lo que se está jugando. Supuso que Jane no quería saber nada de Reagan por su amistad con Lisa. Pero ¿habrá quizá algo más? ¿Acaso Reagan jugó algún papel en la historia de la garrapata?

—¿Esto está relacionado con tu… distanciamiento de Jane?

Reagan se sonroja, pero contesta:

—No, no tiene nada que ver. No sé muy bien por qué ella… En fin, no importa. Lo importante es que yo no necesito el dinero, y ella, sí. ¿Sabe que vive en un miniapartamento de una habitación con su hija y su prima? ¿Y que antes vivía con seis personas y su hija en una habitación la mitad de grande que la que tenemos aquí?

Mae no conocía esa última parte, lo de la habitación compartida con otras seis personas, pero no le sorprende. Por el contrario, sí le sorprende que a Reagan eso le llame la atención. Que lo encuentre tan chocante no es más que un reflejo de la burbuja en la que vive. Hay algunas portadoras en Golden Oaks que lo han pasado peor.

—Bueno, Jane está encarrilada. Incluso sin tu ayuda, suponiendo que el bebé esté sano, las cosas le irán bien. Muy bien.

—Pero ¿y si no da a luz? ¿Y si contrae la enfermedad de Lyme o sucede algo, como en el caso de Anya?

O sea que es eso. Reagan está enterada del aborto de Anya. Julio debió de contárselo a Lisa, y es probable que esta lo esté difundiendo. Debe abordar el tema con Geri de inmediato, antes de que se desate el pánico entre las portadoras católicas.

Mae cambia de tercio.

—Pero ¿y tus objetivos? ¿De veras quieres endeudarte para hacer el máster? ¿Y qué me dices de los gastos de manutención? ¿No te vendría bien el dinero después de la universidad? La fotografía no da mucho, al menos hasta que tome un poco de impulso.

—No estoy segura de que quiera hacer un máster, al final. O sea, también me parece interesante la idea de aprender con la práctica. O quizá tenga razón mi padre, y lo que debería hacer es meterme en la escuela de negocios y aprender *marketing* artístico, como plan alternativo. Eso me lo pagaría él.

Mae siente una brusca oleada de afecto hacia Reagan, una chica tan joven e insegura que intenta encontrar su camino y, al mismo tiempo, hacer lo correcto... no solo para ella, sino para los demás. Aunque a su misma edad, ella estaba demasiado ocupada tratando de pagar los créditos de estudios para pensar así.

—Yo fui a la escuela de negocios. Y la verdad, no te acabo de ver allí —observa Mae, aunque con desenfado para no irritarla con su comentario—. Tú eres una artista. He visto cómo te fijas en las cosas.

Reagan, al borde de las lágrimas, replica:

—Lo procuro. Sí, procuro fijarme en las cosas.

Mae intuye que indagar ese aspecto es importante, aunque no sabe muy bien por qué.

—Dice mucho de ti que te fijes en las cosas. Que te importen. Mucha gente no ve lo que le rodea. Ni a la camarera que les trae el almuerzo ni al conserje que carga sus maletas.

Reagan tiene la vista baja. Mae no sabe si está alterada. Por si acaso, le habla con la mayor delicadeza posible.

—Déjame hacerte una pregunta. Porque es algo que

pienso muy a menudo. ¿Tú crees que sirve de algo que demos dinero a una persona que lo necesita? ¿O sirve para sentirnos menos culpables…?

La chica asiente antes de que ella termine la frase.

—Yo me pregunto lo mismo. Hay mucha gente en Nueva York con la que te cruzas todos los días… que necesita ayuda. Y tú te sientes responsable en parte porque lo ves, pero no haces nada, o casi nada. Aunque quizá debería pensar que un par de dólares siempre es mejor que nada…

—Salvo que esa persona necesitada se los gaste en drogas o en alcohol. No es para denigrar a todos los vagabundos, pero… muchos padecen enfermedades mentales. O son adictos. Y algunos no quieren cambiar de vida.

—Tampoco se puede generalizar. Hay que mirar cada caso individual —la interrumpe Reagan, molesta.

—Yo tengo una amiga de la época de la universidad, que es fabulosamente rica —responde Mae, cambiando de tema. Ha aprendido esa táctica observando a Leon, según la cual, la inserción de una incongruencia aparente puede descolocar a tu oponente y darte el control de la conversación. Le habla a Reagan de la última iniciativa filantrópica de su amiga, un programa de «intercambio cultural» que lleva a chicos de secundaria del Bronx a veranear a los Hamptons. La amiga de Mae cree que es una iniciativa en la que todos salen ganando: su hijo privilegiado en extremo y los amigos también privilegiados de su hijo aprenderán a sentir gratitud por su posición al relacionarse con chicos pobres de su edad, y los adolescentes del Bronx sacarán por su parte «un modelo al que aspirar», así como unas conexiones —si se llevan bien con las familias de acogida— que podrían serles muy útiles en el futuro.

—Es espantoso.

—Pero ella lo hace con buena intención. Intenta no sentirse responsable, como tú has dicho, de la miseria ajena. Esa es su versión de la limosna de dos dólares.

—¡Es probable que lo haga para que su hijo tenga un tema para el ensayo de su solicitud de ingreso en la universidad!

Mae sonríe, porque ella pensó lo mismo.

—Yo le dije que quizá no era una idea tan buena plantificar en los Hamptons a un chico de dieciséis años de los barrios marginales. El abismo es demasiado grande. Le dije que tal vez sería mejor que utilizara sus contactos para encontrarles un trabajo de verano a esos chicos. Un trabajo de verdad, en el que ganasen dinero y aprendieran cosas prácticas.

Reagan asiente. Repite el tópico de que es mejor enseñar a alguien a pescar que darle un pescado. Sin hacerlo del todo a propósito, Mae reacciona como si hubiera dicho algo muy sabio. Con los años ha aprendido que la gente, sobre todo la gente joven, solo quiere que se la tome en serio.

—Jane tendrá oportunidades después de haber estado en Golden Oaks, dejando aparte el dinero. Fíjate en Eve. Será la primera graduada universitaria de su familia, ¿sabes? La realidad es que la caridad ayuda hasta cierto punto. Nunca te cambia la vida como puede cambiártela un trabajo, especialmente este trabajo. La caridad sirve sobre todo para que los donantes se sientan mejor consigo mismos. O al menos, no tan culpables.

—Pero no son cosas mutuamente excluyentes. Podría ayudar a Jane y ella seguiría teniendo oportunidades…

—Cierto. Pero supongamos que tú utilizas tu bonificación para centrarte de verdad en lo tuyo. Te conviertes en una fotógrafa famosa. Con dinero, influencia, poder. ¿No serías entonces capaz de ayudar mucho más a Jane y a otras como ella? En vez de regalar ahora tu dinero… y luego ¿qué?

Reagan se queda callada.

—A lo mejor seguir tus propios objetivos es lo mejor que puedes hacer para todos.

—Ya entiendo lo que pretende decir. Pero no lo creo. La mano invisible no siempre funciona —dice Reagan tras una larga pausa—. Además, esto no es un caso abstracto para mí. Se trata de Jane.

Mae Yu reprime un suspiro. Ella preferiría que Reagan estuviera más motivada por el dinero, de manera que sus intereses y los de los clientes se encontraran alineados.

La chica mira hacia la Residencia. Una figura camina apresuradamente hacia ellas por un sendero que atraviesa el césped de la parte trasera. Es la doctora Wilde. Cuando llega a la pérgola, está resoplando.

—Debería haberme cambiado de calzado. —Se sienta en una silla dando un suspiro y se quita los zapatos de tacón bajo.

—Podrías haberme llamado —la reprende Mae.

—Necesitaba tomar aire fresco. ¡Y hace un día precioso!

Reagan se levanta, evitando la mirada de Mae, y dice que tiene que hablar con la señora Hanna.

—Escucha, no hay ninguna prisa para decidirlo. ¡Yo te apoyaré en cualquier caso! —Mae no quiere que se vaya disgustada. Es encantador de su parte que quiera ayudar a Jane. Quiere sonreírle para tranquilizarla, pero la chica ya ha echado a andar hacia la Residencia.

—Tengo una buena noticia y otra mala. —La doctora Wilde coloca sus pies descalzos sobre la mesa de cristal que hay delante de su silla.

—Primero la buena, por favor.

—El análisis de enfermedades de transmisión sexual de la treinta y tres está impecable. Y lo mismo el de Julio. Los dos impolutos.

—¡Vaya, es fantástico! —exclama Mae, aunque discrepa en su fuero interno. En parte esperaba que a Lisa le diagnosticaran gonorrea, herpes o verrugas genitales. Alguna cosa remediable y que no dañara al feto, pero engorrosa. Lisa debe de haber sido una santa en otra vida para tener tanta suerte en esta.

La doctora Wilde echa un vistazo para comprobar que Reagan ya se ha alejado.

—Pero hay una novedad con la ochenta y dos. Una irregularidad. La descubrimos durante la última exploración.

La tierra tiembla bajo los pies de Mae. Se prepara.

—No me digas que es otra trisomía.

—No. Hay un bulto. Justo por encima de la clavícula.

La tierra vuelve a temblar, más peligrosamente esta vez. Mae cierra los ojos y le ordena que se calme. Cuando los vuelve a abrir, pregunta con serenidad:

—¿De qué estamos hablando, Meredith?

—El bulto podría ser benigno, o podría ser maligno. Esto último es menos probable, dada la edad de la ochenta y dos. Pero no es inaudito que una mujer embarazada desarrolle un cáncer. Mi colega en el NewYork-Presbyterian Hospital está tratando a una embarazada de veintiocho años con un linfoma de Hodgkin, por ejemplo. Son elecciones difíciles.

Habla con una gravedad incluso exagerada, casi como si saborease el drama del momento y el papel que ella desempeña. Meredith se ha vuelto un poco insoportable desde que Leon la nombró jefa de Servicios Médicos. Mae alberga la sospecha de que está maniobrando para quitarle el puesto.

—¿Cuál es el siguiente paso?

—Hemos de hacer una biopsia del tumor. Y debemos decidir qué le decimos a la ochenta y dos sobre la biopsia. Yo sería partidaria de no informar por ahora al cliente.

La directora siente una oleada de irritación. No hay ningún «nosotros» a la hora de tomar decisiones estratégicas respecto a las portadoras, y Meredith no tiene ningún papel en la relación con los clientes. Sonríe con frialdad.

—Programa la biopsia lo antes posible, por favor.

—Quizá deberíamos llamar también al Departamento Legal para ver lo que estipula el contrato. ¿Debemos comunicarle algo a la ochenta y dos en este aspecto? ¿Ella tiene voz y voto respecto al tratamiento? A mi modo de ver...

—Eso déjamelo a mí, Meredith —la corta Mae. Está actuando con brusquedad, no lo ignora, pero la injerencia ya resulta demasiado flagrante—. Lo tengo todo controlado.

Reagan

—¡Buenos días! —Una voz cantarina, una explosión de luz. Una ráfaga de aire frío cuando apartan la manta.

Reagan se incorpora y se apoya sobre los codos. Una coordinadora —la del peinado afro teñido de rojo— saca un vestido de verano del armario y lo extiende sobre la cama, apremiándola a levantarse: tiene una sorpresa. Ella, todavía aturdida, echa un vistazo hacia el otro lado, pero Jane ya se ha levantado y su cama está impecable, con las almohadas ahuecadas y todo.

—¿Qué hora es? —grazna. Nota la garganta seca—. ¿Qué sucede?

La coordinadora la ayuda a levantarse con cuidado y la va empujando hacia el baño; le pasa el vestido y cierra la puerta.

—Ha venido alguien a verte. Muévete, cariño.

Cariño. Eso no forma parte del protocolo de la Granja. Reagan se sienta en la taza del váter. Está cansada. No ha podido dormir esa noche. Se ha pasado las horas dándole vueltas a la conversación que mantuvo con la señora Yu. Un carrusel de pensamientos inconclusos y respuestas reconstruidas. Ella no se expresó bien. Quedó como una boba, como esas buenas samaritanas de la universidad que rondaban frente al centro de estudiantes, con un sujetapapeles en la mano, tratando de salvar a las abejas o de prohibir las bolsas de plástico.

Debería haberle explicado más cosas a la señora Yu. Por ejemplo, que Jane diluye el champú con agua para que dure más. Que su abuela cayó muerta delante de ella y que todo su mundo dio un vuelco en un instante. Tenía quince años.

—¿Va todo bien ahí dentro? —pregunta la coordinadora dando un golpecito en la puerta.

—¿Tengo tiempo para ducharme?

—No. Lo siento, Reagan. —Y le dice que se apresure con severidad.

Se lava, se peina, se abotona el vestido y se deja arrastrar, todavía medio dormida, hacia el ala administrativa de la Granja, a lo largo de un pasillo que nunca ha pisado. La coordinadora tiene que pasar su placa por un lector para acceder a esa zona. Luego la lleva a un comedor privado; las cortinas están corridas y la mesa, preparada.

Una mujer negra de elevada estatura se halla sentada en una silla Luis XV con las piernas cruzadas. Tiene un aspecto majestuoso con su vestido de color claro y un pañuelo envolviéndole la cabeza. Se pone de pie y le tiende la mano.

—Yo soy Callie.

—Yo, Reagan.

¿Será una abogada? ¿La ayudará a transferir su bonificación a Jane?

—Siéntate, por favor —dice la mujer indicándole la silla que tiene a su lado—. ¿Quieres té?

Sirve el té en una taza de porcelana con una tetera floreada. Derrama un poco fuera.

—¡No entiendo por qué hacen tan pequeñas estas tazas!

Le sonríe y Reagan también le sonríe, cosa que le sorprende.

—¿No sabes quién soy, verdad?

La chica niega con la cabeza.

—Soy la madre del embrión que llevas dentro. Estás gestando a mi hijo.

Reagan siente que todo se detiene. Su corazón. Su respiración. El universo entero.

—Usted... —Las palabras se le atascan en la garganta.

La mujer se ríe con un cálido murmullo.

—Ya. No soy lo que te esperabas, ¿verdad?

La chica niega de nuevo con la cabeza. Se esperaba una esposa trofeo, es decir, una aspirante a modelo casada con un oligarca o un magnate industrial. Se esperaba en parte a la multimillonaria china. Pero una mujer como ella, no.

—Me... me alegro. O sea, me alegra que no sea lo que me esperaba —farfulla. No desea que la mujer piense que le incomoda el color de su piel, cuando es exactamente lo contrario.

La mujer vuelve a reírse.

—Siento haber tardado tanto en venir. He estado viajando.

Entonces le habla de sí misma. Que nació en Etiopía, siendo la menor de tres hermanos. Que su padre era ingeniero de una gran empresa petrolífera de África, pero que decidió ponerse a vender trajes en unos almacenes de Maryland para darles a sus hijos una vida mejor en Norteamérica. Que desde que salió de la universidad ha trabajado en la misma gran corporación empresarial, primero de secretaria, después de asistente de ventas, de vendedora, de gerente, de directora, de vicepresidenta y así sucesivamente. Que se ha trasladado de Washington a Denver, a Chicago, a Dallas y otra vez al D. C. Pasito a pasito, luego a grandes pasos, rompiendo barreras a diestra y siniestra. Congeló sus óvulos a los treinta y pico, pero no fue hasta una década más tarde, todavía soltera, cuando se dio cuenta de que se le estaba agotando el tiempo. Encontrar a un donante de semen fue lo más fácil. El problema era su útero. Intentó quedarse embarazada ella misma multitud de veces, pero tuvo tantos abortos que casi ha perdido la cuenta.

—Tú eres mi última oportunidad de tener una familia. De ser una familia. —La mujer, Callie, baja la mirada al decir esto último. Reagan reprime el impulso de cogerle la mano.

Se miran a los ojos. Reagan sonríe tímidamente.

Justo entonces se abre la puerta.

—¡Buenos días, señoras!

—Hola, Mae. —Callie se enjuga los ojos discretamente con un pañuelo de papel.

—¿Ya te ha contado la sorpresa? —le pregunta la señora Yu a Reagan sonriendo y sentándose a su lado.

—Creía que era ella la sorpresa.

Callie y la señora Yu se ríen.

Aparecen varios camareros con cuencos de fruta, huevos y yogur. Mientras la directora y Callie charlan de una obra de Broadway que esta última vio hace poco, Reagan piensa en su amiga Macy. Se muere de ganas de contarle la noticia: que su cliente es una mujer negra que salió de la nada y que ha conseguido hacer de su vida algo espectacular, con una salvedad: que no tiene un hijo. Sin ella, no podría tenerlo.

¿Qué diría Macy?

«Tampoco es para tanto, Reag.»

¿O reconocería, como raramente ha hecho, que la vida es a veces más complicada que cualquier juicio apresurado? Sí, que a veces quizá haces el bien más que nunca cuando parece que no estás haciendo gran cosa.

—¿... Diane Arbus? —repite Callie.

Reagan sale de golpe de su ensimismamiento.

—Disculpe, ¿señora...?

—Callie. Llámame Callie, por favor.

—Callie estaba preguntando si todavía te gusta Diane Arbus —interviene la señora Yu—. Le he hablado de tu interés por la fotografía.

Callie guarda silencio un momento, sonriendo a Reagan, antes de revelarle la sorpresa. Una de sus amigas que es patrona del Metropolitan ha movido los hilos y organizado para ellas solas una exhibición privada de la próxima exposición de Diane Arbus.

—Eso si te interesa, claro —añade.

—Me encanta Diane Arbus.

Callie sonríe de oreja a oreja.

La señora Yu le explica a Reagan el plan: volarán a Manhattan para pasar el día, verán la exposición y almorzarán en Le Bernardin, si no le importa comer más pescado. Un lugar algo estirado, pero el marisco no puede ser mejor. Y antes de volver a casa, una pequeña prueba. Nada, entrar y salir.

—¿Qué prueba? —pregunta la chica, llevándose la mano al vientre—. ¿Hay algún problema?

—Lo más probable es que esté todo bien —le asegura la directora con voz enérgica y profesional—. La doctora Wilde encontró una irregularidad en tu última amniocentesis. Vamos a hacerte unas cuantas pruebas más, por precaución, y Callie prefiere que las hagas en la ciudad.

La señora Yu le hace una seña al camarero y le pide que traiga un poco de leche para el té.

—Seguro que no es estrictamente necesario —se disculpa Callie—. Pero es que no puedo dejar de preocuparme. Pregúntale a la pobre Mae. Pido todos los resultados de las pruebas, y segundas y terceras opiniones. Espero que me perdones...

—Te has convertido en una madre «helicóptero» cuando tu

hijo no ha nacido aún —dice la señora Yu soltando una risotada, aunque su actuación resulta un tanto forzada. Y todavía redobla el chiste señalando a través de la ventana el helicóptero en misión de control que reluce a lo lejos como una libélula verde—. ¡Y nunca mejor dicho lo de madre «helicóptero»!

Reagan siente vergüenza ajena. La señora Yu no debería intentar hacerse la graciosa. Mira de soslayo a Callie, que tiene una expresión dolida.

—No vayas a darme mal fario, Mae. Puede ocurrir cualquier cosa. Todavía no soy madre.

Dicho lo cual, se pone a cortar el melón de su plato. Reagan nota que está haciendo un esfuerzo por dominarse, aun cuando la directora, sin darse cuenta, sigue cotorreando alegremente sobre el carácter sobreprotector de Callie.

Y de repente, Reagan comprende. Comprende a la mujer negra como si se hubiera metido en su piel.

Comprende cómo le ha afectado el torpe chiste de la señora Yu; el inesperado acceso de tristeza, el parpadeo furioso, la charla forzada hasta que ha pasado el momento.

Con una intensidad desconcertante, comprende asimismo la magnitud de las esperanzas de esa señora. Y por primera vez, siente temor por el feto que está gestando.

—Me moría de ganas de ver la exposición Arbus. No se me ocurre una manera mejor de pasar el día —le dice a Callie. Y lo dice con toda sinceridad.

La mujer, agradecida, esboza una sonrisa.

Reagan tiene frío. Se pone la bata de algodón —abierta por delante, tal como le han indicado— y se la ciñe bien alrededor del cuerpo. No tiene cinto. Las batas de la Granja, sí.

La clínica es privada y dispone de una sala de espera sacada de una revista de interiorismo; en el baño han puesto flores frescas. En las paredes de la sala de exploración hay fotografías de aguas en reposo: un lago que refleja una hilera de árboles otoñales, un meandro poblado de vegetación de un ancho río… Reagan se levanta de la silla para mirarlas mejor. Ella nunca ha sentido el impulso de tomar fotografías de paisajes, sino de personas. ¿Acaso eso significará algo?

Todavía no sabe muy bien por qué está ahí. Se ha cansado de preguntárselo a Callie. Esta le ha repetido varias veces las hueras explicaciones de la señora Yu («irregularidad», un «exceso de cautela»). El único motivo de que no se sienta angustiada es que la propia Callie parecía tranquila, incluso animada, cuando la ha dejado en la clínica después del almuerzo.

Vuelve a sentarse en la mesa de exploración, con las piernas colgando. Desliza la mano por la curva de su vientre. Ahora ya es capaz de imaginarse al futuro bebé: un casquete de pelo oscuro, la piel de chocolate, los ojos negros, como los de su madre.

«Eres un niño con suerte», le dice cariñosamente.

Callie, según ha visto, tiene un malicioso sentido del humor. Ha conseguido que se le atragantara más de una vez el pescado del almuerzo con sus mordaces comentarios sobre los demás clientes del restaurante (damas con bolsos de diseño, vestidas de punta en blanco sin otro motivo que impresionarse unas a otras; el vejestorio con su pechugona acompañante —¿una sobrina cariñosa?, ¿una simpática cuidadora?, ¿una cazafortunas escogida por catálogo?— haciendo manitas en la mesa contigua).

En la exposición, Callie la ha sorprendido con su profundo conocimiento de la obra de Arbus. Les han gustado las mismas fotografías. Quiere llevarla a una exposición de Walker Evans el próximo mes.

La coordinadora (la que estaba esperando en el vestíbulo de la clínica cuando ellas han llegado) entra en la sala seguida de una enfermera asiática vestida con ropa quirúrgica de color verde pálido. A Reagan le parece increíble que la Granja la haya enviado expresamente. Ni que se hubiera fugado con el embrión de Callie en el vientre. ¿Es posible que esa mujer estuviera también en el museo, agazapada tras una escultura, o en el restaurante, oculta detrás de una maceta?

—Esta es Nancy —dice la coordinadora—, que nos va a echar hoy una mano.

Reagan saluda a la enfermera y no le hace ningún caso a la coordinadora, que nota que la está vigilando.

La enfermera le indica que le va a tomar las constantes vitales. Le pone un termómetro bajo la lengua y le coloca el manguito de la presión alrededor del brazo. La coordinadora se apoya en la puerta cerrada, con los brazos cruzados. Reagan reprime el impulso de quitarse la bata y montarle un numerito.

Suena un zumbido. La coordinadora se saca del bolsillo un teléfono y dice:

—Tengo que atender. Estaré fuera si me necesitas.

Reagan se hace la sorda y fija la mirada en la amigable cara de la enfermera y en las diminutas espinillas de su nariz. Oye que está tarareando entre dientes una canción pop.

—¡Está muy mona embarazada! —exclama la enfermera, y cuando le quita el termómetro de la boca, hace un gesto de aprobación—. ¿Es el primero?

Un titubeo.

—Sí.

—¿Niño o niña?

—Es un niño.

—La presión arterial está bien —observa la enfermera, y añade—: Será guapo si el papá es guapo. Usted es muy mona.

Reagan le da las gracias, preguntándose por primera vez qué aspecto tendrá el donante de esperma de Callie. ¿Cómo lo buscó? ¿Quería alguien negro? ¿Inteligente? ¿Alto?

—Yo tengo un chico y una chica, pero las chicas después dan problemas —dice la enfermera—. Los chicos adoran a la madre.

La joven sonríe como si estuviera de acuerdo, aunque en realidad no tiene ni idea. Ella quizá nunca tenga un hijo propio. Y Callie, un día no muy lejano, se llevará al suyo. Anteriormente, solía preguntarse cómo se sentirá después del parto; si, después de haber gestado un niño tantos meses —de sentir sus patadas y movimientos, de haber oído tantas veces sus latidos—, no le resultará difícil separarse de él. Pero ahora sabe que no. Intuye que Callie es una buena persona, realmente buena, lo cual es muy poco frecuente. Lo criará como es debido. Y la historia que le cuente a su hijo empezará por ella.

Reagan palpa el vendaje que tiene en la clavícula y sigue a la coordinadora por la extensión de hierba. Detrás de ella, el helicóptero se eleva de nuevo. Una ráfaga de aire caliente sopla sobre su espalda y la despeina.

Lleva ropa nueva. Al final, ha acabado pasando la noche en Nueva York porque la prueba duró más de lo previsto, y Callie no quería que volviera en helicóptero de noche.

—Supongo que Mae tiene razón. Supongo que soy una madre «helicóptero» —dijo Callie cariacontecida, en el vestíbulo de la clínica, después de la prueba.

La dejó en un hotel de lujo del centro, disculpándose una y otra vez porque no podía quedarse con ella. El botones que la acompañó hasta la habitación, pese a que no había ninguna maleta que cargar, le dijo que el hotel estaba construido a prueba de bomba. Ella se quedó levantada casi toda la noche mirando una película de terror tras otra, para no pensar en la prueba y en la incisión que tenía bajo el cuello.

—¿Estás bien? —pregunta la coordinadora deteniéndose a unos metros de la entrada trasera de la Residencia. La mujer se ha presentado en el restaurante del hotel a la hora del desayuno y ha anulado el café que Reagan había pedido. No han hablado durante todo el trayecto en helicóptero.

La chica asiente mientras se toquetea el cuello.

—Deja de tocarte ese vendaje —dice la mujer mirándola fijamente hasta que baja la mano.

Entran en la Granja pasando por la biblioteca. Está desierta, salvo por una figura vestida de azul claro —el color del uniforme de las empleadas de la limpieza—, que se agazapa en un rincón quitando el polvo de una estantería. Al llegar al mostrador de Coordinación, Donna, una de las coordinadoras favoritas de Reagan, la saluda calurosamente.

—¡Bienvenida otra vez! —La sujeta de la muñeca con delicadeza y escanea su WellBand con el lector. Entonces le dice a su compañera—: Yo me ocupo del asunto.

Reagan le sonríe con gratitud hasta que se da cuenta de que el «asunto» es ella.

—Vamos a instalarte. —Donna la acompaña a su habitación como si ella pudiera haber olvidado, después de estar un día fuera, cómo orientarse en la Granja—. ¿Cómo te encuentras?

—Estoy bien, gracias.

—¿Necesitas algo? ¿Un tentempié?, ¿un zumo?

Reagan niega con la cabeza, deseando que se vaya.

La puerta de la habitación está entornada. La joven da un grito al entrar. La cama de Jane está con el colchón desnudo, lo cual le da un aire vagamente indecente. Han desaparecido sus pertenencias del estante de encima, donde solo quedan algunos libros, y su armario está completamente vacío.

—Dios mío, ¿qué le ha pasado a Jane?

—Ahora tiene una habitación privada —le explica Donna—. ¡Lo cual significa que tú también!

Nota una oleada de alivio —Jane está bien— y de desconcierto a la vez.

—¿Por qué?

La coordinadora cierra la puerta deslizante del armario, aparta un poco la colcha de Reagan y la insta a tumbarse.

—Bueeeno, ha tenido algunos problemas para dormir últimamente. Cuando no es su vejiga lo que la despierta, eres tú lidiando con la tuya —le dice Donna animadamente. La chica se queda consternada. Ella procuraba no molestar a su compañera cuando iba al lavabo por la noche. No encendía las luces y tanteaba en la oscuridad para coger el papel higiénico.

Cierra los ojos para contener unas ganas repentinas de llorar. Donna le tapa las piernas con la sábana y corre las cortinas. Le dice que duerma, que hoy está libre de obligaciones.

Ella permanece callada. Todavía no se atreve a abrir los ojos para no llorar delante de la coordinadora, porque tal vez informará de ese arranque a la señora Yu y esta enviará a la psicóloga para que vuelva a visitarla.

O sea que Jane ha pedido que la trasladen. Mejor para ella. Debe de estar exultante; nunca ha tenido una habitación propia. Incluso en secundaria, cuando vivía con su madre, dormía en la sala de la televisión.

—Duerme un poco —le dice Donna antes de cerrar la puerta.

Al fin sola en la penumbra, Reagan llora a sus anchas. No se mueve para secarse la cara. Está sola, y tiene un agujero en el cuerpo donde antes había un bulto. «¿Cuándo empezó a notarlo?», le preguntó el médico en la clínica. Ella lo miró confusa. «¿Qué bulto?» No lo había notado nunca, le confesó, consciente de lo raro que sonaba. Pero el bulto no era muy grande en realidad, porque, mientras el médico se preparaba para hacer la biopsia, ella palpó su contorno furtivamente, como si estuviera rompiendo un tabú por tocar su propia carne.

¿Cómo iba a poder estar al tanto de todas las transformaciones que ha sufrido últimamente, además? El vientre se le ha hinchado, se le han oscurecido los pezones, las venas son de un azul más intenso, los pechos le segregan, han aparecido manchas blancas en las bragas... La única vez que notó algo extraño —un bulto de color rosa en el pezón izquierdo, doloroso al tacto—, la enfermera le explicó que era un conducto atascado, nada importante, y le recomendó que se diera duchas calientes.

—Lo más probable es que no haya ningún motivo para preocuparse —anunció el médico con voz resonante.

Reagan, con pánico creciente, preguntó:

—¿Es que hay algo de lo que preocuparse?

Tanto la enfermera como la coordinadora se le acercaron entonces. Pero fue la primera la que respondió:

—Usted es una mujer joven y sana, señora. Simplemente, estamos extremando todas las precauciones por el feto.

El médico sonrió y le aconsejó:

—Relájese, querida. No hay motivo para inquietarse aún.

Volvió a sonreír, enseñando unos dientes tan rectos como las estacas de una cerca, y muy blancos. Ella cerró los ojos. El «aún» le resonaba en la cabeza. Se puso a rezar para mantenerse firme. No dejó de rezar hasta que terminaron.

Al otro lado de la puerta de su nueva habitación privada, Reagan oye ruido. El desayuno debe de haber acabado. Suena una risa estridente, y, a continuación, un susurro ordenando silencio. Se incorpora. Observa la cama vacante de Jane; los escasos libros del estante casi vacío. Se acerca para mirar mejor. Son los libros que ella le regaló. Un regalo improvisado. Creyó que quizá le gustarían.

Se calza los mocasines, sin hacer caso de la opresión que siente en el pecho. No quiere quedarse ahí sola, con esos libros rechazados en esa habitación rechazada. Recorre el pasillo sin un plan prefijado y se sorprende cuando se detiene frente a la sala multimedia.

Porque necesita saber.

Encuentra un cubículo libre, introduce su contraseña y teclea: «Bulto cerca de la clavícula».

En un instante, la pantalla se llena de información.

> Las dolencias relacionadas con esta búsqueda incluyen:
> Linfoma
> Linfoma de Hodgkin
> Linfoma no de Hodgkin

El estómago le da un vuelco.

Quiere seguir leyendo a pesar de todo:

> El linfoma y el linfoma no de Hodgkin se dan fundamentalmente en pacientes viejos. Pero el linfoma de Hodgkin «ataca a adolescentes y adultos».

Ataca.

Antes de acobardarse, pincha el enlace y se prepara para el impacto.

Pero la pantalla permanece igual.

Sacude el ratón y pincha otra vez el enlace del linfoma de Hodgkin, y luego una segunda vez, y una tercera. ¡Clic, clic, clic! Para probar, abre la página del *BusinessWorld* sin ningún problema, pero cuando teclea de nuevo «linfoma de Hodgkin» en el buscador, la pantalla se inmoviliza.

Reagan se acerca al cubículo contiguo. Una de las portadoras sudamericanas, Ana María, está inclinada sobre el teclado redactando un correo electrónico en español.

—Perdona que te moleste, pero ¿tu ordenador funciona?

—Yo no tengo problemas.

—¿Me dejas hacer una búsqueda muy rápida? El mío está fallando.

—Sí —responde Ana María. Aparta un poco la silla para hacerle sitio. Pero ahí, también, los enlaces con el linfoma de Hodgkin no funcionan.

Están bloqueados.

Reagan le da las gracias. Siente como un retumbo en su interior.

¿Por qué la están bloqueando? ¿Qué quieren ocultar?

—Hola, Ana María. —Es Donna—. Ah, Reagan, te estaba buscando.

Ella la mira y traga saliva.

—He pensado que igual querrías ponerte al día con tus sesiones de UteroSoundz, ya que estuviste fuera ayer —dice la coordinadora. Tiene el dispositivo en la mano, ya cargado con su lista de reproducción, y le lanza una gran sonrisa.

Ella acepta en silencio.

—De todos modos, hace un día demasiado bonito para estar aquí encerrada —comenta Donna y, poniéndole la mano en el hombro, la saca del cubículo de Ana María—. He visto a Tasia junto a la piscina. ¿Por qué no vas a hacerle compañía?

—¡Tengo que llamar a mi madre! —le suelta Reagan—. La llamo todas las semanas…

Donna frunce un poco el entrecejo, pero enseguida sonríe.

—¡Claro que sí! Vamos a volver a tu cubículo. ¿Todavía está abierta la sesión?

Reagan dice que sí. Descuelga el teléfono, marca el número nueve para obtener señal y llama a la enfermera de su madre. Donna permanece en silencio a su espalda, pero ella percibe su presencia.

—Hola, Kathy. ¿Puedo hablar con mamá?

Cuando su madre se pone al teléfono —cosa que sabe porque la avisa la enfermera, pues su madre ya casi nunca dice nada—, Reagan arranca a hablar. Habla de su viaje a Nueva York, de Diane Arbus, de la fotografía del niño en el parque que sujeta una granada de juguete, de la tensión que se aprecia en su mano libre, crispada como una garra. Habla de *La broma infinita* y de la reciente luna llena, le explica que se plantó junto a la ventana a media noche para contemplarla.

—Te habría encantado, mamá. Estaba radiante.

Donna tose a su espalda.

—Te echo de menos —dice la chica en un susurro, porque no quiere que la oiga Donna. No le ha dicho estas palabras a su madre desde hace años. Pero se da cuenta de que son ciertas.

—Mamá… ¿puedes decir algo, por favor?

«Si dices algo, significará que todo irá bien.»

Se pega mejor el auricular al oído, esforzándose para detectar cualquier sonido.

—¿Te acuerdas de Kayla, mamá? ¿Es algo así?

Kayla Sorenson era una amiga de Reagan en primaria. Tenía un reluciente pelo anaranjado, de color zanahoria, y una cara redonda cubierta de pecas, y resollaba como un caballo cuando se reía. Antes de empezar cuarto curso, en verano, le diagnosticaron un cáncer cerebral. Un glioblastoma agresivo. Reagan oyó que su madre hablaba con su padre entre murmullos en la cocina. Él estaba llorando; el señor Sorenson era uno de sus mejores amigos. Reagan, después de cada visita al hospital, tenía pesadillas. Se imaginaba el glioblastoma como un vacío negro que se iba comiendo el cerebro de Kayla y, posteriormente, su cara redonda y su sonrisa.

Una noche se despertó y vio que mamá estaba a su lado, sacudiéndola.

—Tenías una pesadilla, cielo. Estabas gritando dormida.

—¿Qué le pasará a Kayla cuando se muera? ¿Adónde irá? —dijo ella, sollozando, con la cara hundida en el pecho de su madre.

Esta la besó en la frente, se acercó a la ventana, apartó las cortinas y se ocultó detrás de sus densos pliegues. Reagan trató de vislumbrar su silueta, pero no pudo.

—¿Me ves ahora, cielo?

—¡No! —gritó Reagan llorando.

—¿Estoy aquí?

—¡Sí, pero no te veo!

Su madre se puso a cantar «Puff, el dragón mágico». Era la canción que le había cantado al acostarla desde que Reagan podía recordarlo. Ahora la cantó una y otra vez hasta que su llanto se calmó. Cuando paró de llorar, el silencio de la habitación era diferente. Reagan aún no sabe cuánto tiempo yació en la oscuridad, sola pero sin estar sola. Cuando su madre emergió por fin de detrás de las cortinas, se deslizó en su cama y se acurrucó a su lado. Ella sintió la calidez de su cuerpo.

—No podrás ver a Kayla, ni podrás oírla. Pero estará ahí.

Cuando cuelga el teléfono, Donna ha desaparecido. Reagan atraviesa el pasillo, temblándole las piernas, consciente de que las cámaras la enfocan desde lo alto de la pared. Entra en su habitación y se desploma contra la puerta que acaba de cerrar.

—¡Perdona!

Jane está junto al escritorio, sosteniendo uno de los libros que se había dejado. Tiene una expresión de culpabilidad.

Pero los libros son suyos. Reagan quería que se los quedara.

—Me había olvidado mi agenda. Y entonces he visto los libros. Pero solo estaba mirándolos…

—Son tuyos, Jane. Te los regalé.

—Perdona… Ahora esta habitación es tuya…

Reagan se acerca resueltamente al escritorio, recoge los libros y se los tiende con una agresividad que no pretendía.

—Llévatelos, por favor. Llévatelos.

Jane se escurre apesadumbrada hacia la puerta,.

—Llévatelos. —A Reagan se le quiebra la voz.

—Tengo una cita…

—Creen que tengo cáncer.

Las palabras, liberadas al fin, sueltas en el mundo, suenan monstruosas.

—Tengo un bulto. Me han hecho una biopsia. Por eso fui a Nueva York. Mi clienta me llevó allí, pero me siguió una coordinadora. Me estuvo siguiendo todo el día, y ahora es Donna la que me sigue y…

Se está desmoronando. Podría derrumbarse, pero Jane está ahí. La abraza, como si fuese una cosa muy pequeña. La sujeta y la protege también, mientras sus palabras caen alrededor de ella como copos de nieve.

Mae

Mae consulta la hora. Son casi las nueve. Carraspea y anuncia a las mujeres reunidas en la sala —todas son mujeres— que Leon llegará dentro de una hora y que tienen mucho que hacer. Becca, una asociada del Equipo de Gestión de portadoras, se llena rápidamente su taza de café, se sirve una miniquiche y un poco de fruta del bufé, y toma asiento.

Mae contempla Central Park por la ventana un momento. ¡Cuánto se alegra de no haber tenido que desplazarse al norte del estado! Esa mañana estaba tan contenta por disponer de una hora y media extra en casa, que ha permitido a Ethan que le echara un polvo rápido aunque ya se había duchado.

Cruza las piernas remilgadamente y observa a la media docena de mujeres sentadas en torno a la mesa de conferencias. Su equipo. Su círculo íntimo.

—Espero que las que no habíais estado en el Club Holloway lo encontréis a la altura de vuestras exigencias —dice en plan jocoso. Hay un murmullo de aprobación y algunos comentarios sobre la decoración y el famoso decorador que la dirigió.

Mae los corta en seco.

—Nos hemos reunido aquí para proporcionarle a Leon un informe lo más exhaustivo y actualizado posible sobre una de nuestras clientas más importantes. Ella está a punto de realizar una considerable inversión en nuestra empresa.

Mira a cada una de las asistentes para asegurarse de que todas le prestan atención y les explica:

—Esa inversión nos permitirá financiar una expansión realmente transformadora de Golden Oaks. Pero depende de nosotras que llegue a hacerse realidad.

Hace una pausa para que se capte la trascendencia de sus palabras: tanto para ella como para su equipo. Ni siquiera ella misma puede creerlo aún. Mientras estaba en plena sesión de ajustes de su vestido de novia, en la tienda de Carolina Herrera de Madison Avenue, plantada en una plataforma baja ante un espejo triple, le sonó el móvil. Los pliegues del vestido sin tirantes, de gazar de seda de color marfil, se le arremolinaban alrededor. Una de las ayudantes le sacó el teléfono del bolso y le dijo el número que parpadeaba en la pantalla. «¡Tengo que atender!», gritó Mae, y se abrió paso entre la melé de modistas con tanta brusquedad que a punto estuvo de desgarrar la cola de encaje antiguo.

—¡El Proyecto MacDonald me la pone dura! —ladró Leon, y ella, sujetando el teléfono con la mejilla como si fuese una caricia, deslumbrante con su vestido de seda, resplandeció de felicidad.

—Como era de esperar —prosigue Mae—, la posibilidad de que nuestra clienta haga la inversión está directamente vinculada al éxito de sus embarazos. Así pues, vamos a empezar repasando a la ochenta y cuatro. Como todas sabemos, una portadora estable y feliz produce un bebé sano, lo cual produce una…

—Clienta satisfecha —apunta Becca.

Esta es de las entusiastas. Su ambición irrita a algunas colaboradoras, pero una sana competencia constituye un estímulo para todas. Y Mae respeta la avidez de Becca. A eso se reduce el éxito en definitiva: es eso lo que diferencia a los mediocres de los grandes. Muchas amigas de Mae consideraron su primer trabajo al acabar la universidad —asistente de compras en Bergdorf's— una simple estratagema: una forma de obtener grandes descuentos en ropa de diseño hasta que encontrara un marido. Pero ninguna de ellas había tenido que trabajar en su vida. Y lo que no entendían era que las asistentes de compras, si son buenas, pueden ganar un montón de dinero. Y ella era buena; tenía un don para conectar, para ser lo que fuera o quienquiera que se esperaba que fuera: una de las ventajas de ser medio china, de haber estudiado con una beca en una escuela para niños ricos y de haber vivido constantemente a caballo entre dos mundos.

Sus amigas tampoco comprendían que las mejores asistentes de compras tenían clientas que repetían, y que esas mujeres eran ricas y, a veces, poderosas. Sus dos mejores clientas —la directora financiera de uno de los grandes bancos de inversiones (talla 40, ancha de caderas, con preferencia por las faldas tubo y los tonos vivos), y la esposa de un magnate inmobiliario con una fortuna alucinante (talla 38, fanática de los vestidos estampados estilo péplum, inclinada a los escotes discretos)— se convirtieron en amigas suyas. Y ambas le dieron entusiastas recomendaciones para la escuela de negocios de Harvard.

Becca tiene un instinto comercial del mismo tipo. La exposición de Diane Arbus, por ejemplo, fue idea suya. Ella había trabajado en el Departamento de Fotografía de una de las grandes casas de subastas. Tuvo la intuición de que las fotos de Arbus de marginados y frikis debían de gustarle a Reagan. Y acertó.

—Becca, ¿por qué no empiezas tú? —sugiere Mae.

—Con mucho gusto. Bien, acabamos de colocarle a la clienta una habitación privada para la ochenta y cuatro. Naturalmente, nosotras preferimos que las portadoras compartan habitación, pero dados los recientes problemas de la ochenta y cuatro con la garrapata, pensamos que era mejor aislarla. Lo cual significa que la ochenta y dos tiene ahora también una habitación privada y que podemos vigilar con más facilidad las visitas que ambas reciben y la frecuencia de las mismas.

—Deberíamos presentar la mejora de alojamiento de la ochenta y cuatro como una recompensa por su colaboración en el incidente entre Julio y la treinta y tres —dice Mae.

—¡Buena idea! —exclama Becca tomando nota en su tableta.

—¿Y cuál es la actitud de la ochenta y cuatro? Geri, ¿quieres hacer algún comentario? —pregunta Mae mirando a la mujer corpulenta que tiene sentada a su lado.

Geri, la directora de coordinadoras, tiene formación psiquiátrica. Arrellanándose en su silla, responde:

—He hablado con mis chicas y repasado las grabaciones de vídeo. La ochenta y cuatro parece estar bien, mucho menos frágil que después del asunto de la garrapata. Pasa buena parte de su tiempo con las otras portadoras filipinas.

—En realidad —interviene Becca—, la ochenta y cuatro ha empezado recientemente a relacionarse otra vez con la ochenta y dos. Han aumentado las visitas a sus respectivas habitaciones y almuerzan juntas más a menudo.

—El problema no es la ochenta y dos —le espeta Geri—. La alborotadora es la treinta y tres. Son las interacciones con ella las que debemos rastrear.

—Y con la noventa y seis —añade Mae, mostrándose preocupada, al recordar la cara de Segundina, hinchada y enrojecida por un violento acceso de llanto ante la noticia de que le había recortado la paga. Mae no disfruta en absoluto castigando a las portadoras, sobre todo a las que han arrostrado, como Segundina, una vida muy dura en el mundo exterior. Pero no tuvo más remedio en esa ocasión. Los actos tienen consecuencias, y la filipina sabía muy bien que tenía prohibido, según el contrato, comentar con nadie cómo la habían reclutado.

—Por cierto, ¿cómo nos las estamos arreglando para evitar que la noventa y seis y y la ochenta y cuatro se relacionen?

Geri informa que los nuevos horarios remodelados de Jane y Segundina suponen que no llegan a cruzarse en todo el día, salvo, ocasionalmente, durante las comidas.

—Y la noventa y seis huye despavorida tras la conversación que mantuvo contigo, Mae. No se acerca a la ochenta y cuatro si puede evitarlo.

Mae consulta la agenda de su tableta.

—La siguiente cuestión es cómo conseguimos mantener alejada a la ochenta y cuatro de cualquier lío durante el resto de su embarazo. No podemos permitirnos otra cagada.

—Tengo a una persona monitorizando su señal de vídeo a intervalos regulares —dice Geri—. Pero sin sonido, no es una garantía al cien por cien.

Becca mete baza:

—¿No podríamos asignarle una coordinadora exclusiva?

—Podríamos —responde Mae—. Pero es caro. A mí me parece que habría una forma más eficaz de mantener a raya a la ochenta y cuatro.

Echa un vistazo alrededor para ver si todas la escuchan. Becca tiene una expresión inquisitiva; las otras desvían la mirada, como si temieran que fuera a interpelarlas.

—Señoras —dice ella, adoptando el tonillo de profesora que emplea cuando le ofrece a su equipo una ocasión de aprender—, la clave de una organización bien gestionada, sea una empresa Fortune quinientos o una empresa novel, sea un campo de refugiados o un sistema hospitalario, es tener los incentivos adecuados. La gente responde a los incentivos. Así de sencillo.

Todas asienten. Varias de las mujeres, observa Mae, toman nota en sus dispositivos.

—La cuestión —continúa diciendo— no es tanto cómo monitorizamos a la ochenta y cuatro con más eficacia, sino más bien cómo incentivamos a esa portadora para que se comporte de forma óptima. —Busca la mirada de sus subordinadas, muchas de las cuales aún están concentradas en sus tabletas, les lanza una sonrisa encantadora y las exhorta—: No os reprimáis. No hay respuestas erróneas. Se trata de una lluvia de ideas.

Después de animarlas un poco más, varias levantan la mano.

—¿Aumentarle la bonificación a la ochenta y cuatro?

—¿Dejar que se salte las clases de gimnasia que menos le gustan?

—¿Ofrecerle un número ilimitado de masajes?

—Son todas buenas ideas —dice Mae—. Pero me aventuro a decir que cada una de vosotras estáis considerando incentivos desde vuestra propia perspectiva. El primer paso debería ser preguntarse qué la incentiva a ella.

Becca levanta el brazo rápidamente y exclama:

—¡Amalia!

—Exacto —responde Mae—. La motivación primaria de la ochenta y cuatro es su hija. Hemos de apuntar hacia ahí.

—Quieres decir, reprogramar la visita —sugiere Geri.

—La zanahoria puede ser tan eficaz como el palo. —Mae le pide a Geri que prepare una propuesta con todo lo que implicaría esa visita, y le aconseja que la programe para dentro de varias semanas. Así podrán maximizar el período durante el cual esa portadora se sentirá incentivada para mostrar una conducta modélica.

Entonces pasa a las novedades médicas. Normalmente, es en ese punto cuando interviene Meredith, pero Mae la ha excluido de la reunión de hoy. Está muy ocupada adaptándose a sus nuevas responsabilidades y, además, para decir toda la verdad, Mae aún sigue irritada por la agresividad que muestra desde su ascenso... ¡sobre todo cuando fue ella misma quien la reclutó para incorporarse a Holloway hace cinco años!

Suspira profundamente para librarse de la energía negativa y lee el informe médico de la portadora 84.

—¿Podemos hablar de la ochenta y dos? ¿El bulto es...? —la voz de Becca se apaga a media frase.

Todas las miradas se concentran en Mae Yu.

—Ya sé que estáis todas preocupadas, así que voy directa al grano —dice ella—. El bulto es benigno. Los médicos dicen que no es necesario quitarlo hasta después del parto.

Estalla un murmullo general. La tensión se ha roto.

—Todavía no le hemos dado la buena noticia a la ochenta y dos porque el médico nos ha enviado el resultado esta misma mañana —dice Mae entre el barullo de voces.

—¿Hay algún motivo para no decírselo? —dice Becca—. Como, por ejemplo, para que no se meta en líos, teniendo en cuenta que es amiga de la treinta y tres, y que su bebé es tan importante.

Mae la mira sorprendida.

Geri suelta un bufido. Una de las coordinadoras señala que se ha demostrado que los niveles elevados de cortisol en la portadora tienen efectos a largo plazo. Fiona, del Departamento Legal, considera que Golden Oaks podría estar obligado legalmente a informar a la portadora 82 sobre su dolencia.

—En todo caso, me parece muy cruel dejar que siga creyendo que tiene cáncer —suelta Geri.

Becca se sonroja. Mae contemporiza.

—Todas las ideas son bien recibidas en este espacio. Sin juicios, por favor.

Las interrumpe un repiqueteo en la puerta. La recepcionista anuncia la llegada de la invitada. Mae pospone la discusión y, al cabo de unos minutos, entra Tracey a grandes zancadas. Va con pantalones negros y camisa a rayas; ya no lleva el pelo estirado, sino voluminoso y desordenado. Unos grandes pendientes con forma de media luna le cuelgan de los lóbulos de las orejas. Parece mucho más joven que cuando actúa.

—Tu puntualidad es impecable, como siempre —dice Mae levantándose para recibirla. Se rozan las mejillas.

—¿Qué noticias hay de Reagan? —pregunta Tracey.

—Todo bien. El tumor es benigno.

—¡Gracias a Dios! —Se deja caer en la silla que Becca le ha preparado.

—Para las que no hayáis tenido el placer, esta es Tracey Washington. Es toda una leyenda en el mundo teatral de Seattle —dice Mae, a modo de presentación.

La aludida suelta una risotada.

—¿Eres una leyenda si solo te conocen a nivel local?

—Tracey también da clases de arte dramático en una escuela de secundaria de la zona Seattle-Tacoma y dirige un programa extraescolar para los jóvenes de los barrios marginados.

—Y por si Mae no os lo ha contado —dice ella—, Holloway hizo una gran donación para nuestros programas. O sea que, gracias.

Un murmullo de aprobación recorre la mesa. Mae observa que Becca se lleva una mano al pecho, como si necesitara serenar su corazón. Geri es la única que parece impasible.

—Y por supuesto, Tracey es nuestra doble de la clienta de la ochenta y dos —dice Mae—. Sé que este programa es nuevo para todas, salvo para Geri. También es nuevo para nosotras. Aunque llevamos un tiempo desarrollando la idea, nunca hemos utilizado una doble hasta ahora. He pensado que valía la pena que Tracey viniera para que conociera al equipo. Quiero que todas comprendáis nuestras razones para adoptar este recurso. Así podremos analizar lo que ha funcionado y lo que no, y hacerlo incluso mejor la próxima vez.

—*Kaizen* —apunta Becca, refiriéndose al mantra de Mae, un mantra que ha ido inculcando a sus subordinadas reunión tras reunión—. ¡Aprendizaje continuo!

Geri pone los ojos en blanco.

—Hemos optado por una doble de la Costa Oeste para minimizar el riesgo de que alguna de nuestras portadoras la haya visto alguna vez —explica Mae—. Pero me estoy anticipando. Esta idea fue de Geri. Geri, ¿quieres explicar tú misma el proceso mental que hay detrás de la idea?

—Sí. Bueno, la ochenta y dos es lo que nosotras llamamos una «indagadora». Está indagando para encontrarle un sentido a la vida. Alberga vagas ambiciones de dedicarse «en serio» a la fotografía, pero no se ha comprometido plenamente con ese objetivo. Mi impresión es que teme el fracaso; dada su posición acomodada, nunca ha tenido que esforzarse de verdad para conseguir nada.

—He visto exactamente lo mismo en los chicos ricos de Christie's —la interrumpe Becca—. Son muy inseguros.

Geri la ignora con toda intención y continúa:

—Observando a la ochenta y dos, tuve la sensación de que gestar un embrión para la clienta real no satisfaría su búsqueda de sentido. Por eso le propuse a Mae que usáramos una doble. Alguien que encarnara a la «clienta ideal» de la ochenta y dos; alguien que le hiciera ver que gestar ese feto era para ella una experiencia llena de sentido.

Mae interviene:

—Evidentemente, para las portadoras, en general, no hace falta una doble. Pero dada la importancia del feto que la ochenta y dos está gestando, y la naturaleza «indagadora» de ella misma, nos pareció que valía la pena poner en práctica la idea. También nos puede proporcionar una nueva fuente de ingresos, porque podemos cargar una cantidad extra por la intervención de las dobles.

—En realidad no estábamos convencidas del todo de que necesitáramos a Tracey. Ella venía a ser como una póliza de seguros —dice Geri.

Tracey sofoca una risotada y exclama:

—¡Me han llamado cosas peores!

—Pero en las últimas semanas quedó claro que era necesaria una doble —dice Mae aduciendo como justificación el ensayo satírico titulado «30 fetos de élite por debajo de las 30 semanas», hallado en los archivos en línea de la portadora ochenta y dos y también su petición de donar la bonificación a la ochenta y cuatro.

—Desde mi punto de vista, la propuesta de renunciar a su bonificación fue el factor decisivo —explica Geri—. Porque implicaba que, para la ochenta y dos, gestar un embrión anónimo no era lo bastante significativo en sí mismo.

—Así pues, le dimos el sentido que buscaba. Bueno, se lo dio Tracey. Y de un modo magistral. Tracey, ¿quieres ofrecer una breve explicación antes de pasar a las preguntas? —solicita Mae consultando el reloj.

—Con mucho gusto. —Tracey va mirando a cada una de las presentes mientras habla—. Bueno, Geri me informó sobre Reagan. Perdón, sobre la ochenta y dos. Básicamente, que está buscando algo. Así fue como enfoqué mi papel: la historia de la mujer desfavorecida que se ha hecho a sí misma. En fin, todas las ideas que se nos ocurrieron a Geri y a mí durante los preparativos.

—¿Y cómo reaccionó ella? —la anima Mae.

—Se lo tragó. Completamente. Y bueno, lo de la exposición… eso fue una idea fantástica.

Becca cambia de posición en su asiento, sonriendo.

—Esas fotografías la incitaron a hablar de muchísimas cosas. —Tracey afirma—: Es una buena chica. De veras.

—Todo esto es importante, aparte de los buenos resultados de la biopsia. Que la ochenta y dos sienta una conexión, incluso una corriente de afecto, hacia la madre y, por ende, hacia el niño, solo puede ser beneficioso para nosotras.

Todas asienten.

—¿No podríamos haberle presentado simplemente a la clienta real? Quiero decir, ella misma tiene una historia conmovedora. —Es Becca de nuevo, con ánimo de llevar la contraria. Mae la mira con aprobación. Las mujeres del equipo no cuestionan las cosas lo suficiente.

—La clienta no quiere darse a conocer —replica Geri sin levantar siquiera la vista de su tableta.

Becca, escarmentada, baja la cabeza. Mae añade con delicadeza:

—Pero aun suponiendo que la clienta hubiera estado dispuesta a reunirse con la ochenta y dos, quizá habríamos optado igualmente por una doble. Nuestra clienta no está muy dotada para las relaciones personales. Puede dar la impresión de ser… fría. Quizá no se habría producido una afinidad entre ella y la ochenta y dos. La idea de la doble nos permitió utilizar la investigación de Geri para crear una falsa clienta con grandes posibilidades de forjar una auténtica conexión con la ochenta y dos… Una ocasión ideal para incitarla a actuar, por su propia voluntad, de la mejor manera para el niño.

Todas las mujeres alrededor de la mesa asienten de nuevo, Becca con más vehemencia que nadie.

Mae abre el turno de preguntas. Varias manos se levantan. Tracey aclara cada duda con aplomo. Es una verdadera profesional. A Mae le encantaría volver a utilizarla. Considera que la idea de la doble es un éxito. Otra novedad positiva que incluir en el informe para Leon.

—¡Disculpe! —interviene Becca, que lleva un rato esperando para hacer una pregunta—. Señora Washington, cuando estaban en el museo (eso fue idea mía, por cierto, pues yo trabajé en el mundo del arte antes de entrar en Holloway), ¿en qué sentido la ayudaron las fotos de Arbus a establecer una conexión?

Una pregunta de propio lucimiento, pero adecuada para concluir la reunión.

Tracey se toma un momento para ordenar sus pensamientos.

—Bueno, en la exposición, como he dicho, la ochenta y dos se me abrió del todo. Pero la clave fue una de las fotografías. Yo sabía que estaría allí, porque Geri y yo repasamos el catálogo durante los preparativos. Era una foto de un enano tendido en una cama, que llevaba puesto un pequeño sombrero de ala. La ochenta y dos estaba a mi lado y yo dije: «Mira a ese tipo. Es un friki desde cualquier punto de vista, y sin embargo, parece muy seguro de sí mismo».

»Dejé que asimilara la idea un rato y noté que se había quedado pensativa. Entonces añadí: «A mí me costó mucho tiempo dejar de sentirme como una friki en este país; y todavía me estoy esforzando para alcanzar ese tipo de seguridad».

Tracey hace una pausa, dando lugar a que el silencio se ahonde en la sala.

—¿Y ella qué dijo? —pregunta Becca, embelesada.

—Bueno, se volvió hacia mí y, como si quisiera tranquilizarme, va y me dice: «Yo creo que está bien sentirse inseguro, con tal de que intentes hacer lo correcto...». Entonces yo le contesto: «¿Tú crees que estás haciendo lo correcto, Reagan?».

Tracey recorre la mesa con la vista para comprobar que tiene atrapada a su audiencia. Becca se ha vuelto a llevar la mano al pecho. Incluso Geri parece cautivada. O al menos, interesada.

—Y ella me responde, muy seria: «Sí, lo creo». —Tracey sonríe francamente y añade—: Fue entonces cuando supe que nos la habíamos ganado.

Ate

«Gracias, Ellen.»

Ellen se mira en el espejo de su polvera mientras se empolva la frente.

—Ya sé que estás ocupada.

Ellen mira a la cámara. Sus grandes ojos inundan la pantalla del móvil que sujeta Ate.

—¿Cuándo vuelve su yaya?

—Pronto. Ya está regresando del hospital. Su padre se encuentra estable. Ha sido un ataque al corazón leve.

La voz de Ellen se convierte en un lloriqueo. Siempre ha sido la más llorona de los cuatro: porque quería otra galleta o los zapatos del escaparate.

—He quedado con Hans para almorzar, mamá. ¡Es danés! ¿Conoces Dinamarca? ¡Y su vuelo sale dentro de unas horas!

—Roy es tu hermano. —Ate se esfuerza para ocultar su irritación. Su hija nunca visita a Roy; la única que lo hace es Isabel, pero está trabajando, y, en cambio, Ellen está libre todo el día. Su hija antes no era tan egoísta. Teme que la haya maleado la falta de una madre que la oriente, y también el dinero que ella misma envía.

—Aunque me vaya antes de que vuelva su yaya, Roy estará bien. ¿Cómo va a tener ningún accidente estando ahí sentado? —rezonga Ellen, sondeando a Ate, aunque al menos tiene la decencia de desviar la mirada.

—¿Roy lleva puestos los auriculares? —pregunta Ate. Prefiere no discutir con su hija, aunque la rabia le arde en el pecho como un ascua al rojo vivo—. Son muy caros. La yaya dice que no se los pone.

Ella vuelve la mirada, supuestamente hacia Roy, y niega con la cabeza.

—La música puede ayudarlo —explica la madre—. He leído artículos sobre eso. Estoy trabajando mucho y ahorrando para traerlo aquí. Para que lo pongan en tratamiento.

—¡Yo también quiero ir! ¡Ahorra dinero para mí! ¡Yo lo llevaré a Nueva York! —Ellen sonríe a la cámara con una sonrisa que resulta difícil no corresponder. Así debe de sonreír a sus novios.

El problema es que es demasiado guapa. Cuando eres demasiado guapa, las demás partes de tu persona no se desarrollan.

Se oye el ruido de una puerta. Ellen anuncia con alegría que ha llegado la yaya de Roy. Le lanza un beso a su madre y se esfuma. La yaya aparece en la pantalla, disculpándose por haber tenido que salir tan precipitadamente. Ate le pide que acerque la silla de ruedas de Roy al portátil y que ajuste la cámara para que ella pueda verlo, y que mientras tanto le prepare el almuerzo, porque quizá tenga hambre. Ellen no sabe cocinar y, seguramente, no le ha dado nada de comer.

—Roy, mira a la cámara para que mamá te vea los ojos.

El chico no reacciona; continúa mirando al frente.

—*¡Guapo na guapo!* ¡Eres muy guapo! Pero te hace falta cortarte el pelo. Ya se lo diré a yaya.

»Roy, ¿has visto que ha ido Ellen a verte? —pregunta Ate—. Estaba muy contenta. No va más a menudo porque está ocupada. Pero procurará ir más.

»Y otra cosa, *hijo:* tienes que ponerte los auriculares hasta que te traiga aquí para que te vean los médicos. Estoy trabajando mucho para conseguirlo. Pero el negocio de comida es más duro de lo que creía.

Un insecto zumba alrededor de Roy. Ate siente el impulso de ahuyentarlo con la mano, pero ¿qué puede hacer ella?

—Angel ha tenido una idea. ¿Recuerdas que te hablé de Angel? La de los novios norteamericanos, la del pelo de color naranja. Bueno, pues Angel tiene un cliente. Y resulta que él se va de vacaciones a Disney en Navidades. ¿Te acuerdas de Disney? ¿De Micky Mouse, Blancanieves y todo eso?

»En Navidades hay mucha gente en Disney. Las colas serán

muy largas y los hijos de los clientes aún son pequeños. Allí venden unas pulseras especiales que te permiten saltarte las colas largas, pero son muy caras. El cliente de Angel es muy listo. Ha encontrado a un guía que es alguien especial como tú, quizá va en silla de ruedas, quizá va algo lento. Disney permite que las personas especiales se salten las colas. Y contratar a alguien así sale más barato que las pulseras, ¿entiendes?

Ate mira a su hijo, esperanzada. Él se ha girado hacia un lado, en dirección a la puerta. Tal vez se está preguntando adónde ha ido Ellen. Tal vez la echa de menos. De niños, eran uña y carne.

—Angel le preguntará a su cliente si hay una agencia para esos guías especiales. Quizá esa agencia podría echarnos una mano para sacar tu visado. Quizá te contraten cuando te traiga a Norteamérica. Disney queda demasiado lejos; y los músico-terapeutas están en Massachusetts. Pero a lo mejor puedes conseguir un empleo en Six Flags, que es como Disney, pero está más cerca. Un empleo es bueno, porque te da un objetivo.

Roy eructa.

—¡Roy! Cuando eructas así, tienes que decir: «Disculpe». Es una norma de buena educación.

Ate se queda callada. Si la agencia no puede ayudar con lo del visado, ¿cómo va a conseguirlo? Piensa en Cyntia, la que vivía en el hostal de Queens hace años. Se la encontró la semana pasada en Atlantic Avenue, y ella le explicó que los Mulroney (aún trabaja para esa familia, después de tantos años) van a avalar a su hijo mayor. El abogado está preparando a toda prisa la solicitud de la tarjeta verde antes de que cumpla los dieciocho años. Así resulta más fácil con Inmigración.

Ate tiene muchos clientes que la respetan, que le envían felicitaciones de Navidad, que le piden que les encuentre una nueva niñera, que le mandan artículos de periódico por correo electrónico. Pero no tiene ningún cliente como los Mulroney. Ella no trabaja tanto tiempo con sus clientes como para que la quieran así. Con un amor tan grande que incluya a sus hijos.

De hecho, le había aconsejado a Cyntia en su momento que no se quedara con esa familia. De eso hace once años. Cyntia tenía que ayudar a los hijos que había dejado en Davao, y los Mulroney eran amigos de una clienta de Ate y necesitaban una cuidadora para su hijo. Así que ella la recomendó. Cuando después de los cuatro meses los Mulroney le pidieron que se quedara y se convirtiera en su niñera —los padres trabajaban, la madre ganaba más que el marido—, Ate le dijo que rechazase la oferta.

—¡Se gana más cuidando bebés que trabajando de niñera en una única casa!

Pero Cyntia prefirió quedarse con una sola familia y un solo trabajo. No le hizo caso, y ahora podrá reunirse con su hijo. Y tendrá su propia casa, un apartamento de una habitación en Flushing que los Mulroney la ayudaron a comprar. Ate no creyó a Cyntia al principio: ¿qué clase de clientes harían una cosa así? Pero resulta que la madre consiguió un gran puesto de trabajo, y es una persona muy importante en su banco de Wall Street. Y un día le dijo a Cyntia: «Mi éxito ha sido posible porque todas las mañanas, cuando me iba al trabajo, y cada vez que me quedaba en la oficina hasta muy tarde, no me preocupaba por mis hijos… porque estabas tú.»

Dios ko. No sé.

—No sé si escogí bien. —Sin pensarlo, Ate ha pronunciado esta frase en voz alta. Observa a Roy, que tiene la mirada perdida, como si no la oyera. Ella se explica—: Pero la mayoría de las familias no son como los Mulroney. ¿Te acuerdas que te hablé de mi amiga Mahalia? Ella fue niñera de una familia durante siete años; y cuando ellos se mudaron, ¡ni siquiera le dieron una indemnización!

El insecto que ha estado zumbando alrededor de Roy se le posa en la mejilla. Ate cree que debe de ser una mosca, porque un mosquito le habría picado hace mucho rato. Pero pese a ello no le gusta verla allí, posada en la cara de su hijo como si él fuese un plato de comida.

—*Hijo*, hay una mosca… —le dice con voz trémula.

Roy. Haz algo.

Jane

Jane camina hacia la sala de conferencias, donde se celebra la misa los domingos. Atisba por la ventanita de vidrio grabado de la puerta. Detrás de la mesa ovalada, normalmente utilizada para reuniones de negocios, se encuentra el padre Cruz de pie. Dispuestas alrededor en varias hileras de sillas, hay una docena de portadoras con la cabeza gacha. Carmen está sentada con aire engreído ante el teclado eléctrico, junto a la ventana, esperando a que él le indique que empiece a tocar un himno.

Anteriormente, las portadoras católicas se congregaban los domingos en la sala de proyecciones y veían la misa por televisión. A ninguna se le ocurrió pedirle a la señora Yu si podían celebrar una misa de verdad en Golden Oaks hasta que lo propuso Reagan. Como Jane no se atrevía a hablar con la directora, lo hizo ella. Y la señora Yu accedió.

Jane se escabulle rápidamente hacia el comedor. Va a saltarse la misa. Hoy no sería capaz de aguantar todo el rato ahí sentada.

En el pasillo, una de las mujeres de la limpieza está pasando el aspirador por la moqueta, pero apaga el aparato cuando ella se aproxima. Jane también tenía instrucciones para hacer lo mismo en la residencia de ancianos. Se suponía que no debías tener el aspirador encendido cuando pasaba algún visitante.

El comedor está casi vacío. Solo hay algunas madrugadoras, medio adormiladas, tomando bebidas sin cafeína. Los domingos son días para quedarse en la cama; no hay actividades programadas hasta media mañana. Reagan está en la cama, eso le consta, porque no es una persona madrugadora. O eso es lo que siempre dice, como si fuera un rasgo fijo de su naturaleza, igual que el tipo de sangre o el color de la piel. En la residencia de ancianos, Jane comenzaba a trabajar muchas veces antes de las siete. Y cuando cuidaba a Henry, el niño de los Carter, se despertaba siempre que él lo hacía, a cualquier hora de la noche. Si Reagan no es madrugadora, ella debe de ser, en cambio, una persona supermadrugadora; o sea, una especie de *superwoman*.

Se echa a reír, porque está contenta.

—Hola, Jane —dice una coordinadora deteniéndose para hablar con ella. Le pregunta cómo se encuentra y le habla de la fiesta de cumpleaños de su hija, celebrada la semana pasada. Encendieron fuegos artificiales, porque solo habían pasado unos días desde el Cuatro de Julio, y su hija se quedó aterrorizada por el estrépito. La mujer le aprieta el brazo y le dice al oído:

—¡Ya me he enterado de la visita de tu hija!

Jane titubea. Ese tono familiar y amistoso es algo nuevo para ella. Es así como la tratan las coordinadoras porque se ha sabido de quién es el feto que está gestando. Y también desde que le contó a la señora Yu lo de Lisa y Julio.

O quizá es ella misma la que ha cambiado.

—Sí, me muero de impaciencia —reconoce, y la inunda una alegría inmensa.

—¡Espero que tú y tu hija lo paséis de maravilla!

Jane se acerca al mostrador de la cocina. Es tan temprano que lo único que hay es fruta y yogur. Aguarda a que salgan los *muffins* soñando despierta.

Cuando la señora Yu la llamó a su despacho el otro día, su primer pensamiento fue que el feto había contraído la enfermedad de Lyme a pesar de la medicación. Pero lo que la directora le anunció fue que había «conseguido convencer» a su clienta para que autorizara una primera visita de Amalia dentro de un mes; y además, también permitirían que la niña se quedara a pasar la noche con ella.

—Yo le he repetido una y otra vez que el incidente de la garrapata fue una anomalía. Que tú eres una portadora modélica y que quieres lo mejor no solo para ti misma, sino para toda la familia de Golden Oaks —le explicó la señora Yu sonriendo.

Jane sabía perfectamente que se refería a Lisa y a Julio; al hecho de que los hubiera «delatado», tal como oyó hace poco que le susurraba Tasia a otra portadora durante el almuerzo. La visita de Amalia venía a ser una recompensa, o un soborno, o ambas cosas.

Aun así, podría ver a su hija.

Estuvieron hablando de la logística, aunque todavía faltaban semanas para la visita. La señora Yu le recomendó un hostal de un pueblo cercano y una tienda de juguetes donde podría comprarle un regalo a la niña.

—Y supongo que tu prima, ¿era Evelyn como se llamaba?, se encargará de traer a tu hija, ¿no?

Ante la alusión a Ate, Jane sintió que se encendía por dentro. Ella es consciente de que debería perdonarla —Ate es mayor y está cargada de problemas—, pero no puede. Todavía no. Cada vez que se imagina a su hija sola con Segundina —la confusión que debió de sentir Amalia, la sensación de que era abandonada de nuevo—, vuelve a entrarle un acceso de furia. Sentada en su cochecito en un parque con una extraña, la niña no podía saber si ella o Ate iban a volver jamás.

Desde la discusión que mantuvieron hace más de dos semanas, no ha hablado con su prima. Al principio era ella la que evitaba las videollamadas, pero ahora cree que es Ate la que la está evitando. Ella llamó varias veces la semana pasada, pero siempre saltaba el buzón de voz. Ate es testaruda. No está acostumbrada a que la pillen en falta.

—¡Jane! —Betsy, la cocinera, aparece en el umbral de la cocina, secándose sus carnosas manos en el delantal. A través de la puerta se cuela un estrépito de ollas y el sonido de un grifo abierto—. ¿Necesitas algo, cielo?

Cielo. Eso también es nuevo.

—Estoy esperando los *muffins*...

—Acaban de salir del horno. Voy volando a buscarte uno. ¿De qué lo quieres?

Ella protesta. No tiene prisa, puede esperar. Pero Betsy insiste y vuelve al cabo de un momento con un platito de *muffins*: arándanos con cereales, plátano con semillas de chía y, «que quede entre nosotras», plátano con chips de chocolate, el tipo de *muffin* que la cocinera le prepara a veces a Lisa. La mirada de Jane se demora en el cerco de chocolate derretido antes de devolverle ese *muffin* a Betsy negándose a cogerlo.

—A la señora Yu no le importará por una vez —dice la cocinera haciéndole un guiño.

Pero Jane no piensa poner en riesgo la visita de Amalia por un poco de chocolate.

Se lleva el platito con los *muffins* todavía calientes y se instala en una mesa de la parte trasera del comedor. Desde allí, a través de los ventanales que van desde el suelo hasta el techo, puede ver cómo pastan las alpacas en los campos que quedan muy cerca. Observa sus cabezas peludas inclinadas sobre la hierba. Casi fuera del rebaño, ve a un ejemplar que parece de miniatura: blanco por completo, de cuello escuálido y patas flacuchas. El animal alza la cabeza y parece mirarla directamente. Es un bebé. Se cruzan las miradas, o eso le parece.

Es precioso. El mundo a veces puede ser precioso.

Estruja su servilleta. No permitirá que Reagan se quede durmiendo haciendo un día tan precioso.

En el pasillo, una coordinadora la saluda.

—Hola, Jane.

—¡Buenos días! —dice ella mirándola a los ojos.

La habitación de Reagan está a oscuras, y las cortinas, corridas todavía. Ella esta tumbada en diagonal sobre la cama, como si la hubieran arrojado desde lo alto: boca arriba, y con un brazo colgando por un lado. Se supone que no deben dormir así. Se lo han enseñado en clase. Dormir boca arriba puede impedir que le llegue al embrión la sangre suficiente. Además, no es cómodo. Cuando Jane se coloca sin querer en esa posición por la noche, nota de inmediato que le cuesta respirar.

—¡Despierta! —canturrea Jane de nuevo, pero en voz más baja. Deja el plato de *muffins* sobre el abultado libro azul que Reagan lleva siempre consigo y la sacude por el hombro.

—Nooo —murmura Reagan, y se vuelve de lado.

Jane contempla la silueta dormida de su amiga. No hace mucho que esta creía que había enfermado. Estaba muy asustada, y Jane también, aunque ella no podía demostrarlo. Cuando llegaron los resultados de la biopsia, se sentó a su lado en el despacho de la señora Yu y le sujetó la mano, que estaba caliente y húmeda como la de una niña.

Fue ese miedo también lo que la empujó a hablar otra vez con Lisa, pero lo hizo porque Reagan se lo suplicó. Esta tenía migraña y no la dejaban levantarse de la cama; aún temía que la señora Yu no le hubiera dicho toda la verdad y quería que Lisa averiguase todo lo que pudiera.

Hablar con Lisa —dada su lengua viperina y su mala baba, y dado que ella la había delatado— era lo último que Jane deseaba hacer. Pero ¿cómo podía negarse?

—No esperaba verte aquí —fue lo que Lisa le dijo al encontrársela en su puerta. Llevaba el pelo envuelto con una toalla. Jane notó un vuelco en el estómago como si tuviera un pez atrapado en él.

—Tengo noticias sobre Reagan —susurró Jane, mirando a uno y otro lado del pasillo, por si aparecía alguna coordinadora.

Lisa la arrastró dentro de la habitación y escuchó atentamente lo que su compañera le contó sobre el bulto y el resultado de la biopsia.

—Hemos de asegurarnos de que no hay nada más —dijo Lisa—. Y de que la tratarán si lo necesita.

—Claro que la tratarán —conjeturó Jane, pensando en Princesa, la filipina con cáncer del hostal de Queens. Ella no tenía dinero ni era norteamericana, pero a pesar de todo la estaban medicando.

—No necesariamente. No lo harían si el tratamiento pudiera poner en peligro al feto. Lo que debemos averiguar es lo que dice el contrato. Saber qué vida tiene prioridad.

—Pero la señora Yu nos dijo que no es cáncer —comentó Jane tímidamente.

—Es una mentirosa, Jane. ¿No te das cuenta? Hemos de estar preparadas para cualquier cosa.

Jane se levantó, porque ya no tenía nada más que contarle. Temía que si se quedaba demasiado rato en la habitación de Lisa, las coordinadoras sospecharían. Y temía a Lisa, además. Al acercarse a la puerta, la chica la sujetó del brazo. La agarró con fuerza, como hacía Billy.

—Deja de evitarme —le dijo con serenidad—. Hiciste lo que tenías que hacer. Lo entiendo. ¿Vale?

Jane asintió; el corazón se le había acelerado. Una vez en el pasillo, tuvo que contenerse para no echar a correr.

ϒ

Reagan se ha levantado por fin. Ella y Jane están sentadas en el comedor comiéndose los *muffins* y observando a la alpaca. Suenan unas risas. Acaba de entrar un grupo de filipinas: Delia, Carmen, la portadora de mellizos en avanzado estado de gestación y, al final del grupo, está Segundina.

—Mírala —le dice Jane a Reagan en voz baja, estremecida.

Como si pudiera oírlas desde la otra punta del comedor, Delia agita los brazos.

—¡Jane! ¡Jane!

—Segundina —musita Jane— ha visto a Amalia más que yo este año.

La boca se le llena de un sabor amargo. Imagina a Segundina enviando mensajes a sus amigas de Filipinas mientras la niña, con el pañal empapado, gime a su lado. Por eso le salió un eccema del pañal. La primera vez que hablaron, Segundina reconoció que lo había tenido. Jane lo recuerda en ese momento.

—Pero no es culpa suya. Ella no lo sabía.

Reagan está tratando de calmarla. Y tiene razón, claro. La culpa no es de Segundina. Es de Ate. De la falsa de su prima. Se lo dice a Reagan, que titubea.

—De todos modos, tu prima pretendía ayudar a alguien que lo necesitaba —sugiere, pero añade enseguida—: Y no lo digo para excusarla

—Cada vez que la llamo, salta el buzón de voz. Me está evitando.

—Estará ocupada. —Reagan vuelve a mencionar el vídeo de ayer, en el que Amalia aparece bailando al son de una canción de la radio.

Jane nota que su amiga quiere distraerla. Observa la cola frente al mostrador de la cocina, donde Segundina está esperando con una bandeja vacía. ¿Cómo llegó Ate a conocerla, en todo caso? ¿Y por qué decidió ayudarla precisamente a ella, entre todas las mujeres con historias difíciles que circulaban por el hostal de Queens?

Se da cuenta de que no sabe casi nada. No hizo las preguntas suficientes cuando le echó en cara a Ate su engaño. Estaba tan furiosa y tan ofuscada que se lanzó a gritarle una y otra vez hasta que se aplacó su rabia y captó en la voz de Ate —siempre tan segura, siempre con la razón de su parte— un matiz de culpabilidad.

Se levanta y se sacude las migas de la falda.

—Voy a hablar con ella...

—No, Jane, no...

Echa a andar antes de que Reagan consiga levantarse, dejándole la bandeja en la mesa para que la limpie ella. Oye cómo le retumba el corazón. Ve al fondo la mesa donde está Segundina junto a Delia y las demás, con la araña de cristal que tanto le gusta a ella sobre sus cabezas. Segundina se encorva sobre su plato como si comiera de un pesebre.

—Segundina —dice al llegar a su lado, consciente de que debería dar media vuelta y marcharse, pero incapaz de hacerlo. El bullicio de la mesa se interrumpe. Varias portadoras la miran abiertamente, sin fingir siquiera que no se entrometen.

La chica levanta la vista y Jane observa sorprendida que está asustada.

—¡Siéntate, Jane! —dice Delia deslizándose en el banco para que pueda sentarse junto a Segundina—. Siéntate antes de que te vean las coordinadoras.

—¿Cómo está tu bebé, Jane? —pregunta Carmen, que nunca le ha caído bien. La ha oído cuchichear, lo bastante alto para que ella lo oiga, que es una engreída, que siempre anda detrás de las norteamericanas como un perrito faldero, que se cree mejor que las demás por el feto que lleva en el vientre.

—Está bien —responde Jane, tensa. Nadie replica, como esperando que explique algo más.

—¿Has recibido tu bonificación del tercer trimestre? La mía no es gran cosa, pero la tuya debe de ser enorme, ¿no? —pregunta Delia con avidez. Anhelante, ya le ha dicho varias veces lo afortunada que es por gestar al bebé millonario.

Jane está aturdida por el bombardeo. Las demás portadoras la miran de reojo mientras hablan entre sí en voz tan baja que no las oye.

—¿De qué provincia eres? —pregunta Jane a Segundina.

Ella retuerce la servilleta entre las manos.

—Soy de Bisayas. De Bohol...

—¿De Bisayas? ¿Y cómo es que conoces a Ate Evelyn?

La muchacha titubea y mira a las demás.

—Yo también la conozco. Es mi prima —le explica Jane procurando ocultar su impaciencia—. Pero ¿cómo la conoces tú?

Segundina baja la voz hasta convertirla en un susurro, y responde:

—Conozco a Ate Evelyn del hostal de Queens.

—¿Con qué frecuencia dejaba el bebé contigo…?

—¡Basta de preguntas! —cuchichea Carmen—. No está permitido. Tú ya lo sabes, Jane.

—Simplemente estoy hablando —replica ella mirando en derredor para buscar apoyo, pero nadie la mira a los ojos. Ni siquiera Delia.

—¡Simplemente hablando para poder denunciarla otra vez! —Carmen se inclina tanto sobre la mesa que le ve las narinas dilatadas y las marcas de viruela de la cara.

Jane, sobresaltada, mira a Segundina, que se ha tapado la cara con las manos, y le pregunta:

—¿Tuviste problemas por culpa mía?

—¡No contestes, Segundina! Solo te servirá para perder más dinero. ¡A ella le dan igual las normas porque muy pronto será rica! —Carmen habla en tagalo, aceleradamente.

—¡Yo no la denuncié! —replica Jane sin rabia, pero sí con sorpresa.

—Entonces, ¿quién? —le espeta Carmen.

Jane piensa a toda velocidad. ¿Reagan se lo dijo a Lisa, y esta a la señora Yu?

—¿Cuándo tuviste problemas? —le pregunta a Segundina pasando al tagalo.

La filipina aparta las manos y levanta la cabeza.

—Al día siguiente de hablar contigo. La señora Yu me llamó a su despacho…

—Disculpad, chicas. —La coordinadora que aparece detrás de ellas es aquella con la que Jane ha hablado antes. La de la fiesta de cumpleaños con fuegos artificiales. Todo el mundo en la mesa se queda callado—. ¿Es que habéis olvidado que en Golden Oaks solo se habla en inglés?

Segundina y Jane se miran con aire culpable.

—Es que verá… —farfulla Carmen.

—Ah, hola, Jane. No te había visto —dice la coordinadora, en un plan amigable que la avergüenza.

De un modo más amable todavía, la mujer continúa diciendo que entiende que para ellas es reconfortante usar su lengua nativa, y más aún para Segundina, que todavía es nueva.

—Pero debéis ceñiros al inglés, chicas. Si no, las demás nos quedamos fuera.

La mujer se aleja un poco, pero todavía a una distancia suficiente para seguir oyendo lo que dicen.

—Vámonos —dice Carmen, intentando adoptar un exagerado acento norteamericano. Le lanza una mirada furiosa a Segundina y se levanta. Esta se pone de pie, vacilante, y recoge los cubiertos y la servilleta en su bandeja, evitando mirar a Jane. Las otras permanecen sentadas en silencio, viendo cómo se van; reanudan sus conversaciones y siguen comiendo. Jane nota las miradas subrepticias que le dirigen, pero no hace caso.

Segundina está aterrorizada. La castigaron.

Pero ¿quién se lo contó a la señora Yu?

Reagan nunca confiaría en ella y Lisa la odia.

¿Podría ser que alguna de las coordinadoras la hubiera oído hablar con Segundina aquel día? No, no había ninguna cerca, está casi segura, y además, ella siempre va con cuidado.

A no ser…

Jane observa a las que están sentadas a la mesa. Las portadoras comen huevos y sorben zumos verdes. Ríen, cotillean y le lanzan miradas furtivas. Aquel día había muchas sentadas junto a ella y Segundina. Todas tienen oídos… y lengua.

Todas necesitan dinero.

Jane inspira hondo. Cierra los ojos para dominarse.

—¡Jane! —Delia le susurra con tal ansiedad que vuelve a abrirlos de golpe.

—¿Qué?

Delia se acerca un poco más, y los labios casi le rozan el oído.

—Dime, Jane. ¿Qué harás con tu dinero cuando seas rica?

Reagan

Reagan se despierta bajo una bruma ardiente. Se está abrasando. El sol se ha desplazado mientras dormía y ya no se encuentra bajo el cerco de la sombrilla. Tiene el traje de baño pegado a la piel. Busca a tientas el vaso de la mesita y bebe con avidez el agua recalentada por el sol. Estira los miembros. Tensa los músculos. Qué pereza más deliciosa.

Se da cuenta de que está tarareando una melodía y se sorprende. Pierde la noción de sí misma contemplando el azul interminable del cielo. En su interior, el hijo de Callie se remueve. Le gusta moverse cuando ella está inmóvil; y se queda inmóvil cuando ella está activa. Le dice hola mentalmente. Saborea la sensación del sol en la piel, el desarrollo de su vientre. Se acabó el cáncer, se acabó el miedo y la paranoia (que Golden Oaks está contra ella, que la señora Yu le miente).

Todo eso se ha terminado.

No hay ningún sitio donde preferiría estar en lugar de aquí, tendida en la tumbona, mientras soporta el peso del calor sobre ella y el embrión de Callie en su interior. Su cuerpo está sano y fuerte.

Cuando Callie fue a verla el otro día —con una botella de espumoso sin alcohol, para celebrar con retraso la buena noticia de la biopsia—, le mostró una fotografía de ella y sus hermanos, de pequeños. Callie iba descalza y le habían trenzado el pelo con cuentas; aparecía emparedada entre sus dos hermanos, que sacaban la lengua a la cámara. Reagan intentó imaginarse una versión de recién nacido del hermano mayor, el más guapo de los dos. Callie le contó que era testarudo, inteligente y algo alocado.

Se imagina al embrión de Callie rodando en su útero. Un chico testarudo, inteligente y algo alocado que solo verá la luz porque ella lo está gestando. Un chico que quizá termine siendo un titán de la industria o el inventor de un coche volador eléctrico. O senador. O gobernador. ¡O presidente! Un chico que se convertirá en un hombre negro tan fuerte y sensato como su madre.

Se le pone la carne de gallina. No puede evitarlo, aunque Lisa se mofa de ella cuando le explica todo eso. («Un chico millonario es un chico millonario, es un chico millonario.»)

Pero Reagan ahora ve las cosas de otra manera. No culpa a Lisa. Ella no lo entiende, simplemente: no puede entenderlo. Nunca se ha acercado al borde del abismo ni ha mirado a la muerte a la cara. Ella no reconoce que la vida, que el hecho de vivir, es algo extraordinariamente valioso... y también quebradizo. Basta con que se parta una ramita en el bosque. Basta una célula mutante.

El otro día, durante el almuerzo, Reagan tuvo una experiencia extracorporal. Como si la cámara se alejara, igual que en las películas, y ella lo viera todo a vista de pájaro: el ajetreo del comedor, las mesas llenas de mujeres iluminadas por el sol del mediodía. Y en cada una de ellas —charlando, masticando, sonriendo, enfurruñándose, bromeando, desternillándose; negra, morena, aceitunada, rosada, blanca— vio a un ser viviente.

En un instante todo el comedor se transformó en un espacio sagrado, más incluso que una iglesia. No había ninguna hostia con textura de cartón que no se deshace en la lengua, ni el murmullo monótono de las oraciones, ni el aire demasiado impregnado de incienso que impidiera respirar con facilidad. Pero, por el contrario, había algo sagrado en la plenitud del lugar.

—¿Es que no te has enterado de que ya no hay nada «sagrado»? Todo está de rebajas. Incluidas todas las personas de esta fábrica de bebés —le dijo Lisa limpiándose una mancha de salsa pesto de kale de la boca—. Me parece que estás sufriendo el subidón del superviviente. Lo cual es comprensible después de todo lo que has pasado. —Y añadió, con menos amabilidad—: O te han lavado el cerebro. La Granja lo hace muy bien.

Reagan dejó pasar esa pulla. Tampoco era que Lisa estuviera equivocada. Golden Oaks ganaba dinero, probablemente muchísimo, convirtiendo el embarazo en un negocio. Algunas de las clientas podían gestar a sus hijos por sí mismas, pero decidían no hacerlo por motivos diversos —por vanidad, o porque, supuestamente, estaban muy ocupadas— que no le parecían respetables. Y los clientes de Lisa no deberían haberle mentido al decirle que la endometriosis de la madre la volvía incapaz de gestar un niño por su propia cuenta. La chica descubrió la verdad (que la madre había vuelto a trabajar de modelo y no quería arriesgarse a perder la figura) cuando ya estaba embarazada del bebé número tres. Es comprensible que esté resentida.

Pero son muchos más los clientes de Golden Oaks que no pueden tener un hijo por sí mismos, aunque lo desean desesperadamente. Como Callie. Reagan está convencida de que lo que ahora siente (esa sensación de hacer lo correcto al gestar el hijo de esa mujer) no puede falsificarse. Quizá por primera vez en su vida tiene la seguridad de que está haciendo algo que vale la pena.

Eso es lo que Lisa no puede ver. Es lo que su padre nunca comprenderá. Él sigue enviándole artículos sobre gente no mucho mayor que ella que ha conseguido cosas extraordinarias (la mujer iraní-norteamericana que trabaja en Stanford en una técnica para curar el ébola, o la chica de Ohio con un máster en administración de empresas que abrió una cadena de tiendas de joyería y artículos para el hogar artesanales en Detroit, una ciudad en pleno resurgimiento). Su padre afirma que la «clave» del éxito en la vida es dedicarse a algo durante diez mil horas (¡Bill Gates! ¡Yo-Yo Ma!).

Pero no te hace falta ser un líder de élite, o un autor de *best sellers*, o un ídolo del mundo del arte, para realizarte. Correr solo para correr más deprisa no tiene sentido. Todo ese esfuerzo constante… ¿para qué, en realidad? ¿Para ganarse los elogios de desconocidos?, ¿para conseguir más seguidores en Instagram?, ¿por un artículo halagador en una estúpida revista, que en último término no significa nada?

Se sobresalta al notar una patada más fuerte de lo habitual. Se pone las manos en el vientre y sonríe. La siguiente patada la nota justo en la palma de la mano.

«Te tengo», le dice al hijo de Callie.

Una sombra le cubre el rostro. Jane está de pie junto a ella. Le da una botella de agua vitaminada.

—Gracias. —Ella se la pone en la garganta. Una gota de agua le resbala por el cuello y el pecho, y le deja un fresco reguero.

Jane coloca una tumbona en la sombra y se sienta. Adosa el UteroSoundz a su vientre y se quita el sombrero. Tiene el pelo apelmazado y grasiento.

—Todavía no he conseguido hablar con mi prima.

—Estoy segura de que se le olvida cargar su teléfono. Mi abuelo es así —dice Reagan incorporándose. Jane no ha hablado directamente con su prima ni con Amalia desde hace más de tres semanas, aunque recibe vídeos todos los días—. ¿Me dejas ver otra vez el clip de ayer? El de Amalia haciendo ruidos de animales.

—Ate nunca aparece en los vídeos que me envía. Los he repasado todos —dice Jane, muy tensa—. Yo creo que es porque ella no está ahí. Deja a Mali con extraños, y son ellos los que filman a mi hija. Por eso no me llama: ¡porque entonces yo descubriría la verdad!

—¡Tu prima no sale en los vídeos porque es ella quien los filma, tonta! —Reagan intenta hablar de modo desenfadado, pero Jane niega con la cabeza. Tiene ojeras. Le ha explicado que le cuesta dormir.

—Ya no confío en ella. Mi prima es una mujer ambiciosa. Ya me lo decía mi Nanay. Tiene muchas propiedades en Filipinas, pero pese a eso solo piensa en el dinero.

—Jane —dice Reagan con firmeza—, la gente mayor no sabe manejar los móviles. Olvida cargarlos. Tu prima adora a Amalia y es muy buena con los niños. ¡Tú misma me lo dijiste!

—Sí, es buena con los niños de los clientes —replica Jane amargamente—. Ella jamás dejaría al hijo de un cliente con un extraño.

Manipula torpemente su botella, tratando de desenroscar la tapa. Masculla por lo bajini, como el vagabundo que merodea frente al edificio de Reagan en Nueva York: el hombre al que tuvo que denunciar una noche a la policía porque se negaba a moverse del portal.

—¿Por qué no intentas despreocuparte hasta que veas a Amalia? La tendrás aquí la semana que viene...

—¡No sé si mi prima traerá a Mali! No me devuelve las

llamadas. Lo único que me manda son vídeos. ¡No me escribe nada sobre la visita porque no quiere venir!

—¿Y por qué...?

—¡Porque está muy ocupada cocinando y ganando dinero!

—Eso no lo sabes, Jane. Te estás basando en...

—¡O está ocultándome a Amalia!

—¿Por qué iba a hacer algo así? —Reagan procura disimular su exasperación.

—Ya se le cayó una vez. ¿No te lo conté? Yo lo descubrí al ver el morado que la niña tenía en la cara durante una videollamada. Y quizá ni siquiera entonces se le cayó a Ate, sino a otra persona. ¡Tal vez a Segundina!

Jane habla con una voz estridente. Sujeta la botella entre los muslos y retuerce el tapón metálico; la cara se le congestiona por el esfuerzo. Sin previo aviso, estrella la botella contra la silla y una lluvia de cristales relucientes cae al suelo.

—¡Jane!

La socorrista baja la escalera de su silla elevada preguntando a gritos qué ha pasado. Una coordinadora emerge de la caseta de la piscina; lleva en la mano una revista enrollada.

—¿Algún problema? —pregunta plantándose frente a ellas.

La socorrista le da a la coordinadora su versión de lo ocurrido, señalando de vez en cuando a Jane. Esta mira a lo lejos de un modo inexpresivo, todavía sujetando la botella resquebrajada. Tiene una gota de sangre en el brazo.

—Son estas botellas absurdas. Cuesta mucho abrirlas —dice Reagan, interrumpiendo a la socorrista, para evitar que la coordinadora centre su atención en Jane. Alza su botella todavía cerrada y parlotea sobre las bebidas que desearía que Golden Oaks encargase, y le pregunta a la coordinadora si algún día suavizarán las normas sobre bebidas con cafeína, aunque sea de forma ocasional.

—Esas normas no dependen de nosotras —dice la mujer. Entonces extiende una mano hacia Jane, que no parece darse cuenta—. Déjame ver esa botella.

Reagan le lanza la suya, sin parar de charlar sobre la ola de calor y deseando que Jane diga algo —cualquier cosa— antes de que la coordinadora desconfíe, llame al psicólogo y cancele de nuevo la visita de Amalia.

—¡Estas ni siquiera son de rosca fácil! —exclama la coordinadora, que confisca ambas botellas y le dice a la socorrista que avise para que alguien recoja los cristales—. Me gustaría saber quién habrá sido el idiota que ha encargado estas botellas.

Otra coordinadora aparece como surgida de la nada con una bandeja de bebidas en botellas de plástico. Jane sale de su letargo. Ve el corte que tiene en el brazo y, dirigiéndole una mirada avergonzada a Reagan, se echa una toalla sobre los hombros para ocultarlo. Llega la mujer de la limpieza y se pone a barrer los cristales rotos que han caído sobre las baldosas. Jane la mira sintiéndose culpable, pero cuando se levanta para echar una mano, la coordinadora exclama:

—Vuelve a sentarte, Jane. Puedes cortarte con los cristales.

En cuanto se quedan solas, Reagan coge la nueva botella de Jane, abre la rosca y la deja sobre la mesa dando un golpe.

—Aquí la tienes.

—Perdona, Reagan.

—¡Deja ya de actuar como una loca! A menos que no quieras volver a ver a tu hija.

Es una maldad decirle eso, pero Reagan se siente mala. No hace caso de la expresión triste ni de los ojos llorosos de su amiga y procura no preguntarse por qué se empeña en hacer exactamente lo que no debe en el momento más inoportuno.

Cierra los ojos e intenta dormir, pero la imagen de la gota roja que Jane tiene en el brazo se le ha quedado grabada en la retina, una gota roja que se convertirá en un reguero rojo. Es increíble que un cristal diminuto pueda cortar así. En Golden Oaks sirven la carne cortada, porque las portadoras no pueden usar cuchillos. Pero Reagan habría sido capaz de rajarle la cara a la coordinadora con una astilla de cristal.

Se gira de lado, dándole la espalda a la piscina, a la socorrista y a Jane.

El día, ese día tan precioso, se ha estropeado.

—No sé qué hacer —dice Jane. Parece tan desolada que a Reagan no le queda más remedio que incorporarse otra vez. Busca con la mirada a la coordinadora, que está entrando en la caseta.

—Mira, hagamos un trato. Si dejas de actuar de forma errática, le diré a Lisa que te ayude.

Jane asiente casi imperceptiblemente.

—Bien. Y ahora voy a echar una siesta. Tú también deberías hacerlo. Es evidente que necesitas dormir.

Reagan cruza los brazos sobre el vientre y cierra los ojos otra vez, aunque sabe que no podrá dormir. Está demasiado agitada. Todo está demasiado cerca, como si se hallara sentada en la primera fila de un cine: el rugido de un avión, el movimiento incesante de los globos oculares de Jane bajo los párpados cerrados; la figura de la coordinadora, que ha vuelto a salir al sol y permanece junto a la cesta de las toallas, dándose golpes en el muslo con la revista enrollada...

Todo demasiado cerca. Demasiado vasto y nítido.

—Todo va bien —le dice a su amiga, pero se siente inquieta. El cielo está despejado, de un intenso azul, y sin embargo, el día parece haberse ensombrecido de repente. Echa un vistazo en torno a la piscina: a Jane y a las demás portadoras que sudan bajo el sol intenso. Todos esos cuerpos humildes e hinchados, y el cielo aplastante en lo alto, y los trocitos de cristal que acaso sigan en el suelo...

Lisa no está en su habitación. Reagan aparta un montón de ropa de la cama y se tiende encima para esperarla. Ha pasado una semana desde que le pidió ayuda para sacar información sobre la hija de Jane. Esta se ha puesto más frenética desde entonces. Esa misma mañana ha intentado seguir a Segundina a la clase de *fitness* para interrogarla sobre Amalia. A duras penas ha conseguido detenerla.

Observa que el alféizar de Lisa está despejado. Ya debe de haber guardado las esculturas de Troy. El día anterior la informaron de que sus clientes quieren que vaya a Nueva York de inmediato. Al parecer, han conseguido contratar una sesión de fotos con un famoso fotógrafo de moda, que sacará fotos de los otros dos hijos junto al vientre desnudo de Lisa. Se lo besarán, lo abrazarán y le darán palmaditas.

—¿Tu contrato incluía fotos desnuda? —bromeó ella, aunque estaba destrozada, cuando Lisa le anunció que se iba en veinticuatro horas.

—Francamente, mis clientes han visto a estas alturas más

de mi anatomía que Troy. Están muy implicados en el parto —le dijo Lisa—. Papá y mamá situados a mis pies. Es raro, no te voy a mentir. Por suerte, las otras dos veces tenía tantos dolores que casi no noté que papá me metía el objetivo de una cámara por el chocho. —Soltó una risotada—. Ya lo verás.

Reagan sintió una opresión en el pecho. No estaba preparada para pensar en el parto, en el momento de dar a luz. Había visto en clase innumerables partos en vídeo, pero no era capaz de imaginarse la escena ocupando ella misma el papel de estrella principal. ¿Se pondría a gritar o apretaría los dientes y lo soportaría en silencio? ¿Necesitaría que le pusieran puntos? Tasia le habló una vez de una portadora que casi quedó desgarrada en dos, por lo grande que era la cabeza del recién nacido.

¿Estaría Callie presente?

Le preguntó a Lisa si volvería a la Granja después de la sesión de fotos. Al fin y al cabo, estaba en la semana treinta y cinco. Pero ella le contestó que la madre era tipo A «en grado sumo» y que le inquietaba que diera a luz antes de hora, como había sucedido con el bebé número dos. Así pues, iban a mantenerla en Nueva York hasta el momento de inducirle el parto.

—Al menos me han instalado en un hotel de lujo. Ese hotel donde se alojan todos los presidentes porque está construido a prueba de bomba. No queremos que le tiren una bomba al bebé número tres. —Dando un bostezo, Lisa se desplomó junto a Reagan e, inesperadamente, le posó la cabeza en el hombro. Ambas permanecieron sentadas en silencio. Lisa continuó apoyada en su amiga, respirando cada vez de forma más regular. Reagan procuró mantenerse lo más inmóvil posible, pero no podía controlar al hijo de Callie, que le daba patadas. La opresión que notaba en el pecho se volvió dolorosa. Ya echaba de menos a Lisa, y ni siquiera se había ido aún.

Reagan se despierta y ve a su amiga sentada al pie de la cama, empujándola y diciéndole que despierte.

—Estoy preocupada por Jane —murmura Reagan, adormilada.

Lisa no contesta. Tiene una expresión preocupada.

—¿Qué pasa? —Reagan se incorpora—. ¿Has averiguado algo sobre Amalia?

Su amiga deambula por la habitación mientras comenta:

—Evelyn Arroyo cobra de la Granja.

Reagan recuerda lo que Jane le ha contado sobre su prima.

—No puede ser. Es imposible que sea una portadora. Ella es vieja. Como una abuela.

—Es una buscadora, no una portadora.

Reagan la mira sin comprender.

—Las buscadoras, claro está, buscan portadoras. Son como los cazatalentos. La Granja tiene unas cuantas en nómina. Las hay para reclutar gente de Filipinas, Europa del Este, el Sudeste Asiático, las islas…

Reagan piensa aceleradamente: Segundina es de Filipinas; Segundina vivía en el hostal de Queens, Segundina trabajaba para Evelyn Arroyo.

—No podemos contárselo a Jane hasta que esté más estable. Ahora cometerá una locura y conseguirá que anulen la visita de Amalia. A menos que… ¿tú crees que ella tiene razón, o sea, que Evelyn le está ocultando a la niña?

Reagan siente una oleada de temor. Y de culpabilidad también, porque ha desechado durante semanas la inquietud de Jane sobre su prima.

—No creo que haya nada de lo que no sean capaces. Sabía que este lugar estaba podrido, pero no me imaginaba hasta qué punto… —Lisa se calla. Se sienta al lado de su amiga e inspira hondo.

—¿Qué sucede? —pregunta Reagan—. Lisa, estás empezando a asustarme.

—Callie…

Reagan se lleva la mano al vientre. El hijo de Callie.

—Ella no es tu clienta. Ninguna de las personas con las que he hablado sabe quién es tu clienta.

—No lo entiendo… —La mente de Reagan gira como un torbellino. Ella conoce a Callie de verdad. Se avinieron mutuamente desde el primer momento.

—Yo tampoco lo entiendo.

Mae

«¿Puedes pasarme las gafas de sol?», grazna Mae con voz ronca. Siente un martilleo en la cabeza.

Katie, que va con chanclas y una camiseta enorme, cruza el balcón. Le da las gafas y se derrumba en una silla frente a ella.

—Dios mío. ¿Cuánto bebimos anoche?

Mae da un trago de la botella gigante de Evian, de precio exorbitante, que ha encontrado en el minibar del hotel a altas horas de la madrugada. Coge una pajita con forma de polla y la sostiene en alto.

—Esto lo resume todo —dice Mae, observando el pene erecto de plástico de color rosa que se recorta sobre un lejano trecho de arena blanca y mar azul—. No puedo creer que yo fuese amiga de toda esa gente.

—Son agradables… —dice Katie amigablemente. Saca dos aspirinas de un frasco que hay encima de la mesa y se las traga en seco.

—Tocaron techo en la universidad.

—A nosotras también nos importaban estas cosas entonces. Bueno, a ti más que a mí. —Katie suelta una risita, y se atraganta al beber un sorbo de agua—. ¡Chica de póster Kappa Kappa Gamma!

—Vale, está bien… —Una de sus antiguas compañeras desenterró y llevó a Miami un panfleto de dieciséis años de antigüedad, publicado por su hermandad universitaria, en el que Mae Yu, de veinte años, aparecía como chica de portada. Mae conoce bien esa publicación. Su madre envió copias plastificadas a todas sus amigas y colgó otra enmarcada en el vestíbulo de su casa. Su hija venía a ser para ella la última esperanza de alcanzar la vida a la que se sentía destinada.

—¡Y aquellas mechas! —Katie se echa a reír otra vez—. ¡Parecías más rubia que yo!

—¿Qué otro modo tenía de encajar con unas muñequitas como vosotras? —replica Mae, aunque también se ríe. Su risa se transforma en un ataque de tos y, mientras jadea, lamenta el paquete (¿o fueron dos?, ¿o tres?) de cigarrillos que se fumó anoche. No había fumado desde que tenía poco más de veinte años y nota como si tuviera los pulmones de plomo. Tampoco tomaba chupitos de tequila desde hace una década, ni ha tenido jamás la costumbre —ni siquiera a los veinte— de restregarse en discotecas horteras con tipos rapados, descamisados y ataviados con cadenas de oro hasta las dos de la madrugada.

—Pero, la verdad... ninguna de ellas trabaja ya. Todas dejan a sus hijos con la niñera el día entero y se dedican... no sé, a hacer deporte —refunfuña.

—Yo dejo a mi hija todo el día... —dice Katie sonriendo.

—Sí, pero tú trabajas. Yo no sería capaz de quedarme en casa, aunque tuviera hijos. ¿Tú sí? ¿Podrías renunciar a tu independencia así como así? ¿Depender de tu marido para absolutamente todo, quiero decir, no solo en el sentido económico, sino en todo lo que compone tu identidad?

Katie se queda pensativa. Su madre era ama de casa, igual que la de Mae, pero ella parecía contenta con la vida que había escogido. Mientras estuvo en la universidad, Mae pasó todas las fiestas del Día de Acción de Gracias, salvo una, con los Shaw, en su segunda residencia de Vermont. Allí aprendió a esquiar, aprovechando una prematura tormenta de nieve cuando estudiaba segundo curso. Miraba maravillada cómo se cogían de la mano los señores Shaw cuando toda la familia se sentaba a ver películas después de cenar. Pero ella sabía que el matrimonio era una lotería. Que los padres de Katie habían tenido suerte. No todas las parejas se complementaban mutuamente.

—Yo creo que si no hubiera abierto la Exceed Academy, si no hubiera tenido algo en lo que creía de verdad... habría sido feliz quedándome en casa con Rosa —dice Katie al fin—. Y obviamente, si no necesitara trabajar para ganarme la vida.

—Pues yo no sería capaz —dice Mae con énfasis—. Quiero a Ethan, pero jamás me pondría en esa posición. Mi madre se habría separado de mi padre hace muchos años si hubiera podido arreglárselas por su cuenta.

Llaman a la puerta. Una voz amortiguada anuncia el servicio de habitaciones.

—He pedido galletitas de beicon y huevo mientras estabas dormida. Y café —dice Katie—. Todo a tu cuenta, claro.

—Eres genial. —Mae sigue a Katie hacia la *suite*.

Un joven de pelo oscuro, con chaqueta negra y corbata, mete un carrito en la habitación.

—En el balcón está bien. —Mae coge su bolso y hurga dentro para buscar la propina.

El camarero acerca el carrito todo lo posible al balcón y traslada las bandejas de plata cubiertas, las copas de cristal y una botella de *champagne* a la mesa de hierro colado del balcón. Mae le da un billete de cincuenta.

—¿Necesita cambio, señora?

—No, ya está bien. —Ella coge la botella de *champagne* por el cuello y estudia la etiqueta. Es un espléndido Armand de Brignac, del color del oro líquido. Lo reconoce porque compartió una botella con un cliente cuando aún estaba dirigiendo el Club Holloway de Nueva York.

—Katie, este *champagne* es fantástico. ¿Lo has pedido tú?

—No, señora —interviene el camarero—. Lo enviaron ayer noche al hotel cuando usted estaba fuera. Llevaba esta tarjeta adjunta.

Le entrega un sobrecito de color crema. Ella lo desgarra para abrirlo, y la expectación la vuelve tan torpe que acaba rompiendo también la nota. Sujeta los dos trozos juntos y lee el mensaje. Es la letra de Leon:

«Felicidades, Mae. Suponiendo que todo vaya bien con los *bambinos*, ella está decidida a invertir. Lo siguiente: el Proyecto MacDonald. Disfruta del fin de semana. Te lo mereces».

Mae siente una oleada de euforia. ¡Ha conseguido a madame Deng!

—¡Abrámosla! —exclama, y le pasa la botella al camarero.

—¿En serio? —dice Katie consultando el reloj. Ni siquiera es mediodía…

—¡En China ya ha pasado el mediodía! —Mae, sujetando la tarjeta de Leon sobre su pecho, hace piruetas por la moqueta y arrastra a Katie al balcón, con el corazón tan henchido que le parece que está a punto de explotar. Su amiga se ríe a carcajadas. Ella mira el océano, las palmeras alineadas como soldados, el cielo ilimitado. Le pasa un brazo por los hombros a Katie y extiende el otro como si quisiera abrazar el mundo entero.

Suena un chasquido y el corcho pasa silbando junto a ellas. Un poco de espuma de *champagne* cae en el suelo del balcón. Mae suelta un grito y alza la copa para que el camarero se la llene. La primera es para Katie, su querida, su fiel, su preciosa amiga. Ella coge la segunda copa, le pone al camarero otro billete de cincuenta en la mano y grita mirando al mar:

—¡Un brindis!

—¡Por ti y por Ethan! —Katie le aprieta el brazo.

—¡Para que nunca toquemos techo!

—¡Por las buenas amigas!

—¡Por el futuro!

Chocan las copas, derramando más *champagne* por el suelo (por valor de unos doscientos dólares, calcula Mae).

Y ambas beben.

Un hombre gordo pasa junto a Mae y le da un golpe en las piernas extendidas con su maleta de ruedas. Ella lo mira fríamente y esconde los pies. La resaca del *champagne* que ella y Katie se han ventilado esa mañana la está atacando de lleno, y se siente de malhumor.

—Todavía no entiendo por qué cambiaste los billetes que te compré —refunfuña. Sin esos billetes, Katie no tiene acceso a la sala VIP de BestJet, y Mae se sentiría como una gilipollas dejando que su amiga esperase sola en la terminal principal.

—Yo soy más sencilla que tú. Un billete de clase preferente para mí es un derroche. —Deja el móvil en el regazo y busca los auriculares en el bolsillo lateral de su maleta.

—Quizá yo quería derrochar ese dinero comprándotelo.

Katie se encoge de hombros. El niño pequeño que está sentado junto a Mae grita. Ella frunce el entrecejo. Katie la mira sonriendo.

—No hace falta que esperes conmigo.

—Claro que voy a esperar contigo —dice Mae. Su vuelo a

Nueva York sale dos horas después del vuelo de Katie a Los Ángeles. Irá a la sala VIP cuando su amiga haya embarcado.

Entonces suena el móvil de Katie, y se disculpa:

—Perdona. Es uno de nuestros directores. Tengo que atender. —Se coloca los auriculares, se levanta y se aleja un poco hablando por teléfono.

Mae la observa deambular alrededor de una hilera de asientos y se fija en sus gastados zapatos planos y en el bolso de cuero vulgar que lleva al hombro. En la universidad, ella solía saquear el armario de Katie para ponerse sus jerséis de cachemira y sus tejanos de calidad. Le gustaría saber si sus padres tienen que pagarle ahora el alquiler.

Se le encoge el corazón al pensarlo. No se puede ganar una fortuna dirigiendo escuelas experimentales, y ahora ella y Ric han de criar a Rosa. ¡Ni siquiera tienen una niñera estable! Todas las mañanas, antes de las siete, Katie deja a la niña en la guardería de camino al trabajo. Y durante el fin de semana debe ocuparse de todo mientras su marido va a la facultad para cursar su máster. Ella raramente se queja, pero debe de ser agotador.

Lo más triste es que Katie podría haber conseguido cualquier cosa. Se graduó con mención honorífica en el Trinity y, mientras estudiaba, la cogieron como becaria en Capitol Hill y J. P. Morgan. Pero ella siempre fue una idealista del tipo «salvemos el mundo». Y muy obstinada. Cuando Mae le aconsejó en el último curso que primero ganara dinero y después se dedicara a rescatar a las masas oprimidas, Katie, que tenía ofertas de dos de las grandes firmas de consultoría, se limitó a decir: «¡Oh, Mae!», como si fuese ella la que careciera de sentido práctico.

Mae Yu piensa que debería abrir una cuenta de estudios para Rosa. Tendría que regalarles a Katie y a Ric una escapada de fin semana, un pequeño respiro de la dura rutina de su vida actual. No es justo que los frutos de su esfuerzo sean tan escasos. Los dos trabajan mucho y, en cambio, entre ambos se sacan como máximo la mitad de lo que ella ganará este año. Una décima parte, si la corazonada que tiene es correcta y su bonificación, teniendo en cuenta el acuerdo con madame Deng, es tan grande como imagina.

Su móvil suelta un pitido. Es un mensaje de Geri informándola de que todo va sobre ruedas con Jane. El incidente del fin de semana fue insignificante: un percance con una botella de agua. Geri recomienda que pasen a utilizar siempre botellas de plástico para mayor precaución. Y añade que Jane no ha intentando acercarse a Segundina desde hace días.

A decir verdad, Mae no está demasiado preocupada, porque Jane no tiene ningún motivo para buscar problemas. Necesita su bonificación y, además, adora a su hija. Esas dos cosas la mantendrán a raya. El hecho de que tomara partido y delatara a Lisa, que era más o menos amiga suya, demuestra que es básicamente una persona sensata. No se le ocurrirá morder la mano que le da de comer.

—Perdona. —Katie vuelve a sentarse soltando un suspiro.

—¿Todo bien?

—Sí. Bueno, no. —Se pasa la mano por el pelo—. Resulta que nuestra nueva escuela está «coubicada». Lo cual significa que compartimos espacio con una escuela pública preexistente. Una escuela con un completo fracaso escolar, pues su alumnado se ha reducido como a la mitad en cinco años.

—Buena jugada. Seguramente, tenían espacio de sobra.

—Pero hay un problema político. A los padres de la otra escuela les fastidia que estemos allí. Creen que sacamos fondos públicos que podrían corresponderles a ellos. Cosa que no es cierta, pero no nos creen. Nos hemos convertido de repente en los malvados que van a joderlos. —Katie se ríe con tristeza.

—¿Sus hijos no salen beneficiados también? Tenía la idea de que el dinero era para introducir mejoras. —Mae hizo una gran donación a Exceed hace un par de años, pensando que era para costear gastos extra que el Gobierno no podía financiar.

—Sí, claro que salen beneficiados. O eso es lo que nosotros creemos. Construimos un estudio de arte fantástico que utilizan ambas escuelas. Estamos modernizando el gimnasio…

—¡Deberían estar agradecidos! —Si hay algo que no soporta es la ingratitud.

—Supongo que no es fácil, de todos modos. Nuestros chicos tienen portátil y profesores que se implican y hacen excursiones, mientras que los suyos…

—Eso es envidia, en lugar de pensar de manera racional.

—No sé. La vida no es justa. Pero no siempre te lo pasan por la cara tan descaradamente. Y como madre…

—Me gustaría hacerle un regalo a mi ahijada —anuncia Mae bruscamente, nada interesada en otro debate con su amiga sobre la desigualdad. Es un cliché tan sobado que casi ha perdido su sentido—. Estaba pensando en una cuenta de estudios. Ethan dice que es mejor que un plan quinientos veintinueve porque lo puedes usar antes de la universidad. Incluso para la etapa preescolar.

—¡Oh, Mae! —Katie sonríe con su mejor sonrisa—. ¡Qué amable por tu parte! Pero mis padres ya abrieron una cuenta universitaria para Rosa. Y nosotros, seguramente, la enviaremos a Exceed cuanto tenga la edad adecuada.

Mae se queda de piedra.

—¡Katie! ¡No puedes enviar a Rosa a una de tus escuelas! ¡No puedes! —La mira de soslayo para comprobar si se ha pasado de la raya, pero su amiga parece imperturbable—. Ya sabes lo que quiero decir. Los niños de tus escuelas no son como ella. Es una idea disparatada.

—Ric y yo todavía lo estamos discutiendo.

—¡Es absurdo! La misión de un padre es proporcionarle a su hijo lo mejor que pueda darle.

—Nosotros creemos que nuestras escuelas son buenas.

—Tú ya sabes que considero importante lo que estáis haciendo. Pero no puedes poner en peligro el futuro de Rosa por unos ideales abstractos que…

—Para nosotros no son abstractos.

—¡Puedes creer en algo sin llevarlo literalmente a la práctica!

Todos lo hacemos continuamente. ¿Cuántas personas creen… no sé… que hay que combatir el terrorismo, pero que no se alistan en el ejército? ¿O se preocupan cuando ven a un vagabundo en el metro, pero después se bajan en la calle Cincuenta y Nueve y se compran un bolso carísimo, en lugar de dar el dinero para beneficencia?

—No lo hemos decidido aún. Pero nos inclinamos más bien por enviarla a Exceed —dice Katie con una firmeza que señala el fin de la conversación. Mae está rabiosa.

Pese al bullicio del aeropuerto, suena una voz femenina

anunciando que los pasajeros del vuelo de Katie a Los Ángeles embarcarán de inmediato. Ella dice que necesita un café. Mae mira cómo se aleja entre la multitud en la dirección opuesta a la puerta de embarque. El café más cercano está casi en la otra punta de la terminal. Si pierde el avión, la obligará a aceptar un billete en clase preferente a California, y ambas esperarán en la sala VIP, donde el ambiente no huele como un McDonald's y el café es orgánico y gratuito.

Por los altavoces, anuncian el preembarque. Mae observa a las parejas jóvenes que arrastran a sus críos entre la multitud de pasajeros que esperan para embarcar. Suena otro pitido en su móvil: Ethan le pregunta si llegará a tiempo para la cena con su jefe. El banco donde trabaja ha despedido a un montón de operadores —como otras muchas empresas, está invirtiendo en inteligencia artificial— y él quiere que Mae lo ayude a congraciarse con su jefe. Ella le envía un emoticono de pulgares alzados y da gracias al cielo por el hecho de que la gente rica quiera ser atendida por humanos de verdad. Los robots nunca podrán dirigir Golden Oaks.

Hay otro anuncio del inminente embarque de los pasajeros de BestJet con tarjeta platino. Mae le manda un mensaje a Katie para que se dé prisa. Luego pincha un icono del móvil y abre la página web de Bergdorf. Está buscando unas sandalias de tacón. Su vestido para la cena previa de la boda es de un intenso tono escarlata, y cualquier otro color desentonará: salvo, ahora que lo piensa, el dorado. Un dorado mate. Nada muy reluciente.

El gentío agolpado frente al mostrador se aparta para dejar que embarquen los pasajeros de primera de BestJet, seguidos por los miembros con tarjeta oro, los pasajeros de clase preferente, los de tarjeta plata y, finalmente, los de clase élite. A cada anuncio sucesivo, Mae hace una pausa en su búsqueda de zapatos y recorre la terminal con la vista por si ve a Katie

Cuando reaparece por fin, la reprende por apurar tanto.

—Has olvidado la cantidad de tiempo que se ha de esperar para embarcar en clase económica —se burla Katie pasándole una taza de poliestireno.

Mae la abraza y la estrecha con fuerza.

—Gracias por el té. Y gracias por venir.

—No me lo habría perdido por nada del mundo —responde Katie separándose de ella y mirándola a los ojos—. Ya sé que te ha costado un tiempo hacerte a la idea de casarte. Y no siempre es fácil. Pero las cosas que valen la pena nunca lo son. Y Ethan es maravilloso.

—Sí —asiente Mae, convencida de que es cierto. Ethan es amable, bueno, estable. Desde que se conocieron en la escuela de negocios de Harvard, no la ha decepcionado ni una sola vez.

—Y contar con alguien puede ser muy agradable —añade Katie.

Mae observa cómo se aleja su amiga hacia el final de la larga cola, donde se pone a charlar con la mujer de aspecto agobiado que tiene delante. La pobre empuja un cochecito barato en el que aúlla un bebé; y los otros dos críos con jersey de baloncesto a juego que la flanquean, tironean a la vez de su blusa.

Por el amor de Dios. ¿Por qué permiten los padres que los niños se desmanden así? Cuando ella y Ethan tengan hijos, los criarán al viejo estilo.

Katie se inclina para hablar con los dos críos. Ellos sueltan la blusa de su madre a regañadientes. Entonces los coge de la mano y, con la madre detrás, los lleva hasta el principio de la cola. Habla con la azafata, que examina sus billetes.

Se vuelve para decirle adiós a Mae con la mano.

—¡Qué lista! —grita ella por encima del bullicio general, alzando los pulgares.

Katie menea la cabeza. Mae casi la ve diciendo con los labios: «¡Oh, Mae!», como si no fuera cierto que ha aprovechado la ocasión para saltarse toda la cola.

—¡Te quiero! —grita Mae. Su amiga coge en brazos a uno de los críos y la saluda de nuevo. El crío lloriquea y también mueve la mano, y al fin desaparecen por la rampa.

Jane

«¿Diga?»

Jane no esperaba que respondiera nadie. Ha vuelto a llamar al apartamento porque no puede quedarse quieta, sabiendo lo que sabe.

—¿Diga? —pregunta la voz de nuevo.

—¿Con quién hablo? —dice Jane. No es la voz de Ate. Quizá es una de las filipinas a las que su prima permite vivir en su apartamento antes de enviárselas a la señora Yu. A lo mejor les cobra la cama y todo: una cama que, de hecho, es suya. Ate es capaz de sacar dinero de cualquier forma.

—Soy Angel.

—¡Angel! —Jane se siente momentáneamente aliviada.

—¿Jane? ¿Todavía estás en California?

—Sí. Yo...

—¿El bebé es bueno? —pregunta Angel, aunque suena distraída.

—Sí, no da problemas —miente Jane—. Escucha, Angel, tengo que hablar con Ate.

—Ahora mismo no está —responde la mujer tras una pausa—. Yo estoy cuidando a Amalia un ratito, porque ella tiene cosas que hacer.

—¿Qué cosas? —pregunta Jane tratando de contener su furia. No es culpa de Angel que Ate haya dejado a Amalia otra vez.

—Ah, ya la conoces. ¡Siempre ocupada! Tiene muchos encargos de comida. —Suelta una risita forzada.

—Entonces, ¿está dejando siempre a Mali contigo? —Jane nota como una explosión por dentro, un estallido blanco y lacerante, porque... si Ate está cobrando de la señora Yu, ¿por qué sigue abandonando a Amalia para hacer otros trabajos? ¿Es que su prima no piensa en nada, salvo en el dinero?

—¡No, no siempre, Jane! ¡Únicamente hoy está ocupada!

Jane oye un gritito y su corazón da un brinco.

—¿Esa es Mali?

—Sí, acaba de echarse la siesta. Ate le ha inculcado un hábito de sueño. Ahora le estoy dejando ver un poco de *Barrio Sésamo*. Elmo es su preferido.

—¿Cómo está la niña, Angel? Últimamente solo la veo en vídeos, porque Ate no llama.

—Está sana. ¡Y es muy cabezota! —La mujer se ríe por lo bajini.

Jane siente una pizca de alivio y le pregunta si pueden hacer una videollamada. Quiere ver a Amalia en vivo, con sus propios ojos. Angel se disculpa: su móvil no funciona, se ha vuelto a retrasar en los pagos.

—Pero voy a ver si Amalia quiere hablar contigo.

Suena un traqueteo y unas vocecitas procedentes de la televisión; también oye a Angel tratando de engatusar a la niña para que hable por teléfono. Jane se aprieta el auricular al oído. Oye, o cree oír, la respiración de su hija y se le empañan los ojos.

—Mali. Soy mamá.

Angel intenta camelarla:

—Ma… má. Ma… má. ¡Cómo hemos practicado!

—Mamá te quiere, Mali —susurra Jane. El corazón no le cabe en el pecho.

Suenan más traqueteos, voces amortiguadas. Como si Angel estuvieran hablando con otra persona.

—Basta de tele. Habla con mamá —oye que Angel anuncia de golpe. El alboroto de fondo de la tele se interrumpe.

—¡Nooo! —protesta Amalia.

Angel la apremia a coger el teléfono.

—¡No! —vuelve a gritar la niña, y a continuación—: ¡El… mo! ¡El… mo!

—Nada de Elmo hasta que hables con mamá —le advierte Angel. Amalia rompe a llorar. Suena un golpe sordo y después un estrépito. Angel la riñe por arrojar el teléfono.

—¡Por poco le das a Ate! —Es lo que Jane oye.

¿Ate?

—Lo siento, Jane —dice Angel poniéndose por fin al teléfono, un poco jadeante—. Amalia está enfurruñada.

Se oyen sus berridos de fondo.

—Angel, ¿Ate está ahí?

—¿Ate? —repite Angel, como si no reconociera el nombre. Vacila un instante y entonces se pone a hablar a borbotones—. ¡No, Jane! Ya te lo he dicho: Ate está ocupada con su negocio de comidas. ¡No está aquí!

—¿No acabas de decir que Amalia casi le ha dado a Ate con el teléfono?

—¡No! —responde Angel rápidamente—. Estaba diciéndole que no tirase el teléfono así. Tira todo tipo de cosas. ¡Es muy irascible, Jane! Siempre se pone furiosa, ¡sobre todo cuando está soñolienta!

—Pero ¿cómo que está soñolienta si acaba de echarse la siesta? —pregunta Jane, porque ¿no es eso lo que Angel ha dicho hace un momento? ¿No le ha dicho que su hija acababa de despertarse?, ¿que ha adquirido un hábito de sueño?

—Sí... sí... ha dormido la siesta —responde Angel aturullándose—. Pero no ha sido... una buena siesta. Es que Amalia tiene un resfriado. Está congestionada... Y a los niños les cuesta dormir cuando están congestionados.

—Pero ¿no me has dicho hace un momento que estaba sana? —exclama Jane, abrumada.

—Tiene una infección de oído —reconoce Angel.

—¿Otra? ¿La cuarta? —Amalia ha tenido al menos tres infecciones de oído desde que Jane se fue a Golden Oaks.

—No sé nada de las otras veces —dice Angel con naturalidad.

—¡Pero tú me has dicho que no está enferma! —Jane no puede contener su furia. Porque, ¿cómo puede decirle una cosa y poco después exactamente la contraria?

—¡Es una niña muy sana!

—¡Pero si acabas de decirme que tiene una infección de oído!

Se hace un silencio. Por un momento, Jane teme que Angel haya colgado el teléfono.

—Angel, ¿me oyes? ¡Angel! ¿Le has tomado la temperatura?

—¡Los niños tienen infecciones de oído! —grita Angel, exasperada. Suenan unos arañazos, como si la mujer estuviera cavando un hoyo. Amalia sigue berreando al fondo.

—¿Angel?

Pero ella no responde. No la está escuchando. Solamente se oye un murmullo indiscernible, que va y viene.

—¿Mali?

—He puesto a Amalia en el parque —dice Angel al fin con voz nítida.

—¿Con quién estabas hablando ahora mismo?

—¡Con nadie!

—Ahora mismo estabas hablando con alguien...

—¡Era la tele!

Pero ¿no ha dicho que había apagado la tele?

—He de cambiar a Amalia. Tiene el pañal empapado. Llámanos más tarde, ¿de acuerdo? ¡Te llamaremos después!

A Jane ni siquiera le da tiempo de decir adiós.

¿Y cómo va a llamarla Angel si no tiene el número de teléfono?

Jane llama al apartamento de nuevo y escucha cómo suena el teléfono. Deja que suene diez veces. Veinte. Treinta.

Pero Angel es testaruda.

Jane se entierra bajo las mantas y se abraza las rodillas contra el pecho con fuerza, apretando más y más, como si comprimiéndose a sí misma lograra reducir el temor que siente. Ha llamado al apartamento dos veces más desde que ha hablado con Angel por la mañana, pero nadie responde.

Cuando Lisa y Reagan le contaron la verdad sobre Ate hace una semana, le pidieron que se sentara primero. Reagan le cogió la mano; Lisa se apostó junto a la puerta, como si temiera que quisiera escapar. Pero ¿qué podría haber hecho ella, incluso si hubiera echado a correr?

—Las buscadoras son especialmente buenas para encontrar candidatas obedientes, discretas y nada revoltosas —explicó Lisa.

A Jane la asaltó una extraña sensación mientras la escuchaba, mientras descubría la traición de su prima. Era como si la estuvieran desvalijando y la desnudaran. Con una desnudez brutal, pero que no le impedía pensar con claridad. Porque aquello encajaba: Ate haría cualquier cosa por dinero.

—Tenías tú razón —le dijo a Reagan—. No hay nada desinteresado.

Sabe que la situación es peor de lo que suponía. Amalia está enferma. Después de la conversación con Angel por la mañana, ha ido corriendo a la sala multimedia y ha buscado «infecciones de oído crónicas» en Internet. Ha descubierto que, si no se tratan, esas infecciones pueden causar una parálisis facial... ¡y después extenderse al cerebro! Ha buscado de inmediato las fotografías y los vídeos que Ate le ha enviado las últimas semanas, docenas y docenas, y las ha estudiado con atención. En las fotografías más recientes, ha visto pálida a la niña. En los vídeos, parecía que estaba demasiado apagada y tenía la cara tensa.

Es culpa de Ate. Ha estado demasiado ocupada con sus intrigas y sus negocios para atender a la pequeña. La ha estado dejando con extrañas, con filipinas recién desembarcadas que no saben lo que hacen, que tal vez están enfermas ellas mismas.

Pero también es culpa suya, piensa. Ha descubierto en Internet que la mejor forma de prevenir las infecciones crónicas de oído es darle el pecho a tu hijo durante todo su primer año de vida. Ella no lo ha hecho. Ella dejó a Amalia por la señora Carter y volvió a dejarla para instalarse en Golden Oaks.

Se imagina a Mali. Mentalmente, la ve como si fuera diminuta, como esas cositas arrugadas de los vídeos que han filmado en cuidados intensivos y que las obligan a ver en clase. En ellos aparecen bebés metidos en incubadoras transparentes que los mantienen calientes e insuflan aire en sus pulmones a medio formar. Es una advertencia a las portadoras sobre lo que puede suceder si no cuidan de los fetos que gestan.

Tiene que encontrar a Mali. Tiene que cuidar también de su hija, y no solo de ese feto que lleva dentro. Porque si ella no lo hace, ¿quién lo va a hacer?

Eve está clasificando en montones unas tarjetas de color crema mientras tararea entre dientes.

—¿La señora Yu quiere verme? —dice Jane ladeando la muñeca para que Eve vea el mensaje que ha recibido en su WellBand.

—Pasa y siéntate. Está terminando con otra portadora. Enseguida vendrá.

Jane entra en la oficina, pero no se sienta. No sabe para qué la han llamado. Teme que la directora se haya enterado de algún modo de su conversación con Reagan y Lisa de la semana pasada. O quizá Ate, que no guarda ninguna lealtad, la ha informado de que ella está alterada, de que le ha gritado a Angel por la mañana, de que hace falta vigilarla.

—¿Quieres beber algo? —le pregunta la ayudante asomándose desde el umbral.

Jane le dice que no. Repara en la pequeña esfera de cristal que hay sobre la mesita de café que tiene delante, la coge con cuidado y finge estudiarla para que Eve la deje sola. En el interior de la esfera, hay una parte de la ciudad de Nueva York. Los edificios están reproducidos con tal detalle que, pese al martilleo de su corazón, no deja de admirar la destreza de su acabado: las ventanitas perforadas en los rascacielos de miniatura, o las relucientes escamas plateadas del edificio Chrysler.

—Es para la boda de la señora Yu. Está escogiendo los regalitos de la fiesta. Tiene que decidirse entre eso y algo de Tiffany's —dice Eve a la ligera.

La señora Yu entra de repente en el despacho. Lleva, como siempre, el pelo recogido en la nuca con un moño flojo y hoy, además, va con gafas.

—Hola, Jane. —Le indica con un gesto a su ayudante que se retire—. Perdona el retraso. Hay un problema con otra portadora... bueno, con otras dos portadoras. ¡No todas las personas son tan fáciles de tratar como tú!

La chica vuelve a dejar el pisapapeles sobre la mesa.

—¿Qué te parece? —pregunta la señora Yu; y al ver que Jane no responde, continúa alegremente—: Si lo miras de cerca, se ve el edificio donde mi prometido y yo vamos a casarnos.

Jane no lo mira. Ni siquiera se vuelve hacia el pisapapeles.

—Siéntate, por favor. Aquí, a mi lado. —Y da unas palmaditas a la silla que hay junto a ella—. ¿Cómo estás?

—Bien. El embrión está sano.

—Sí. Has estado haciendo un trabajo maravilloso. —La cálida sonrisa de la directora deja fría a Jane—. Espero que sepas lo mucho que valoro tu actitud y tu ayuda. Creo que nunca te he dado explícitamente las gracias por informarme de lo de Lisa y Julio.

Jane baja la mirada. Observa la mano de Mae. Luce en el dedo un anillo nuevo, con una piedra de color azul del tamaño de un centavo.

—Lo cual hace que me resulte todavía más doloroso lo que te voy a decir —dice la señora Yu—. Tenemos que cancelar la visita de Amalia. La clienta se ha echado atrás. Lo siento... lo siento mucho, Jane.

Ella se mira las manos, los padrastros y la piel agrietada, y aparta la mirada porque teme que la señora Yu vea en ella el terror que siente. Porque eso solamente puede significar que Amalia está mucho más enferma de lo que se temía. Está demasiado enferma para viajar y jamás dejarán que ella vaya a verla. Porque el «bebé millonario» es más importante, y los hospitales están llenos de enfermos y de virus sin curación.

—Eh... entiendo —susurra. Porque es verdad.

—Claro que lo entiendes. Tú eres una verdadera profesional. ¡Ojala todas las portadoras fuesen como tú! ¡Mi trabajo sería mucho más sencillo!

—Gracias. —Jane se levanta. No puede quedarse ni un minuto más con esa mujer—. ¿Nada más?

—No, nada más. —La señora Yu la sujeta de la mano cuando ya se está dando la vuelta, y la mira con ojos relucientes—. Yo seguiré haciendo todo lo posible para conseguirte una visita de tu hija. Te doy mi palabra. No pierdas la esperanza.

Jane responde fríamente:

—No he perdido la esperanza.

Mae

INFORME PARA EL EQUIPO
Cc: Becca, Geri, Fiona, Maddie, Ana

He mantenido una charla informativa con madame Deng esta mañana (a las cuatro y media de la madrugada, ¡otro café, por favor!). Está contenta con los resultados de la 82 y la 84.

Propuesta del equipo de Deng: implante de otros embriones de los menos viables de Deng. La 96 como caso de prueba… pero ¿esperamos a ver o seguimos adelante? Quedemos el lunes para analizarlo. Estad preparadas para exponer vuestras recomendaciones, pros y contras.

A bote pronto, pros: ingresos adicionales; satisfacción de la clienta. Contras: probablemente perjudicaremos nuestro historial de «implantes exitosos», lo que afecta al *marketing* y a los futuros clientes. A menos que dividamos el historial en implantes viables versus implantes en segunda instancia. También, posibles consideraciones éticas (preparaos para comentarlo).

Brevemente: la 84 ha encajado bien la anulación de la visita. La anulación era inevitable debido a la enfermedad.

Necesitamos una «zanahoria» para compensar a la 84 (por la anulación de la visita, por su buen comportamiento desde el episodio de la garrapata). Estoy considerando una salida. Algunas ideas: ¿un concierto (¿le gusta la música?), un restaurante de lujo (¿le gusta la comida tailandesa?, ¿la china?), una obra de teatro tal vez? ¿Deberíamos incluir a la 82? ¿Una «salida nocturna de chicas»? Tal vez la 84 se sentiría más cómoda si incluyéramos a una compañera. Las jefas le ponen visiblemente nerviosa.

Seguid trabajando como hasta ahora.

Saludos,

MAE

P. D. Otro punto para la agenda del lunes. Repasad, por favor, los estudios adjuntos. Analizamos esta tendencia en la conferencia general del mes pasado: riqueza y empatía inversamente relacionadas, o sea: cuanto más rico, menos empático eres. Nuevos estudios de Stanford y Chicago. Preparad una lluvia de ideas sobre cómo deberían afectar esos conocimientos a nuestro *modus operandi,* en especial al manejo de los encuentros entre clientes y portadoras. ¿Estos estudios son un argumento para aumentar el uso de dobles de clientes con el fin de establecer una relación positiva? Etcétera.

Reagan

«¿Estás calentando para tu paseo?», pregunta la coordinadora desde el mostrador de recepción.

Reagan alza la vista, desconcertada.

—¡Acabarás gastando la moqueta!

Ella no se ha dado cuenta de que está deambulando de aquí para allá. Sonríe a la fuerza, pero no deja de pensar en Callie. En quién es y qué oculta. O mejor dicho, a quién oculta.

¿Por qué se esfuerza tanto la clienta en esconder su identidad? ¿Qué significa esa actitud?

Una portadora se acerca al mostrador: pelo negro, piel morena, rasgos angulosos. Reagan la conoce de vista.

—Ah, hola, Amita. ¿Te parece bien Reagan como acompañante? —gorjea la coordinadora. Mientras le sujeta la muñeca y pasa su WellBand por el lector, comenta que el aire fresco es la mejor cura para las náuseas matutinas.

—Debes recogerte el pelo detrás —añade, y le entrega una cinta—. Y métete la cola de caballo dentro de la chaqueta... A ti, con ese color de tez, será más difícil encontrarte bichos.

Cuando la coordinadora se queda satisfecha, ambas chicas salen afuera. Hace un frío inusual para la época. Ha llovido toda la mañana; breves aguaceros seguidos de prolongados intervalos. Amita se ciñe la capucha del chubasquero; Reagan se la quita, porque le gusta sentir la humedad en la cara.

—¿Es tu primer embarazo? —le pregunta a Amita, para distraerse y dejar de pensar en Callie. Sea quien sea esa Callie.

—Sí —responde su compañera. Le explica que está de siete semanas y que ha tenido unas náuseas matutinas terribles. Se apresura a añadir que esas molestias son un precio muy bajo por un trabajo tan bueno y tan bien pagado.

—¿Y tú? —Van caminando por el sendero y sus pisadas crujen sobre la grava. Las ramas de los árboles que las rodean gotean aún.

Reagan contesta que también es su primera vez y que ya está en el tercer trimestre. Mientras habla, siente una sacudida en el vientre.

—¿Y ya sabes qué es tu bebé? —Amita rodea un charco.

Reagan pasa por en medio.

—Bueno…

Se interrumpe.

¿Lo sabe?

Hace una semana, conocía la respuesta y la habría dado con orgullo: mi bebé es el hijo de Callie. Un niño inteligente, testarudo, algo alocado. Todos los días le deseo lo mejor mil veces y de mil maneras distintas. Tengo infinidad de buenos deseos, como piedras amontonadas en la ladera de una montaña: que sea sano, fuerte e íntegro; que viva alejado de los problemas y la fealdad, de los malos vecinos y los policías racistas, que utilice sus bienes para arreglar el mundo.

Pero ¿qué sabe ella, en realidad? Ni siquiera sabe si el feto que lleva en el vientre es niño o niña. Si es negro, blanco o azul. Si es testarudo o dócil, inteligente o estúpido. Si es el vástago de un millonario hecho a sí mismo o de un dictador asesino. O de un multimillonario que se ha enriquecido fabricando bombas, o de uno de esos untuosos jefazos de las empresas farmacéuticas, que suben los precios de medicamentos vitales para poder comprarse un *jet* privado mientras mueren millones de personas. O de un oligarca de Oriente Medio que no dará su consentimiento para que sus hijas vayan a la escuela y que se alegró cuando le pegaron un tiro en la cabeza a Malala. O de un potentado de las finanzas que vendió hipotecas basura a personas ignorantes de Florida y se compró una isla en el Caribe mientras a esas gentes les embargaban la casa.

Lo único que sabe es que la madre del futuro bebé no es «Callie», y no tiene ningún modo de averiguar más, porque Lisa se ha ido y ella no confía en nadie en la Granja, aparte de Jane.

Piensa en «Callie», en su risa ronca, en esos chistes suyos fuera de tono, que la hicieron troncharse hasta las lágrimas. En esa «Callie» que consiguió para su madre una cita con el mejor especialista en alzhéimer del país y que le llevó a ella un libro de fotografías de Diane Arbus, con una dedicatoria que decía: «Con amor y gratitud».

¿La escribió ella siquiera?

¿Qué clase de persona falsifica algo así?

Amita todavía está esperando que responda a su pregunta. En estas, una ardilla cruza el sendero corriendo y trepa por un árbol.

—¿Es que tu clienta prefiere que el sexo del bebé sea una sorpresa?

—Sí —contesta Reagan sintiendo náuseas—. A mi clienta le gustan las sorpresas.

Empieza a llover cuando Amita y Reagan están a unos doscientos metros de la Granja. Primero es una llovizna, pero se convierte en un aguacero. El cielo es de un color blanco sucio.

—¿Te importa que volvamos? —pregunta Amita, protegiéndose frente al viento que ha empezado a soplar.

—Claro que no.

Amita cruza corriendo el sendero de grava y el césped hacia la entrada trasera, la más cercana a las salas de exploración. Ya en el umbral, se vuelve y le dice que se apresure.

Aunque llueve cada vez con más fuerza, Reagan no aprieta el paso. Sigue caminando sin capucha y con la chaqueta desabrochada ondeando al viento. El mundo se ha vuelto borroso bajo la intensa lluvia. Le resbalan por el cuello regueros de agua. Se quita la cinta elástica del pelo, dejando que su melena enmarañada se empape del todo y le caiga por la espalda como un manojo de algas.

Una coordinadora está esperándola bajo los aleros con cara de impaciencia. Le sujeta la puerta abierta y la empuja hacia dentro, soltando graznidos («¡deprisa!, ¡el niño!, ¡empapada!»), como si un poco de agua pudiera hacerle daño al feto, como si no estuviera ya flotando en un montón de líquido. La coordinadora le da una toalla y una bata, suspirando exageradamente; pasa su WellBand por el lector y la envía a una habitación para que se seque.

En la sala de exploración hace más frío que afuera. Reagan tira sus ropas empapadas al suelo en un montón desordenado. No se pone la bata. Tiene el cuerpo reluciente y el agua gotea de sus miembros como la que cae de las hojas mojadas. Se estira sobre la mesa de exploración, y da pie a que la humedad se acumule en su rígida superficie de cuero.

Mira el móvil de Calder suspendido sobre ella. Óvalos rojos y espirales negras. El feto se mueve en su interior y, por primera vez desde que conoció a Callie, no siente ternura por él.

Por el feto.

¿Es un niño siquiera, o la ecografía también fue un montaje?

¿De quién es ese embrión?

¿Y cuál es el sentido de la náusea y las migrañas y del dolor de espalda y de los pies hinchados, de las lágrimas que derramó cuando oyó su latido por primera vez, del orgullo que la inundó cuando sus patadas fueron más fuertes... cuál es el sentido de todas esas cosas si resulta que todo es una farsa?

El corazón se le acelera mientras toma una decisión. Es un redoble de expectación, porque ahora sabe lo que debe hacer.

Va a ayudar a Jane. La ayudará a encontrar a su hija.

Le da igual si infringe el contrato, si le ponen una demanda, si pierde hasta el último centavo de su bonificación. No piensa permitir que ni la Granja, ni la señora Yu, ni la clienta millonaria de Jane utilicen a Amalia, una niñita, como un peón de sus estrategias, como una palanca para manejar a su madre, ni como un castigo o una recompensa.

—¿Qué tal estás, Reagan? —pregunta la enfermera. La sigue una ayudante, que cierra la puerta.

Reagan extiende las piernas sin que se lo pidan.

—Fría y mojada, pero muy bien, gracias. —Sonríe con calma. También es capaz de sonreír así.

—¡Esa es la actitud! —dice la enfermera devolviéndole la sonrisa y poniéndole las manos en los tobillos. Reagan no se aparta; al contrario, extiende y abre más las piernas mientras la enfermera se inclina sobre ella y recorre lentamente su piel fría con ojos atentos.

La biblioteca está caldeada. El crepitar de la leña chamuscada y el olor del humo le traen a Reagan el recuerdo del Día de Acción de Gracias. Consulta la hora. Después del paseo con Amita y de la horrible exploración de insectos, ha ido a buscar a Jane. Ella quería empezar a urdir un plan de inmediato, pero Jane llegaba tarde a su masaje prenatal semanal y lo único que esta ha podido decirle es que Amalia está muy enferma y que no disponen de mucho tiempo.

—He de encontrar pronto a mi hija —le ha susurrado justo antes de que apareciera una coordinadora para regañarla por tener a la masajista esperando.

Reagan contempla el fuego y sus sinuosas llamas danzantes, ribeteadas de rojo.

¿Cómo va a sacar a su amiga de la Granja tan precipitadamente? ¿Sin dinero, sin medio de transporte? ¿Y con las WellBand rastreando cada uno de sus movimientos?

No ve ninguna forma de hacerlo sin la ayuda de alguien de fuera. Macy sería ideal; ella se apuntaría sin dudarlo. Pero ¿cómo puede contactar con ella sin que se entere la señora Yu? Cada llamada, cada correo electrónico que sale de la sala multimedia queda grabado. No hay otro medio (¿acaso existe algún otro?) de enviar un mensaje al mundo exterior.

La única solución es conseguir que alguien de la Granja las ayude. Reagan repasa todas las posibilidades: las coordinadoras, las enfermeras, las cocineras, las mujeres de la limpieza, los jardineros, los guardias de seguridad, las ayudantes de las enfermeras, las recepcionistas... Son muchas personas, pero no las conoce. O no lo suficiente como para pedirles ayuda.

¿Cómo puede ser que después de tanto tiempo en la Granja, la única persona noportadora que la conoce y que siente cierta simpatía hacia ella sea la señora Yu?

Pero ella es una mentirosa.

De repente añora intensamente a Lisa, a pesar de su estilo malhablado e irreverente. Adoptaba una actitud ofensiva, antipática y grosera que molestaba a mucha gente en la Granja. Pero, por el contrario, tenía amigos ahí, amigos de verdad capaces de jugársela por ella. No solo otras portadoras. Y no solo para practicar sexo, aunque también.

Lisa sabría en quién confiar, pero se ha marchado. Su cliente, otra mentirosa, se la llevó precipitadamente a Nueva York hace tres días, mientras ella estaba en una clase de *fitness*; ni siquiera pudo despedirse. La propia Lisa le había advertido que quizá sería así. En la Granja detestan las despedidas: son demasiado tensas y complicadas para unas portadoras que se encuentran en un estado emocional inestable.

Reagan se tapa la cara con las manos, buscando una idea luminosa, y piensa con tal concentración que le duele la cabeza. Se plantea si su padre tendrá razón, si ella es la clase de persona que ama a la humanidad en abstracto, pero que apenas siente interés por las personas reales. Él siempre dice que compadecerse de la gente no es lo mismo que amarla, y menos todavía que ayudarla.

Pero ella al menos lo intenta. Al menos, presta atención.

Decide volver a su habitación. Tiene que anotar todas las posibilidades. Ella piensa mejor frente a una página: es de las que aprenden de un modo visual, como solía decir su madre cuando le enseñaba a preparar fichas de estudio para los exámenes de la escuela.

Junto a la cama, pegada a un folleto de un teatro de la zona, hay una nota. Es de la señora Yu diciendo que Callie se quedó «entusiasmada» con la salida anterior y que la invita a otra. Irían a ver una obra que se representa dentro de unos días en Great Barrington: *My Fair Lady*.

«¿Estás dispuesta?», le pregunta la señora Yu, aunque en realidad no es una invitación, sino una orden.

Reagan deja de lado la nota y se sienta en la cama.

El principio del pánico: un pájaro oscuro aleteando.

Abre el cajón de su mesita y busca entre los papeles y bolígrafos desechados su cuaderno de notas. Hojea las páginas llenas de listados hasta la última entrada: unas notas sobre másteres en los que la fotografía figura como elemento principal, junto a una lista de escuelas de negocios que, según su padre, ponen el énfasis en «el mercado del arte y la gestión cultural».

Busca la primera página en blanco del cuaderno, o la que debería ser la primera. Pero no está en blanco.

En tinta azul, garabateado con una letra que no es la suya, pone:

Rollazo infinito, 40

Es la letra de Lisa, un chiste de Lisa. Reagan ha estado intentando terminar ese libro durante todo el tiempo que lleva en la Granja.

—Solo un auténtico narcisista cree que tiene tantas cosas que decir que valgan la pena —solía comentar Lisa para pincharla.

Reagan se acerca a la ventana y corre las cortinas, con el corazón desbocado. Coge *La broma infinita* del estante. Por un momento, se limita a poner la palma de la mano sobre su arrugada cubierta azul.

Inspira hondo y busca la página cuarenta. En el margen, en lápiz, Lisa ha anotado la dirección de una página web. Y al lado: «¿Comentarios?». En la página cuarenta y uno, otra página web. Una web de fotografía y la otra sobre demencia precoz. Son páginas que Reagan podría consultar con toda lógica sin levantar sospechas, pero que también puede utilizar para escribir en la sección de comentarios sin que nadie se dé cuenta.

Reagan cierra el libro y lo estrecha sobre su pecho, pensando en esa obra de teatro. ¿Acaso podría funcionar? Y por primera vez en todo el día, sonríe.

Jane

La señora Yu está hablándole a Jane de *My Fair Lady*. Es una obra de teatro, dice, aunque se hizo famosa gracias a un musical. Una película musical, de hecho, de la época de mayor esplendor de Hollywood, protagonizada por su actriz favorita: Audrey nosécuántos, que era la encarnación de la elegancia. «¡Pero me estoy yendo por las ramas!», añade la señora Yu. Ella de lo que quiere hablarle es de la representación de la obra en un pequeño teatro de los Berkshires, no lejos de Golden Oaks…

Jane intenta seguir sin mucho entusiasmo lo que le dice, pero su mente no deja de revolotear como una mosca. Gira y gira en el aire, se posa un instante y vuelve enseguida a levantar el vuelo. No entiende para qué la ha llamado la directora a su despacho. No espera nada y, a la vez, se espera cualquier cosa. Teme que ella perciba que ha cambiado; que, por dentro, es una persona diferente.

Dando un respingo, recuerda que Reagan le ha dicho que preste atención. Lo que dice la señora Yu puede ser importante. Ella misma no sabe muy bien cómo, pero confía en su amiga, y se esfuerza por escuchar. Le está hablando de las distintas compañías de teatro de la zona, entre ellas una realmente increíble centrada en la obra de Shakespeare. Pero añade que tal vez le resultaría demasiado difícil de seguir a ese autor a causa del inglés antiguo que emplea.

Jane procura no pensar en Ate ni en Angel (Reagan le ha advertido que si da la impresión de estar angustiada podría levantar sospechas), pero no le resulta fácil. Se cuestiona cuánto sabe Angel de Golden Oaks, si conoce la relación de Ate con la señora Yu, si también piensa que ella es una oveja a la que hay que conducir al matadero.

Sobre todo se cuestiona cuándo decidió Ate que ella era un producto que vender. ¿Fue en los meses en los que su prima tuvo que dejar de trabajar de niñera, o fue antes? Cuando Ate le aconsejó que dejara a Billy y se mudara al hostal de Queens, pagándole incluso la litera, ¿lo hizo por simple bondad o porque ya la había incluido en su plan?

Jane teme estar perdiendo el control de sí misma. En su habitación, en plena noche, cuando reina el silencio y no se oye más que el zumbido del purificador de aire, se echa a llorar de un modo horrible y violento, con la cara enterrada en la almohada. A veces siente un terror tan inmenso que llora sin lágrimas, sumida en una angustia silenciosa, doblada sobre sí misma como si le hubieran arrancado un órgano vital.

En esos momentos ve a Amalia rodeada de enfermeras. Todas ellas tienen la cara idéntica, pero no son cuidadoras, sino guardianas; su rostro es el de su prima Ate.

La misma Ate que fue al aeropuerto LaGuardia a recibirla cuando ella llegó con Billy de California: una chica joven e insegura, estúpidamente enamorada. La misma que la regañó por no haber terminado la secundaria y que le dijo que ella era capaz de mucho más.

—Yo creo que te encantará —está diciendo la señora Yu.

Jane la mira bruscamente. ¿Qué es lo que le encantará? ¿Y cómo puede saberlo ella?

—La historia quizá tenga ciertas resonancias para ti —continúa la directora—, porque el personaje principal, Eliza Doolittle (¿no te parece un nombre impresionante?), se educa a sí misma. Pasa de una vida con escasas perspectivas a otra llena de promesas. Tal como estás haciendo tú. —Se lleva su taza de té a los labios y la mira con las cejas arqueadas, como esperando una respuesta.

Sin saber muy bien qué tiene que decir —¿por qué no habrá prestado atención?—, responde:

—Suena interesante.

—Entonces ¿irás mañana?

Jane titubea.

—Reagan irá también con su clienta. Será una salida frívola, pero divertida. Una salida de mujeres.

La chica siente un repentino interés. ¿A eso se refería Reagan cuando le ha dicho que quizá la directora le dijera algo que podría resultarles útil? ¿Eso forma parte del plan de su amiga?

Baja la mirada para ocultar su confusión, una mezcla de esperanza y de miedo con unas gotas de rebeldía.

—Gracias, señora Yu. Será la primera vez que voy al teatro.

—El placer es mío. —Y con suavidad, dice—: Aún me siento fatal por haber tenido que postergar la visita de Amalia. Sé que nada puede compensar lo mucho que la echas de menos, pero confío en que esta salida te distraiga al menos una noche.

Jane mantiene la mirada baja. Como si una obra de teatro pudiera lograr que se olvidara de su hija.

En voz baja, contesta:

—No estoy preocupada por Amalia, porque mi prima Evelyn la está cuidando. Ella es una niñera de primera. Evelyn Arroyo.

Al decir el nombre, la mira a los ojos.

La señora Yu le sostiene la mirada tranquilamente, sin parpadear siquiera. Sonríe y exclama:

—¡Tengo muchas ganas de conocerla por fin cuando reprogramemos la visita de Amalia!

Jane la observa con incredulidad al ver su sonrisa radiante y la naturalidad con la que salen las mentiras de su boca malvada, una tras otra. Es imposible que una persona semejante vaya a dejarle ver a su hija. No lo permitirá hasta que haya dado a luz sin problemas al «bebé millonario». Y para entonces ya podría ser demasiado tarde.

Reagan la felicita después por haber mantenido la compostura. Está exultante y bailotea en bata por su habitación explicándole que lo del teatro fue idea suya. Forma parte de su plan. Como había llegado a la conclusión de que debía ayudarla de algún modo a salir de la Granja, le sugirió a la señora Yu que la invitara también a ella. Lo que no sabía era si la directora picaría el anzuelo.

—¡Y ha picado! —grazna Reagan haciendo una pirueta exuberante antes de sentarse por fin en la mecedora que hay junto a la ventana.

—O sea que tú también estarás allí —dice Jane, estremecida. A pesar de que el día es caluroso, ha tenido frío desde que ha salido del despacho de la señora Yu.

—Sí, con mi falsa clienta.

—¿Y luego...?

—Bueno, aún no lo tengo atado del todo. Pero sacarte de la Granja es el primer paso. El más difícil.

A Jane se le cae el alma a los pies. ¿Ese es el plan? ¿Ir a ver una obra de teatro?

Reagan, viendo su expresión, corre a su lado.

—Tú no te preocupes, Jane. Voy a la sala multimedia para contactar con Lisa. No tenemos demasiado tiempo, pero ella está mucho más adelantada que nosotras. Ha estado preparando el terreno para encontrar una forma de escapar desde que se enteró de lo de Callie y lo de tu prima. Ya sabes lo paranoica que es. Y ella odia este lugar.

Jane le sonríe, fingiendo un optimismo que no siente. Observa cómo se viste su amiga con una sensación creciente de desesperación. Ella le agradece que quiera ayudarla, claro. Pero, viéndola tararear mientras se pone los calcetines, le inquieta que sea demasiado optimista, que confíe demasiado en que las cosas siempre acaban saliendo bien. También le inquieta que Lisa, ya libre de sus clientes y con la bonificación del parto en la mano, haya olvidado que la señora Yu es una mujer muy astuta a la que nunca se le escapa nada.

Si al final consigue huir, ¿no la atraparán?

Y si la atrapan, ¿entonces qué?

—Me voy —dice Reagan con vivacidad.

—Recuerda que pueden leer tu correo —la previene Jane.

—Voy a navegar por Internet y a dejar unos «comentarios» en algunas páginas web... —Apoyando la mano en el pomo de la puerta, Reagan se vuelve hacia su amiga—. Esto va a funcionar. Lo intuyo. Estarás con Amalia muy pronto.

Jane se estira el suéter que a duras penas puede abotonarse sobre el abdomen. Debajo lleva el vestido que Reagan la ha obligado a ponerse.

—Tienes que parecer entusiasmada, Jane. La señora Yu ha

de creer que te hace mucha ilusión este «premio» —la alecciona, y se inclina sobre ella con un lápiz de labios.

Ella no puede contestar, porque su amiga ya la está pintando.

—Has de conseguir que la señora Yu baje la guardia. Esta es tu primera obra de teatro, ¿verdad? Actúa como si estuvieras encantada. De lo contrario, nada de esto funcionará... ¡Ay, mierda! —A Reagan se le escapa el lápiz. Le tiemblan las manos. También ella está nerviosa.

—De acuerdo. Fingiré entusiasmo —le asegura Jane y, mirando cómo recoge el lápiz del suelo, siente una oleada de afecto hacia ella.

—Finge agradecimiento también. A ella le encanta el agradecimiento. —Reagan le examina la cara. Jane pone una expresión avergonzada—. Estás guapa. —Saca un tarro de crema y otro de polvos de su bolso de maquillaje—. Pero pareces cansada. Estate quieta. Voy a hacer que te resalten los ojos.

Ella se queda inmóvil mientras su compañera le extiende la crema bajo los ojos con el dedo meñique, tratando de borrar las ojeras. Jane se ha pasado la noche dándole vueltas al plan, preguntándose si tendrá el coraje de arriesgarse y si funcionará de verdad. Y cada vez que pensaba en Amalia, la inquietud se convertía en auténtico terror. Porque el tiempo se está acabando.

Eso lo sabe porque anoche trató de localizar a Ate una última vez. Era hacia el final de la tarde, después de la larga charla que mantuvo con Reagan; después de pasarse el rato sentada con las portadoras filipinas, intentando tragarse la cena a duras penas. Antes del postre, se escabulló a la sala multimedia. No había casi nadie, porque la mayor parte de la gente estaba cenando aún o se había ido a la sala de proyecciones, donde pasaban una comedia romántica interpretada por dos famosos actores de Hollywood.

En uno de los cubículos marcó el número de su prima, pero enseguida saltó el buzón de voz. Lo mismo ocurrió cuando llamó a Angel. Entonces se le ocurrió llamar a la línea fija del hostal de Queens. ¿Cómo no se le había ocurrido antes? Tuvo que volver a toda prisa a su habitación para buscar el número en la agenda que guardaba en la mesilla de noche.

Una voz masculina que no reconocía respondió después de dos timbrazos.

—Estoy esperando una llamada de Manila —le soltó el hombre con impaciencia.

—Necesito hablar con Angel un minuto. Angel Calapatia. ¿La conoce? Ella...

Antes de que pudiera terminar, el hombre la interrumpió:

—Se ha ido al hospital de Queens.

—¿Está enferma? —Jane sintió que se le paraba el corazón.

—No, no —respondió el hombre, exasperado—. Se ha ido con la niña... Eh, ahí está mi llamada. Mi primo...

Jane ni siquiera recuerda haber colgado el teléfono. Ni tampoco cómo llegó a la habitación de Reagan. De repente se encontró allí y le preguntó a su amiga a bocajarro:

—¿Crees que esto funcionará?

Reagan dijo que sí. Con eso le bastó.

El teatro es pequeño pero precioso. Se sientan en la segunda fila de la sección central: la señora Yu en el asiento más cercano al pasillo; a su lado Jane, la clienta y Reagan. Delante de ellas, en un reducido foso, hay un grupo de músicos apretujados en semicírculo, como un corro de pájaros alrededor de una corteza de pan. Unas inmensas cortinas rojas se extienden a lo largo del escenario. Jane imagina un gran ajetreo detrás: los actores situándose de puntillas en su sitio, los ayudantes corriendo de aquí para allá con objetos de atrezo...

Aunque no hace calor, se abanica con el programa. Así tiene algo que hacer con las manos. Levanta la vista hacia el techo blanco y dorado, labrado con intrincados dibujos. Tres grandes arañas flotan sobre sus cabezas.

—¿Emocionada? —pregunta la directora dándole un apretón en el brazo.

—Sí. Gracias, señora Yu —dice Jane, y trata de parecer contenta.

—Me alegra mucho haberte podido traer a tu primera obra de teatro. ¡Y estás muy guapa!

Llega una de las coordinadoras (son dos; han llegado al teatro en otro coche), y le susurra algo al oído a la señora Yu. Jane se vuelve hacia el otro lado para dejar claro que no pretende curiosear. La clienta —o Callie, como ella misma le ha dicho antes que la llame— está hablando con Reagan en voz baja. Callie se echa a reír de repente con una risa ronca, y Jane vuelve a sentir una ligera duda sobre la información de Lisa. ¿Cómo es posible que esa mujer —una mujer tan simpática, con una risa tan contagiosa— sea una farsante?

Las luces empiezan a atenuarse. Alguien tose. Una ráfaga de música se alza del foso que tienen delante: un violín solitario y luego todo el conjunto. Las cortinas se abren. Jane nota la mirada de la señora Yu sobre ella y esboza una tímida sonrisa.

Se le encoge el estómago, porque ahora empieza todo.

El escenario está lleno de flores: en carretillas, en barreños, en macetas. Un gran despliegue de flores. Detrás de los puestos de flores, hay edificios de piedra —pintados, claro, aunque parecen reales— y, más allá, se ve el cielo veteado y grisáceo. Una mujer está vendiendo flores a gritos. Un hombre con traje y sombrero de copa pasa por delante y ambos conversan. A Jane le impresiona lo extraño que es todo, comenzando por el hecho de estar sentada en la oscuridad contemplando un mundo iluminado en el escenario. ¡Y hay tantas flores!

De pronto siente un profundo desasosiego, como si fuera ella la irreal, en lugar de los actores que se desplazan por el escenario. Como si el plan de Reagan formara parte también de una obra de teatro: algo imposible y totalmente increíble.

¿Cómo creer que dentro de una hora ella intentará salir del teatro y esfumarse?

—¿Estás siguiendo el argumento? —susurra la señora Yu inclinándose hacia ella.

Jane advierte que estaba frunciendo el entrecejo. Lo desfrunce, mira a la directora y finge estar confusa:

—No sé quiénes son esos hombres.

La señora Yu le explica entre susurros qué sucede en el escenario: los hombres son ricos y educados; la florista es pobre e ignorante. Ellos intentarán mejorarla.

La chica le da las gracias y mantiene la mirada fija al frente. Intenta prestar atención, pero no asimila ni una palabra. Siente una aceleración en su interior, un miedo creciente.

El público suelta risitas y ella hace otro tanto.

El público está embelesado y ella finge estarlo también.

Pasan los minutos. El corazón le palpita más aprisa. Ya no debe de faltar mucho para el intermedio. Tiene la sensación de estar atrapada en un sueño. Se clava las uñas en las palmas y aprieta con fuerza para sentir dolor, un dolor agudo y tangible.

Bruscamente, se quedan a oscuras y suenan aplausos a su alrededor. Cuando vuelven a encenderse las luces al cabo de un momento, todo ha cambiado. El foso de los músicos está desierto, con una partitura abierta en el suelo; y el pasillo ya se va llenando de gente y de un murmullo de conversaciones cotidianas, como si no fuera extraordinario que todo un mundo haya sido engullido por las largas cortinas rojas.

Jane intenta captar la mirada de Reagan, pero su amiga está hablando con Callie. Habla de un modo acelerado, observa, y se retuerce un mechón como hace siempre que está nerviosa.

—¿Y bien? ¿Qué te ha parecido? —pregunta la señora Yu.

—Me ha encantado. Gracias por traerme —dice Jane, pero la voz le tiembla. Baja los ojos con horror, porque ya está arruinando el plan.

La directora, afortunadamente, malinterpreta su actitud. Le rodea los hombros con el brazo, la atrae un poco hacia sí y le dice con dulzura:

—No tienes que darme las gracias, Jane. Te lo mereces. Una noche libre de preocupaciones

Jane mira fijamente su regazo.

—¡Reagan necesita ir al baño! —le dice Callie a la señora Yu, bromeando sobre los problemas de vejiga del tercer trimestre.

—Yo también —dice Jane con firmeza.

La directora les pide que esperen a las coordinadoras. Callie comenta que la actriz que interpreta a Eliza es una joven promesa de Broadway; se formó en los teatros locales y siempre vuelve a pasar el mes de agosto en los Berkshires. Las dos coordinadoras aparecen entre la multitud con unas botellas de agua que entregan a la señora Yu. Ella les pide que lleven a las dos chicas al baño y que, si no es mucha molestia, le traigan una botella de Pellegrino, porque prefiere el agua con gas.

Jane y Reagan siguen a las coordinadoras por el pasillo todavía atestado y salen al vestíbulo. Se abren paso hasta la escalera y descienden con la riada de gente al sótano, donde hay una cola de quince personas frente al baño de mujeres.

Mientras la coordinadora pelirroja espera con ambas chicas al final de la cola, la otra, de piel oscura, se acerca a la puerta del baño para hablar con la encargada. La pelirroja les pregunta por la obra; ella y su compañera no han podido verla. Reagan le explica la representación, tratando de involucrar a Jane en la charla.

La otra coordinadora les hace señas.

—Vamos —dice la pelirroja, y las sigue mientras se abren paso hacia la entrada del baño. Jane evita mirar a los ojos a las mujeres que esperan en la cola.

El baño está abarrotado. Hay cinco cubículos únicamente y tres lavamanos al otro lado. Varias mujeres esperan turno de brazos cruzados o mirando el móvil; otras se lavan las manos y un par de jóvenes se miran en los espejos, retocándose el maquillaje. Suena el ruido de una cisterna, y una mujer de mediana edad con un chal de flecos emerge de un cubículo y sonríe al ver la barriga de Reagan. La encargada le hace una seña a esta, que se apresura a entrar en el cubículo. Suena el cerrojo; al fondo, una niña le pide a su madre más papel higiénico.

Jane avanza unos pasos, con las dos coordinadoras detrás.

Es imposible que eso funcione.

—¿Te está gustando la obra? —pregunta la de piel oscura. Jane nota que tiene un ligero acento. Se esfuerza en responder para darle tiempo a Reagan: es la primera vez que va a un teatro; le ha costado seguir la obra al principio; el escenario estaba precioso con tantas flores; ¿serán de verdad?

Y entonces se oye vomitar a alguien con violentas arcadas.

—¿Te encuentras bien, Reagan? —pregunta la coordinadora que estaba hablando con Jane.

Reagan gime, suenan más arcadas, más vómitos. Las coordinadoras se acercan al cubículo.

—Abre, Reagan —dice la pelirroja con expresión grave.

—Hay sangre. —La voz de Reagan suena débil y desmayada, y aunque Jane sabe que está fingiendo, que sus palabras son tan falsas como el mundo detrás del telón rojo, siente temor.

—Oh, Dios mío…

Pero ¿qué está ocurriendo?

Las coordinadoras pasan a la acción; una tira de la manija del cubículo; la otra se arrodilla y trata de atisbar por debajo de la puerta. Desde dentro, llegan ruidos de una profunda agitación.

Jane se clava las uñas en las palmas, porque ahora sí ha llegado el momento. Tal como Reagan y ella han planeado.

Retrocede un paso y luego otro y otro, y cada uno la va alejando un poco más del tumulto, hasta que ya tiene a varias mujeres delante que forman como una barrera, hasta que acaba engullida por todas las que se adelantan movidas por la curiosidad y la preocupación.

Una niña (tiene que ser la niña del cubículo contiguo al de Reagan) chilla. Ese chillido infantil provoca que se propague el pánico entre la aglomeración que rodea a Jane. Una voz femenina grita: «¡Se ha desmayado! ¡Llamen al 911!».

Un murmullo circula de boca en boca: una mujer embarazada... se ha desmayado... ¿había sangre?... ¡Ay, Dios mío...!

Varias mujeres hablan por el móvil, pidiendo ayuda. Un hombre entra precipitadamente diciendo que es médico.

Jane sube la escalera lo más deprisa que puede, cogiéndose de la barandilla para impulsarse. No dispone de mucho tiempo, eso se lo ha repetido Reagan muchas veces. Una vez en marcha, no debe detenerse. «Si te detienen dentro, di que vas a pedir ayuda. Si te detienen fuera, di que estás mareada y necesitas aire fresco. Pero tú muévete, muévete, muévete.»

Tiene la garganta seca. Mientras se abre paso por el vestíbulo abarrotado, se saca el pañuelo del bolsillo: un pañuelo de color amarillo claro con un estampado más oscuro. Se lo envuelve alrededor de la cabeza y se lo cruza sobre los hombros.

«Muévete, muévete, muévete.»

Las puertas de cristal son menos pesadas de lo que parecen. Reprime el impulso de mirar atrás para comprobar si la siguen. Imagina que de un momento a otro alguien la sujetará del hombro y la retendrá, pero ya está fuera —ha oscurecido, el ambiente es sofocante—, y las puertas se han cerrado a su espalda. La gente pasa por la acera; algunos fuman frente a las puertas del teatro. A lo lejos, suena el aullido de una sirena.

Manipula a tientas la WellBand hasta desatársela. Escruta frenéticamente a los peatones de la acera, como Reagan le ha indicado, hasta que ve acercarse a una mujer. Pasea a un perro, uno pequeñito de color gris, y del hombro le cuelga una bolsa de lona, una de esas bolsas de la compra por la que asoma una barra de pan y unas hojas de lechuga.

Antes de que puedan asaltarla las dudas, Jane le pregunta la hora, como le ha dicho Reagan que hiciera. Cuando la mujer saca su móvil para mirar la hora en la pantalla, ella tira la WellBand en la bolsa. Ni siquiera oye cómo cae.

Le da las gracias a la mujer, que le desea buena suerte.

Camina rápidamente en la dirección contraria con la cabeza gacha, como protegiéndose del viento. Pero es una noche sin una brizna de aire, con el cielo despejado y las estrellas reluciendo en lo alto como trocitos de cristal.

«Vete a la izquierda al salir del teatro —le ha dicho Reagan—, y luego otra vez a la izquierda.»

—Izquierda y otra vez izquierda —musita Jane—, sintiendo un millar de ojos sobre ella.

Dobla la esquina y ahí está: el coche negro con una pegatina del arcoíris en la ventanilla del copiloto. Tal como su amiga se lo ha descrito.

Traga saliva, reprimiendo el impulso de correr hacia el coche. No se entrega a la sensación de alivio que asciende por su pecho hasta que ha abierto la portezuela del acompañante, subido al vehículo y notado el aire fresco que sale de los respiraderos. El pañuelo se le ha caído sobre los ojos, pero no se lo arregla aún. De momento permanece sentada, o más bien desplomada, en el asiento, mientras su corazón se serena y sus músculos se destensan. Nota que las lágrimas le anegan los ojos, aun teniéndolos cerrados.

—*Magandang gabi* —dice una voz masculina. Conocida.

El coche arranca lentamente.

Jane se incorpora al fin, se aparta el pañuelo de la cara y se gira para mirar, porque esperaba encontrar ahí a Lisa.

Troy le sonríe.

—Eh, Jane, querida. ¿Adónde vamos?

Mae

Mae se concede un instante para respirar. Se aísla del jaleo que la rodea. Ignora la algarabía que bulle en su interior. Inspira profundamente y espira con lentitud, expulsando la confusión y el pánico, la tensión y la furia.

—¿Quiere subir con Reagan a la ambulancia? —pregunta la coordinadora pelirroja, dubitativa. Mae abre los ojos y la mira. Tiene el pelo enmarañado. Está aturdida, como corresponde.

Ella permanece en mitad del vestíbulo con varios miembros del personal de Golden Oaks —han llegado deprisa, en varios coches— agolpados alrededor. Las puertas del teatro están cerradas. El segundo acto, aunque retrasado por el revuelo, ya ha empezado —el espectáculo debe continuar, al fin y al cabo—, lo cual complica todavía más las cosas. Jane podría estar oculta dentro del local, guarecida entre las sombras, o bien en las dependencias laterales, buscando entre las perchas del vestuario alguna prenda para disfrazarse.

Hace un gesto con la cabeza para librarse de esas imágenes. No le sirven de nada. Entonces dice con frialdad a la pelirroja:

—Creo que lo más probable es que la ochenta y dos esté bien. El verdadero problema es que has perdido a la ochenta y cuatro. —Saca su tableta del bolso y la abre. Nota que la coordinadora, nerviosa, cambia de postura continuamente sin saber si quedarse o irse. Es una de las empleadas mejor valoradas de Golden Oaks; por eso le ha confiado la vigilancia de las portadoras de madame Deng. Obviamente, el Departamento Técnico debe revisar sus algoritmos.

La coordinadora carraspea y cuestiona:

—¿Debería... acompañarla yo?

Mae deja que su mirada se demore sobre ella varios segundos embarazosos. Es en los momentos de crisis cuando la naturaleza de cada uno sale a la luz. Esa mujer ha resultado ser una completa incompetente.

—Creo que sí, que una de vosotras debe permanecer con la ochenta y dos todo el rato, no vaya a ser que perdáis a una segunda portadora esta noche.

La mujer se sonroja y se aleja a toda prisa. Mae, tragándose la ira, busca los mensajes en su tableta. El equipo del panóptico le comunica que ha mandado una alerta a las coordinadoras cuando el localizador de la WellBand de Jane se ha alejado cincuenta metros del teatro. Hay otro mensaje del equipo de seguridad con un mapa del camino que ha seguido la WellBand de Jane hasta terminar en la cocina de una granja de estilo colonial situada a diez minutos del pueblo, donde ha aparecido en el fondo de la bolsa de la compra de una asistenta.

Hal, el jefe de seguridad de Golden Oaks, se le acerca. Es un hombre imponente. Leon lo sedujo para que dejara los Servicios Especiales cuadruplicándole el sueldo.

El hombre le informa de que su equipo ha terminado de interrogar a la asistenta. Confirma que la mujer, en efecto, ha hablado frente al teatro, casi al anochecer, con una asiática embarazada que encaja con el perfil de la 84, cuando volvía de hacer unas compras para su patrón, que pasa los fines de semana en la granja y, al parecer, exige pan recién hecho para la cena. La asistenta ha dicho que esa chica ha seguido andando hacia el centro del pueblo, en dirección este, cuando ella la ha perdido de vista. Un equipo de seguridad se ha desplegado por las calles buscando a otros testigos. Otro equipo está registrando discretamente el interior del teatro, por si la 84 ha vuelto atrás por una entrada lateral y está escondida en alguna parte del edificio, aguardando para escapar más tarde. Todavía están esperando que el teatro les facilite la grabación de las cámaras de seguridad.

Un pitido interrumpe el informe de Hal. Mae alza el pulgar, gesticula con la boca «un minuto» y abre su teléfono. Eve le dice en un mensaje que ha llamado varias veces al móvil de Evelyn Arroyo sin éxito. Nadie responde tampoco en la línea fija del apartamento de Jane. La ayudante le pregunta también si quiere que le ponga en comunicación con Leon, que acaba de aterrizar en Filipinas para pasar unos días haciendo surf.

A Mae la recorre un escalofrío. Leon se pondrá más que furioso. La tinta del acuerdo con Deng apenas se ha secado. ¿Y si ahora se niega a cumplirlo?

Rápidamente, escribe: «Todavía no».

Al cabo de unos segundos, Eve envía otro mensaje: «¿Y con madame Deng?».

Mae cierra su móvil. No puede arriesgarse a responderle hasta que haya hablado con Fiona, la única persona del Departamento Legal en la que confía plenamente. Necesita saber hasta qué punto está obligada, según el contrato, a informar a madame Deng —y cuándo, en caso afirmativo—, y también si dispone de algún margen de maniobra.

La segunda coordinadora se acerca y le da un vaso de Pellegrino.

—Megan ha acompañado a la ochenta y dos al hospital. Tengo un helicóptero preparado por si hubiera que trasladarla a Nueva York.

Mae da un sorbo de agua, disfrutando del suave burbujeo en la garganta. Da otro trago despacio, de manera que obliga a la coordinadora a esperar a que termine de beber y deja que se cueza en la salsa de su fracaso. Cuando acaba, le devuelve el vaso vacío.

—He pedido a seguridad que vaya también —dice la coordinadora—. Dada nuestra metedura de pata de esta noche, he pensado que deberíamos tomar precauciones extra.

Mae la mira con reticente aprobación. «Al menos —piensa—, esta reconoce sus propios errores.» Decide darle una oportunidad para redimirse de algún modo, y le indica:

—El equipo del panóptico está controlando todas las comunicaciones de la ochenta y cuatro y de la ochenta y dos con el exterior durante el último mes. Mantente al tanto de sus progresos. Y recuerda a todos los jefes de equipo que den a su gente la información estrictamente necesaria. Hay demasiado en juego.

La coordinadora se muerde los labios y se aleja apresuradamente. Mae le hace una seña a Hal para que continúe.

—Señora —dice él, tras echar un vistazo en derredor para

asegurarse de que nadie lo oye—, debo plantear la posibilidad de que nos enfrentemos a un secuestro.

Mae lo anima a desarrollar su teoría aunque está segura de que se equivoca. Él no conoce a Jane, sencillamente. Se trata de saber lo que es propio de ella y lo que no. Esa chica jamás le haría daño al feto ni amenazaría siquiera con hacérselo. Es católica, de entrada, y le paraliza la culpabilidad y el temor a la condenación. Más incluso, es una persona sometida a las normas. No tiene madera ni imaginación para causar problemas. Motivo por el cual está segura de que alguien la ha inducido a hacer todo esto. Lo más probable es que haya sido Reagan: los registros muestran que últimamente han pasado bastante tiempo juntas, aunque en ningún momento se hayan disparado las alertas. Y fue Reagan, ahora que lo piensa, quien propuso la idea de invitar a Jane al teatro.

Pero ¿por qué? ¿Con qué fin? Reagan es un alma perdida en busca de sentido. Jamás llevaría a su amiga por el mal camino a sabiendas.

—Tenemos que localizar a su hija. Contar con un medio de extorsión en estas situaciones siempre puede ser de ayuda —concluye Hal—. Puedo enviar a un equipo a Nueva York en helicóptero y tener controlada a la niña en cuestión de una hora.

Mae lo mira con fijeza, pero está pensando en Amalia. En la hija de Jane. ¿Ha sido ella la causa de todo esto? ¿Es posible que esa chica, cuyas esperanzas de ver a su hija se han visto frustradas una y otra vez por la anulación de las visitas, y cuyas hormonas se hallan desequilibradas debido al embarazo, haya decidido jugárselo todo para poder estar con la niña?

Es absurdo. En absoluto irracional. Posiblemente, delictivo. Pero tiene muchos visos de ser cierto.

Se ríe sin alegría mientras una oleada de compasión por Jane la recorre tan súbitamente que se le empañan los ojos.

«¡Ay, Jane, niña tonta y sentimental! ¿Qué has hecho?»

—¿Señora Yu? —dice Hal.

—Tengo la corazonada de que... —Mae no concluye la frase—. Localizar a Amalia puede servirnos de ayuda, estoy de acuerdo. Pero hay que hacerlo con tacto. Iremos juntos.

ϒ

«¿No hay alguna forma de evitar el tráfico?», le pregunta Mae a Hal, que está apretujado junto al conductor. Su cabeza rapada al cero casi toca el techo del coche.

—Hay tráfico por todas partes, señora; la Interestatal siempre está a tope los viernes. —El conductor asiente.

Mae se arrellana en el asiento, exasperada. Afuera hay un clamor de bocinazos. Una gran furgoneta bloquea el cruce. Los peatones cruzan a borbotones la calzada, rodeando su coche. Tiene la sensación de que están varados en un océano de cuerpos. La asalta la inquietud, un oscuro presentimiento de que el gentío se convertirá en cualquier momento en una turba violenta y empezará a dar puñetazos a las ventanillas y a arrojarles piedras.

La furgoneta gira al fin. El conductor avanza lentamente, pero se ve obligado a frenar de golpe porque los peatones continúan pasando por delante.

—¡Si nos tocar pasar a nosotros! —grita Mae, enfadada.

El conductor le lanza una sonrisa de disculpa por el retrovisor. Ella se la devuelve.

¿Cómo se las arregla el tipo para resistir ese suplicio un día tras otro? El tráfico interminable, los conductores agresivos, los peatones suicidas, los pasajeros impacientes, el sueldo mísero, el aire viciado, las multas de aparcamiento, las facturas, los hijos e incluso los nietos, a juzgar por su apariencia.

¿Cómo es que no explota?

—Acaban de informarme del panóptico —anuncia la coordinadora sentada a su lado. Reagan, dice, no se ha comunicado con nadie del exterior desde hace meses, salvo con sus padres y con su compañera de habitación en Nueva York—. Solo envía correos electrónicos a su padre. Y su madre nunca habla. Las conversaciones con su compañera están limpias.

Mae frunce el entrecejo. Entonces, ¿quién puede haber incitado a Jane? ¿O es posible que ella haya malinterpretado a su portadora favorita y que la chica, tras su apariencia tímida y temerosa, sea en realidad una conspiradora?

Antes de que pueda desarrollar ese hilo de pensamiento, la coordinadora prosigue:

—También la ochenta y cuatro está limpia. Ha hecho centenares de intentos para contactar con Evelyn Arroyo a lo largo de todo el mes, pero nunca han llegado a hablar.

—¿Centenares? —pregunta Mae con incredulidad.

La coordinadora mira con atención su tableta y se corrige :

—Más de cien. Ciento ocho intentos, entre correos y llamadas.

—O sea que lo ha intentado todos los días…

—La frecuencia ha ido aumentando con el tiempo. El martes pasado, por ejemplo, le envió a la señora Arroyo seis correos electrónicos y la llamó cinco veces. —Le pasa la tableta para que lo vea por sí misma.

Mae estudia la distribución de los intentos de Jane de hablar con su prima. Su creciente exasperación queda clara a la vista de los datos.

—¿Cómo es que el Departamento de Análisis de Datos no lo detectó? —Mae procura que la ira no se le refleje en la voz.

—Los correos electrónicos están limpios y no se disparó ninguna alerta. La ochenta y cuatro solo le pedía a la señora Arroyo que le devolviera las llamadas.

Mae cierra los ojos. Nota como si la cabeza le flotara. Ya no le cabe duda de que Jane ha huido para buscar a su hija. Las semanas durante las que no ha podido comunicarse con su prima ni con Amalia le han provocado una especie de fractura psicológica. Son cosas que pasan. Lo sabe por las historias que salen en las noticias. La gota que colma el vaso. Las presiones del mundo que aumentan hasta volverse insoportables. Y lo vas aguantado todo hasta que no puedes más. Le envía a Geri un mensaje, bajo el título «Altamente confidencial», en el que le explica su teoría, y le pide: «Necesito una respuesta cuanto antes. Cómo manejarlo, y si ella puede ser un peligro para el feto o para sí misma».

Se reclina otra vez en el asiento, hecha un manojo de nervios. Su teléfono suelta un pitido. Geri coincide con ella: se ha producido algún tipo de «fractura», pero está segura de que Jane no constituye una amenaza para el feto. También está de acuerdo en que esa chica no es el tipo de persona capaz de seguir su propia iniciativa; ha sido otro quien ha planeado la fuga.

Pero ¿quién?

¿Y cómo se le puede haber escapado a ella la inmensa desesperación de Jane?

Mae traga saliva con esfuerzo y mira su reflejo en la ventanilla. Ha sido culpa suya. Se ha despistado. Estaba demasiado ocupada con su boda y con el Proyecto MacDonald.

Siente una fuerte sacudida hacia delante cuando el conductor frena otra vez de golpe para no chocar con un taxi que se ha colado en su carril para recoger a un pasajero.

—¡Menudo gilipollas! —exclama Mae.

El conductor le dirige la misma sonrisa amable por el espejo retrovisor.

El coche reanuda la marcha. La coordinadora se inclina un poco para susurrarle algo a Hal. La cuestión de quién ha planeado la fuga atormenta a Mae y, de repente, se llena de furia contra Reagan, que sabe más de lo que deja entrever. Llama a Geri y le dice que deben aumentar la presión. Le ordena:

—Haz que investiguen a las coordinadoras. Y a Tracey.

Su móvil vuelve a soltar un pitido. Es Fiona, del Departamento Legal. Está averiguando si el feto se considera en el estado de Nueva York una «persona» a efectos legales; si no, Jane (y Golden Oaks) no pueden ser acusados de «secuestro».

Esa distinción podría ser un atenuante.

Mae suspira con irritación. Abogados. Con atenuantes o sin ellos, perderán la inversión de madame Deng si no localizan pronto a Jane.

—¡Ya casi estamos! —anuncia el conductor con aire triunfal.

Es una manzana anodina de edificios bajos y funcionales, en cuyos bajos hay una serie de tiendas: bodegas, una lavandería, una agencia de cambio de cheques... Los escaparates están cerrados con rejas metálicas, y todos están a oscuras excepto el de un garito de alitas de pollo, que está abierto y tiene en la entrada un neón verde parpadeante. El coche se detiene junto al bordillo. Mae le pide a Hal que espere afuera y se asegure de que el equipo de apoyo no esté a la vista, no vaya a ser que ahuyenten a Jane. A la coordinadora le dice que la siga y que lo grabe absolutamente todo. Por si acaso. En cuestión de datos, siempre es mejor pecar por exceso que por defecto.

Pasa una familia: una mujer empuja un cochecito y un hombre lleva a cuestas a un crío con traje de baño. Dos mujeres con camiseta sin mangas y que se han pintado los labios de un color reluciente se inclinan sobre un teléfono móvil.

Mae camina con paso vivo hasta el edificio, sube los peldaños y pulsa el interfono del apartamento. Dice que es la jefa de Jane. Una voz femenina con acento murmura: «Está bien», y a continuación suena un clic y se abre el portal.

El vestíbulo, polvoriento y caluroso, huele a comida revenida. Hay un gorrito de bebé en el suelo, de color rosa con borlas, y ella se lo mete en el bolsillo porque quizá sea de Amalia. Al menos, será un buen modo de romper el hielo.

La coordinadora, que está justo detrás de ella, sonríe y exclama :

—¡Qué suerte!

Mae palpa el gorrito que lleva en el bolsillo.

Pobre Jane.

Se dirige hacia la escalera y sube.

Reagan

Reagan se halla tendida con una vía intravenosa en el brazo. Mantiene los ojos cerrados y escucha a dos mujeres que están hablando de Jane. El equipo de seguridad ha encontrado la WellBand, pero la portadora 84 sigue desaparecida. ¿Dónde puede estar?

Reprime la sonrisa que está a punto de asomarle. Se supone que está inconsciente. Bajo la sábana del hospital, cruza los dedos.

«¡Sigue adelante, Jane! ¡Sigue!»

Se abre una puerta. Suenan los ruidos del pasillo y enseguida vuelve a reinar el silencio. Alguien merodea cerca de ella, sobre ella. Reagan permanece inmóvil. Los pasos se alejan y las dos mujeres empiezan otra vez a hablar. Una de ellas dice con una voz clara y segura que están llamando a la policía porque se trata de un secuestro. Jane Reyes ha secuestrado al futuro bebé de un millonario.

Reagan abre los ojos de golpe. Por un momento las luces la ciegan. Gira la cabeza de forma instintiva para evitarlas, pero sus movimientos son demasiado bruscos y, cuando cierra otra vez los ojos, ya es demasiado tarde.

—¿Reagan? —dice una voz con dureza. Alguien le roza el brazo.

Lisa dijo que ellos jamás llamarían a la policía.

—Nos alegramos de que estés despierta.

Lisa dijo que la Granja no quiere publicidad. Basta con los vídeos para mantener a Jane a salvo.

—Hemos visto que abrías los ojos. Siéntate. Vamos, siéntate —dice la voz femenina, mientras unas manos la sujetan y tiran de ella para levantarla con más brusquedad de la necesaria.

¿Detendrán a Jane?

—Toma un poco de agua. Eso es, buena chica. Ya no te hace falta este gotero intravenoso, ¿verdad? Estás bien, ¿no?

Reagan ha abierto de nuevo los ojos. Nunca ha visto a esa mujer, aunque lleva un uniforme de coordinadora. Pelo rizado, cara vulgar; sus ojos, en cambio, son inolvidables: duros, pequeños y grises. Como las piedras que ella solía lanzar a los pájaros desde la cabaña del lago. Su madre servía el almuerzo fuera siempre que hacía buen tiempo, en la mesa de teca situada junto al agua. Los pájaros acostumbraban a robarle la comida a Gus. Él nunca los ahuyentaba; tenía que hacerlo ella.

—¿Cómo te encuentras?

—Mejor —responde con voz queda, porque se supone que tiene que estar débil después de la indisposición que ha sufrido. Recorre la habitación con la vista buscando a la otra mujer que estaba hablando.

—Nos has dado un buen susto.

Reagan no responde. Hay algo en esa mujer que no le gusta.

—Los médicos no te han encontrado nada. Debes de haber comido algo en mal estado —dice la mujer, sombría. Le ha quitado el gotero y ahora le arregla las sábanas, aunque con tal brutalidad que se siente zarandeada.

—Están examinando el registro de la cocina para ver qué has cenado esta noche. No nos gustaría que otras portadoras se pusieran enfermas —prosigue la mujer mientras remete las sábanas bajo el colchón tan firmemente que Reagan se siente atrapada en la cama del hospital—. Lo cual a ti te horrorizaría, ¿verdad? No soportarías causarle un problema a otra portadora, ¿cierto?

Ella la mira fijamente y musita:

—Claro.

Suena un pitido. La mujer abre su tableta y pone una cara rara. Reagan se da cuenta de que eso pretende ser una sonrisa.

—Una buena noticia. Tu clienta está aquí. Callie estaba muy preocupada por ti.

La joven prefiere no responder. No se fía de sí misma.

Se abre la puerta.

—¡Ay, Dios mío, Reagan! ¡Estaba tan preocupada!

Callie se derrumba sobre ella, estrechándola entre sus brazos con falso alivio, con fingido afecto, y el olor de su perfume le da a Reagan ganas de vomitar.

—¿Cómo te encuentras? —pregunta apartándose un poco para estudiarle el rostro.

Frunce la frente, como si estuviera preocupada. Retuerce sus manos falsamente temblorosas con tal fuerza que sus nudillos palidecen.

Reagan siente una oleada de temor. Los nudillos blanquinosos, las manos trémulas... Si no supiera la verdad, creería que es cierto.

¿Quién es esa mujer? ¿Qué están tramando y contra quién?

¿Y en qué aprieto han metido a Jane entre ella y Lisa?

Como siguiendo un impulso, Callie vuelve a estrecharla entre sus brazos, esta vez con más fuerza.

—Borra esa preocupación de tu cara. Ahora ya estás bien.

La chica cierra los ojos, notando (aunque intenta ignorarlo) el tacto de la mano acariciándole la espalda y el calor de esa mejilla sobre su pelo. Es consciente de que está demasiado tensa, de que exuda recelo y desconfianza. Hace un esfuerzo para relajarse. Es como un glaciar fundiéndose. La llegada de la primavera.

—¡Ay, cariño! —murmura Callie.

Ese tono íntimo es un verdadero atentado.

—Me alegro de que te encuentres mejor —declara la mujer al cabo de un rato acercando una silla. Le estrecha una mano. Un gesto de cariño. O de posesión—. Dicen que debe de haber sido una intoxicación.

Reagan da un sorbo de agua. Después otro.

—Te habrás llevado un buen susto.

Ella no responde.

—Pero ahora ya estás aquí, recuperándote. Y mi bebé se encuentra bien. Eso es lo importante. Que tú y él estáis bien. —Le da otro apretón en la mano.

Mi bebé.

¿De quién es esa criatura?

¿Y dónde está Jane?

—Tu amiga Jane —dice Callie, como leyéndole el pensamiento— aún sigue desaparecida. Pobre criatura, debe de estar muy asustada también.

Reagan sujeta el vaso con más fuerza. Intenta adoptar un tono informal.

—¿Alguien sabe dónde está?

—No te preocupes. La encontrarán. Tienen a todo el equipo de seguridad buscándola. Y ahora, probablemente, también a la policía. ¿O era el FBI? Creo que el secuestro se considera un crimen federal. Aunque Jane no parecía el tipo de persona capaz de hacerle daño a un bebé.

—¡Qué va! Jane es incapaz de matar a una mosca...

—Pero ¿por qué ha huido entonces? Ella debe de saber que la clienta estará muerta de angustia.

La chica busca las palabras adecuadas. Debe medirlas bien, encontrar la combinación justa. Ha de conseguir que «Callie» comprenda. Que hable con la señora Yu en nombre de ellas.

—Así es como se siente Jane precisamente —dice con ansiedad estrechando la mano de Callie entre las suyas—. Está muerta de angustia por su bebé. Sabes que Jane también es madre, ¿no?

Se le quiebra la voz. La imagen de Callie se le emborrona. Se apresura a enjugarse los ojos.

—¿Crees que ha ido a buscar a su hija?

—Mmm... no lo sé.

¿Cómo sabe Callie que el bebé de Jane es una niña?

—Estoy enterada de que vosotras sois muy amigas. Si tuvieras que adivinarlo, ¿adónde creerías que ha ido?

La mujer se quita unos hilos de su chaqueta, como si no le importara si Reagan responde o no. Pero sí le importa. Toda ella vibra llena de atención, como las antenas de un insecto.

—Me parece que no piensa del todo con sensatez. Hace mucho que no ha visto a su niña y está preocupada por ella. Amalia ha estado muy enferma —dice Reagan con cautela. Le parece buena idea deslizar la posibilidad de que Jane no esté del todo en sus cabales a causa de su inestabilidad hormonal, la tensión de la última fase del embarazo y la angustia por su hija.

¿Bastará con eso para salvarla?

—¿Qué clase de enfermedad?

—Infecciones de oído. Muchas. A veces pueden extenderse al cerebro, ¿sabes? —dice Reagan simulando una certeza que no tiene—. Seguro que entiendes que una cosa así puede volverte loca, o sea, que toda esa preocupación por un hijo tuyo puede llegar a consumirte. Al fin y al cabo, tú también eres madre.

Fija la vista bruscamente en Callie. Esta mira un segundo para otro lado. Enseguida vuelve a asumir su personaje y le sostiene la mirada con calor y ecuanimidad.

—Claro. Claro que lo entiendo.

—O sea que no piensa con claridad —prosigue Reagan con más aplomo—. Quizá ella también se ha intoxicado. Igual que yo. Quizá se ha encontrado mal cerca del teatro. ¿Han registrado la zona?

Callie frunce los labios, escrutándola con interés, como si vislumbrara algo nuevo.

—Sí, la han registrado.

—Bueno, a lo mejor ha salido a tomar aire fresco, porque sentía náuseas. Y después ha empezado a vomitar como yo. Y alguien la ha recogido para ayudarla al ver que está embarazada. Estoy segura de que no tardará en aparecer. —Ahora Reagan habla rápidamente—. Es una lástima haber implicado a la policía. Con toda la publicidad que eso supone.

Callie le lanza una sonrisa.

—Yo estoy de tu lado, Reagan. ¿No lo ves?

«Que te jodan, Callie.»

—Estoy de tu lado —repite la mujer—. Y del lado de Jane, porque es tu amiga y, por tanto, la mía también. Quiero ayudar.

«Pues ya somos dos», piensa Reagan, pero no lo dice. Y de repente siente un profundo cansancio. Y tristeza. Una tristeza tan inmensa que le parece que se está ahogando en ella. Tristeza por Jane y por Amalia, por Anya y Tasia y Segundina, por la prima de Jane y sus hijos; y por mamá, por la pobre mamá, borrada así como así, y tan sola en el mundo.

Porque nada de esto cambiará.

Nota que se le empañan los ojos y coge la jarra de la mesita, musitando que tiene sed. Pero la jarra pesa mucho, y se derrama agua encima mientras trata de llenarse el vaso medio vacío.

Callie se levanta de golpe y le seca el abdomen con varios pañuelos de papel. La mujer de los ojos de pedernal aparece como surgida de la nada con una toalla y un camisón nuevo del hospital.

—Estoy bien —protesta ella, pero la mujer no le hace caso y le suelta el cordón que mantiene cerrado el camisón que lleva. Y aunque Reagan se apresura a cruzar los brazos para taparse, ella la obliga a abrirlos y a meterlos por las mangas del otro camisón, atándoselo luego como si fuese una niña.

Callie suspira y le comenta:

—Ojalá me dejaras ayudarte. A ti y a Jane. Sobre todo a Jane. Porque tú caerás de pie. Pero alguien como ella… no consigue una segunda oportunidad. Esto no es un juego para ella.

—Yo nunca he pensado que fuera un juego —replica Reagan.

Jane

Varias personas esperan frente a las puertas giratorias del hospital. Un hombre barbudo, de brazos paliduchos, fuma un cigarrillo contemplando el cielo. Un viejo, apoyado en una columna, ríe mientras habla por teléfono. Detrás de ellos hay una mujer en silla de ruedas. Parece embarazada, aunque ya no lo está. A cada segundo echa un vistazo con inquietud al cochecito para bebé que tiene delante de ella, como si el recién nacido que hay dentro fuera a hacerse daño de algún modo. Jane recuerda que ella fue esa mujer, que estuvo esperando a Billy en el mismo sitio, ya con el vientre vacío y blando.

—Yo te esperaré aquí —le dice Troy. Ha apagado el motor del coche, y los ruidos de la calle (la música machacona de una furgoneta que pasa de largo, unos bocinazos irritados que suenan un poco más lejos) invaden el silencio que reina en el coche.

—¿Y si no está aquí? —plantea Jane mirándose las manos. Levanta la vista hacia Troy. Es la primera vez que lo mira a los ojos desde que la ha recogido hace varias horas frente al teatro. Ella apenas ha hablado durante el trayecto, respondiendo con monosílabos a las múltiples preguntas del chico. Intentando olvidar que lo vio de cuerpo entero en la penumbra del bosque.

Su timidez no ha impedido que él le contara una historia tras otra, con lo que ha conseguido que el tiempo pasara más deprisa. Le ha explicado cómo conoció a Lisa en un festival celebrado en el desierto (ella en *topless*, a la luz de una hoguera), y cómo se las arregló Lisa para filmar una serie de vídeos de la vida en la Granja con una cámara diminuta que él le coló de contrabando en una visita.

—He hecho montajes con esos vídeos. Y esculturas. Iban a formar parte de ese gran evento en el que estoy trabajando: una exposición que es algo más que una exposición. Que es una denuncia. Pero entonces ella me dijo que tú los necesitabas, lo cual me parece genial —le ha dicho Troy antes de seguir divagando sobre consumismo, cosificación y estatuillas de Venus, en concreto sobre una de estas, desenterrada recientemente, que tenía al menos treinta y cinco mil años de antigüedad y poseía todavía, tanto tiempo después, una fuerza increíble. «Es que la forma de la mujer embarazada es algo impresionante, tía.»

Como ya se le han agotado las historias, Troy la mira con tal intensidad que ella se estremece. Afuera, una sirena suena cada vez más cerca. Jane vuelve a preguntar, con una sensación de pánico por dentro:

—¿Y si no está aquí?

La puerta de Jane se abre; Troy la ha desbloqueado pulsando un botón.

—Ve a ver. Si no, la encontraremos en tu apartamento.

Ella se baja del coche haciendo un esfuerzo. Se da la vuelta para darle las gracias a Troy, avergonzada por no haber sido más simpática durante el camino, y ve que él está apuntándola con su teléfono móvil. La está filmando.

Él le brinda una sonrisa que cada vez es más amplia y que Jane recuerda de la otra vez, cuando lo conoció en el bosque. «Para la posteridad», dice él sin ninguna vergüenza enfocándola directamente a la cara. Camina hacia las puertas giratorias, estremecida de frío pese al calor de la noche. Es consciente de que Troy debe de estar filmándola, captando sus pasos de pato. Tal vez reconsiderando su opinión sobre la figura de la mujer embarazada.

Empuja las puertas y entra en el vestíbulo del hospital; procura no pensar ni sentir nada. Un guardia de seguridad la mira y ella se encoge por dentro, pero él enseguida se gira dando un bostezo, con el móvil en la mano.

—Obstetricia está en la séptima —le dice el hombre del mostrador de recepción cuando le llega el turno.

—No, yo… estoy buscando a mi hija —dice ella disculpándose.

—¿Nombre?

—Yo me llamo Jane Reyes.

El hombre la mira con ese tipo de mirada que ella ha recibido tantas veces (de los padres de Billy o de la altiva hija de su paciente favorita en la residencia de ancianos).

—¿Y el nombre de su hija?

—Ah. —Jane se sonroja—. Amalia. Amalia Reyes.

El hombre teclea el nombre en el ordenador; el resplandor verde azulado de la pantalla se le refleja en las gafas.

—Aquí no está registrada.

—Pero yo sé que está aquí. ¡Desde ayer noche! —Jane pone ambas manos sobre el mostrador.

El hombre se muestra irritado y le espeta:

—¿Qué quiere que le diga? No está en el sistema. —Se encoge de hombros y, haciéndole un gesto con la cabeza como para indicarle que ya ha terminado con ella, le pregunta a la mujer que va detrás en qué puede ayudarla.

Jane, airada, replica con tono exigente:

—¡Pues Angel Calapatia! Mire su nombre. Por favor. Y también Evelyn Arroyo. Es mi prima…

El hombre niega con la cabeza, pero obedece. Le pide que le deletree los nombres y teclea a regañadientes. Detrás de Jane suena un golpe sordo. La mujer que va detrás en la cola riñe a su hijo por derramar su vaso de zumo; se ha manchado la camisa recién estrenada.

—Décima planta —dice el hombre secamente, ya sin mirarla, y dirige la vista hacia la mujer enfurecida y hacia el niño que llora con la camisa pringada.

En el ascensor, cuando las puertas se cierran y la cabina empieza a subir, Jane nota que le cuesta respirar, como si faltara aire. Se apoya en la fría pared metálica para recobrarse.

«Me está dando un ataque de pánico.»

La psicóloga de la residencia de ancianos, cuando los pacientes sufrían un ataque de ese tipo, les hacía trazar la silueta de una mano con el índice de la otra y respirar al mismo tiempo lentamente. Jane lo observaba mientras vaciaba las papeleras: los viejos dibujaban la forma de su propio cuerpo, delineando dónde empezaba y dónde terminaba.

En ese momento intenta hacerlo ella, evocando la voz de la psicóloga. Esta, mientras Jane le limpiaba el despacho, le explicó una vez que ese método calmaba a los ancianos porque les daba una sensación de control. Y levantando su taza de café para que pudiera limpiarle bien el escritorio, añadió: «Porque, ¿qué otra cosa controlamos realmente, aparte de nuestra forma de reaccionar frente a los golpes de la vida?».

Y dicho esto le hizo un guiño, aunque ella no entendió por qué, y sigue sin entenderlo.

Las puertas del ascensor se abren. Jane, todavía trazando la silueta de su mano, ve a una mujer de cara redonda tras un mostrador. Todo le parece borroso, salvo esa cara redonda. La mujer no se impacienta cuando no encuentra a Amalia en el ordenador; pero entorna los párpados tras unas gafas anticuadas con forma de ojos de gato y le pregunta si quiere que la busque bajo otro nombre.

—Evelyn Arroyo —dice ella—. Soy su prima.

—Ah, sí. Habitación diez y once. —La mujer señala al fondo del pasillo.

Jane se pone en marcha. Se cruza con un hombre que está junto a la habitación 10-02, con expresión lúgubre y grandes manchas de sudor en las axilas. De la habitación 10-05 salen voces atenuadas y una risotada. Unas puertas más allá, atisba a una mujer con bata de color rosa retirando las sábanas de una cama.

«¡Oh, no, Dios mío! Por favor.»

Se detiene frente a la habitación 10-11. La puerta está cerrada: una puerta vulgar pintada de blanco, con una ventanita de vidrio esmerilado. Pone la mano en el pomo, pero, de repente, se siente abrumada y da media vuelta. Se sorprende al ver que ha llegado al final de pasillo, frente a una ventana sin cortinas. El cielo está gris, iluminado a medias por las luces de la ciudad. En el recuadro inferior del cristal se ve la huella de una mano infantil. Debe de haberse estirado mucho para dejar esa huella. ¿Cómo podía saber esa criatura que afuera no hay nada que valga la pena, sino solo una ciudad sucia bajo un cielo sucio?

Baja la cabeza y reza. Por una vez, no reza por Amalia, sino por ella misma. Para pedir fuerzas, para poder soportar lo que le espera, sea lo que sea, por muy mal que esté su hija. Y para poder dominarse. Así, cuando por fin le ponga los ojos encima a Ate, cuyo trabajo es cazar portadoras fértiles para la Granja, aun cuando pretenda que cuida a esas filipinas ignorantes y confiadas, podrá morderse la lengua el tiempo suficiente mientras se asegura de que Amalia está a salvo.

Vuelve sobre sus pasos y abre la puerta.

La habitación, pequeña, pintada de blanco, está dividida en dos por una cortina azul que cuelga de una barra metálica. La primera mitad está vacía. A través de la rendija de la cortina, Jane entrevé una cama y un bulto cubierto por una manta verde que parece demasiado grande para ser Amalia.

Jane se queda inmóvil.

—¿Ate?

—Otra visita, Evelyn —anuncia la enfermera, que se afana sobre su prima. Ate no responde. Tiene los ojos cerrados, y hay algo antinatural en su inmovilidad.

Jane la mira, estupefacta. La cabeza le da vueltas. O quizá es la habitación la que gira sobre sí misma.

La enfermera, al notar su confusión, le explica:

—Ha pasado durmiendo la mayor parte del tiempo desde la operación.

—¿La operación? —Jane cruza la habitación rápidamente y se sitúa junto a la cama. Apenas puede hablar.

—¿Es usted familiar de Evelyn?

—Es mi prima —responde ella—. ¿Qué le pasa?

—Tuvieron que cambiarle la válvula mitral. Acaba de salir de la UCI. Pasó unos días más allí por una infección.

Jane se inclina sobre su prima, que parece ocupar mucho menos espacio en la cama de lo que debería. Le toca la mano. Un objeto extraño.

O sea que por eso no le devolvía las llamadas.

La enfermera arrastra una silla para que pueda sentarse. Ella le da las gracias sin apartar los ojos de Ate.

Se ha imaginado ese momento durante el día entero y gran parte de la noche anterior: el momento en que le echaría en cara su traición: «¿Por qué?, ¿por qué pones tu bolsillo por delante de tu familia?».

Lo habría dicho con una voz cortante, acerada.

Pero…

En ese momento…

La contempla, deseando que le diga algo: una simple palabra, una frase. Que muestre algún signo de que está bien. Después del colapso que sufrió en casa de los Carter, Evelyn estaba débil, pero todavía era la de siempre: le replicaba a Angel, la engatusaba a ella para que la sustituyera…

Pero ahora su cara está como hundida.

Sus mejillas, huecas.

Su boca —esa boca que no para quieta— está inerte. Es como una arruga más en una cara cubierta de arrugas.

Se atreve a tocarle la mano de nuevo y, al no notar el menor movimiento, sofoca un sollozo.

—Yo creía que Angel la habría avisado —dice la enfermera como disculpándose.

—¿Usted conoce a Angel? —pregunta Jane enjugándose la cara con el dorso de la mano.

—Ella ha venido todos los días. Ayer trajo a la sobrina de Evelyn. ¡Qué preciosidad!

A Jane le da un vuelco el corazón.

—¿Amalia estuvo aquí?

—Estrictamente hablando no está permitido, pero pensamos que la criatura quizá le daría a Evelyn una razón para luchar…

—¿Cómo está la niña? —Y al preguntar eso, se sujeta de la cama.

—¿La niña? Ah, es muy vivaracha. ¡No dejaba que Angel la cogiera en brazos! No paraba de escabullirse y de moverse por la habitación como si estuviera en su casa. Angel dice…

En los oídos de Jane resuena un estruendo tan fuerte que no distingue las palabras de la enfermera. Como si se juntaran todas, como si girasen alrededor y la alzaran por los aires.

Amalia está bien.

Cierra los ojos para dominarse. Está temblando. La enfermera le explica otra historia: cuando la pusieron sobre la cama para que le diera a Ate un beso de despedida, la pequeña le cogió la cara con ambas manos y se la besó. Jane siente que se eleva todavía más, a una altura mareante, que se halla suspendida más allá de la atracción de la Tierra por la pura fuerza de las palabras de la enfermera.

Amalia está bien.

Llora abiertamente, sin molestarse en enjugarse la cara. Llora como si estuviera derritiéndose, envuelta en una inmensa oleada de gratitud.

La enfermera le pone una caja de pañuelos en las manos, murmurando palabras de consuelo, pronunciadas seguramente tantas veces que ya habrá perdido la cuenta.

—No siente dolor. Sabe que usted está aquí.

La chica se yergue dando un respingo. Todavía hay que pensar en Ate, que permanece ahí tendida y no se ha movido.

—¿Es muy grave lo que tiene mi prima?

La enfermera suelta evasivas y se disculpa.

—Es mejor que hable con el médico. Pero yo pienso que los hijos de Evelyn deberían venir a verla cuanto antes.

Jane solo ha recibido una vez un puñetazo —fue el novio de su madre, el de la serpiente tatuada en el tobillo—, pero la impresión fue exactamente la misma: el impacto y, a continuación, la sensación repentina de quedarse sin aire.

—... Angel me dijo que había advertido a los hijos de Evelyn de la gravedad de su estado. Para que hagan las gestiones para venir a verla.

—Pero ¿cómo? —La enfermera no lo entiende—. No es tan fácil. Necesitarán visados. Dinero. ¿Y qué pasará con Roy?

—¿Se refiere al discapacitado? Angel me habló de él, pobrecillo. Bueno, él seguramente no podrá venir. Pero Angel dijo que las hijas sí podrían. El otro hijo...

A Jane le entra un acceso de rabia. ¿Por qué dice eso Angel, cuando conoce todas las dificultades? Si fuese tan sencillo, ¿cómo se explica que la propia Angel no haya visto a sus hijos desde hace muchos años?

¿O pretendía proteger a Ate al decirlo?, ¿resguardarla, incluso en su inconsciencia, de la compasión de la enfermera?

Jane le coge la mano a su prima. Sus huesos parecen tan frágiles como los de un pajarito.

Ate odiaba que la compadecieran. En eso Angel acierta.

—De todos modos, por lo que Angel dijo, el discapacitado no se enteraría de lo que le pasa a su madre —dice la enfermera.

—Se llama Roy —especifica Jane, pero en voz tan baja que parece que la mujer no la oye. Su nombre es Roy, no «el discapacitado».

—Yo tengo un hijo —comenta la enfermera, como ausente.

Jane le acaricia la mano a Ate.

—Usted todavía es joven, pero ya lo entenderá cuando

tenga a su hijo —afirma la mujer mirándole el vientre—. No hay peor pesadilla para una madre que la sensación de no poder proteger a su hijo. Antes de perder el conocimiento, Evelyn se pasó el rato repitiendo el nombre de su hijo. Que si Roy esto, que si Roy lo otro.

La mujer suelta un bufido y continúa:

—Al principio yo pensé que era a su marido a quien llamaba. Pero Angel me habló de ese inútil.

Jane le aprieta la mano a Ate con más fuerza, como si se estuviera cayendo y solo ella pudiera sostenerla. No obstante, sus huesudos dedos son tan frágiles que tiene la sensación de que podría quebrarlos si apretara demasiado.

Por supuesto, ha sido por Roy. Todo lo que Ate ha hecho ha sido por él.

La vergüenza la abruma. Está tan avergonzada de sí misma que se siente enferma.

—Cariño, ¿se encuentra bien? —pregunta la enfermera, inquieta.

Jane apenas la oye. Está calculando cuántos billetes de avión podría comprar con sus ahorros. Se pregunta si la señora Yu estará dispuesta a darle un anticipo.

Un peso enorme le oprime el pecho. Es el peso del dolor y de una vergüenza bochornosa. Cruza los brazos sobre la cama y apoya la cabeza, dejándola reposar sobre el cuerpo de Ate. Casi espera sentir su mano en la frente, apartándole los mechones del pelo y riñéndola por no recogérselo en una cola, tal como solía hacer mientras estaba embarazada de Amalia, cuando se inclinaba sobre el lavabo del hostal, atacada por los accesos de náuseas que le entraban de madrugada.

Una mano le toca el hombro. Por un instante, se deja llevar por esa fantasía. Al fin alza la vista hacia la enfermera.

—Voy a dejarla un poquito con su prima, ¿de acuerdo? Pulse el botón si me necesita.

Jane estrecha la mano de Ate sobre su mejilla. Nunca le ha dado las gracias por ayudarla con Amalia. No le ha agradecido lo suficiente la infinidad de cosas que ha hecho por ella.

—Lo siento —susurra. Después alza la voz por si su prima puede oírla—. Y lo entiendo. Yo también haría cualquier cosa por Mali.

Ate

Ate está recordando: la cara de su madre en la ventana de la casa desvencijada, el ruido de la tos de su padre y también esto:

—Sigue a Tito Jimmy.

Ate está con sus dos hijos varones. En el pabellón atestado hace mucho calor. Varios centenares de personas —todos hombres, al menos por lo que ella distingue— se hallan sentadas en una hilera tras otra alrededor de una plataforma. Es martes por la tarde. ¿No deberían estar trabajando?

Ella se guarda sus pensamientos. Ha venido a pedirle ayuda a Jimmy. No es fácil criar sola a cuatro hijos. Y a él las cosas le van bien, según dice la gente. Saca montones de dinero de hombres como esos.

Y siempre ha sido bueno con ella, aun cuando sus otros parientes políticos no lo fueran.

Roy se detiene de golpe y Ate choca con él.

—¿Por qué te detienes, Roy? ¡Vamos, vamos! —No quiere que Jimmy se le escape. La multitud es muy densa, y ese pabellón no es lugar para niños pequeños. Ni para mujeres.

El niño sigue sin moverse. Se echa hacia atrás como si quisiera fundirse con su madre. Ate le da un cachete en el trasero y un ligero empujón.

—Ayúdame, Romuelo. ¡Coge a Roy de la mano y sigue a tu Tito!

Mientras Romuelo tira del brazo de su hermano y Ate lo empuja por detrás, avanzan lentamente. Ella atisba la cabeza de Jimmy a varios metros de distancia. Nota por todas partes el olor de los hombres: el hedor a sudor bien reseco, a humo de cigarrillo, a alcohol, aunque aún es temprano. Siente que todas las miradas se dirigen hacia ella. No se hace ilusiones; sabe que no es atractiva: su marido, antes de abandonarla, se complacía en recordarle lo fea que era. Pero ahí, en ese pabellón, lo único que importa es que tiene unos pechos abultando bajo la blusa y un hueco entre las piernas. Ella sigue abriéndose paso entre todas esas miradas que la recorren de arriba abajo, evaluándola. Sujeta a Roy por la parte trasera de la camisa.

Jimmy está cerca de la plataforma, en la segunda fila. Espera a que ella llegue a su lado con los niños y entonces ordena a varios hombres ya sentados que se levanten: «Tú, tú, tú —ladra, señalándolos con grandes aspavientos, para que ella y los niños lo presencien—, ¿no veis que hay una dama?, ¿no veis que hay niños? ¡Vamos, moveos!».

Los hombres le lanzan torvas miradas a Ate cuando pasan arrastrando los pies por su lado, pero obedecen. Jimmy regenta el pabellón. Sus matones están diseminados por todas partes para sacar fuera a cualquiera que arme barullo y darle una lección. Y los hombres lo saben. Ella le agradece profusamente los asientos y les dice a los niños que le den las gracias al *tito*.

—¡No hay de qué! ¡No todos los días vienen a verme mis sobrinos! —exclama Jimmy riendo entre dientes. Se saca del bolsillo un grueso fajo de billetes y le da quinientos pesos a cada uno de los críos—. Para vuestras apuestas. —Y le guiña un ojo a Ate. Ella se sonroja. No quiere que sus hijos se aficionen al juego; ya llevan ese vicio en la sangre. Pero pese a todo se muerde la lengua.

Romuelo, que no ha dejado de mirar a su tío con admiración, se queda tan abrumado por su repentina riqueza que corre a abrazarlo, hundiéndole la cabeza en la abultada barriga. El hombre suelta una carcajada, echando la cabeza atrás y cerrando los ojos exactamente como hacía el marido de Ate, en la época en la que se reía a sus anchas, olvidándose de todo. Ella se pregunta por un momento si todavía se reirá así, y con qué mujer lo hará, ya libre de la carga que suponían ella y los niños.

Jimmy le revuelve el pelo a Romuelo y le dice que se siente. La pelea comenzará enseguida.

Todos ocupan sus asientos, Jimmy, junto al pasillo para poder hablar más fácilmente con los hombres que se le acercan. Roy permanece callado, con los ojos muy abiertos y atentos. Romuelo, sentado junto a su madre, se remueve con excitación y la acribilla a preguntas: ¿esos gallos son los que estaban atados frente a la casa del Tito Jimmy?, ¿podrá quedarse el dinero si gana sus apuestas? Ate no le hace caso. Está esperando el momento oportuno para hablar con su cuñado. Seguro que la ayudará. Al fin y al cabo, siempre ha sido amable con ella.

—Bueno, bueno —dice el hombre por fin, y da una calada al cigarrillo que sujeta entre los dedos. Ate observa que debería cortarse las uñas; las tiene largas y amarillentas—. O sea que mi hermano te ha dejado.

A ella le arde la cara. Claro, Miguel debe de habérselo contado. Antes tenían una relación muy estrecha, y los momentos de crisis pueden volver a acercar a las personas. Quizá Miguel ya le ha pedido ayuda; aunque para él sería una humillación tener que inclinarse ante un hermano menor al que ha desdeñado tanto tiempo. Quizá también esté ahí mismo, en alguna parte de ese pabellón inmenso, ya bebido y dispuesto a despilfarrar el dinero que su hermano le haya prestado.

—Ya estoy enterado, Ate Evelyn. Me llamó hace unos meses para pedirme dinero. Ya se le había terminado lo que te quitó a ti. —Jimmy suelta una bocanada de humo por un lado de la boca, para no echárselo a ella.

—¿Está aquí? —inquiere Ate impulsivamente despreciándose a sí misma por haberlo preguntarlo. Pero es que no ha visto a su marido desde hace casi medio año.

—No me dirige la palabra desde que me negué a ayudarlo. Darle dinero es como tirarlo. —Él se encoge de hombros y tira la colilla al suelo—. Pero eso tú ya lo sabes.

Ella baja la cabeza. Hay una inesperada amabilidad en la voz de su cuñado que le llega a lo más hondo.

—Además —continúa el hombre encendiendo otro cigarrillo con un encendedor con adornos grabados—, él se cree que soy un pez gordo. Pero no sabe la cantidad de dinero que hace falta para ganar dinero. No sabe lo tacaño que es mi jefe.

A ella se le cae el alma a los pies. No le gusta cómo está hablando Jimmy, sacando excusas de antemano.

—Es muy dura la vida sin él —musita Ate—. Yo trabajo, pero resulta muy difícil con cuatro hijos.

Él entorna los ojos, como si intentara distinguir a alguien a lo lejos. Ella continúa; qué otra cosa puede hacer.

—Yo... quiero pedirte si puedes ayudarnos un poco. No me gusta tener que pedirlo. Lo hago por los niños. Por tus sobrinos...

—Ah, pero ¿tú sabías, Ate Evelyn, que estoy prometido y que voy a casarme? ¡Mi esposa quiere tener muchos hijos! —Él sonríe. Sus afilados dientes le dan aspecto de lobo.

—No lo sabía. Felicidades a los dos —murmura ella, alicaída.

—Te voy dar un poco dinero, claro que sí. ¡Para algo somos parientes! Pero no me puedo comprometer a darte más porque debo ahorrar para mi propia familia. —Saca otra vez su grueso fajo y se pone a contar billetes, inclinándose hacia su cuñada con complicidad mientras lo hace—. Este negocio, además, parece mejor de lo que es. Mis ganancias no están siempre ligadas a la cantidad de gente.

La vergüenza ahoga a Ate, pero esboza una leve sonrisa. No quiere que Jimmy presencie su decepción. Coge el puñado de billetes que él le pone en la mano, considerando la posibilidad de lanzárselos a esa cara de lobo, pero abre el bolso y mete el dinero en un bolsillo interior.

—Gracias, Jimmy.

Suena un rugido entre la multitud. Jimmy se levanta de golpe y Romuelo lo imita. Roy le coge la mano a Ate. Están sacando a los primeros gallos: uno a cada lado de la plataforma.

—Bueno, ¿cuál ganará? ¿Eh? —pregunta él a los niños.

Ate piensa en el gallo del hogar de su infancia. Cómo se pavoneaba por el patio con el pecho hinchado. Tenía unos malignos ojos amarillos y unas plumas de tono marrón sucio, y era el rey indiscutido de su vulgar parcela de tierra.

—Nosotros les ponemos cuchillas en la garras —dice Jimmy respondiendo a una pregunta de Romuelo, que interroga con excitación a su tío sobre el espectáculo.

Roy se encoge visiblemente en su silla y, tapándose la cara, observa lo que sucede entre las rendijas de los dedos.

—No se derrama más que un poco de sangre —dice el tío lanzándole una mirada desdeñosa a Roy—. Eso forma parte de la pelea.

Uno de los gallos chilla, extiende las alas —plumas grises y negras que, bajo los intensos focos, son de una inexplicable magnificencia—, y, agitándolas con vigor, se eleva en el aire.

Por un momento, Ate cree que seguirá ascendiendo superando el estruendo de la multitud enloquecida hasta quedar fuera de su alcance. Pero enseguida lo baja de un tirón su adiestrador, un hombre que lleva una camisa sin mangas y una gorra de béisbol, porque aún no ha dado comienzo la pelea.

«¡Amalia!», dice una voz femenina desde muy lejos, al otro lado de un valle.

Ate intenta abrir los ojos para ver quién es esa Amalia, pero le pesan demasiado los párpados. Su cuerpo también le resulta pesado, como si estuviera lleno de arena.

¿Los ayudará Jimmy?

—Ate —dice la voz, y ella nota algo blando y húmedo frotándole la mano. Como la nariz húmeda de un perro.

Pero ¿quién le ha dado permiso a *Blanca* para subirse a la cama? ¡A mamá no le gusta! Ni siquiera le gusta que entre en casa. *Blanca* es una perra guardiana, no una persona. Mamá se va a enfadar.

—No cesaba de llamarlo —dice otra voz, pero cuesta oírla bien porque la niña está llorando. Ellen no suele llorar así. Debe de tener hambre.

Pero ella se siente cansada. Sus piernas no se mueven. Se pondrá a cocinar dentro de un rato.

Alguien está consolando a Ellen. Alguien la calma. «Tranquila. Todo saldrá bien», dice la voz. ¿Isabel? Isabel sabe consolar. Por eso es una buena enfermera.

El gallo blanco estaba cubierto de sangre, pero no dejaba de pelear. Ambas aves se alzaban del suelo, como si colgaran de una cuerda, con las alas desplegadas y las plumas de la cabeza erizadas. Sus ojitos amarillos están llenos de odio. El blanco arremetió, rápido como una centella. Un chorro escarlata saltó sobre las plumas del negro. Roy arrancó a chillar. Y no paraba: se tapaba las orejas con las manos y chillaba y chillaba.

«Sácalo de aquí, ¡está molestando!», gritó Jimmy, aunque todo el pabellón rugía de un modo ensordecedor.

Ate salió al pasillo con su hijo, dando empujones y recibiéndolos. Al niño se le cayó al suelo el dinero de Jimmy; ella se arrodilló para recogerlo y recibió un golpe en la cabeza. Romuelo se quedó con Jimmy en el pabellón, boquiabierto e hipnotizado por la pelea. Roy también se había quedado sin habla. Incluso al salir afuera, donde lucía el sol y había un relativo silencio, se acurrucó sobre sí mismo, sollozando sin ruido.

«¿Siempre se han odiado, o les enseñaron a odiarse?», preguntó más tarde, en casa, mientras su hermano yacía dormido a su lado, sujetando el fajo de billetes de sus ganancias.

Ate no puede recordar del todo el sonido de su voz.

«¿La yaya está aplicándole musicoterapia? ¿Para qué le pago si no hace lo que le digo?»

Le pedirá ayuda a la señora Carter. No han hablado desde hace tiempo, pero la señora Carter es buena. Ella se le acercará de rodillas, con todo su orgullo entre las palmas de las manos como si fuera una ofrenda, y se lo suplicará: «Por favor, busque un médico para mi hijo».

—Lo siento. Lo siento, Ate.

Siente algo cálido en la mejilla. Otra vez se ha subido *Blanca* a la cama, seguramente atrayendo a un montón de moscas. Ate intenta apartar a la perra antes de que mamá se dé cuenta. Pero está demasiado débil para levantar la mano.

Mae

Mae deja su tableta en el sofá, entre un montón de cosas de Amalia —cachivaches de plástico, juguetes fabricados en China, puzles y muñecos que se romperán en cuestión de semanas y acabarán pudriéndose en un vertedero en los próximos milenios—, y procura no hacer caso del nudo que nota en el estómago. Considera la idea de llamar a Ethan para tranquilizarse oyendo su voz, pero acaba optando por hacer un ejercicio de respiración guiada. Necesita despejar su mente. Coge la tableta, accede a Zen in Ten, su aplicación preferida de meditación, y escoge la opción «Concentración y claridad (diez minutos)».

Cierra los ojos, tratando de no pensar en el sudor que se le acumula en las axilas. El apartamento de Jane es supercaluroso. Solo hay aire acondicionado en el dormitorio. Inspira hondo una vez, y otra. Mientras está a la mitad de la tercera respiración purificadora, la tableta suelta un pitido.

Es un mensaje de un remitente que no conoce. El asunto, dice:

«¡Esto va a interesarle, señora Mae!».

Normalmente, ella borraría el mensaje. Su anterior portátil se infectó por un virus al abrir un correo electrónico camuflado que anunciaba el nacimiento del hijo de unos amigos. Pero ¿y si el mensaje es de Jane, o de la persona que la ha incitado a huir?

Sus dedos vacilan sobre la tableta. Abre el mensaje. No hay ningún texto escrito en la ventana principal, pero sí un archivo de vídeo adjunto. Lo selecciona.

Al principio solo se ve luz, un gran cerco de luz de bordes temblorosos, como si fuese agua. Poco después un cielo intensamente azul y una hilera de árboles que resultan casi ostentosos de tan verdes que son.

Un campo segado, la cerca de troncos junto a la piscina.

No sabe bien por qué, pero ese panorama, idílico desde cualquier punto de vista, suscita aprensión en lugar de una sensación de paz. Tal vez sea un efecto de la cámara. O tal vez es ella la que añade ese matiz, porque intuye cuál es la intención del vídeo, cuál es su amenaza implícita.

El campo de hierba se convierte en un primer plano de agua. El sol destella en su superficie, como la luz sobre un cristal roto. Hay unas figuras de pie: siluetas oscurecidas a contraluz. Tienen los brazos alzados, como en un saludo al sol. Cuando la cámara se desplaza, los robustos contornos de esas figuras cobran el aspecto de seres de carne y hueso: vientres abultados, pechos voluminosos aplastados bajo la licra azul, la grasa temblona de un brazo de piel oscura reluciente de agua… A continuación, una serie entrecortada de primeros planos: las emborronadas caras de las portadoras y cuerpos moviéndose al unísono, como marionetas, porque esa es, ni más ni menos, la intención, deduce Mae. Tal como esperaba, se ofrece un montaje de la imagen de la instructora. Por supuesto tenía que ser Jenny, porque, de todas las instructoras de *fitness* prenatal, es la que tiene un aspecto ario más acusado, casi hasta un punto cómico: prodigiosamente alta, ágil, blanca, apenas de tonalidad rosada cuando le toca el sol, de un rubio total, y muy, muy bella. Como pura luz sedosa. El tipo de compañera de hermandad universitaria que la impulsaba a apreciar su etnia. Mae reconoce que la siguiente imagen es preciosa, aunque resulte tan poco sutil como un martillazo en la cabeza. Jenny está sobre la plataforma elevada que utilizan las instructoras para que las portadoras las vean desde el agua y puedan seguir sus movimientos. Tiene los brazos extendidos del todo, y el sol poniente la ilumina con un resplandor dorado, lo que le da un aspecto luminiscente. Su piel se ve tan brillante que dan ganas de frotarla con un paño para sacarle más lustre. Por debajo de ella, las portadoras —es una clase en la que todas son negras o de piel morena— resultan insignificantes, una masa oscura flotando en el agua.

La imagen pasa a una toma interior, ahora en blanco y negro, del vestuario de la piscina. La iluminación es mala, o es probable que el autor del vídeo la haya manipulado para que quede en la penumbra y las caras de las portadoras resulten casi indistinguibles. Ellas están desnudándose. Se perciben pechos como ubres, traseros rechonchos, vientres con estrías. La impresión general es claustrofóbica —ganado en un corral, reclusas embarazadas en tiempos de guerra—, lo cual constituye una maliciosa y disparatada tergiversación de la realidad. El vestuario real es muy bonito, pues consta de paredes encaladas, apliques de acero inoxidable y grandes claraboyas en el techo. Cosa que no se puede deducir a partir del claroscuro de pacotilla que Mae contempla en su tableta.

Bruscamente, aparece el rótulo «Golden Oaks», en sinuosas letras de color verde claro, superpuesto a un montaje de fotos en blanco y negro (mesas de mujeres embarazadas con jerséis de cachemira de la Granja; una hilera de portadoras con la camisa arremangada y la máquina UteroSoundz, como una gran babosa devoradora, adosada al vientre: imágenes demasiado obvias que no dejan de ser potentes pese a su obviedad). El rótulo de «Golden Oaks» desaparece en un fundido en negro y desfila entonces por la pantalla un largo listado de nombres de páginas web, blogs, redes sociales y destacadas organizaciones periodísticas.

«Esto es una bomba de relojería —piensa Mae—. Se volverá viral en un abrir y cerrar de ojos.»

Y ella perderá el control de la historia justo cuando el Proyecto MacDonald está despegando.

¿Ha sido cosa de Reagan? Ella conoce el poder de la imagen. Pero ¿quién puede haberla ayudado? Porque alguien tiene que haberlo hecho. Todos los dispositivos electrónicos —teléfonos, cámaras, iPads— se les confiscan a las portadoras en cuanto llegan a Golden Oaks.

¿Qué es lo que quieren?

Mae reenvía el vídeo a Geri y a Fiona. Y le pide a Eve que active un filtro en Internet. Quiere recibir una alerta en cuanto aparezca cualquier mención a Golden Oaks en la web, ya sea en la blogosfera, en las redes sociales o en YouTube. En cualquier parte.

Porque si se filtra algo antes de que haya informado a Leon, antes de que haya podido analizar las expectativas para Deng, está bien jodida.

Su tableta vuelve a soltar un pitido y el corazón le da un brinco. Pero se trata del equipo de seguridad apostado en el hostal de Queens. Jane no está allí. Han empezado a interrogar a los residentes, pero todos se muestran reticentes. Parece que creen que el Servicio de Inmigración ha enviado al equipo de seguridad para localizar a personas en situación irregular. Le preguntan si deben utilizar esos temores —sin llegar a mentir, claro— para tratar de obtener más colaboración.

«Negativo», responde Mae dando instrucciones para que se retiren y la avisen si Jane reaparece.

Inicia otra vez el programa Zen in Ten. Escucha la voz resonante que le llega por los auriculares y, obedeciéndola, relaja los músculos de la garganta y la lengua. Pero los pensamientos siguen irrumpiendo en su mente.

No han pasado más de tres horas desde la desaparición de Jane, y el trayecto entre Golden Oaks y la ciudad puede durar dos horas y media en un día de mucho tránsito. Eve la informa de que la Taconic está despejada y que la circulación es fluida en la FDR; o sea que no es el tráfico lo que ha retrasado a la joven.

Entonces, ¿dónde está?

Le viene una imagen a la cabeza: Jane toma a excesiva velocidad una de las curvas cerradas de la Taconic y pierde el control; el coche —uno alquilado y poco sólido— patina y se estrella contra un muro; los cristales se esparcen por el asfalto; el cuerpo de Jane se aplasta contra el volante.

Suspira y se esfuerza por sonreír. Ha leído que el mero acto de sonreír libera endorfinas.

Otro pitido. Es Leon preguntando si hay novedades. Ha anulado su viaje para practicar surf y está asándose en un hotel de Manila a la espera de noticias.

—Espero que puedas apagar este incendio, Mae —le ha dicho cuando han hablado antes por teléfono. Su voz sonaba tan calmada que ha conseguido asustarla.

Está segura de que Jane ha huido para encontrar a su hija. Angel, la amiga de Evelyn, se lo ha explicado todo de un tirón cuando ella ha llegado al apartamento: que Evelyn ha estado enferma, que ella ha echado una mano para cuidar de Amalia mientras su amiga estaba en cama, que Evelyn perdió el conocimiento hace cinco días y tuvieron que hacerle una intervención de urgencia, que han estado eludiendo las llamadas y los mensajes de Jane porque no querían que se preocupara e hiciera una locura, poniendo en peligro su trabajo...

Cosa que Jane ha acabado haciendo de todos modos.

Lo cual significa que la chica lo ha arriesgado todo por un terrible malentendido.

Mae teclea en la tableta, sin hacer caso de los retortijones que nota. Lo mejor que puede hacer para todos los implicados es impedir que Leon cometa una estupidez, como llamar a Deng o avisar a la policía, antes de que ella haya hablado con Jane.

Así pues, informa a Leon de que la 84 ha abandonado Golden Oaks en un desafortunado intento de resolver una emergencia familiar, pero que esa portadora no representa ninguna amenaza para el bebé de Deng. Le explica también que, con la ayuda de Geri, tiene claros los puntos clave para presionar a la 84 y obligarla a volver a Golden Oaks sin utilizar la fuerza. Además, antes de que él pueda preguntarlo, le describe el peor escenario posible. Le recuerda que los ocho fetos viables de Deng se implantaron en ocho portadoras distintas: 70, 72, 74, 76, 78, 80, 82 y 84, y que un feto menos viable de alto riesgo se implantó en la 96. Tres de ellas (70, 72, 76) abortaron espontáneamente en las tres primeras semanas tras el implante. Las portadoras 74 y 78 abortaron en las semanas cuatro y cinco, respectivamente; la 80 fue sometida a un aborto a causa de una trisomía. Aunque el índice de éxito hasta ahora haya sido decepcionante, ella cree que ha servido para demostrarle a Deng las enormes dificultades a las que se enfrenta Golden Oaks para intentar que sus fetos puedan llegar a buen término, dada la avanzada edad de sus óvulos y del esperma de su marido en el momento de la fertilización.

Si las cosas salen mal con la portadora 84 y se produce el peor escenario (cosa que ella no espera, como se cuida de subrayar en su informe), Deng aún contaría con el feto primario gestado por la 82 y con el feto potencialmente viable de la 96. Además, como la 82 es una portadora premium y como el feto que está gestando es un varón, los beneficios globales seguirían siendo atractivos para Golden Oaks.

La clave en ese escenario improbable, escribe Mae, con el estómago encogido, es evitar el mecanismo de reembolso por «grave negligencia» estipulado en el contrato. Lo cual implica presentar los hechos adecuadamente, subrayando la fragilidad de los fetos de Deng y restando importancia (tanto como sea permisible legalmente) a cualquier problema con la 84 que haya podido desembocar en la inviabilidad del feto. El Departamento Legal está examinando el contrato para ver hasta qué punto se puede afinar la versión de los hechos.

Mae adjunta a su informe los resultados de los análisis del feto de la 82 practicados en el hospital donde Reagan está confinada, así como el cálculo aproximado de los beneficios que perderían si le ocurriera algo a la 84.

Leon responde al cabo de unos segundos: «No basta con la 82. Necesitamos a la 84, y Deng cuenta con ella».

A Mae se le encoge otra vez el estómago. Nota que le tiemblan las manos. Intenta reiniciar el programa Zen in Ten, pero la aplicación no se abre. Inspira hondo.

Su tableta suelta un pitido. Un mensaje urgente de Hal:

«La 84 está frente al edificio».

A ella se le sube el corazón a la boca. Reenvía el mensaje a Leon y a Geri y se levanta para ir al baño. Está tan lleno de trastos —montones de pañales, paquetes de papel higiénico, una freidora todavía embalada— que cuesta abrir la puerta.

Quita de en medio las cajas para poder situarse frente al lavamanos. No entiende cómo puede vivir así la gente. Evelyn no parecía tan dejada cuando la entrevistó para el puesto de buscadora.

Se lava las manos y se echa un poco de agua en la cara, procurando no estropearse el maquillaje de los ojos, que ha aguantado bien hasta entonces. Inclinándose hacia el espejo, se pone polvos para apagar el brillo de la frente y se repasa los labios.

Es un color nuevo. *Sunrise*. La dependienta de Chanel dijo que le sentaría muy bien.

Está pensando en usarlo el día de la boda.

Jane

Mientras sube los escalones del portal de su edificio, Jane nota a su espalda la mirada de Troy, que ha aparcado el coche frente a una boca de incendios y aguarda con el motor apagado y las ventanillas bajadas. Él le ha explicado que la va a esperar allí y que después tendrán que volver a la Granja.

—Pero tómate tu tiempo. Mereces disfrutar de tu hija —le ha dicho casi con dulzura. A ella se le han anegado los ojos, claro. Mientras se lo decía, él la enfocaba con la cámara de su móvil sin disimular siquiera, pero a Jane no le ha importado.

Ella no tiene las llaves. Se las quedaron en la Granja el primer día, junto con su móvil y su cartera. «Para ponerlos a buen recaudo», le dijeron. Así pues, pulsa el botón del interfono y escucha ese timbre tan familiar. Se hace un largo silencio y, al final, se gira desolada hacia el coche diciendo que no con la cabeza. Pero Troy está con la cabeza gacha, seguramente editando el vídeo en su móvil.

Vuelve a pulsar el botón y se acerca al micrófono:

—Angel, ¿estás ahí? ¡Soy Jane!

Suena una interferencia y, a continuación, un largo zumbido. La puerta principal se abre con un chasquido. Entra aliviada en el vestíbulo y percibe el olor habitual a moho y comida rápida.

Al fin en casa.

Amalia está tres pisos más arriba. Debería estar acostada a esas horas —si se encargara Ate, seguro que lo estaría—, pero Jane no sabe cuáles son las normas de Angel. Quizá deja que la niña se quede levantada viendo la tele. Suponiendo que esté despierta, aunque sea tan tarde, ella no se va a enfadar. Amalia levantará la vista, la verá entrar y correrá con paso vacilante a sus brazos.

O tal vez se muestre tímida. Tal vez se esconda detrás de las piernas de Angel al ver a su madre. En ese caso, ella no debe sentirse herida. Es comprensible que la niña la mire con recelo; no era más que un bebé cuando ella se fue a la Granja.

Nota un nudo en la garganta y un nerviosismo que no imaginaba.

Debería haberle llevado un regalo, piensa de repente, reprendiéndose. Troy le habría prestado un poco de dinero. No hacía falta que fuera un gran regalo, sino alguna cosita.

Decide dejar de lado esos reproches y yergue los hombros. Ya habrá tiempo para regalos.

Empieza a subir el largo tramo de escalones, sujetándose el vientre con una mano y agarrando la barandilla con la otra. Advierte lo mugrientas que están las paredes, el tono amarillento de la pintura. No se había fijado antes en lo sucio que está el edificio.

Se detiene ante la puerta de su apartamento y se limpia los pies en la esterilla que Ate compró como regalo de inauguración. Al pensar en su prima, se le encoge el estómago. ¿Hasta qué punto es consciente Amalia de la enfermedad de Ate? ¿Se habrá sentido sola sin ella... y sin su madre?

Prepara una sonrisa y llama a la puerta.

—Hola, Jane.

La señora Yu. Es la señora Yu quien le ha abierto la puerta de su apartamento.

Jane cierra los ojos y vuelve a abrirlos, pero la directora sigue ahí, con la mano apoyada en el pomo y una sonrisa en sus labios pintados de color rosa.

—Pasa, Jane —le dice y, abriendo más la puerta, se hace a un lado.

Ella titubea. ¿Es un error? ¿Una trampa?

Pero ahí está la moqueta verde y el colgador medio torcido. Siempre se ladea si no se reparten bien las chaquetas. Y ahí está el frigorífico que parece zumbar con más fuerza por la noche.

—Le he pedido a Angel que se llevara a Amalia un rato —dice la directora—. Hemos pensando que sería mejor. Así podremos hablar con más tranquilidad.

Hemos pensado.

¿Angel también trabaja para ella?

La señora Yu pasa por su lado —Jane percibe fugazmente su perfume— y cierra la puerta. Después saca un vaso del armario, lo llena de agua del grifo, lo deja sobre la encimera y se sienta en un taburete. Hay tres: uno para Jane, otro para Ate y el tercero, con el tiempo, para Amalia. Esa era la idea. Los taburetes fueron una de sus primeras compras cuando se mudaron.

—Vamos, toma un poco de agua. Estoy segura de que estás sedienta después de una noche tan larga.

A Jane le palpita el corazón al acercarse a la directora. La atisba apenas con los párpados bajos.

—¿Cuándo volverá Amalia? —dice con firmeza.

—Siéntate, Jane. Por favor. —Y le señala el taburete que hay a su lado.

Ella permanece de pie.

—¿Han ido al hostal?

La señora Yu le sonríe con esa sonrisa tranquilizadora que ha empleado tantas veces con ella, y le explica:

—Angel y Amalia volverán enseguida. Le he pedido a una de las coordinadoras que las acompañe a un restaurante a tomar algo. Amalia estaba entusiasmada con la idea. Le he prometido un helado de vainilla.

El nombre de Amalia sale de su boca con toda naturalidad, como si lo hubiera pronunciado un millar de veces. Algo oscuro y erizado se remueve dentro Jane. Como si en ese modo que tiene la directora de nombrar a su hija percibiera una bandera plantada en su propio territorio.

¿Y si no le dejan ver a Amalia ni siquiera ahora? ¿Qué puede hacer ella? ¿Podría llamar a Troy y...?

—Bueno, Jane, ¿cómo has llegado aquí? Recuerdo que me dijiste una vez que detestabas conducir —dice la señora Yu con desenvoltura. Al ver que ella no responde, añade—: Debe de estar muy aburrido esperando en el coche ahí abajo.

Jane levanta la vista de golpe. ¿Cómo sabe lo de Troy? En lugar de responder, mantiene el silencio que normalmente intentaría llenar y trata de idear un plan.

—No creo que sea tu novio. Desde que llegaste a Golden Oaks, no has estado en contacto con nadie, aparte de tu prima.

Así que deduzco que es un amigo de Reagan. Por cierto, ella se ha curado milagrosamente. La mantenemos en el hospital por precaución.

La chica se retuerce la tela de la falda, tratando de contener la rabia que se le va acumulando dentro. Debe mantener el control de sí misma hasta que compruebe que Amalia está bien.

—No importa —dice la señora Yu—. El equipo de seguridad está hablando ahora con tu amigo. Ha aparcado delante de una boca de incendios, lo cual es una infracción, claro. Tendrán que examinar su permiso de conducir, supongo.

»Ay, Jane, Jane. ¿En qué estabas pensando? —Habla demostrando comprensión, pero ella no va a dejarse engatusar. Otra vez, no.

¿Y ahora qué? ¿Qué van a hacer ahora?

—Me ha costado un gran esfuerzo evitar que intervinieran las autoridades.

Jane está muerta de sed. Mira de reojo el vaso de agua que su jefa ha dejado en la encimera, pero se niega a tocarlo. Traga saliva con dificultad y se dice que ese es su apartamento. Pagado con su propio dinero. Dándole la espalda a la señora Yu, saca otro vaso del armario, lo llena de agua y se lo bebe entero. Vuelve a llenarlo y lo vacía de nuevo.

—El problema —dice con calma la directora a su espalda— es que el secuestro es un delito federal.

Jane se gira en redondo.

—Pero… yo no…

—El feto que llevas dentro no es tuyo. Tú firmaste un contrato que así lo certifica y estás obligada por ese contrato a cuidarlo del mejor modo posible. Escapar en plena noche sin decirle a nadie adónde ibas, poniéndolo en manos de un conductor desconocido y corriendo el riesgo de sufrir un accidente, sin contar con los medios para pedir ayuda en caso de que la hubieras necesitado…

—Pero yo pensaba…

—Ha sido un acto temerario, peligroso —le espeta la señora Yu. Le dirige una mirada penetrante y la mantiene unos instantes. Suspira—. Algunos de mis colegas creen que esto demuestra una falta de idoneidad para cuidar de tu propia hija, no digamos del hijo de otra persona.

Jane retrocede y choca contra el fregadero. Tiene de repente la sensación de que las piernas van a fallarle. La directora continúa su discurso como si nada, moviendo esos labios pintados de color rosa y gesticulando con las manos.

—... de modo que les he repetido que tú debías de tener tus motivos. Esto sencillamente no es propio de ti. Pero tu huida deja mi juicio en mal lugar. Yo ya no estoy en la mejor posición para ayudarte aunque estuviera convencida de que no has tenido otro remedio...

La señora Yu pretende meterle miedo.

Reagan y Lisa dicen que es así como te controlan. Metiéndote miedo.

—... y si la clienta decide seguir ese camino y considera tu fuga como un secuestro, entonces...

Pero Reagan y Lisa no lo saben todo. Ni siquiera se les había ocurrido esa posibilidad: que el plan pudiera poner en peligro a Amalia. Lo urdieron todo muy deprisa, en las horas posteriores a la invitación de la señora Yu para acompañarlas al teatro. Reagan insistió en que era su ocasión, probablemente la única que se le iba a presentar, de encontrar a Amalia. Actuaron con demasiada precipitación para pensar en todo; estaban convencidas de que los vídeos...

—Pero están los vídeos... —se oye decir a sí misma con una misteriosa calma.

A la señora Yu se le desorbitan los ojos medio segundo.

—Los vídeos. Ah, sí. Los he recibido. Son bastante bonitos, la verdad. Es una lástima que no sepa quién me los ha enviado para poder felicitarle por su habilidad.

Jane no se atreve a mirarla a la cara.

—¿Qué crees que se puede conseguir con esos vídeos, Jane? —Sonríe, y su voz conserva en apariencia un tono amigable, pero por detrás hay otra cosa, algo frío y acerado.

Jane se seca las manos en la falda sin decir nada.

—Uno de los vídeos nombra varias páginas web, redes sociales, YouTube... ¿Es ese el plan? ¿Difundir imágenes de Golden Oaks por todas partes? ¿Sacarnos del armario, por así decirlo?

Ya no sonríe. Su expresión asusta a Jane. Se arrepiente de haber mencionado los vídeos. No debería haber hecho caso a Reagan ni a Lisa.

—¿O el plan es revelar los nombres de los clientes y hacerles chantaje?

—¡No! —exclama Jane. La deja consternada que esa mujer pueda pensar algo así—. No, nunca dijeron nada de…

—¿Quiénes? —salta la directora.

Jane menea la cabeza con energía. Cierra los ojos y nota que los tiene húmedos.

—¿Quién te incitó a todo esto, Jane? No es algo propio de ti. Tampoco parece obra de Reagan, aunque es la persona más evidente a la que culpar. ¿O fue el hombre que hay ahí fuera? ¿Se le ocurrió a él todo esto?

Jane sigue negando con la cabeza, sin querer abrir los ojos.

¿Qué ha hecho, por Dios?

—¿Vas a asumir otra vez la culpabilidad como hiciste en el asunto de la garrapata, cuando la culpa era obviamente de Lisa? ¿O como hiciste al romper con tu marido, cargando con todo el peso de la separación, con todos los gastos y con tu hija?

Jane no se molesta en enjugarse los ojos.

—No lo mereces, Jane. No mereces ser la que siempre está dando y dando. La que nunca consigue lo que le corresponde. No es justo, sencillamente. —Le pasa un pañuelo de papel.

»Piensa en la madre del futuro bebé —prosigue en voz baja—. Porque no es tan importante saber a quién se le ocurrió este plan. Lo importante es que tú comprendas por qué todo lo ocurrido es tremendamente dañino.

Jane nota que la señora Yu la estudia con suma atención. Coge el pañuelo y se suena la nariz.

—¿Te imaginas lo que es no saber dónde está tu hijo? Porque esa es la situación que le has hecho pasar esta noche a la madre. Durante muchas horas, ella no sabía si su hijo estaba en manos de una persona atenta y cuidadosa, o de alguien egoísta y, acaso, peligrosa.

La señora Yu se calla un momento. Jane cierra con fuerza las manos, que le tiemblan.

¿Podrían quitarle a Amalia?

—Imagínate —continúa la señora Yu—, no tener ni idea de si tu hijo está herido, o enfermo, o en un grave peligro. ¿Sabes lo doloroso que debe de ser para la madre que ha confiado en ti? ¿Sabes lo doloroso que es no saber nada?

A Jane le sube un sollozo a la garganta. Lo reprime, o lo intenta. Y grita:

—Claro que lo sé.

—¿Ah, sí? —La directora la mira impasible. No la cree.

—¿Por qué estoy aquí, si no? —exclama Jane sintiendo que algo explota dentro de ella.

La señora Yu se encoge de hombros, con un movimiento casi imperceptible de su impecable chaqueta de color marfil.

—Es absurdo, Jane. Yo te prometí que organizaría otra visita de tu hija. Tú sabías que ella estaba en buenas manos con tu prima.

—Mi prima se está muriendo —le suelta Jane, rindiéndose, ya sin importarle que le vea la cara hinchada, empapada y descompuesta. Se vuelve hacia la nevera. Hay varias fotos de Amalia sujetas con imanes, un calendario de la lavandería del barrio con anotaciones de Ate marcando las citas con el médico, y un folleto amarillo titulado «Signos de alerta de un ataque cardíaco».

—Angel dijo que se estaba recuperando, ¿no?

Jane, con una voz tan alterada que le sorprende que la señora Yu la entienda, se lo cuenta todo: cómo descubrió lo de Segundina y averiguó que Ate trabajaba para la Granja; las infecciones de oído de Amalia; las largas semanas durante las cuales no pudo hablar con nadie para saber cómo estaba su hija: ni con Ate, ni con Angel, ni con nadie del hostal de Queens.

Y después lo del hospital, lo de Ate y Roy.

No dice nada de la huida. No menciona a Reagan ni a Lisa, ni lo que ha pasado en el teatro y durante el trayecto.

Y la señora Yu tampoco se lo pregunta.

—Lo siento. No sabía que la situación era tan grave. Cuando Evelyn canceló de la noche a la mañana la visita de Amalia, solo me dijo que no se encontraba muy bien y que no quería preocuparte.

Guarda silencio un instante, como pensando algo detenidamente.

—Y espero que sepas que... que ella te recomendó como candidata porque creía sinceramente que Golden Oaks te ayudaría a conseguir una vida mejor. Para ti y para Amalia.

—Pero no tenía por qué mentirme. —Estruja una bola de pañuelos de papel.

—Visto de forma retrospectiva, es probable que no fue la mejor forma de hacer las cosas. Pero ella creyó en su momento que era lo mejor. Debes fiarte de mí cuando te digo que Evelyn tenía presentes sobre todo tus intereses.

Jane alza la mirada con incredulidad.

—¿Cómo puedo fiarme de nadie?

La señora Yu parece apenada y le dice:

—Entiendo que estabas en una posición difícil. Y que te sentías llena de angustia por Amalia. Y que creías que no tenías a quién recurrir... Pero, ¡ay!, Jane. Estabas tan cerca. Y ahora...

—¿Ahora qué?

—No lo sé, sencillamente.

Mae

Mae observa que el camarero se está quedando calvo. Un tramo de cuero cabelludo con la forma de Australia reluce en su coronilla cuando se inclina para dejar la bandeja sobre la otomana. Es más viejo de lo que parece a simple vista.

—¿Lleva mucho tiempo trabajando aquí? —le pregunta. No le suena de la época en la que ella dirigió el club.

El hombre coloca las cucharitas de manera que queden perpendiculares a la bandeja.

—No, señora. Este es mi primer mes.

—Enhorabuena.

Tiene un acento muy pronunciado (de alguna parte de Europa del Este). Ella solía recomendar a los empleados con un acento tan acusado que tomaran unas clases de pronunciación por Internet. Los clientes se enojan cuando tienen problemas para entender a los empleados. ¿Por qué dejar que algo subsanable se interponga en tu carrera?

—Gracias, señora.

Considera la idea de recomendarle esas clases, pero el camarero ya ha dado media vuelta, y ella, además, es consciente de que está intentando distraerse para no pensar en la conversación telefónica que mantuvo con Leon.

Se sirve una taza de té, se la bebe de un trago y se sirve otra. La noche anterior no durmió gran cosa, ni siquiera una vez que dejaron a salvo a Jane y a Amalia en un hotel, acompañadas de una coordinadora. Y por la mañana se ha levantado al amanecer y ha salido antes de que Ethan se despertara.

Ha visto a Leon enfadarse con bastante frecuencia durante los años que lleva trabajando a su lado: tiene mal genio, y gritar, para él, es una especie de exorcismo. Pero nunca lo había oído tan furioso como la noche pasada. Tampoco es que lo culpe. Tiene todo el derecho del mundo de estar enfadado. La cagada que ella ha cometido —su falta de vigilancia, su confiada complacencia— no solo ha puesto en peligro al bebé de madame Deng, sino también los grandes planes de expansión que proyectan para Golden Oaks.

Por suerte, él no lo veía exactamente así. O al menos eso aseguraba. Por algún motivo (¿el afecto que le tiene?, ¿la humildad con la que ella ha afrontado su ira?), él atribuía la mayor parte de la culpa a las coordinadoras y a la propia Jane. Mae es consciente de que ha esquivado el golpe por muy poco; su reputación ha quedado maltrecha, pero no destruida. Su profesor preferido de la escuela de negocios de Harvard decía que ningún fracaso es un verdadero fracaso si aprendes algo de él, y ella se ha prometido aprender de esa monumental metida de pata para que no vuelva a ocurrir nunca más. Está reconsiderando las normas para las visitas en Golden Oaks. Quizá deberían relajarse un poco, en especial en el caso de las portadoras que tienen hijos en casa; o al contrario: quizá no deberían contratar a portadoras que ya son madres porque su lealtad principal, inevitablemente, se halla en otra parte.

Suena un pitido en su teléfono. Leon va a hablar con madame Deng esa misma mañana (noche en Asia) para comentar lo ocurrido el día anterior. Le contará la versión corregida, aprobada por el Departamento Legal: la portadora 84 abandonó Golden Oaks a causa de una emergencia familiar y las coordinadoras, con las prisas, no le pidieron permiso primero a ella: una infracción de los protocolos, pero mínima en comparación con la historia completa. Quién sabe, sin embargo, cómo reaccionará Deng. La gente rica está acostumbrada a dominar su universo con mano firme. El menor indicio de que Golden Oaks no controla la situación podría resultar nefasto.

Con el corazón desbocado, Mae coge el teléfono. Pero se trata de un mensaje de Eve, que le anuncia que Jane, escoltada por el equipo de seguridad, está a cinco minutos del club. Adjunto al mensaje, hay un nuevo contrato, al cual le da un vistazo rápidamente.

El teléfono suelta otro pitido. Esta vez es la organizadora de la boda. La florista dice que ha encontrado a un proveedor de las peonías de color rosa oscuro que Mae quiere utilizar en los arreglos florales de las mesas; pero son flores de invernadero —no hay peonías en otoño—, así que van a resultar extremadamente caras. ¿Le importa?

«¡No!», tiene ganas de gritar, aunque sí le importa, y mucho. Ella ha gestionado con meticulosidad cada detalle de la boda, hasta el tono marfil exacto de los manteles redondos de seda cruda; pero eso fue mientras creía que su boda constituiría una celebración magnífica en múltiples sentidos: de su matrimonio con Ethan, por supuesto; del nacimiento de los bebés de madame Deng, que llegarán a término unos días antes de la ceremonia; de la inversión de Deng y del ambicioso plan de expansión de Golden Oaks, con ella al frente.

Le envía un mensaje a la organizadora diciéndole que espere. Debe poner coto a sus gastos hasta estar segura de que la inversión de Deng sigue adelante.

Suena un sonoro golpe en la puerta y Jeff, uno de los hombres de Hal, asoma la cabeza.

—¿Está lista, señora Yu?

—Hola, Jeff. Sí, lo estoy. Hazla pasar, por favor.

Jane entra con la cara demacrada y los ojos hundidos. Es obvio que no ha dormido gran cosa, si es que ha dormido. Por suerte, Leon, que había manifestado su interés en sumarse a la conversación por videoconferencia, está ocupado en esos momentos con madame Deng.

—Hola, Jane. Siéntate, por favor. ¿Te pido un té? Tenemos una infusión...

Jane dice que no con la cabeza y se sienta muy tiesa en uno de los sillones capitoné que hay frente a ella.

—Los hombres del equipo de seguridad no me dejan ver a mi prima.

Mae no esperaba que la chica fuese tan directa; pretendía informarla con más delicadeza.

—Lo siento, Jane. Tu clienta no quiere que pases más tiempo en el hospital.

Jane está a punto de responder, pero enseguida baja la cabeza y se mira las manos entrelazadas. Mae imagina lo mal que se debe de sentir al saber que no puede ver a Evelyn pese a la gravedad de su estado. Pero la clienta también tiene parte de razón y hará todo lo necesario para proteger a su bebé, tal como haría la propia Jane.

—El problema es que no sabemos cuánto tiempo seguirá así tu prima. Los médicos dicen que podrían ser días. O semanas. El riesgo de que pudieras contagiarte de algo en el hospital es demasiado elevado. Justo el otro día hubo un caso de infección estafilocócica en la planta de Evelyn…

—Puedo quedarme en un hotel —la interrumpe Jane—. Lo pagaré con mi bonificación.

Mae se arma de valor y le anuncia:

—No vas a cobrar la bonificación por dar a luz al bebé, Jane.

Esta la mira a los ojos. El silencio es tan denso que Mae la oye tragar saliva. Aguarda un momento y continúa diciendo:

—Entiendo la tensión a la que estuviste sometida. —Reprime el impulso de cogerle la mano. Es consciente de que sin la bonificación, Jane vuelve al punto de partida, o sea, a un callejón sin salida—. Le expliqué la situación a mi jefe. Pero él se niega a ceder. Cree que pagarte la bonificación cuando tu contrato estipula claramente que una infracción de esta magnitud tendrá como consecuencia…

Jane la interrumpe de nuevo hablando a borbotones:

—Le pediré a Angel que cuide a Amalia en el hostal de Queens. Y yo usaré el dinero del alquiler para pagar un hotel. Tengo unos pequeños ahorros.

—Tu clienta no quiere que vayas al hospital, ni tampoco que te quedes en la ciudad —replica Mae antes de que la chica pueda hacerse ilusiones—. No solo por la contaminación de Manhattan o la falta de protección. También le inquietan los efectos nocivos de la tensión que vas a sufrir viendo cómo tu prima… viendo a tu prima enferma.

Jane se queda callada, otra vez mirándose las manos.

—Ya sé que no quieres dejar sola a Evelyn…

—No la voy a dejar sola.

—Yo tampoco quiero eso —asiente Mae, algo sorprendida por la dureza del tono de Jane—. Escucha lo que te propongo: traeremos a Nueva York a las hijas de Evelyn. Angel ya se ha puesto en contacto con ellas. Nuestro Departamento Legal está ocupándose de agilizar la tramitación de los visados.

—¿Mi clienta va a hacer eso? —pregunta Jane, sorprendida.

—Bueno, no... No es el momento idóneo para... —Mae se aturulla unos instantes—. Yo quiero echar una mano. Y pagaré con mucho gusto los billetes.

—Pero ¿por qué?

No es esa la respuesta que Mae imaginaba. Más bien esperaba que le diera profusamente las gracias e incluso que derramara unas lágrimas.

—Quiero hacer esto por ti. Y por Evelyn —le explica Mae con una sensación incómoda—. Ambas trabajáis una barbaridad, mucho más que la gente que conozco.

—¿Y si mi prima se muere?

Mae procura no prestar atención al vacío que nota en el estómago y se esfuerza por continuar. Independientemente de sus sentimientos personales, hay cosas que deben hacerse, por difíciles que resulten.

—Si tu prima... fallece... mientras estés todavía embarazada, la clienta permitirá que vuelvas a Nueva York para el funeral. Siempre que no hayas dilatado más de tres centímetros... —Le muestra la sección pertinente del contrato abierto en su tableta—. Si has dilatado tres centímetros y el feto está al menos en la semana treinta y ocho, también permitirá...

Jane mira el contrato, pero parece que no lo ve.

—Seguirás cobrando tu estipendio mensual. —Es consciente de que es una magra compensación—. No habrá otras consecuencias por tus actos. Aparte de perder la bonificación.

Jane junta las manos y se vuelve a quedar callada. Mae supone que está rezando —quizá por Ate, quizá para pedir orientación—, y aguarda unos momentos. Siente tristeza, una inmensa tristeza. Por la joven, por Evelyn. Por las hijas de Evelyn, que verán a su madre por primera vez en varias décadas para decirle adiós, y eso suponiendo que consigan viajar a Nueva York. Por sus hijos. La mala suerte cebándose sobre la mala suerte. Siempre la misma historia.

—Quiero a Amalia conmigo —anuncia Jane con una brusquedad que sobresalta a Mae—. Si mi hija está a mi lado, aunque mi prima esté enferma, yo me sentiré más tranquila. Eso es lo que tiene que decirle a mi clienta. Ella estará de acuerdo porque le preocupa que mi agitación afecte al feto.

Mae la contempla. De repente le parece distinta. Tal vez sea la luz —el sol entra por la ventana a raudales—, pero no cree que sea eso.

—Desde luego, puedo proponerle la idea —dice con cautela.

—Y Reagan no debe sufrir ninguna consecuencia. Ella no hizo nada malo. Creo que fue lo que comió en Golden Oaks lo que le sentó mal.

Mae finge tomar notas en su tableta para ganar tiempo. Convencer a Leon para que Amalia se quede con Jane requerirá su trabajo. Pero esa segunda petición es muy sencilla. Ellos de ningún modo pensaban contarle a madame Deng que sus dos portadoras restantes se han rebelado. Aunque no hace falta que Jane lo sepa.

—¿Nada más?

Jane asiente levemente y coge la tetera de la mesa, aunque le tiembla en la mano. Se sirve una taza y vuelve a llenar la de su jefa. Esta la observa mientras firma el contrato. Una chica tan joven, con toda una vida por delante. Pero ¿qué clase de vida?

Entonces toma una decisión: le dará un dinero a Jane para sacarla del apuro mientras encuentra otro trabajo. Lo cual no será fácil, porque no tiene conocimientos ni diploma de secundaria, y en Golden Oaks es *persona non grata*. Pero aunque sea en su propio círculo de amistades, piensa, seguro que hay alguien que necesita ayuda en casa para cuidar a los niños o quizá para limpiar. Está claro que no le pagarán mucho, y tendrá que volver con Amalia al hostal de Queens. No es forma de criar a una niña, pero ¿qué alternativa le queda?

Continúa dando vueltas a las diferentes posibilidades. Y entonces se le ocurre una idea, una forma de impedir que Jane caiga en la miseria. Es un gran paso, quizá demasiado radical, y no está muy segura de cómo reaccionará ella.

—¿Has pensado lo que harás después?

—Haré lo que haga falta —responde sin titubear.

EPÍLOGO

Dos años y medio después

—Deja de patalear, travieso —le dice Jane a Víctor, que está dando patadas sobre el cambiador. Por encima del niño, el móvil de aviones gira y gira.

El crío se ríe de repente, como si uno de los aviones estuviera haciendo cabriolas expresamente para él. Siempre está alegre, muy alegre, y le sonríe a Jane con tantas ganas que ella también se echa a reír.

—¡Ay, qué niño más tontito y más alegre!

Amalia entra en la habitación metiendo mucho ruido. Esa mañana se ha empeñado en vestirse ella misma y lleva un tutú de un color rosa brillante y el top del pijama con ranitas.

—¡Quiero salir!

—Aún no estoy lista, Mali —responde Jane cogiendo una toallita perfumada y limpiándole el trasero a Víctor.

Amalia mira el pañal sucio con asco.

—¡Puaj! —exclama, y se va.

Jane observa cómo desaparece. Está celosa del bebé, ya lo sabe. Lo adora y lo odia a la vez. Ella lo comprende; sabe que puedes albergar ambos sentimientos en tu corazón, y con la misma intensidad.

Coloca a Víctor en el sillón amarillo, su preferido, en un rincón de la habitación. No hace tantas horas que ella estaba sentada ahí con él en brazos, sabiendo que debería dejarlo llorar, pero permitiéndose la licencia de mecerlo para dormirlo. Disfruta de esos momentos, cuando la casa está en silencio e incluso han enmudecido los grillos, y el mundo se reduce a ellos dos y al sillón amarillo iluminado por la lámpara.

No tuvo tiempo de disfrutar así de Amalia cuando la niña era pequeña. Entonces vivían en el hostal de Queens y ella todavía estaba bajo la conmoción de haber dejado a Billy. Cuando Mali se despertaba de noche, le preocupaba molestar a las compañeras de las otras literas. Esa preocupación se encadenaba con otras —¿cómo iba a encontrar un trabajo?, ¿quién le echaría una mano con la niña?, ¿era cierto que iría al infierno, como decía Billy, por querer divorciarse?—, hasta que la oscuridad se teñía de gris y casi se hacía de día.

—¿Ya puedo salir? —Amalia ha reaparecido, y ha añadido a su atuendo el reluciente sombrero de vaquero que llevó en Halloween el año pasado.

—Unos minutos más, Mali.

Ella mira enojada a su madre, con las manos en jarras y la cabeza ladeada. Cuando adopta esa pose, Jane siente que se parece tanto a Ate que se le encoge el corazón.

—Ten paciencia.

Amalia gira sobre sus talones. Su madre la oye bajar la escalera haciendo un ruido enorme. Suena el golpe de la puerta mosquitera. A través de la ventana, la ve caminar por la hierba sin zapatos y frunce el entrecejo, medio enfadada. Hace un mes, pisó descalza una abeja y se ganó una picadura. Estuvo casi todo el día cojeando y pidiéndole que la llevara en brazos.

Pero Jane también está medio contenta. En la reunión de la escuela, la profesora de preescolar le enumeró todas las formas que tiene su hija de saltarse las normas (no se pone el delantal cuando pinta; le resulta muy difícil turnarse en los columpios...). «Es buena niña, pero muy tozuda.»

La profesora dijo eso negando con la cabeza, como si fuera algo lamentable. Como si ser «buena niña» y ser «tozuda» fuesen rasgos contradictorios.

A ella nunca le han dicho que sea «tozuda».

Le pone los pantalones a Víctor y lo sujeta sobre su pecho. Es un niño muy dócil, raramente tiene berrinches. A esa edad, Amalia era un bicho, como solía decir Ate. ¿Será quizá porque él sabe de algún modo que ha nacido en condiciones mejores? ¿O porque los niños se sienten más a gusto en el mundo que las niñas?

Vuelve a mirar por la ventana. Amalia está en cuclillas

sobre la hierba abrazando al perro del vecino. Es un perro negro, grandote, y parece creer que ese patio también es suyo. No le gusta que su hija juegue así con el perro, abrazándolo y rodando por la hierba con él, como si no fuese en realidad un animal.

La niña lo defiende: «¡Pero si está amaestrado, mamá! ¡Sabe hacer muchas cosas!».

Y es cierto, el vecino se lo demostró: «Siéntate. Sacúdete. Hazte el muerto».

Pero Jane sabe que esas habilidades son superficiales, y que si se siente amenazado, el perro exteriorizará su auténtico ser, igual que el perro de Nanay, que le mordió una vez, cuando era niña, porque pensó que iba a robarle su hueso. Pero Mali, claro, no hace caso de sus advertencias. Y ella qué va a hacer, ¿encerrarla en casa todo el fin de semana?

—Tú serás un niño obediente —le dice a Víctor, y le besa el cuello regordete. Está bajándolo por la escalera cuando oye chillar a Amalia:

—¡MAMÁ!

El perro. Amalia no tiene cuidado con ese perro.

Jane sale disparada afuera, llevando a Víctor bamboleándose en su hombro y riendo como si se tratara de un juego. Pero ella no está jugando, y se siente dispuesta a hacer lo que deba: darle una patada al perro, agarrar a su hija con el brazo libre y meterse corriendo en casa con los dos críos.

—¡Empújame, mamá! —grita Amalia. Se ha subido al columpio de madera que cuelga de una rama del gran árbol que hay en medio del patio trasero. El perro no se ve por ninguna parte.

—¡Mali! —la riñe Jane—. ¡Me has dado un susto!

La niña echa la cabeza atrás y canturrea:

—¡Estoy lista!

Ate le habría dado una zurra por comportarse así. Como una reina, exigiendo esto y lo otro. Ella siempre decía que lo peor que puedes hacer con un niño es criarlo de un modo demasiado blando, porque la vida es muy dura. Pero Jane no está tan segura. Hay gente que anda por el mundo como si fuera su dueño, y el mundo parece plegarse a sus deseos.

—Di «por favor», Mali.

Amalia patalea en el aire y su madre la empuja, aunque no le resulta fácil hacerlo con un brazo. Con el otro sujeta a Víctor, que se retuerce sin llegar a llorar, gorgoteando y mojándole la blusa de babas. Debería volver adentro y prepararle la comida. Piensa hacer puré de calabacín. Era el plato preferido de su hija cuando empezó a tomar sólidos, o al menos eso le había dicho Ate. Además, tiene que planchar las camisas del señor Ethan. Él y la señora Yu no volverán de la boda en San Bartolomé hasta el día siguiente, pero ella quiere terminar de planchar antes de que venga el fontanero a arreglar el grifo del baño de Víctor.

Se imagina a Reagan poniendo los ojos en blanco por su forma de preocuparse por las tareas domésticas.

—¿Y te obligan a llamarles «señor Ethan y señora Yu»? —le dijo en plan de mofa la última vez que fue a verla, hace cosa de un mes—. Por el amor de Dios, joder… ¡si vives con ellos!

Jane vive con su hija en el apartamento de encima del garaje, cierto, pero esa no es su casa. Eso es lo que Reagan no comprende. Ella aprendió de Ate lo importante que es mantener una «distancia respetuosa» cuando vives con unos clientes, porque si ellos tienen la impresión de que estás estorbando continuamente u observándolos demasiado de cerca, es probable que acaben buscando a otra persona.

Justo el fin de semana pasado, Amalia estaba jugando mientras ella preparaba el desayuno, y la pelota se le escapó dando botes por el pasillo. La niña salió corriendo detrás armando mucho jaleo, como siempre. Ella debería haber ido a buscarla, pero los huevos revueltos estaban casi hechos, y a la señora Yu no le gustan demasiado cocidos. Así que cuando los puso por fin en el plato, el señor Ethan ya había acompañado a Amalia a la cocina. Él sonreía —siempre es amable—, pero le pidió a Jane que si podía «tener un poquito de tranquilidad» mientras terminaba una conferencia por teléfono.

Ella, avergonzada, riñó a la niña y la mandó al apartamento, de donde no la dejó salir durante el resto del día.

—¡Más fuerte! —grita Amalia.

Sabe que a veces es un poco dura con su hija, pero es que ellas no pueden dar ese puesto de trabajo por asegurado. Todavía recuerda el miedo que sintió cuando la señora Yu le dijo que no iba a cobrar la bonificación de Golden Oaks. Enseguida se puso a barajar otros planes y posibilidades, ninguno de los cuales era bueno: reconciliarse con Billy; suplicarle a su antigua supervisora en la residencia de ancianos que le volviera a dar trabajo, o pedirle a Angel que le encontrara un empleo —de niñera, de asistenta, daba igual— en una familia rica.

—Mamá, ¿por qué no puedo «convencerte» para que empujes más fuerte?

Jane se queda mirando a su hija, pasmada.

—¿Convencerme? ¿Cómo has aprendido esa palabra?

—¡De Mae!

—De la señora Mae —la corrige, procurando que no perciba en su tono el temor instintivo que siente. A la niña le basta con oír una vez una palabra importante para aprender a usarla. La señora Yu dice que es porque está muy dotada. De hecho, cuando supo que Amalia ya leía un poco a los tres años y medio, le compró una colección de libros del Dr. Seuss. Y ahora son sus preferidos.

Son gestos de generosidad como ese los que le demuestran a Jane que la señora Yu no es mala persona, como Reagan se empeña en repetir. Esta la desprecia por haberles mentido en Golden Oaks, por quitarle a Jane la bonificación y por su actitud manipuladora. Pero ¿acaso podría haber actuado de otro modo sin perder su puesto?

Jane no cree que la gente tenga tanta libertad como piensa su amiga. A veces, no hay otro remedio que adoptar decisiones difíciles, como la que tomó ella misma al ir a vivir ahí, con unos extraños, sin gozar de verdadera intimidad. Algunos días añora su apartamento de Queens: por el apartamento en sí y por el hecho de que estaría cerca del hostal. En esa ciudad, casi todo el mundo es blanco y rubio, incluso en la iglesia. Pero cree que tomó la mejor decisión para Amalia.

La señora Yu, además, es amable aun cuando no está obligada a serlo. Después de que ella diera a luz al bebé de madame Deng (era una niña y se la llevaron antes de que le viera la cara siquiera), la directora de Golden Oaks fue a verla al hospital. Le preguntó cuáles eran sus planes y, cuando le respondió que no lo sabía, le dijo que se le había ocurrido una idea.

—Ethan y yo estamos dispuestos a formar una familia. ¡El problema es que no tenemos tiempo! —le había explicado ella riendo. Y entonces le preguntó si quería ser su subrogada. Disponía en su propiedad de un apartamento donde ella y Amalia podían vivir sin pagar alquiler durante el embarazo, y si la cosa iba bien, quizá también después.

Jane se quedó anonadada por su generosidad, y todavía se siente así muchos días. Es cierto, como Reagan suele recordarle, que aquí trabaja mucho más de las cuarenta horas semanales que le pagan. Pero también es cierto que, sin la señora Yu, Amalia no estaría en una buena escuela de preescolar, porque fue ella quien habló con la iglesia y obtuvo una ayuda económica. Y si no dispusiera del apartamento gratuito, Jane se habría gastado todos sus ahorros. En cambio, el dinero que ganó con los señores Carter hace ya tanto tiempo, y el salario que cobró en Golden Oaks, están en el banco. No es suficiente todavía para llevar una vida más desahogada, pero le reconforta saber que está allí, creciendo regularmente con el «interés compuesto».

—Mae te deja vivir aquí porque para ella es un chollo. Nada de un acto de generosidad —le dijo Reagan, en su última visita, con mala intención.

—Es las dos cosas —respondió Jane—. Y yo estoy agradecida.

Mae saca de la limusina su maleta y la arrastra hacia la casa con el corazón lleno de alegría porque va a ver a Víctor un día antes de lo previsto. Su vuelo a Los Ángeles no sale hasta la noche, por lo que podrá pasar la mayor parte del día con él. Si el tiempo sigue así pueden ir al club de campo, instalarse junto a la piscina y disfrutar del veranillo de San Martín.

Leon se disculpó profusamente cuando la llamó para decirle que necesitaba que abreviara ese fin de semana largo que se había tomado, pero la verdad es que ella se alegró de tener una excusa para largarse más pronto de la boda. El novio, amigo de Ethan, es bastante simpático, pero su novia es insípida hasta decir basta, y sus damas de honor todavía son peores. Mae no habría soportado una conversación más sobre la mejor y más moderna clase de cardio o la nueva inyección anticelulítica.

Y tampoco ha estado mal que Leon enviara su avión privado a San Bartolomé para recogerla.

En todo caso, no se habría perdido esa oportunidad por nada del mundo. Lo siente mucho por Gabby, la jefa de Relaciones con los Inversores, desde luego. Una apendicectomía de urgencia no es ninguna broma. Pero ese imprevisto significa que ella dirigirá la reunión del lunes con Deng y los demás inversores que financiaron Red Cedars. Siempre es interesante hacer contactos. Nunca se sabe adónde pueden llevarte.

Parece mentira que hayan pasado menos de tres años desde que le propuso el Proyecto MacDonald a Leon. Desde entonces, Golden Oaks ha doblado casi su tamaño... ¡y Red Cedars abre dentro de unos meses! En la lista de clientes de esa nueva sucursal figuran algunos de los grandes nombres de Silicon Valley, un magnate minero de Indonesia, varios multimillonarios chinos afincados a medias en Vancouver y un heredero de tercera generación de la élite bancaria de Japón.

«Todo lo que la mente puede concebir y creer, también puede lograrlo.»

Mae entra en la casa —la puerta no está cerrada con llave, tendrá que comentárselo a Jane—, y se quita los zapatos. Oye que Jane está hablando con alguien en la cocina y siente una punzada de irritación. Le parece muy bien que invite a sus amigas, pero ya debería saber a estar alturas que no puede recibirlas en la casa principal, aunque ellos hayan salido.

—¡Sorpresa!

—¡Señora Yu! —Jane se levanta de la silla, con el móvil en la mano y una expresión de culpabilidad en la cara. Mae le ha pedido que no utilice el teléfono móvil cuando está con Víctor.

—Lo siento. He perdido la noción del tiempo...

Mae extiende los brazos hacia su hijo.

—¡Hola, guapísimo! —El niño sonríe en cuanto ve a su madre, lo cual a ella la llena de felicidad.

—Siento haber usado el móvil —dice Jane colocándole a Mae en el hombro una toallita para que el niño no la ensucie si eructa.

—No volveré de Cali hasta el miércoles, o sea que necesitaré que trabajes hasta tarde los próximos días. —Ignora con toda intención las disculpas de la joven. Entonces repara en una foto que hay sobre la encimera—. ¿Qué es esto?

—Me la dio Reagan.

Mae estudia la imagen con interés. Es una fotografía de la madre de Reagan: el parecido familiar es evidente. La mujer aparece casi de perfil, dándole el sol de lleno en la cara, y sonríe con una expresión que parece de alegría.

Se queda impresionada. Sabía que Reagan estaba interesada en la fotografía, pero no que poseyera talento. Ella, por amabilidad, la ayudó hace poco a que participara en una exposición colectiva, pero también, para ser sincera, por cierto sentimiento de culpabilidad. Hace unos años, tras dar a luz al bebé de Deng, Reagan se encaró con ella por la impostura de Callie/Tracey; y no solo estaba enfadada, cosa que Mae se esperaba, sino profundamente dolida. Entonces se dio cuenta de que «Callie» debía de haber sido para la chica una especie de figura materna.

En todo caso, incluirla en esa exposición fue muy sencillo. Uno de sus clientes adquirió años atrás para su hijo artista un edificio en Gowanus, como galería, estudio y espacio para representaciones, y, al parecer, el chico organiza cada dos meses una nueva exposición para sus amigos bohemios ricos.

—¿No deberíamos ponerla en la exposición? —inquiere Mae—. Es preciosa.

Superando el zumbido de la batidora, Jane le explica que Reagan considera que las fotos de su madre son demasiado bonitas.

—Ella quiere tomar fotos que «abran los ojos a la gente», que la enfurezcan. Como esa que me enseñó… es una foto famosa. Se trata de un niño refugiado muerto en una playa por intentar escapar de África, ¿sabe? —Jane desenchufa el aparato—. Yo, realmente, no entiendo por qué enfurecer a la gente es mejor.

Mae le da un beso a Víctor en el cuello. Está claro que Reagan no ha cambiado nada, pese a su buena fortuna. Cuando dio a luz, Leon se empeñó en aumentar un cincuenta por ciento su bonificación, ya de por sí exorbitante, como recompensa por ser «una buena portadora». Ese dinero le permitió liberarse de los dictados de su padre y también de algunas cosas más: según las últimas noticias que le han llegado, se compró un apartamento en Williamsburg y pagó la matrícula completa de su máster. Y sin embargo, sigue básicamente insatisfecha. Lo cual demuestra que la actitud, en la vida, lo es todo. Reagan está atrapada en una jaula de su propia creación.

—Algunas personas no son capaces de sentirse agradecidas por lo que tienen —dice Mae dejando otra vez la foto en la encimera—. Es una pena. Sus fotos tendrían éxito.

La puerta mosquitera se abre de golpe. Amalia se arroja sobre las piernas de Mae, se las abraza y grita:

—¡Mae!

—Señora Mae —la regaña su madre desde el fregadero.

—No importa, Jane. —Mae le agita el pelo a la niña, que empieza a contarle el libro que ha leído esa mañana.

—Mali. La señora Mae está cansada del viaje. Déjala descansar un poco.

Mae la acalla con un gesto y anima a la niña a continuar. Es importante estimular su interés por los libros y los conocimientos, cosa que Jane no hace lo suficiente. Trata con demasiada severidad a su hija y la regaña constantemente por sus modales y su locuacidad, casi como si intentara encajarla a la fuerza en el rígido molde de la «mujer asiática buena y obediente». Pero ¿cuántas chicas buenas y obedientes han tenido éxito de verdad en el mundo? Francamente (y eso jamás lo diría en voz alta, porque no le gusta dárselas de nada), vivir con ella y con Ethan es lo mejor que podía haberle pasado a Amalia. Así estará expuesta a otra forma de ser. Verá todos los días lo que es una mujer fuerte y un matrimonio sólido.

Todo eso, piensa, es lo mínimo que puede hacer por Jane. Además, ella se ha ido encariñando con Amalia. Es una niña extraordinariamente despierta. Con la orientación adecuada, podría llegar lejos.

—Ya basta, Mali. Ve a lavarte las manos y te daré el almuerzo —dice Jane. Y cuando su hija echa a andar hacia el baño del vestidor, la riñe—. Aquí no. En el apartamento.

—Dale de comer aquí, Jane —la corrige Mae. Ella le dijo en su momento que durante los fines de semana preferían tener la casa para ellos solos. Pero Ethan sigue todavía en San Bartolomé y ella está de buen humor.

—Gracias, señora Yu.

Mae le besa la barriguita a Víctor y él se ríe.

—Ah, Jane, se me olvidaba. Mi madre viene el jueves. ¿Puedes ocuparte de que la habitación de invitados esté lista?

—Claro. Qué bien que venga su madre. Ha pasado ya mucho tiempo desde última vez.

Mae observa cómo Jane sirve puré de calabacín en uno de los cuencos de plástico libres de bisfenol que se venden en la nueva web de Golden Oaks. Recuerda que su madre estuvo horrible con la chica la última vez que estuvo con ellos, porque criticó cómo bañaba, vestía y hacía eructar a Víctor y refunfuñaba cada vez que veía a Amalia, de modo que la niña se mantuvo lejos de la casa principal durante casi toda su visita. Mae le explicó después a Jane, a modo de disculpa, que su madre desearía mudarse a Westchester para ayudar a cuidar de Víctor. Que tiene celos de ella, pero que no es nada personal.

Y sin embargo, ahí está Jane, diciéndole que la visita de su madre... ¡es una buena noticia! Reagan podría aprender bastantes cosas de su amiga, que ha llegado a dominar el arte de convertir los limones amargos de la vida en limonada.

Mae siente una nueva punzada de culpabilidad. Su madre ha ido un poco a la deriva desde que murió su marido. De hecho, Ethan y ella construyeron el apartamento de encima del garaje pensando en el momento en que sus padres se hicieran mayores. Pero su madre no es tan vieja todavía y, para hablar con franqueza, la volvería loca con sus consejos no solicitados y sus quejas constantes. Al menos hasta que Red Cedars esté en pleno funcionamiento, ella necesita a Jane a su lado.

—¡Adiós! —grita Amalia. Cierra de un porrazo la puerta del vestidor, y Jane ve correr a su hija por el patio, buscando al perro del vecino, y comenta:

—Es demasiado alocada.

—Es vivaracha —responde la señora Yu—. Yo le doy de comer a Víctor. Ve con ella.

Jane sale afuera y ve que el perro negro ha respondido a las llamadas de Amalia y está correteando a su alrededor. La niña intenta agarrarle la cola.

—Si zarandeas al perro, te zarandearé yo a ti —le advierte Jane.

El aire huele a hierba cortada y a la carne asada de una barbacoa cercana. Hace calor para ser octubre. Jane observa a su hija, preguntándose cómo es posible que no la intimide ese perro tan grandote, ni sus profesores, ni la señora Yu. No entiende cómo se ha vuelto tan valiente y tan lista.

Mae dice que la escuela que hay en esa misma calle está entre las diez mejores del estado y que el próximo otoño, aunque Amalia tenga cuatro años, podría empezar en el parvulario.

—Tendrá que pasar un test —le dijo—. Pero está claro que es lo bastante inteligente.

Para entrar en esa escuela, Amalia debe vivir dentro de la zona, y Jane ha estado pensando un plan alternativo. Ate siempre tenía uno preparado, y ahora entiende por qué: no hay nada garantizado y nadie es irremplazable. En el tablón de anuncios de la iglesia, ha visto uno que solicita niñeras, tanto externas como internas. Si la señora Yu se cansa de ella, o su madre acaba mudándose allí, buscará un trabajo con alguien del barrio. El problema será encontrar una familia dispuesta a aceptar que Amalia viva con ellos. Deberá convencerlos con algún servicio extra: hacer gratis de niñera los fines de semana, o bien cocinar, o ambas cosas. También debería aprender a conducir para poder llevar a los niños a la escuela o a sus actividades deportivas. Reagan tiene coche propio, y le dijo que le enseñaría.

«Mamá», grita Amalia. El perro le ha quitado el sombrero.

Mae observa la escena desde la ventana mientras le da la leche a Víctor. Jane, con los brazos en jarras, está diciéndole algo a la niña. Seguramente, la riñe. Pero no; ahora la sujeta muy cerca de ella y le limpia la cara con el borde del delantal. Jane es severa con su hija, pero es una buena madre. Y ha sido infatigable y maravillosa con Víctor.

Se pregunta si Ethan tiene razón, si deberían ir pensando en tener pronto otro hijo. Ella ya ha cumplido los cuarenta, y él es mayor todavía, y no desean ser unos padres demasiado viejos. Aún tienen óvulos viables almacenados en Golden Oaks. Y estaría bien tener hijos de edades similares. Ethan y su hermano gemelo son íntimos amigos.

—Espero que sea una niña, una pequeña Mae —le dijo Ethan, mientras estaban tumbados en la playa de San Bartolomé ese fin de semana, sonriendo de esa forma que la desarma.

También le preguntó si esta vez estaría dispuesta a gestar ella misma a su hijo. Ella se sobresaltó y luego se puso furiosa. ¿Qué pretendía dar a entender entonces sobre el primer embarazo? ¡Menudo egoísmo el suyo al proponer uno «de verdad», cuando para él no representaría el menor trastorno!

Ethan se disculpó y se explicó con delicadeza:

—Ya sé que tú llevarías todo el peso, pero yo te acompañaría en cada uno de los pasos.

Mae no está nada convencida. Pero en el vuelo de vuelta recordó la expresión maravillada de Ethan la primera vez que notó cómo se movía Víctor. Estaban en la cocina, después de cenar, y ambos se colocaron junto a Jane, con las manos en su vientre, para sentir las patadas de su hijo. Mae notó una punzada en su interior. De celos tal vez, o de anhelo.

Quizá vivir un embarazo los dos juntos sería una experiencia que valdría la pena. Todos los libros sobre el matrimonio dicen que compartir experiencias nuevas es lo que mantiene unidas a las parejas. Asistirían juntos a clases de embarazo y, por la noche, Ethan se dormiría con la mano sobre su vientre. Y en el momento del parto, él estaría a su lado, dándole cubitos de hielo y ayudándola a seguir los ejercicios respiratorios.

Por otra parte, ella gana más dinero que él, y el embarazo podría frenarla. Y ya tiene la sensación de estar desbordada tal como están las cosas en esos momentos. Además, su útero es mucho más viejo que el de Jane. Por tanto, hay más riesgos.

De repente le resuena en la cabeza la voz de su madre y oye la frase que le soltó cuando ella le dijo que iba a utilizar a una madre subrogada, y de nuevo cuando le explicó que Jane iba a vivir con ellos para ayudarla a cuidar de Víctor: «Te lo estás perdiendo. Te estás excluyendo de tu propia vida».

¡Claro que eso lo decía la misma que la dejaba todas las tardes en manos de la asistenta para irse al club a jugar al golf!

Y sin embargo, hace dos fines de semana, cuando Jane y Amalia se quedaron una noche con Reagan en Williamsburg, fue bonito —agotador, pero bonito— estar ellos solos con Víctor. Ella y Ethan se pasaron todo el tiempo en casa sin hacer nada (no era fácil hacer planes cuando el niño aún dormía tres veces al día), y cocinaron juntos. Y por la noche, se metieron los tres en la cama para mirar una película. Ethan resistió muy poco rato antes de quedarse dormido, con Víctor despatarrado sobre su pecho. A Mae le encantó verlos así a los dos.

Amalia ha dejado de gritar, pero todavía llora.

—Ya te voy a buscar el sombrero —la tranquiliza Jane.

El perro negro galopa por el patio con el sombrero de vaquero entre los dientes. Jane lo llama, pero se asusta cuando el animal se aproxima. Es un perro muy grande. Imponente. Reagan le ha explicado que los perros son capaces de percibir el miedo y que entonces se vuelven más atrevidos.

—Ven aquí —le ordena endureciendo la voz.

El perro se le acerca. Jane consigue sujetar el sombrero, pero el animal no lo suelta, y es más fuerte que ella. Al final se zafa del todo y, muy contento, corretea en zigzag por el césped.

—¡Perro malo! —grita Amalia.

Jane ha visto al vecino jugando con el perro a lanzarle una pelota. Encuentra un palito por el suelo y, con el corazón a cien por hora, lo agita en el aire hasta que el animal se da cuenta y se aproxima. Ella, muerta de miedo, lanza el palito con todas sus fuerzas hacia el otro extremo del patio. El perro suelta el sombrero y sale disparado.

Amalia se apresura a recogerlo y mira sonriente a su madre.

—¡Gracias, mamá! —exclama, y bailotea triunfalmente, con las manos en las caderas, pisoteando el césped con los pies desnudos. El sol centellea en las lentejuelas del sombrero, y Jane, por un momento, se deslumbra.

Amalia corre hacia el columpio, pero se distrae por el camino al ver una rama caída. La coge con ambas manos y la monta como si fuera un caballo.

—¡Ya voy a salvarte, mamá!

Jane se echa a reír mientras mira cómo dispara a los malvados con los dedos. Cuando la niña se cansa de disparar, tira la rama. Da saltos por el césped, sujetando el sombrero con una mano y haciéndole aspavientos al perro negro con la otra, para que se acerque.

—Vete con cuidado, Mali —la advierte su madre, que nota un cosquilleo en los pechos, lo cual significa que pronto tendrá que sacarse leche para Víctor. La señora Yu compró el mejor tipo de sacaleches, así que no tarda demasiado rato y, mientras tanto, puede doblar ropa para no perder el tiempo.

—¡Mira, mamá! —grita Amalia. Una ráfaga de viento le ha inflado la falda, y ella gira y gira sobre sí misma, con el cerco de color rosa desplegándose en torno de ella como una flor.

—Qué bonito, Mali —dice Jane sintiendo un peso repentino en el corazón. Piensa en Ate, en esas manos ásperas pero delicadas con las que le sujetaba la cabeza cuando tenía náuseas, en las gafas de lectura que se le aguantaban en equilibrio sobre la mismísima punta de la nariz mientras explicaba algo, en la severidad con que le ordenó que dejase de llorar y le dijo que la ayudaría a arreglárselas sin Billy.

Le gustaría que estuviera aquí, bajo el sol, en el césped de detrás de esa gran casa blanca, contemplando a Amalia. Porque entonces descubriría que las cosas iban a ser diferentes.

—¡MAMÁ!

—¿Qué, Mali? —dice Jane, que mira cómo corretea la niña, experimentando pena y alegría a la vez.

—¡Mamá, empújame! —grita Amalia, subiéndose al columpio y lazando el sombrero por el aire.

Jane va a recogerlo antes de que el perro vuelva a apropiarse de él. Amalia debería aprender a cuidar mejor sus cosas. Está a punto de decírselo cuando su hija grita de nuevo:

—¡Deprisa, mamá, deprisa!

Se sitúa detrás del columpio. Ahora, sin tener que sujetar a Víctor, con ambos brazos libres, puede empujar con más fuerza.

—¿Fuerte o flojo, Mali?

—¡Lo más fuerte que puedas! —grita Amalia—. ¡Lo más alto que puedas!

Nota de la autora

La Granja es una obra de ficción, pero también es verdadera en muchos sentidos: está inspirada en la gente que he conocido y en las historias que me han contado.

Nací en Filipinas. Cuando tenía seis años, mis padres, mis hermanos y yo nos trasladamos al sudeste de Wisconsin. En muchos aspectos, la Norteamérica profunda era por completo distinta del mundo que habíamos dejado atrás. Sin embargo, como la familia de mi padre nos había precedido en la emigración a Wisconsin, y como en esa zona había arraigado una comunidad filipina estrechamente unida, me crié a caballo entre dos mundos: nuestro antiguo mundo, preservado en bulliciosas reuniones de fin de semana con muchos amigos y familiares filipinos y un montón de comida, y nuestro nuevo mundo, en el cual mi hermana pequeña y yo éramos dos de los cuatro niños asiáticos de nuestra escuela primaria.

Al terminar la secundaria, me trasladé al este para estudiar en la Universidad de Princeton. Todo mi mundo saltó por los aires, y no solo intelectualmente. Princeton fue el primer lugar donde me tropecé de verdad con las grandes desigualdades: de dinero, de clase, de experiencia y oportunidades.

Años más tarde, tras un período en el mundo de las finanzas y un cambio de profesión para dedicarme al periodismo, decidí tomarme un descanso en el mundo laboral para dedicar más tiempo a mis hijos pequeños. Entonces caí en la cuenta de que las únicas filipinas que conocía en Manhattan, donde vivía con mi familia, eran aquellas que trabajaban para mis amigos: canguros, niñeras, sirvientas o mujeres de la limpieza. Mi marido y yo contratamos también a una maravillosa niñera filipina durante un tiempo.

Quizá porque soy filipina, porque soy parlanchina y curiosa por naturaleza, me hice amiga de muchas de las empleadas y cuidadoras de mi órbita, así como de otras de Sudamérica, del Caribe y de otras partes de Asia. Escuché sus historias: historias sobre maridos infieles, sobre jefes difíciles, sobre pensiones de Queens en las que se alquilaban camas para medio día para ahorrar dinero, un dinero que luego se enviaba al otro lado del mundo para ayudar a los hijos, los padres o los sobrinos que seguían en casa. Vi los sacrificios que hacían diariamente aquellas mujeres con la esperanza de una vida mejor —si no para ellas, al menos para sus hijos—, y los enormes obstáculos que se interponían en su camino.

El abismo entre sus vidas y sus posibilidades y las mías es inmenso. A menudo me pregunto si es posible atravesarlo en nuestra sociedad actual. Y pese a lo que me han dicho innumerables veces a lo largo de mi vida —que soy la encarnación del «sueño americano»—, sé que esa brecha tiene tanto que ver con la suerte y la casualidad como con el mérito.

En muchos aspectos, *La Granja* es la culminación de un diálogo constante que he mantenido conmigo misma en los últimos veinticinco años: un diálogo sobre méritos y suerte, sobre integración y otredad, sobre clase social, familia y sacrificio. No lo escribí para encontrar respuestas, porque no las tengo. El libro se propone más bien explorar —para mí misma y espero que también para los lectores— qué somos, qué valoramos y cómo vemos a los que son diferentes de nosotros. Espero que esta novela sea como una ventana abierta al otro lado de todas estas diferencias, sea cual sea la posición desde la que se acerquen los lectores.

Agradecimientos

Cuando empecé a redactar *La Granja,* varios meses antes de cumplir los cuarenta, no había escrito ficción desde hacía dos décadas. Lo cual no significa que hubiera hecho un paréntesis de veinte años en la escritura; todo lo contrario, yo escribía y escribo sin cesar; es mi forma de digerir el mundo. Pero rehuí la actividad de escribir historias, que me había encantado desde que era niña.

Así pues, empecé a escribir esta novela con bastante ansiedad. Afortunadamente, tengo gente a mi alrededor que me empujó, me animó, me engatusó y acompañó a lo largo del camino. Me siento agradecida a mis primeras lectoras, Annie Sundberg, Sara Lippmann y Rachel Sherman, del Ditmas Writing Workshop, que creyeron en las posibilidades de *La Granja* mucho antes que yo. A las amigas que leyeron un borrador tras otro y me brindaron comentarios y ánimo a lo largo de los años, les debo una inmensa gratitud: mi hermana menor, Joyce Barnes; Courtney Potts, Krista Parris, Marisa Angell y, muy en especial, a la maravillosa escritora y amiga Hilary Reyl. Nick Snyder y Kyle Clark: sin vuestras últimas lecturas, quizá aún estaría retocando el libro; gracias por decirme que ya estaba a punto para salir al mundo.

Mi agente, Jenn Joel, entendió la novela y lo que significa para mí ya en la primera lectura. Y fue a partir entonces, y sigue siendo, su defensora más acérrima; y la mía, también. Soy afortunada por tenerla a mi lado. En Random House, Susan Kamil y Clio Seraphim, editoras sabias e incisivas, tomaron en sus manos el manuscrito y me ayudaron a hacerlo más fiel a sí mismo.

Yo nací en Filipinas, pero me crié en Wisconsin desde los seis años. Mi visión de mi país natal con todas sus complejidades y, lo que es más importante, la concepción de la familia, fue modelada por la comunidad filipina estrechamente unida de Milwaukee y, en especial, por mis *titos* y *titas* y primos, con quienes pasé innumerables fines de semana en mi infancia.

Mis hermanos mayores, Guia Wallace y Jon Ramos, me han cuidado desde que era niña y mi hermana menor, Joyce Barnes, sigue siendo mi compañera de juegos favorita. Os quiero a todos.

Papá, tú siempre creíste que yo escribiría un libro algún día. Ojalá estuvieras aquí para comprobar que acertabas. Mamá, fue de ti de quien aprendí a amar las palabras y las historias. Este libro empieza contigo.

Owen, Annabel y Henry: ser vuestra madre es el mayor privilegio de mi vida. Gracias por todas vuestras palabras de aliento cuando estaba en un período difícil de la redacción del libro, y por todas las celebraciones cuando las cosas empezaron a encajar. Y por supuesto, gracias a David. Tú eres mi contrapeso y mi inspiración y, sin lugar a dudas, el ser humano más generoso que conozco. Te quiero.

Este libro utiliza el tipo Aldus, que toma su nombre
del vanguardista impresor del Renacimiento
italiano, Aldus Manutius. Hermann Zapf
diseñó el tipo Aldus para la imprenta
Stempel en 1954, como una réplica
más ligera y elegante del
popular tipo
Palatino

La Granja
se acabó de imprimir
un día de invierno de 2020,
en los talleres gráficos de Egedsa
Roís de Corella 12-16, nave 1
Sabadell (Barcelona)